KUWEI
酷威文化
图书 影视

青垚

著

天子谋

全新修订版

TIAN ZI
MOU

四川文艺出版社

目录

壹

青瓦闲作坊

月明人倚楼

乱世，京城。朱门酒肉臭，路有冻死骨。

一架宽大的板车在郊野小道踽踽而行，四个轮子碾在地上，周身咿咿呀呀呻吟不已，只怕一快跑就得散架。夜色薄雾中隐约可见车头挂着一盏红纸灯笼，上面浓墨写着一个隶体的"苏"字。字迹漆黑，红纸鲜艳欲滴，照见路上三尺远的道，在这初春夜里显得分外诡异。

拉车的是几匹骡子，跟那板车一样不得劲。赶车人裹着一件大皮袄子，缩着脖子，埋着头，晃晃悠悠地打瞌睡，有一下没一下地打着骡子。忽然前路上一声震喝："呔！钱财留下，要命的快滚！"三个高大的汉子拦住板车，其中一人点起了一支火把。

骡子猝然止步，那车"嘎"的一声停下。空气中是沁人心脾的冷冽，郊野的空旷透出一股寂静，使得那骡子跺蹄的声音空洞地回响。赶车人仍然缩着头，裹在皮袄子里一动不动，火把微弱的光线中看不清其面目。

三个拦路的盗贼互相看了两眼，觉得有些古怪。为首那人方脸阔额，胆色最大，抢上前去揭开板车上的毡布。车上高高地堆着货物，那人拿火把细细一照，上面全是木材；外面散放着几块棺材板，都系着绳索；木料最高处，却赫然放着一具旧棺材，斑斑驳驳还沾着泥土。

那剪径的汉子心底生寒，才一起怯心，就听棺材里传出夜猫子似的嘶声怪笑，声音又尖又邪，"嘎嘎嘎"三声。两个站在赶车人前的盗贼惊得跳了起来，便见那赶车人缓缓抬起枯老的双手，抱着脖子转了两下，竟把头拧了下来，胸腔里"咕噜噜"两声喉音，含混沙哑道："拿去……吧。"

赶车人双手捧着的头一抬，一张干枯惨淡的死人面孔赫然出现在两人眼前，眼珠突出，目下流血，既惨烈又恐怖。三个汉子瞬间跳了起来，"啊——鬼呀！"一边喊着一边落荒而逃。三人虽是年轻力壮，身手敏捷，却因为惊吓逃得跌跌撞撞，连滚带爬。

车头上的红纸灯笼刹那熄灭，周遭一片黑暗。半晌，有轻微的挥鞭声响起，骡子们再次起步，板车惨叫着往前奔去。车上的棺材里扑腾扑腾响着，过了片刻，棺材盖子抽开来，黑暗中一个纤巧的人影灵活地爬了出来。

那人影推好棺材盖子，拉着绳索走到板车车头，挨着那无头的赶车人坐下，不知从哪里摸出一个火折子，摇了摇，小心地摘下灯笼罩子，将熄灭了的灯芯点燃。淡淡灯光下，一个十四五岁眉目清秀的少女吹熄了折子上的火苗。

那少女虽穿了一身男装，却掩不住俏丽，望着赶车人银铃一般笑道："快走到城边大路了，出来透口气。"说着，她便一手夺过赶车人抱着的人头，一手解开赶车人的衣领。那赶车人伸了伸脖子，从衣领中露出脑袋，沧桑的脸上写满笑意。少女便捏着嗓子用刚才那怪笑声"嘎嘎"地笑了起来，一老一少相顾大笑。

少时离了小道，走上进城的官道，天光已透着青白，赶车的中年人咳了一声，道："少东家，外面冷。"

少女苏离离摇了摇头，不应，忽一眼看见手上拿着的木雕鬼脑袋，便对着人头做了个怪相，扬手将其扔到车后面的木料堆里，笑道："这些个强盗，杀人放火都敢做，却怕鬼。"听着板车"吱吱"地响，她又道，"程叔，车该修修了。"

程叔赶着车，叹道："京城边上都闹起强盗来，这天下果然乱了。少东家，今后你别跟车了，路上不太平。"

苏离离却笑得格外灿烂："千亏万亏亏不着咱们，越不太平，咱们越能挣银子。"她望着渐渐清晰的官道，仰头哼起了一首婉转的山歌。

这悠扬的歌声一路唱进城，城里的街市渐渐苏醒。板车驶过如意坊后面的菜市，停在街角的一道小门前。苏离离利落地跳下板车，一面找小门的钥匙，一面对程叔道："你买点菜，我去前面开门。"

程叔便就近买了两根笋。卖菜的农家早已认熟了他们，望着苏离离开了小角门进去，笑道："老程，又去拉板材了。你们家离离可不容易啊，小小年纪就独自经营铺子。"

程叔回道："祖上传下的，守着过活吧。"

卖豆腐的田婶也插话道："今年夏天一过，离离也该十五岁了。这眉目俊俏得，倒跟个大姑娘似的。"

这回程叔但笑不语。

远远地，只听苏离离大声叫道："啊——谁死在我门口，可真会挑地方！"

代写书信的王先生摇头轻叹："就是粗鄙了些。"

程叔连忙放下手上的菜，转过街角，到了店铺大门前。苏离离抱着一块门板，皱着眉，咬着唇，纠结地注视着地面。门前台阶上果然趴着一个人，衣衫褴褛，洇着暗红的血迹，一动不动，不知死活。

程叔抢上前去将那人翻过身来，拂开他脸上的乱发，叫道："小兄弟，你醒醒。"那人唇色惨白，面目瘦削，喉头涌动了两下，却怎么也睁不开眼睛。苏离离搁下门板就往外走，程叔问："你做什么？"

苏离离道："他还没死，我叫官府来把他收去。"

程叔道："离离，把门打开。"

苏离离一下子站住。程叔平常都称她少东家，一旦叫她离离，说的话苏离离就不好抗拒了。于是她折转身，又拆下一块门板。程叔便抱起那人，进了店铺大门。苏离离转身，见门前聚了好些人，怜悯的少，看热闹的多。有人笑道："那孩子是看准了地方，跑到棺材铺来死，嘻嘻。"

苏离离心头恼火，冷笑一声："没错，他是个会挑地方的，你死了可别挑到这里来。"说罢，也不看那些人，径直进了大门，将门板对上，"砰"的一声按实了，只留下铺面门楣上"苏记棺材铺"几个大字映着朝阳熠熠生辉。

苏离离穿过铺面正堂排列整齐的成品棺材，斜插过一道影壁，到了后院。

后院原是个天井，堆着散乱的木料，整板花板一应俱全。苏离离直奔楼梯下小角门那间小工住的临时木阁子。程叔正半扶着那人，喂他清水。

那人没醒，却将水咽了下去。那人身上的衣服又脏又破，左腿裤管更是沾满了血迹。程叔缓缓卷起他的裤脚，苏离离便倒抽了一口冷气——小腿上伤口狰狞肿胀，骨头几乎要戳出来。苏离离瞠目结舌道："他……他……怕是活不下来了。你把他弄进来，莫要死在我家里。"

程叔叹道："他不过是个孩子，死在这里也好过曝尸荒野。"

苏离离手指头一点，铿锵有力地说："他要死在店里，我只有薄皮匣子给他！"她话音刚落，顺着自己纤长的手指，便见那人不知何时睁开了眼睛，正幽幽地望着自己。他虽面目染着脏污，眼珠子却乌黑明亮。他的眼神冷冽而沉静，像失群的幼兽，既胆怯畏惧又戒备凶狠。

苏离离被他望得愣愣的，猝然收了手，拔腿就往外走。程叔叫道："你又做什么？现在官府哪里还管这些事。"

苏离离一边走一边仰天长叹："无事出门就破财，这回破财破到家里来。我去找个大夫！"

将近傍晚时，大夫晃晃悠悠带着小学徒离开棺材铺，临去还带走了苏离离五两四钱银子，足够苏离离吃喝半年了。苏离离暗自心痛之余，跌足懊悔，怎么这么蠢，竟请了个最好的大夫，不仅给他全身裹了伤，还开了无数方子要熬给他喝上三五个月，这下亏本亏大了。

苏离离愤愤地切着豆腐，撒了几粒盐。为了这小子，她歇业了一天，上门做活的木工也打发回去了。这会儿到了吃晚饭的时辰，程叔却不得不去送货。她将肉末排在嫩豆腐上码好，搁到水汽缭绕的蒸笼里小火蒸着，又走到外面院子的菜畦里，摘了四棵葱翠的青菜。她拿到厨房，择了叶子洗净，想了想，细细地切碎，用虾米碎菇煮烂收汁。

待青菜烧好起锅，苏离离便把蒸笼揭了盖。上层是鲜嫩细滑的豆腐肉末，下层是松散清香的米饭。用一个白瓷敞碗各盛一半，添了两箸美味多汁的青菜，苏离离端了碗来到木阁子里。下午大夫给他正骨时，他便昏了过去。这人真是倔，死死咬着牙，不肯出声，眼睛一翻就昏过去了，把苏离离吓得，还以为他真死了。

苏离离搁下碗，坐到床边，用手指戳他的额头："喂，醒醒。"

那人不动，昏睡的脸上血迹泥浆已洗干净了，看着有些青涩稚气，虽然脸色蜡黄，却是剑眉薄唇，鼻梁挺直。苏离离心中龌龊地想：他这副样子是手不能挑，肩不能扛，委实没用得很；一张脸倒长得不赖，只怕卖到某个地方还能做个头牌……

她正胡思乱想，那人动了动。苏离离赶紧推推他的肩膀："你快醒醒，再睡就得饿死了。"那人一醒便微微皱了眉，待睁开眼睛看到苏离离，神色便又平静冷漠起来。苏离离大是不悦，骂道："疼就疼吧，装什么样？！撑死的英雄，饿死的好汉。这里有饭有菜，有本事你别吃，省得放低了你的身段！"她把碗重重一敲，端起来，用勺子扒拉饭菜，顿时鲜香四溢。

那人咬牙望着她。苏离离道："想吃吗？"

他仿佛下了很大的决心才微不可察地点了一下头。

苏离离嘻嘻一笑："你若还这样恶狠狠地看着我，我便不给你吃。你纵然恨得我咬牙切齿也只得活活饿死。"

那人眸子一低，不再看她，只望着床沿。他此时俯首低眉，显得比先前冷然的样子更加无助。苏离离心头一软，放了碗，将他扶起来，嘴里却道："现在才知道低头，白白找人骂。"她将枕头给他塞好，让他半倚在那枕上，端了碗一勺勺喂他饭菜。

豆腐入口即化，青菜她也切得极碎，无须多么费力便可咽下去。那人默默地咀嚼，眼神不再凌厉，却沉默异常。苏离离喂他吃完，放下碗，用手帕给他擦净了嘴，又端了水喂他。那人也喝了，苏离离便问："你叫什么名字？"

他漆黑的眼珠子不看苏离离，却望着虚空，不答。苏离离皱眉道："怪不得你连正骨都不叫唤，原来是个哑巴啊。不知道上辈子做了什么恶事，这辈子业报现眼前。"

他额上的青筋跳了跳。就在苏离离端了碗要走时，他忽然开口，沙哑地问："什么是薄皮匣子？"

苏离离万料不到这人第一句话是这样问她，愕然半晌才反应过来。"就是废料做的薄棺材，一百钱一具。"她咽了下口水，"那个……实在没钱，白送也行……"因她早晨说要给他睡薄皮匣子，此刻见问不由得心虚，声音便少了底气。

"我的腿怎么了？"他仍然望着床沿，淡淡地问。

"骨头折了，大夫已经给你正好了。"苏离离机械地回答。

"能好吗？"

"若是骨头接得好，你也好好休养，不一定会残疾。"她照样把大夫的话说了一遍，心里诧异，怎的他像是主子，她倒像是奴才，有问必答。

他听完，不再问，慢慢撑着身子倒下去躺着。

苏离离愣了半天，觉得不对，此人不明事理，需得跟他说明白，便径直走到他面前，一手端着碗，一手指着自己道："喂，你记住了。我，叫苏离离，就是离离原上草的那个离离。我救了你的命，是你的救命恩人。"

他默默地看了她两眼，漠然道："我知道了。"

见他丝毫没有衔环结草的感激之情，苏离离有些来气，指着他道："你叫什么名字？家住哪里？何方人氏？有钱没钱，叫你家人来赎你？"

他闭着眼睛道："没家没人，更没有钱。"

"连名字也没有？"

"没有。"

苏离离看他倒在那里，有气无力，咬牙道："你别以为我好心救了你，你就可以白吃白喝耍无赖。没钱就给我做小工，没名字我给你起一个。我满院子都是木头，你从今儿起就叫木头了！"

她自然是不等他答，转身出去时，将那破木门摔得"啪"的一响。

第二天一早，天刚蒙蒙亮，苏离离便起床洗漱。

晨曦中的后院静谧清新，从井里汲来的水流晶泄玉般从她指间滑过，凉凉的触感让她玩心忽起，一扬手，一串水珠洒了出去。她仰头看见院外的一棵玉兰树，正抽着嫩黄浅绿的新叶。

古来文人骚客多爱咏春伤秋，苏离离独不喜秋天。天气实如人之心性，隆冬严寒，盛夏酷暑，都是至情至性，毫不做作。春天万物欣然，如人微笑；秋天却似幽闺怨妇，虽是色衰伤情，偏不肯痛快零落，只哀婉个没完。

苏离离洗完脸，略略浇了一下菜地，觉得离那怨妇还有大半年光景，心情甚好，提了水便去厨房做饭。不多时她便端了碗甜米粥，推开了角落里那间小屋的门。那块"木头"睁着眼，望着屋顶斜支出来的一块板子，见苏离离进来，目光勉强落在她身上。

苏离离将他扶坐起来，自己坐在床沿，用勺子挑着粥，香糯清甜。那人脸色不似昨日蜡黄，然而苍白得没有血色，唯有一双眼睛仍清冷犀利。苏离离将勺子伸到他唇边，他便抬手道："我自己来。"声音低沉，却带着沙砾相撞的清越。

苏离离隔开他的手，冷笑道："自己来？一会儿你就得离了这里！"

他并不表示讶异，只眼神微微一沉。苏离离顿了顿，接道："搬到东面那间空屋去，嘻嘻，你也自己来吗？"

这本是个小玩笑，他却很不赏脸，抿着薄唇道："为什么救我？"

苏离离觉得此人防备之心太过，性子又冷，便也收了玩笑的态度，正色诚恳道："不是我要救你，是你要死在我门口。你若死在我隔壁的门口，我连花板的薄皮匣子都不送。既救了你，你在一天，我不会饿着你冻着你；你若有仇家寻到这里，我也护不住你。这是你的命。你明白吗？"

苏离离说得分明，他听得清楚，点了点头。苏离离展颜一笑，赞道："这样好，我喜欢明白人。"她舀起一勺粥送到他唇边，"昨天刚拉回木材，吃了饭我还要忙。这屋子潮，你筋骨有伤，住久了会落下病根。东面还有间厢房，堆着东西，一会儿我收拾了，你住那里去。"

她再舀一勺，又喂到他唇边："你叫什么？当真不说，我就叫你木头了。"他竟又点了点头，苏离离便笑道，"木头，你多大了？这总不是秘密吧。"

木头注视苏离离半天，缓缓吐出两个字："十四。"

"你的伤一时半会儿好不了，以后叫我少东家吧，过两天再看你能做什么。"苏离离淡淡道。

"我？"木头惜字如金。

苏离离眉毛一挑："难不成我白养着你？你要觉得叫少东家折了你的身份，叫我大哥也成。"

"你？"他声音更高。

苏离离不再应他，端了碗要走。木头打量她两眼，闷声道："你多大啊？"

苏离离嗤笑出声："还不服气，你十四，我十五，你不该叫我大哥吗？"

吃完饭，苏离离便烧了热水，让程叔提到澡间，将木头擦擦洗洗，换药。木头腿上有伤，打着木夹板，身上也多处外伤，一洗洗了大半个时辰。趁着他梳洗，苏离离腾出东屋，扫净积尘，铺了洗净的棉褥。虽是最普通的蓝棉布，却散发着淡淡的洁净气息。少时，程叔将木头背了过来。苏离离多的是男装，拣了两套给他，他穿着有些嫌小。

苏离离扶木头倚床坐好，伸手推开了一旁的窗户。太阳已升了起来，阳光慷慨地洒进房中，照在木头脸上。木头合上眼，微仰着头，深深吸了一口气，仿若隔世重生。苏离离见他舒展开来的样子，心底似有泉水细细流动，柔声道："等你伤好了，我带你去郊外逛逛。"

木头微微睁开眼，阳光映在他的眼睫上，像镀了一层金。他唇角轻轻扯起一道弧线，笑容虽浅淡，却如和风暖阳。苏离离抬头看去，窗外三分春色，平添了一分。

棺材铺子的生意从不会门庭若市，也不会颗粒无收。苏离离的铺子在如意坊的最尾端，因为她家的棺材做工精良，在京中小有名气。

柏、樟、松、楠，应有尽有；方、圆、阔、窄，各成气象。雕花意态峭峻，彩画栩栩如生。板间严丝合缝，滴水不漏，用朱砂打底，大漆罩面。几道漆下来，棺木锃亮如鉴，屈指一叩，声如珰玉。

苏离离对着账本订单安排活计。每天上午木工师傅过来把板裁得曲直合度，张师傅援刀雕刻，苏离离调漆勾绘，程叔拉板送货。生意不徐不疾，不饱不饥。

木头既然不肯吐露一字，苏离离便一字不问，只对人扯谎说木头姓木，雍州人，家人死在战乱中，他孤身流离，落脚在此，留在店中给程叔帮把手。

壹

青瓦闲作坊　月明人倚楼

世间一隅静好，却是乾坤缭乱。放眼天下，各州兵马并起，因怕担了反叛之名，成为众矢之的，还不曾有乱兵入京。外面州郡已是兵荒马乱，四野奔逃。个把流民，官府不管，百姓也见怪不怪，木头之事也就被苏离离顺理成章地遮了过去。

程叔抽空做了两支拐杖。月余之后，木头伤势稍愈，虽整日沉默，偶尔也挟着两支拐杖，单着一只脚，在院子里走动。苏记棺材铺，前门临如意坊，后角门却在百福街。苏离离平日坐在大堂，偶尔往后院看看活计。后院九丈见方的空地便是做棺材的地方，从左至右，从整木到成板，零落散放。

院子东西分厢，各占两间。苏离离住在西面第一间，隔壁却是个大书房，四壁书橱，积尘厚薄不一。木头随手翻出几本，却是天文地理、人物杂记、经史子集，无所不包。东面厢房第二间住着程叔，第一间如今便是木头住。

从窗户望去能见着一块葱翠的菜地，是个院外之院，从东墙小门就可走到那里。院里一口水井，波澜不惊。井侧却是一道葫芦架隔出的荫凉，葫芦蔓攀着架子，正作势要结果。白墙青瓦外，长着一株粗壮的卞兰树，正拼着满树白玉兰，清晨落入院中，幽香四溢。一墙之隔，意趣横生。

木头行走不便，更帮不上什么忙，常拈了本书，坐在小院晒着太阳看。这日午后，院落寂静。苏离离对了一遍订单上各家棺材的制作进度，一一记了，闲下半天来，便去后院洗两件衣服。

她挽了半截袖子，白皙的皮肤映在水里，明澈得晃眼，搓板上揉着衣服，抬眼见木头坐在葫芦架下，不眨眼地看着自己。苏离离微微一笑，问："木头，你知道什么叫作棺材脸吗？"

木头感到不妙，眼神应着她的声音黯了黯。苏离离已接着说道："你若是块木头，我把你砍砍削削做成棺材，倒应了你成天挂着的这张脸。你既是个人，这脸便该笑时笑，该哭时哭，该悠闲时恬淡适意。我这铺子只卖棺材，别人见了你，还以为我额外奉送哭丧的孝子贤孙。"

她一番抢白，木头的表情非但没有灵活生动起来，反而越发阴沉了几分。苏离离眼波流转，笑意怡然，牵起衣裳抖了抖，散晾在竹竿上，正泼了水拿着盆子要往里走，后角门上传来三声响，有人扯着嗓子喊苏离离。

苏离离放下盆去开门，一个短衣乱发的方脸少年扛着根扁担站在门外，正是这百福街上的闲人莫大。莫大十七八岁的年纪，有娘生没爹养，整日混迹市井，干的营生并不那么光明。苏离离觉得他义气，不管他做什么，也结交起来。

见莫大晃着扁担进来，苏离离奇道："你不在正堂叫我，跑到这后角门来。恰好我在这儿，不然你叫破了嗓子我也未必听得见。"

莫大咧嘴一笑，露出白森森的牙："棺材铺子的大门那是买棺材的人进的，谁没事去找晦气。"

苏离离便赶人："是是，我这里晦气，你快找个吉星高照的地方去。"

莫大一眼看见木头坐在那葫芦架下，虽穿着布衣素裳，跷着一条腿，却掩不住清贵态度；虽不发一言，却足以令人自惭形秽。世人有高下之分，有贵贱之别，有时是超越性格与心志的。见着比自己优越的人，往往心生愤恨；待见这人落难，便心喜意足。

无论欢喜与仇雠，总不能弥合差别，共做一群。这，也许就是所谓的阶级。

而莫大，一眼瞧见木头便不顺眼，对苏离离道："听说你上次救了个叫花子，就是这小子啊？"

木头斜斜地靠到椅子背上，也不见恼怒，只默然不语。苏离离叹口气道："他家人离散，可怜得很，我认了他做我弟弟，你别叫花子叫花子的喊。"

莫大皱起眉头道："本来就是叫花子，敢做还不让人说吗？"

苏离离仰头看了他两眼，皱了眉，对木头道："这是街对角莫家裁缝店的莫大。莫大是个诨名。"她转头看了莫大一眼，抑扬顿挫地说，"他大名叫莫寻花。"

木头原本一语不发，此时却极有默契，不咸不淡道："名字风雅，兼且凑趣。"

莫大顿时涨红了脸，大是不悦道："离离，你……"

苏离离和蔼地笑着："什么你你你，我还不知你口吃。"她转向木头，款款道，"莫大哥的爹爹早年逛窑子，与人争风时失手丧命。他娘亲开着个裁

壹

青瓦闲作坊　月明人倚楼

缝店拉扯两个儿子，给他起名叫莫寻花，他还有个兄弟，叫莫问柳。"

她清脆地落下最后一个字，木头眼睛也不抬，毫无起伏地接道："字字血泪。"

苏离离"哈"地一笑，只觉木头被她刻薄时无辜得可爱，损起人来也不差分毫。

老子逛窑子被打死可谓窝囊，儿子偏还给起了这么个富有纪念意义的名字。莫大生平最恨的便是别人叫他莫寻花，苏离离今天偏要揭他短，他顿觉在木头面前矮了气势，苦脸道："你就这么护着他，他给你银子了？"

苏离离擦着手道："我说了，他是我弟弟。你找我有事？"

莫大道："我听人说定陵太庙闹鬼闹得厉害，今晚想去捉一捉；即便捉不着，也可以见见世面。你要不要跟我一起去瞧瞧？"

苏离离大笑："你去挖坟盗墓我还信，捉鬼？你骗鬼吧。"

"你该不会是胆子小，不敢去？"

苏离离笑着摇头："我不受你激，大半夜的不睡，跑去墓地闲逛。你要去，我别的没有，看在朋友一场的分上，大方一回，杉木的十三圆倒是可以白送一具。"

莫大"呸"的一声唾在地上："你也太不仗义了，这不是咒我吗？"见木头望着自己吐的口水皱眉，莫大大声笑道，"我以为你照顾这瘸子弟弟肯定闷坏了，才趁着天气好，约你出去逛逛。你既不想去，那就罢了。"

他说完抬脚要走，苏离离叫道："等等。"她黑白分明的眼珠子，水润光泽，斜睨着一转，道，"我至多给你放个风。说吧，晚上什么时候？"

"酉时三刻，我在这角门外等你。"莫大指指角门，大步离去。

苏离离应着，回头见木头默然看着莫大走远。苏离离扑到他椅边，蹲下笑道："好木头，你别告诉程叔。我悄悄地去，悄悄地回来。"

她一声"好木头"叫得未免有些亲热，直把木头叫得皱起了眉。本是光润华贵的椴木，也皱成了横七竖八的黄杨渣子。

苏离离不管他的冷淡，按着他右腿无伤的膝盖摇了摇，一脸谄笑地站起来，端着盆子进去了。

这天苏离离吃过晚饭，在院子里逛了逛，便说头疼，早早回房里歇息了。临去时，程叔毫不察觉，木头摆着一张棺材脸横了她一眼，被她瞪了回去。

她回房里换了身深色的短衣，扎上裤脚，绾起头发，扮作小厮模样。天刚蒙蒙黑，她探头一看，程叔与木头已各自回房，白纸糊着的窗棂上投来淡淡灯火。苏离离踮着脚，猫一样走过正院，蹿出后院角门。

门外莫大牵着一匹马，背了个包袱，包袱束得很紧，只有一把方便铲的铲头露在外面。见了她，莫大翻身上马，苏离离便也踩了镫上去，抓住他的腰带。一路越走越荒凉，苏离离问："你娘的病还没好？"

莫大叹气："怕是好不了了。"

"二哥还是没有消息？"莫问柳离家一年，音信全无。

莫大摇头："没有消息，且再等等看吧。"

少时到了定陵，莫大早已踩好了点，引着苏离离穿丘越陵，往最偏僻的角落而去。定陵，是皇家历代帝王后妃、文武大臣的陵寝，也是藏金葬玉的宝窟。苏离离等着他辨方向时，不知让什么蚊虫咬在了手上，一边抓着，一边皱了眉轻声道："这禁军也太过渎职，皇陵荒芜成这样。"

莫大"哧"的一声笑："不荒能有活干吗？主陵那边还住着人，这些陪葬大臣墓早没人管了，天天都有人来逛。"逛，是个行话，不言自明。他指点苏离离道："你在那棵矮树下看着，若有人来还是学夜猫子叫。"

苏离离应了。莫大身子一弓，摸向前面方冢。苏离离也弓了身子，退到那棵矮树下。趴在地上，泥土和着潮湿的味道直往鼻子里钻，苏离离从怀里摸出百草堂买的清凉油，抹在手腕脖子上，竖起耳朵听动静。

夜色转深，荒野陵墓间没有一丝声响，又似有万籁千声。远方微微起伏的地平线上，七颗明亮的星星排成勺状。夜空深蓝，大地反显得苍茫空旷，所谓大象无形，一时激起人的亘古之念。苏离离看着那北斗形状，有些愣怔。

耳边一丝若有若无的声响，似有人轻声叹息。苏离离精神一振，回过神来，细听之下那声音仿佛是从东南面来。她趴着不动，凝神细听，少时又有几声呻吟。苏离离大奇，荒野墓地，除了盗墓贼，就是狐狸精，怎会有这声音？

壹

青瓦闲作坊　月明人倚楼

她犹豫片刻，转身往东南方摸过去，行了十余丈远，便见一座屋宇的轮廓隐约矗立在一片林木边，仿佛祭拜的庙宇。苏离离蹲下身子，慢慢爬近一些，还未落稳脚跟，就听"啊"的一声惨叫。

一个声音低沉地问："当真不说？"方才叫唤的人虚弱地喘息道："小人……小人确实不曾找到。叶知秋十年前……已隐退山林，不问政事。朝廷官中都不知他的去处……"

苏离离闻言一愣，眉头微微皱了起来，心中思忖个来回，便贴着地面，如觅食的猫儿，蹑手蹑脚地再爬近些，微窥大庙正殿。

正殿地上横躺着一人，狼狈不堪。他身侧站了一个人，却是阔袖散发，皂衣拂地。两人俱看不清面目。站立的男子身材挺拔，不知对地上那人施了什么刑，此刻只负手而立，缓缓道："叶知秋即便死了，那东西总有落处。就是随他葬了，也必定有葬的地方。"

地上那人哀求道："小人……只掌管官中采买之事，此事……实在无从打听……"

皂衣男子手轻轻放下来，冷冷道："你既不知道，便不该欺哄主子。"他从怀里取出一个不大的瓷瓶，拔开盖子。地上那人陡然大声道："不，不，我……"话未喊完，几许清亮的液体洒在他身上。那人顿时没了声，只喉间发出咕噜的声音，像是放了水的皮囊，身体在地上瘪了下去。

一股腥浊之气弥漫开来，苏离离猛然伸手捂住口鼻，半是恶心，半是害怕。眼睁睁看着那人化成了一地尸水，只有衣服覆地，苏离离竟僵了手脚，动弹不得，既想逃跑，又不敢动。只是这一抬手的动静，皂衣男子似有所觉，已微微转头，垂手缓步出来。

他后脚踏出门槛边，便站住了。夜色青光下，这人脸上如罩着淡淡的寒气，纵横蜿蜒着十数道刀疤，仿佛将脸作地，横来竖去细细地犁了一遍，狰狞可怕。

他眼光缓缓扫过苏离离趴着的那片草地。苏离离捂着嘴，本不想发抖，然而那手自己要抖，她止也止不住。此时此刻，只怕一只蚊子落在她手背上她都能惊得跳起来，何况是后脑勺上有什么东西静静吹动。

脖子带点痒痒的凉，竖立警戒的汗毛被触动，苏离离猛然尖叫一声，凄厉胜过夜猫子。一回头时，一张人脸很近地凑在眼前。

她手脚并用连滚带爬地朝着大庙的方向退了几步，定了定神，才看清身后这人是个年轻公子。他一身月白锦衣，暗夜中略有暧昧的丝光，狭长的眼睛映着星火，清浅流溢，态度竟十分温和优雅，手撑着膝盖，正弯腰俯看着她。苏离离半天吐出一口气来，拍着胸口，将一颗心拍回原处，忽想起那个皂衣人，猛地一回头时，愣住了。

庙门空空地开在那里，一个人影也不见；正殿的地上，方才化成水的那人，衣裳也不见了，仿佛是一场幻觉。苏离离抬头嗅了嗅，空气中淡淡的尸臭味证明这一切并不是幻觉。她努力镇定了心神，从地上爬起来，扯了扯衣角，平平稳稳地对那锦衣公子拱手道："月黑风高，公子在此游玩，真是好兴致。"

那人直起身，颇具风雅，缓缓吟道："月黑杀人夜，风高放火天。"他的声音听起来，像细砂纸打磨着锯好的棺材板，光滑低沉。咫尺之距，他虽笑意盎然，却让她后背生寒。

她吸了一口气，道："杀人放火大买卖，挖坟掘墓小营生。都是出来逛，公子说笑了。"苏离离假笑两声，站起来就走。

她刚走两步，手腕一把被他扣住，手劲就如同他的声音，不轻也不重："这位公子，方才为何惊叫？"

苏离离的清凉油抹对了路，手上有些滑，一挣，脱开了手。她仰头看他："因为公子你悄声出现在我身后，荒郊野地吓着我了。"

"荒野无人，你趴在这里做什么？"

苏离离虽不聪明，也不蠢，自不会说她是来盗墓的，更不会说方才看见如此这般的事，张口就编道："这位兄台，实不相瞒。在下的父母为我定了桩亲事，可我心有所属，不愿屈就。今夜收拾金银细软，正要与人私奔。方才是在等人。"

话音刚落，莫大扛着一个又沉又鼓的包袱，鬼鬼祟祟地摸了过来。苏离离暗自哀叹了一声，合上眼睛。

莫大那把粗嗓子便响了起来："你跑哪……咦？这是谁？"

苏离离睁开眼，绽出个假笑，清咳一声，嗔道："你怎么才来。"

那锦衣公子打量了莫大两眼，皱起眉来，三分恍然，三分惊诧，似笑非笑道："竟是……断袖情深。"

苏离离沉痛地点头："唉，公子慧眼，此地实是容不得我们如此。今日在此不曾见着一个人，偏兄台撞见，还望兄台切莫声张，放我们一马。"

莫大没读过书，听不明白什么断袖不断袖，以为盗墓之事败露，从包袱里摸出一个金杯，递给锦衣公子道："兄弟，你既然撞见我们俩的事，就收下这个吧。"

苏离离想也没想，一把拉住他的手，怒道："你怎么这般大方，今后还要吃喝用度！"

锦衣公子的眼光在他二人身上扫了两遍，颔首道："公子是个妙人，他却俗了些。"说着，一指莫大。

苏离离叹气："正是，我说过他多次，他还是这般庸俗，竟想拿金银俗物亵渎公子高洁的情怀。"

锦衣公子闻言，笑得如昙花夜放般粲然，伸手掂起苏离离的下巴："你既知我高洁，何必跟他一处，不如跟我走吧。"

莫大云里雾里地听完前面几句，终于抓住了最后一句的用意——跟他走？原来是一路的。莫大上上下下地看那锦衣公子，惊道："兄弟，原来你也是……"

"来盗墓"三字还未出口，却被苏离离打断，她深沉地说："公子固然也断袖，我却不忍负这俗人。但得知心人，白头不相离，便是烟火红尘的真意了。"她说着，不动声色地拨开锦衣公子的手指。

锦衣公子眯起眼睛盯着她看了片刻，忽然仰头赞道："好，好。"

苏离离见他高兴，一拱手，"告辞了"，一把拉了莫大鼠窜而去，决然不敢再回身去看。

荒野有风猎猎吹过，锦衣公子迎风而立，看他二人远去。身后有人低低道："主子怎放了他们走？"

锦衣公子默立半晌，伸手似要抓住吹送而来的风，手上飘来一点淡淡的薄荷香味。他轻笑道："这个小姑娘有趣得紧，查查她是什么人。"

他身后的皂衣黑影一掠而起，紧追过去。

马儿缓步走过百福街时，莫大问："啥是断袖？"

苏离离想了想，说："就是盗墓。"

"怎么听起来怪怪的？"

"文人的说法。"

他们停在棺材铺后角门，苏离离跳下马来，道："东西你拿去办，我先回去了。"她推开角门，漆黑中走过井台，眼角余光扫见葫芦架下石台阶上若有若无的一个人影。苏离离吓得兔子似的跳了一跳，已看见横在旁边的拐杖。

黑暗中木头低声说："你怎么了？"

苏离离缓过口气儿，走过去，怕程叔听见，也低声道："吓着了。"

"没事吧？"

"没事。"她依着石台阶在他旁边坐下。

两人默然半晌，木头忽然说："走了。"

"什么？"苏离离不解。

木头的声音波澜不惊："跟着你的人走了，方才就在外面。"

苏离离吃了一惊，瞬间想到了那个扒爪脸，不由得往木头身边挤了挤。木头冷哼了一声，苏离离拉着他的袖子，讨好道："木头你真好，不枉我救你一场——见我不回来，这么晚在这里等我。"木头张了张嘴，听那声气儿像是要反驳，却又生生停住，大约没有好的理由。

闷了片刻，他冷冷道："做什么不好，去盗墓！"

苏离离此刻巴不得他跟自己说话，好忘了那扒爪脸，忙编着解释："那个……我挖坟掘墓的目的和别人不一样。我主要是想看看各种木料，哪个最耐用……以及，发掘一点古典的样式……"

木头忍不住"哼"了一声，却笑了。苏离离趁热打铁，楚楚可怜："今天差一点就回不来了，你就再也见不着我了。"

木头口气果然缓和了许多，道："那人内力深厚，内功却是江湖异路，真气不纯，必是修习了驳杂的心法。"

"这个你都知道？"她觉得他未免信口开河。

"他轻功不错，自然内力深厚，提气间便能听出端倪。"木头难得有这个闲心跟她细细解释。

苏离离不禁对他刮目相看。他能有这番见解，也必不是寻常人物，失机落节，流落至此。老虎啸聚山林才是百兽之王，蛟龙潜游深海才是万物之灵，离了自己的所在，不过是笼中玩物，浅滩鳅虾。

她苏离离的所在，又是何处？三尺市井，九曲巷陌，能否藏身一世，她自己也不知道。

晚来风凉，苏离离转头看去。木头的眼睛像暗处的琉璃，蕴藏着坚定沉静。她回想今日所见所闻，只觉许多旧事积淀，压在心头。

苏离离心中难过，反微笑起来，叫道："木头。"

"嗯？"

苏离离沉默片刻："你父母都不在了？"

"嗯。"

"我也是。"她手指轻轻划着他伤腿的夹板，"还疼吗？"

"不。"

她静默良久，木头也毫无声息，像夜幕中蛰伏的狼，不为等待猎物，却为了自己那份黑暗的适意。

隔了好一会儿，苏离离轻声说："陪我坐会儿。"

"好。"

这一季有金黄的枇杷新上市，担在竹筐里，衬着深绿简朴的叶子，沿街叫卖。

苏离离爱吃各种果蔬，买回来一大篮子，拈一个，撕开黄澄澄的皮。枇杷果肉多汁，咬一口甘如饴饧，清新甜香。苏离离仰在竹摇椅上，舌尖舔一舔唇角，对木头叹道："世上还有比吃新鲜水果更舒服的事吗？"

木头坐在铺子大堂的柜台后，给她抄这个月的订单，闻言白了她一眼。苏离离又剥了一个枇杷，剔皮去核，正欲拿去引诱木头，便见铺子正门缓缓走进一个人来。苏离离放下枇杷，擦了擦手，莫大已将一个包袱掷在柜台上，道："今天是来买棺材的。"

木头绷着一张俊脸，头也不抬，仿若未闻。

月余不见，苏离离愣了愣，道："你娘去了？"

莫大点头："前天就去了。这是二百一十两银子，那天挣的，我们对半儿，零的十两是买棺材的。"

苏离离转到柜台后，数了数银子，毫不推辞，坦荡无耻地将包袱包好收了，方抬头道："要什么样的棺材？"

莫大道："你估摸着给吧，我急用，现成的最好。"

苏离离便将他引到里院，指了一口大棺材道："这个怎么样？以前一个老员外家订的，他一死，他儿子不要这个，改换了便宜的。这个就搁这里了。"

莫大也帮苏离离拉过几回木料，见那板子七寸厚的独幅，连连摇头："别别别，我娘这辈子也就那样，你这香樟整板别吓着她。那个松木四块半就很好，就那个吧。我娘喜欢好颜色，你多画点花在上面。"

苏离离叹气："你那二百一十两能买次点的金丝楠木了，这个香樟原也不算顶好。"

莫大道："那二百两是上次和你断袖，你应得的。"

苏离离缓缓抬头，无言地仰视他良久，想说什么，到底忍住了。

两人转出后院，苏离离问："莫大哥，你有什么打算？"

"丧事办完我就走，到外面闯闯看，顺便找找我兄弟。到时候也不跟你辞了，回来再说吧。"

苏离离点头："你一个人，万事小心。"说着走到大堂里，木头已抄完了订单，歇了手看着账目，见他们出来，也不理会，端了苏离离晾在那里的茉莉花茶喝。

莫大看他对人爱理不理的模样，有些不放心，扭头对苏离离道："离离，我不在你可别跟这小子断袖，等我回来，我们断袖。"

木头一口水没咽下去，呛了出来，咳个不停，淡黄的茶水洒了一柜台。

莫大奇怪地瞅他一眼，苏离离欲哭无泪，一把拽了莫大出门，苦口婆心地教导道："莫大哥，断袖这种说法文气得矫情，咱们小老百姓，就说盗墓，直白！"

莫大点头："明白，明白。"

送走这个主顾，苏离离转身回来。木头一脸似鄙夷非鄙夷的神色，眼光凉凉地把她从头到脚丈量了一遍。苏离离将剥好的枇杷拈起来吃了，见木头这般看她，冷笑着指点道："看你这面相身材，额无主骨，眼无守睛，鼻无梁柱，脚无天根，这辈子也只得落魄了。再把死鱼样的眼珠子瞪着，该有的那点运气也破败了。"

木头额上青筋现了一现，默然无言，拉开抽屉，收拾账册单据。苏离离往摇椅上一坐，忍不住笑，却闲闲地吩咐道："把柜上的水擦了，过来歇歇。"

月换星移，木头腿上的夹板绑了三个月，终于拆了下来。大夫来看过之后，说恢复得很好，大赞他骨骼清奇之余，也极力夸赞自己医术超群，能将骨头接得这么严丝合缝。末了，他拍着木头的肩膀道："小伙子，好好再养两个月，我包你今后走路都看不出来腿折过。"

木头不咸不淡地应付着，苏离离一边数银子一边挑刺："真好了吗？什么叫骨骼清奇，我看是骨骼怪异吧。他还没走路，怎知道不是一条腿长一条腿短？"

大夫道："没有的事。我家九代行医，他这样严重的伤，我是从来没见过。"

苏离离将一块碎银子放到大夫手上。

大夫看着银子，道："可他好得这么快，我也是从来没见过。这两个月还别忙着走。"

苏离离又数一块。

大夫慈祥地打量着木头："这一年也别使力，能走了也要慢慢地走。"

苏离离再数一块。

大夫脸上笑出了一朵花："少吃辛辣，别凉着了腿。要是真的这条腿短一点，也是常事，有一个好法子可以解决。"

苏离离咬牙把最后一块碎银子放到他手上，大夫举到嘴边咬了咬，收到衣兜里，凑近苏离离耳边道："治长短腿儿，有一个不传的秘法，就是把短腿那只鞋的鞋底垫高点。"

大夫言罢让徒弟提了药箱，道声"告辞"，飘然而去。苏离离目瞪口呆地望着人走远，半天回过神来，骂道："什么世道啊！大夫都跟抢钱似的。"木头弯弯膝盖，动动脚踝，道："人家又没挖坟掘墓，抢钱有什么了不得的。"

苏离离大怒，一叉腰，正待发火，木头放下腿，仰脸一笑，道："这拐杖挂得人闷得慌，这下可要好利索了。"他素来沉默，话不多，也极少笑，如今一笑，满屋都明亮起来，像有烟花绽放，瞬间华彩，让人念念难忘。四目相对，脉脉无言。苏离离呆了半晌，才讷讷地说："还是再挂一个月吧。"

木头点头："好，听你的。"

端午才过，天气却燥热起来。后面小院覆在墙外树木的绿荫下，隐隐透来初夏的浓烈。树干枝叶上有鸣蝉唱歌，幼虫吐丝。苏离离收拾打扫，上下照顾，依旧把日子过得没心没肺。

雕花的张师傅胡子花白，一双手枯瘦，却能勾出最为细致柔约的流边花纹。做工做到兴头上，苏离离倒上一杯小酒给他。他喝一口，逸兴遄飞，一把雕刀耍得溜溜转，两眼精光闪闪地扫一眼木头，一定要收他做徒弟，学雕工。

木头摇头道："我不用这么小的刀。"

张师傅拈须一笑："用笔原须细，用刀原须粗。练字时由大及小，是教你不失通体的气韵；练刀时由小及大，是教你不失其中的细致。"

木头立刻服气，便也学着细细地雕花，磨砺心性。两人教学相长，说到投契处，竟目不旁顾，你一言我一语，或争执，或启发。

没有两天，张师傅便觉得这个徒弟收得十分称心，大赞木头少年英雄，见识过人。木头也就迤迤然地受了，回他一句老骥伏枥，志在千里。苏离离听得直皱眉，哭笑不得，私下跟程叔道："果然是玉不琢不成器，人不吹捧不满意。木头跟张师傅分开来都是闷葫芦，凑在一起宜为伍。"程叔大笑。

　　这天下午，苏离离花了两个时辰，给一口柏木棺上了第三道漆，晾在院子里，只觉腰腿酸软，汗盈里衫。她也不想吃饭，索性烧了水提到东厢浴房，洗了个澡，顿时全身舒畅。她擦着身上的水，些微碎发沾湿了，黏在身上。

　　苏离离放下头发，用手理了，重又绾上去，一根簪子一压一挑，还未绾好，木门"吱呀"一响，就见木头站在门口，倚着两支拐杖，张了张嘴，似要说话，却又像被雷劈了，盯在她身上。少女的身体莹白如玉，不带情色的炫彩，却似工艺一般绝美清新。

　　苏离离还举着手绾头发，如今大眼瞪小眼，愣了片刻，方"啊"的一声惊叫，抓过一条大浴巾，飞快地裹在身上，怒道："你怎么进来了？！"

　　木头突然就结巴了："我……我怎……怎么不能进来？"

　　苏离离大怒道："老娘是女的！"

　　木头原本苍白的脸红了红，勉强压住，梗着脖子道："女的，又怎样……"

　　苏离离怒得无话可说，不知哪里来的神力，一抬脚将他踢进了门外敞放着的一具薄皮匣子里。那雪白修长的腿整个露了一露，风光无限又惊鸿一瞥。

　　木头跌进薄皮匣子里，半天没爬起来。

　　第二天一早，苏离离打开房门时，见木头坐在一块棺材板前，专心致志地刨平。雪白的木刨花蓬松地从他手中开出来，掉落地上。苏离离眯起眼睛，愤恨地看他，木头目不斜视。僵了片刻，苏离离冷笑道："一大清早起来，怎么院子里一个人都没有。"

　　木头手上不抖，沉声道："我是人。"

　　苏离离斜睨他一眼："原来你是人啊，我还以为这里一院子都是木头呢。"说罢，她头也不回地往厨房去了。木头看她去远，方才抬起头来，目光却朝着厨房的方向追寻。半天，他咬牙摇头，自觉糟糕。

　　又过了盏茶时分，苏离离在后面喊了一声"吃饭"，木头放下活计，挂了拐杖到厨房外面的饭桌旁。苏离离盛出稀饭，烙了一碟焦黄软糯的饼子，卷了咸菜豆干，蘸了酱吃。程叔喝了一碗粥，吃了两张饼，却见苏离离不似往日说笑，木头端着碗只一口口地喝粥，失笑道："你们这是怎么了？怎么恼了？"

苏离离不说话，木头看她一眼，也不说话。程叔放下碗笑道："真是小孩子。"径自出去忙活了。苏离离瞥了木头一眼，觉得自己比他大，不要跟小孩子一般见识，便挑了菜，裹了一张饼子，递过去道："你成仙了吗？什么都不吃？"

木头接过饼子，喝了一口粥，咽下去，方抬起眼睛看着她："你……为何要扮成男的？"

苏离离没好气道："难道一个姑娘家，抛头露面卖棺材？！"

"为什么卖棺材？"

"不卖棺材，难道我绣花吗？"

木头摇头道："我不是这个意思。"

苏离离见他态度端正，容色严肃，也不与他置气了，看着碗沿的青花勾瓷，幽幽道："我爹死的那年，我什么也没有，和程叔一起动手给他做了一具棺材。那是我做的第一具棺材，到如今做过多少棺材，我自己也记不清了……幸好还有程叔帮我。"

她抬头，见木头神情关切，忽然一笑道："其实做棺材也好。我爹说过，生老病死人不可免，因而卖菜、卖米、卖药、卖棺材的人什么时候都饿不着。卖棺材更好，哪天大限一到，自己就发送了，有始有终。"

木头轻叹道："你爹是个明白人。"

苏离离摇头："世道不明，便容不得他。还是世人皆醉我亦醉的好。"

木头黯然道："也不尽然，和光同尘难免不被掩埋在尘埃之下。临到终了，却后悔莫及。"

两人各怀心事，一时静默。

其时，苏离离与木头年纪尚小，虽经离丧，也勘不透世事的锋刃。多年后，木头飞鸟投林，池鱼入渊，万缘放下时，却放不下这小小棺材铺里的一念。

苏离离拈着筷子，默然片刻，觉得两人的话都说得太深刻，深刻得做作，自己先笑了，放下筷子道："你快吃，吃完帮程叔刨板子去。我过两天空了，教你做棺材吧。"说着，收了自己和程叔的碗进去。

壹

青瓦闲作坊　月明人倚楼

木头喝了口粥，喃喃自语道："我就说嘛，你哪有半分男人的样子，果然是女的。"

无奈苏离离耳朵尖，踱回来，隔了桌子看着木头。木头一抬头，见了她的脸色，气势陡转，身子往后一退。苏离离眼含杀机，一字字道："你是故意的？"

"不是。"木头猝然放下碗筷，抬高声音道，"当然不是！"

下一刻，苏离离已转过桌子，杀向木头。

木头见她抬手，几乎是下意识地一伸指，点上她右腕太渊穴。苏离离手一麻，自己也没反应过来，气势却不减，左手已拍到木头背上。木头缩了手，腿脚不及她灵便，欲躲无路，欲还手又怕拿捏不好轻重。屋子里瞬间天翻地覆。

程叔探头看时，就见木头被苏离离按在桌子上，咬牙，埋头，握拳，一动不动；苏离离抄着一块油抹布，"啪啪啪啪"抽打得十分欢快。

程叔连忙叫道："离离别胡闹。"

苏离离不听，放下抹布，恶狠狠道："叫姐姐！"

木头理亏，闷声闷气道："姐姐。"

程叔笑得直摇头，转身捶了捶腰，见早晨的阳光洒了一院子，明媚耀眼，心情也明快起来。他咳嗽一声，弯下腰去接着锯那块柏木板子。

夏始春余，时序相交，最容易生出疾症。木头犹如旭日朝阳，一天天恢复起来；程叔却如暮霭沉沉，一天天衰竭下去。天气一热，程叔反增了咳喘。每到深夜，苏离离听他咳嗽不停，心里就很不是滋味。请大夫抓药，程叔不待见。苏离离一头扎进书房里，翻了一天的书，回头买了些平喘凉药，温补食膳做给他吃。

木头虽不言语，却把程叔的活接手大半，每天在院子里从早做到晚。苏离离便教他用丁兰尺打尺寸，吉位恒吉，凶位恒凶。

木头问："要是尺寸凶了，还能妨害着死人？"

苏离离高深地摇头："妨不着死人。棺材的尺寸凶了，约莫能睡出个僵尸来。"

木头不温不火道:"你不去挖开,想必那僵尸也行不了凶。"

苏离离翻起一双白眼,却言语不得。

木头见她无话,兴致忽起,随手捡一块长条角料,竖施一个起手式,斜斜便刺向她的印堂。苏离离只觉眉心风动,未及反应,眼睛一花,木头已"唰唰唰"一招尽点她全身十二处大穴。每一点都是要害,而每一点都只差毫厘即住手。

木头须臾收势,苏离离像傻子一样呆站着。木头神情颇为自得,却绷着脸,矜持地一点头,手一扬,木条子飞回角料堆里。

苏离离幡然醒转,大怒:"有这本事在我面前显摆,当初怎的被人砍得七零八落,让我七拼八凑才凑齐了一个人?!"

木头声线沉静冷冽:"你何不问问伤我的人怎样了。"

"怎样了?"

"死了。"他轻轻地说完,掉头锯板,见苏离离张口结舌,又阴恻恻地补了一句,"谁伤我一刀一剑,我必要他的命。"

苏离离踌躇半晌,见他专心致志,还是忍不住打断道:"那个……我好像……也打过你……"

木头深沉地看她一眼,看得苏离离心肝一跳:"其实……是开玩笑……"

木头不言语。

"我只是……一时……那个激愤……"

苏离离好话说尽,末了,木头方抬头,半是鄙夷半是大度道:"我不跟女人一般见识。"眼睛里却是藏不住的笑意。

苏离离望着他的眼睛,点头道:"既然如此,我不打白不打。"说着抓起一把刨花儿当头扔了过去。木头的手袖像带着风,一挥,刨花儿反过来撒了苏离离一身。

苏离离再扔,木头再挥。

半天,苏离离大叫:"不来了,不来了。你看撒了这一地。"

再半天,苏离离叫道:"木头,你再闹,我恼了!"

木头收了手,苏离离不顾自己挂着一身的刨花儿,抓起满手木屑子直扔到他脸上。

顿时，院子里如同六月飞雪，炸起一地杨花，洋洋洒洒，嘻嘻哈哈。

木头自拆了夹板，每日拄着拐杖练走路；过了月余，竟放下了拐杖；又过月余，竟能将路走得四平八稳。苏离离一面骂"还不会爬呢，就学着跑。欲速则不达，也不怕再折了伤骨，做一辈子瘸子"，一面买来猪蹄子，炖上黄豆，烧得鲜糯不烂，逼着他喝汤吃肉啃骨头。

入伏以来，天热得厉害。铺子里的活都放在早上，一到午时便收了工。苏离离将木料用白布遮了，夜里凉了喷些水，说是怕晒拱晒裂了。木头见她喷水，质疑道："不会长出蘑菇来吧？"被苏离离一个白眼挡回去。

木头午后在后院葫芦架下，或捻指意会，或以木条做兵器，不时比画一下，竟是想的时间多，动的时间少，不知琢磨些什么。苏离离每每见他入定一般立在那里沉思，周身的气韵却如山岳凝峙，川泽静默，万物隐于其形般广阔精深，心里有些羡慕，又有些不安；转顾四周青瓦白墙，墙外市井摊贩，心里知道这终不是他的天地，反倒坦然了几分。

苏离离看得无聊时，趴在旁边打个盹，醒了煮锅绿豆汤给大家消暑；或者切一个西瓜，去皮剔籽，用牙签挑着吃。到了傍晚，用水泼地去暑气，铺开竹席纳凉，直待到星汉满天，蒙眬睡去，不知今夕何夕。日子过得虽清贫，却神仙般自在。

这天下了一阵雨，苏离离因天热，懒得吃东西，煮了白粥，做了一个凉拌拍黄瓜。她吃饭的时候对木头道："你腿脚好多了，一会儿随我上街一趟好吗？"木头应了。

两人吃了饭，踏着积雨，出了后角门，慢慢转到前面如意坊正街的妍衣轩。妍衣轩是制成衣的店子，装点得典雅别致，往来拿取净是达官贵人家的家仆侍婢。

苏离离进店时，妍衣轩李老板便迎头堆笑道："苏老板啊，你是来取衣服的吧？"

苏离离寒暄两句，道声"是"。李老板便唤了伙计进店里抱出两个大纸盒子来，就在那精光锃亮的桃木大案桌上打开一个，将里面两件素色单花的男装铺在大案上，衣角工整，针线匀称，服色朴而不俗。

苏离离倚在大案桌一角，手抵着唇，展颜微笑，眼神指点木头道："那边换上看看合不合适。"木头比苏离离高一点，身上穿的是程叔的旧衣服，肩肘诸多不合身处。少时，木头换了那身藏蓝色的衣服出来，修长挺拔，无处不合身。李老板不由得竖起大拇指道："苏老板，你这位小兄弟真是一表人才啊。"

苏离离无耻地一笑，颔首道："那当然。"她扯扯木头的袖子，端详片刻，闲闲道，"穿着回去吧，把那两件收了。另一样呢？"

李老板拂开案上的衣料，郑而重之地打开另一个厚黄纸盒子，顺着盒沿，拉出一套女装，细心地铺展在案桌上。却是一袭淡粉色的广袖长裙，里面是华缎，外面衬着薄纱，纤腰长摆，裙角上绣着朵朵桃花，疏密有致，点染合宜。

裙子一铺开在案上，满室的目光都被吸引过来。李老板指点着衣裙，滔滔不绝，这里多么幽雅，那里多么炫目，把一袭衣裙半实半虚地说得天花乱坠。苏离离一一地看了，淡淡点头："不错，对得住我的银子。换个漂亮点的盒子包上吧，我要送人的。"

李老板笑得暧昧："整个京城也找不出这么好看的衣裳，苏老板花大价钱是要送给心上的姑娘吧。"

苏离离笑得像朵花儿："李老板又胡说，倒是送给一位姐姐的。"当下由他调侃，她也不多说，只看人包了衣服，让木头抱了一个盒子，自己抱着这一个，出了妍衣轩。

走回去的路上，苏离离有些沉默。到了后街清静小巷，木头忽然道："那件衣服我觉得你穿合适。"

苏离离没回过神来："哪件？"见木头望了自己和盒子，明白他是说那件女裙，不由得失笑，却踢了踢角门叫道，"程叔，开门，我们回来了。"

七月初七这天，万户乞巧。苏离离早早吃罢晚饭，对程叔道一声"我出去一会儿"。程叔点点头，沉吟片刻，只道："莫在那里多待。"苏离离捧了那个衣裳盒子出去了。木头冷眼看着，也不多问。

苏离离沿街转巷，来到城心。这个时辰，百家歇业，只有秦楼楚馆，渐次开张。暮色昏黄下，灯红酒绿慢慢清晰起来。明月楼开在当街，正是京城数一数二的烟花之地。艳妓迎门邀客，将那三分的虚情七分的假意，按斤论两，作数出卖。

苏离离只从边角门进去，使了几个银子给后廊下闲着的打手，引了去见老鸨。老鸨汪妈妈正张罗着扯大堂里的一张彩绸，见了苏离离，认了片刻方道："苏小哥，什么风把你吹来了？"她身子朝苏离离这边一靠，一阵闷香扑鼻而来。

苏离离被熏得几欲昏倒，却和和气气笑道："我看看言欢姐姐，给她送个东西就走。"汪妈妈笑道："大半年的不见，这模样儿越发俊秀了。不想想你汪妈妈，倒惦记着欢儿。"苏离离只得赔笑道："那自然先惦记着汪妈妈这里，才能惦记着言欢姐姐。"

苏离离告了声扰，出来往明月楼内院去。一路听着淫声浪语，好不容易捧着盒子爬到后阁二楼一间绣房前，苏离离先敲了敲门，扬声道："言欢姐姐在吗？"

里面一个女子声音柔软慵懒，道："进来。"

苏离离推门进去，便见房间西边妆台前坐着一个女子，寝衣缓带，微露着肩膀，睡意未消，正对着镜子上妆。她从镜子里斜看一眼苏离离，妩媚之中透着冷清，却不说话。

苏离离将盒子放在桌上，回身关上门。言欢调着胭脂，半晌开口道："你这时候怎么过来了？"

苏离离将盒子捧到她妆台旁的春香芙蓉榻上，解开绳子："今天是七月初七，我们的生日。"

言欢缓缓放下手，有些愣怔，失神道："是，七月初七，我都忘了，没什么好送你。"

苏离离除去礼盒，将那袭衣裳拉出来，裙带飘飞，满室华彩，笑道："送给姐姐的。"

言欢神色柔缓了些，注视苏离离片刻，道："你也十五了，总是及笄之年，怎的还这般打扮？"

苏离离难以捉摸她飘忽的情绪，低声道："欢姐，皇上现在也自顾不暇了。我听人说，京畿政务都掌在太师鲍辉手里。我这些年存了些钱，看能不能使点银子，赎你出来。"

言欢淡淡一笑，几分冷然，几分苍凉："你赎我做什么？！外面的姑娘年满十五正是花开时节，这里的姑娘十五已经是花开败了。"

话音刚落，屋外有人朗声笑道："别的花开败了，言欢姑娘这朵花却是开不败的。"声音醇厚动听。

言欢神情微变，似有些振奋，推着苏离离道："你去吧，我的客人来了。"两人相望，有些迟疑，却都说不出话来，言欢张了张嘴，还是低低道，"去吧。"

门扉响处，有人进来。苏离离抬头扫了一眼，正是刚才窗外说话的那个人，穿着月白的衣衫，袍袖舒展。她匆匆一瞥，埋头便走，边走边想：青楼嫖客也有这等人物，这公子一眼看去如重楼飞雪，朱阁临月，俊朗清逸，几乎比我家木头还要好看几分啊。

她正自思忖，迈过那人身边时，那人却一把抓住她的手腕，懒懒笑道："真是人生何处不相逢啊。"

苏离离大惊抬头，正对上一双清澈狭长的眼睛。他说话的声音宛如他说"月黑杀人夜，风高放火天"一般抑扬顿挫。苏离离像见了鬼的猫，脑子里"嗡"的一声，全身拿了毛。

那人仍温言笑道："公子见了我，为何发抖？"

苏离离又一次用力抽出手腕，虚弱地说："我也是感慨人生的际遇实在离奇。"

锦衣公子向后看去，见言欢尚穿着寝衣，酥胸半露，也叹道："实在没想到，公子竟是水旱通吃。"

勾栏里的谑语，男人和女人叫走水路，男人和男人叫走旱路，却含了些

壹

青瓦闲作坊　月明人倚楼

隐秘曲折的意思。言欢听得这话，忙把寝衣一拉，先红了脸，半敛着眉，低声道："祁公子先请坐，恕奴家换身衣衫。"说罢径自转去屏风后面。

苏离离虽不懂得水路旱路，但见言欢都红了脸，自然不是什么好话，当即正色道："公子勿要取笑，我是女子，不是男子。言欢是我结拜姐妹，今日来此看看她。"

她突然这般坦率起来，那锦衣公子反收了笑，默默地看了她一眼，眼神锐利如刀，正色道："你也是这里的姑娘？"

"不是。"

"那是哪里的姑娘？"

苏离离不由得生起几分薄怒："我是良家女子，不是风尘中人。"话音一落，见言欢换了一袭浅紫的舞衣，倚在屏风之侧，幽幽看她，苏离离猝然停声。

言欢娉娉袅袅地走出来，涮了杯子倒茶。锦衣公子方才赞她花开不败，现下正眼儿也不瞧她，却盯着苏离离道："你上次不说你是女子，是因为与你同行的那人也不知道你是女子吧？"

一针见血。

苏离离垂首道："正是。公子若是别无他事，我就不打扰了。告辞。"

"站住。"他闲闲地一拂袖子，如闲庭信步，又尽在指掌，"你叫什么名字？"

此问无礼，然而苏离离女扮男装做买卖时，原没在意她的芳名被大老爷们挂在嘴上呼喊，也不介意他这么一问，踌躇片刻道："我姓苏，是如意坊之尾苏记棺材铺的东家。"

锦衣公子端起言欢捧上的一杯香茗，随手搁了却不喝，波澜不兴地说："我知道你姓苏，我问名字。"

苏离离无奈，只得答道："我叫离离，就是离开这里的离。"

锦衣公子"哧"的一声轻笑："我又不是鬼，你见着我就这般想走？"

苏离离望着他看似多情实则冷冽的眼眸，恳切道："公子，小女子只是个寻常百姓，乱世之中求个平安度日，不想招惹别事。今日见着公子实是遇巧。我做的生意，也不敢招呼公子多来照顾。言欢姐姐美貌温柔，公子来与她叙谈，我在此多有不便，自然当走。萍水相逢，何必多问。"她抛一个眼神给言欢。

言欢对桌坐了，轻笑，柔声道："祁公子好不容易来了，倒戏弄我这妹子来的？她没见过什么世面，可别吓着了她。"

锦衣公子手指轻轻叩着桌面，七分赞许，三分深沉，缓缓道："苏离离……苏姑娘不仅聪明，还聪明得透彻。"随即他莞尔一笑，"我姓祁，就是'采蘩祁祁'的祁，祁凤翔，家中行三，人称一声祁三公子。苏姑娘记着，后会有期吧。"

苏离离虽穿着男装，却屈了屈膝，敛衽行礼，夺门鼠窜而去。

言欢见祁凤翔望着门扉犹自沉思，心中不悦，却将一个笑容绽得明艳动人："三爷一去半月，怎的昨天又想起言欢，让人捎信儿说今天来？"

祁凤翔转过头来，眼神描画她的唇线，柔声道："来，便是我想来；去，便是我想去。言欢这般剔透，怎会问出这么愚蠢的话来？"

言欢微微仰头笑道："言欢今年十五，在这欢场已有七年，阅人无数。公子来便是来，却不是为言欢而来。"

祁凤翔长笑道："你既这样说，即便不是专为你而来，也可以算是顺便为你而来。"他手一拉，将言欢抱进怀里，低头轻嗅她身上的幽香，突然问，"你姓什么？"

言欢微微闭起眼睛，由他抚摩，神情杂陈着痛苦与欢乐，似揭开心底一道深刻的伤口，半是嘲讽，半是含酸："我姓叶，落叶飘零的叶，叶言欢，公子也记着吧。"

祁凤翔按在她腰上的手不自觉地用力，低声缓缓道："叶言欢，找的就是你。"

言欢忽然大声一笑，扭转身子面向他，手指抚上他的下颌，像觉得十分有趣，也低声一字字道："你找的未必是我。"

苏离离一头扎进院子时，程叔正坐在几块叠放的木板上，看木头雕一块

壹

青瓦闲作坊　月明人倚楼

料。她这么急急地进来，两人都惊得抬起了头。苏离离有些喘，却放松表情，嘿嘿一笑道："程叔还没睡？"

程叔的咳嗽止了些，精神好些了，见她平安回来，点头道："就睡了，少东家也早些休息吧。"说罢起身去洗漱。苏离离在木头身边坐下，愣愣不语。木头借着一支松枝油条的火光，捧着尺余见方的木桩子，刻一个阳文寿字。

刚把轮廓勾出来，苏离离突然站起来，望着铺子大堂的方向问："还有多少活儿没交？"木头也不抬头，一边刻着一边答道："西街寿衣铺子的三口柏木卸好板了；另外两个散活儿毡泥铺了底，合了缝，只等上漆；案上还有没动工的两口，限的是三月交货，才放了订金。"

苏离离转过身来，又望着院墙之上，有些失神，似自语又似问他："我搬到哪里去好呢？"她方才在明月楼厢房还算镇定自若，此刻神色平静，眼眸深处却如惊弓之鸟，暗藏着深刻的恐惧。

木头停下刀，抬眼看她，不动声色道："街对角顺风羊肉馆的铺面就好，要搬就搬到那里吧。"

松油枝子爆开一阵火光，照出的阴影四面摇曳，顷刻间委顿在地，熄灭了。眼前一暗，院子里一片漆黑，有目如盲。苏离离像找不着方向，犹豫了片刻，往后面小院走，迈出两步，手臂一紧，却是被木头拽住了。

她蓦然回头，黑暗中眼神终于聚焦在木头脸上。木头站起来，握住她的一只手："你去哪里？"

苏离离低头思索一阵，快而轻地说："我不知道，我要走，他们要找到我了。"

"谁要找到你了？"木头柔声问。

他这句话在苏离离脑子里过了一遍，谁要找到她了？这样一思索，苏离离似忽然清醒了些，眼神不这么愣怔，却不说话，只由他捏着自己的手，心底里仿佛需要这种力度和温度来支撑。

木头静等了片刻，自己接道："上次盗墓惹上的鬼吧？"

苏离离点头："我……我怕是被人盯上了。"

"你做了什么惹到人了？"

"我不知道，你别问了。"苏离离叹气。

"我不问便是。只是许多事，怕也是没有用的，你何必要怕。"木头拉起她的另一只手，也握在手里，"你当初救我的时候可曾想过怕？你说我若被仇家寻到，怨不得你。你可曾想过，若我的仇家寻来此地，不是我不怨你，而是你莫要怨我害了你。"

苏离离张了张嘴，心知如此，却说不上为什么，明知道救他是犯险，还是把他救了。黑暗中木头眼神发亮，笑道："你那时候不怕，现在也不需怕。世上的人打不倒我们，打倒我们的只有自己。"

木头不说废话，说出来就不无道理。苏离离看着他璀璨如星的眼睛，心里暗暗自责：我今日竟觉得那个祁……祁凤翔比木头好看，分明是木头比他好看得多。又想到他说的那个"我们"，原是泛泛而指，细细一想却有一丝亲密的味道；又觉着他手上的温度格外舒适，脸上有些发热，她抬手一巴掌不轻不重地抽在自己脸上，心头痛骂：苏离离，你怎么抽风了！

木头见她终于不再失神，举止却更加莫测起来，一愣之后大惊，迟疑道："姐姐，你……你到底受了什么惊吓，千万莫憋着，会成失心疯的。"

苏离离挣脱他的手，连连摇头道："没有没有，今天确实有些怔住了，脑子不清不楚的。"

两人正怔在那里，房门一响，程叔握着蜡烛，披着衣服站在门口，眯着眼睛，伸着脖子看他们，道："黑灯瞎火的，你们还在这里说什么？"蜡烛的光虽暗淡，却足以令木头看清苏离离绯红的脸色，一愣，顿时杂念丛生。

苏离离避开烛火，应道："知道了，我就睡了。"今夜她第二次鼠窜而去，直入卧房。

木头站在那里看她"砰"地关上门，一回头见程叔枯老的脸映在烛光下，不知怎么心里突然一虚，低头拾起雕刀和废料，转了一圈，又扔了木料，手握着大号韭叶刻刀直直走进了卧室。

程叔举着蜡烛挪出来几步，望着木头关门，眼神疑惑之中又充满了无辜。

苏离离靠在门上，既没点灯，也没梳洗，反而闭上眼，心中暗笑，觉得自己当真无聊得紧。十五岁少女该有的深闺望月，花下怀情，不属于言欢，也同样不属于苏离离。似这般恬淡的时光已是流年中偷来的，在她隐忧渐释之际又兀地折转，如此反复，不能也不愿去奢望更多。

她抛开这一丝优柔的念头，坐到床沿上，解开头发。指缝间有一些剪不断理还乱的萌动与纠结，直透进心里，她生生放下，转而去想那个祁凤翔，只觉此人说不出的古怪可怕，辗转反侧，猜不透他的真意，遂埋头睡觉。她着枕即眠，一夜无梦，直睡到太阳爬上第三根窗棂。苏离离只觉睡得极沉，爬起来浑身不得劲儿，裹了衣服前往那五谷轮回之地。

走到屋檐下，木头迎面过来，道一声："起来了。"苏离离人醒了，脑子没醒，麻木地应了一声"嗯"，擦肩走过。

回来时，见院子里一早便堆着四五块截板废料，一地木屑渣子，苏离离乱着头发，打个哈欠，指着地上道："都是你今早刻的？"

木头"嗯"了一声。

苏离离细瞧，一块刻着个"寿"字，一块刻着个"福"字，都是棺材上常用的字样，还有一块，却刻了个"苏"字。苏离离大惊失色道："这个东西可千万不能刻在棺材上。咱们这一行是不做字号标记的，免得主顾们躺舒服了，晚上齐齐地来谢我，我可招架不起。"

她说完也不听木头答话，惺忪着眼睛洗了把脸，头发一绾，去厨房觅食。程叔坐在饭桌边喝着豆浆，苏离离抓来一根油条，撕了一块放进嘴里，就听程叔道："这孩子，今天天不亮又在院子里倒腾，敢情昨晚没睡呢。"

苏离离闲闲道："他许是昨天酽茶喝多了，失眠。"唇角却不经意扯起一道弧线。

此后数月，苏离离一直担心祁凤翔会找上门来，然而他石沉大海，杳无消息。那句"后会有期"像最管用的符咒，拘得苏离离时不时地抽一下风。木头终于见怪不怪，淡定地指点江山，教她该搬往何处，把一条街所有的铺子都指完了，苏记棺材铺也没挪一个窝。

秋去冬来，冬去春来，从破败到萧条，从萧条到盎然。

冬天下第一场雪的时候，苏离离又去找了言欢一趟。言欢说祁凤翔是幽州商人，来京里探市摸行，现在已回幽州去了。言欢在风月场中数年，看人身份家世火眼金睛，这话言欢不信，苏离离也不信，但知道他不在京城，心放下大半。

苏离离心情一好，回家途中路过一个兵器铺子，便花十两雪花银买了一柄上好的长剑。到家时，木头正扫去一块整木上的积雪，准备改料，接过剑来眼露欣喜。许多时不摸刀剑，未免手痒，木头"唰"的一声抽出剑来，赞道："好，嗯，好。虽然锋无沉劲，钢无韧性，但市井俗货里也算不错的了。"

听得苏离离直想一脚踹过去，十两银子，半年的吃喝，换来他一句不错的市井俗货。不知不觉间，木头已经把棺材铺子的活计做上手了，从改料、打磨、钉板、铺胶、上漆，一样不落。他初时做的棺材，盖不合盖子，被苏离离痛加指教了几回，终于像样了，渐渐地琢磨熟悉。

焐过一冬，苏离离的抽风痊愈了，接活揽生意之余，觉得生活也就这么回事，自己未免多虑。这天她喝多了水，晚上起夜，春寒料峭，让那冷风一激，打了个寒战，恍惚觉得书房里有什么细微的声响一叩。

苏离离不禁皱眉，只怕老鼠咬了书，昏昏沉沉走过去，用脚蹭开房门。阴沉的感觉霎时从心底生出，脖子上汗毛竖立，身边什么东西一晃，苏离离猛见是个人影，一抬头，全身的血液瞬间冲到了头顶。定陵墓地里的扒爪脸，皮肤像死人一样凹凸错落，唯有眼睛阴鸷地盯着她。

她"嗷"地怪叫一声，扒爪脸向她伸出手的同时，一股沉稳的力道将她往后一拖，一个闪亮的东西从身后斜刺向身前，扒爪脸被迫收手。苏离离腰上一紧，被往后一甩，等她在院子里站稳，回过神来，月光下木头已与那人动上了手。

木头一招占先，招招占先，亦攻亦守。扒爪脸进击数招，被木头一一挥挡开去，纯以剑招制胜。须臾之后，扒爪脸觑一个空当，一拳击向木头。木头人不退，剑刃削下，清冷道："撤招。"

此招不撤，固然能击伤他的心脉，然而一只手也没有了。扒爪脸出招虽快，收势亦稳，缩手一立，方才的万千杀意瞬间隐藏，却如见了鬼一般望着木头，半晌道："你招式精妙，内力不足，拼不过我。"

木头并不反驳，言简意赅道："你已是第三次来了，再来一次，我绝不留情。"手一收，剑刃破风出声，不容置疑的坚定。

苏离离紧了紧衣服，看两人院中对站，分庭抗礼。一种叫作杀气的东西隐隐弥漫在空气里。早春料峭的夜风吹来，牵起她几许散乱的发丝，扒爪脸的衣袖却垂直不动，似在思索动手还是不动手。木头寸步不让，手里剑尖纹丝不动。

苏离离一向敢于突破严肃的气场，见气氛凝滞，便站在木头身后，探出半张脸，尽量沉稳地问："你找什么东西？找什么跟我说啊，这里我最熟。"

扒爪脸扫她一眼，转向木头道："你的武功路数我识得，今日不与你争斗，是给你师父面子。"言罢，一纵身，像暗夜里的蝙蝠，跃出了院子。

苏离离大不是味："唉——我在跟他说话，他怎么无视我？！"

木头看也不看，"嚓"的一声还剑入鞘，道："你总躲在我后面，他没法正视你。"木头转头看向苏离离，"那次从定陵回来他就跟着你了，前两次来也是在书房里翻。我腿伤未愈，不曾惊动他。"

苏离离惊道："我钉棺材，撬棺材，还没遇过这样的事。"

"你知道他在找什么。"木头平平淡淡说出来，像在陈述一个事实而非询问。

苏离离迟疑道："我……其实……我也不知道。就是上次在定陵，我给莫大哥放风，无意撞见这个扒爪脸在审一个小太监，说要找什么东西。"

木头审视她的神色，沉默半晌道："你不想说就不说吧，我看他不会就此罢手的。"

苏离离听得很不入耳，这算什么话，软威胁？"什么叫我不想说？我还把名字告诉你了，你的名字我却不知道呢。"

"苏离离是真名吗？"木头兜头问道。

苏离离一噎，被他深深地白了一眼。木头提了剑转身就走。她一把拽住："你去哪里？"

"回去睡觉！再过会儿天就该亮了。"

苏离离拖住不放："不行！你陪我在院子里坐坐。万一……一会儿……那个人……"

木头板着脸不听，苏离离央道："木头，程叔去拉板材还没回来，这一院子除了我就是你。万一我回去，那人想想不对劲儿，要回来宰了我，你慢一步我就完了。"

木头回身跃上堆放的木料板子坐了下来："他背后还有人。他主子不说杀你，他就不会杀。"

苏离离蹦上前去，也爬上那半人多高叠放的成板，背靠着后面堆积的木料："你怎么知道他还有主子？"

木头坐进去些，抱膝沉吟道："你说他上次在定陵拷问一个小太监。既是涉及皇宫内院，便不是江湖中事。此人非官非贵，定是为人效力。"

苏离离沉思片刻，道："你知道有哪一个大官姓祁吗？"

"朝中没有。"

"幽州呢？"

"幽州……有，幽州守将祁焕臣。"

苏离离冷笑："想必是这位幽州的祁焕臣。"

木头冷淡地补充："此人五十多岁，三年前调防幽州，守御北方，倒是一员良将。"

苏离离冷哼一声："治世良将，乱世奸臣。"

木头默然不语。苏离离屈了膝，侧坐在他身边，虽有些冷，却觉得安全，心安时，睡意萌生，不一会儿就垂头耷脑。木头略往她那边挪了一挪，将肩膀借给她的脑袋。苏离离便靠了过去，整个人依在他身边。

天将亮不亮之际，空中似有低低的鸣响，像从天地间发出，杳无人声，仿若时空倒置，不知身在何方。这样一段时间，是从生命中抽离的，是不关乎过去与未来的。木头定定地看着天空变成青白，映上一点金色的边。

第一缕阳光照进院子，苏离离动了动，睫毛缓缓抬起来，头倚在木头肩上，背靠着堆积的木料，身上披了一条薄被。她心知是木头趁她睡着时给她盖上的，裹了裹，心里有些空，又有些满，有些说不出的愉悦，像被太阳晒得懒懒的，仿佛这样相依坐了很长时间，长过她知道的时光。

空气清冽微寒，她一动不动地倚着木头坐了会儿，才抬头看他。木头的脸侧对着阳光，明暗的光影勾勒出他的轮廓，他望着沾染青霜的屋檐，眼里含着恬淡的波纹。

苏离离也看向那屋檐，笑道："怎么？房檐上有钱？"因为才醒，她的声音低哑，平添了清甜。

"没有。"

"那你看什么？"苏离离懒懒直起身来，"还这种表情。"

"去年今天你威胁我说，我死在这里只有薄皮匣子给我。"

苏离离被他一提，才蓦然想起木头住在这里也有一年了，心思不由得蔓延开去。她凝望他的侧脸，这一年来木头个子长了不少。她每每抬头跟他说话，不经意间，仰视的弧度就大了起来。木头将目光投向她道："你看什么？"

苏离离轻轻一叹，思索片刻，才将手按在他的手背上，柔声道："我只愿你一生平安，再莫有去年那样的时候。"

木头默然片刻，也轻声道："我也愿你一生平安，再莫有昨夜那样的时候。"

两人相视而笑。

"木头，"苏离离低低道，"帮我个忙。"

"你说。"

"我有一个姐姐，身陷青楼。我纵有再多的银子，也赎不出她来。我想……你去把她接出来。"

"她在哪里？叫什么？"

苏离离踌躇了一会儿："且再等几个月吧。我担心你的腿伤……到时候我跟你说。"

木头刚要说话，后角门上响动，苏离离凝神一听，欢声道："程叔回来了。"

木头跳下板材，手伸向苏离离："你去做饭，我帮他拉木材进来。"

苏离离抱了被子，扶着他的手，跳下板材堆子，依言各自忙活去了。

五月，天气宜人，柔风吹润。明月楼眠花宿柳，正是温柔乡里不知归。言欢这夜陪了半夜酒，有些醉了，回到房里，头沉眼饧，意识却又极度清醒。她在床上倒了半天，心中懊恼今天被灌了许多酒，挨到四更，到底对着花瓷盆吐了一通。

她抬起头时却见窗边站着个黑衣少年，蜂腰猿背，眉目俊朗，眼睛像明亮的星，趁夜乘风而来。言欢虽奇怪，也未惊慌，只愣愣看着他。看美人呕吐原是一件煞风景的事，木头神色平淡道："你是言欢？"

"是。"言欢用丝绸拭了唇角秽物，习惯性地问，"公子怎么称呼？"

木头并不答话："我来带你走。"

言欢一愣："谁让你来带我走？"

"苏离离。"木头虽认识苏离离一年有余，还是第一次叫她的名字。几个字平平吐出，他心里反生出一种异样感觉，些微形诸神色，眼底平添了温柔。

言欢察言观色，冷冷一笑，用职业的眼光上上下下打量木头良久："她凭什么带我走？"

木头被她瞧得有几分恼怒："难道你想在这里？"

"我不想在这里，可我不要她来救我！"薄酒微醉，言欢有些把持不住情绪。

木头道："为什么不要她救你？"

言欢道："她要你来你就来？"

一阵短暂的停顿，木头道："她非常想救你出去，所以我才来。"算是回答她的话。

"这世上没有承受不起的责难，只有受不了的好意。"言欢笑出几分落寞，算是回答他的话。

"你是她什么人？"木头又问。

言欢缓缓走近他，手指抚上他的衣襟，毫厘之差时，木头退开了。言欢似笑非笑道："你很想知道她的事？"

木头眸子微微一眯，眉头不蹙，却带出几分认真的冷静："我为她来救你，你只跟我走就好。"

"我不愿意！"言欢应声道，"我给你讲一个故事，你愿意听吗？"她又凑近木头。

"你可以讲。"木头这次没退，只一转身坐在了旁边的绣凳上。

言欢静静地审视他片刻，欠身在桌边凳上坐下来，倒了一杯冷茶，端近时才发现茶里浸了只细小的蚊子。她转着手里的杯子，看那茶色一圈圈荡过雪白的瓷，蚊子挣扎片刻，随水漂荡。

言欢定定开口："她并不如你想象的好。"

"很久以前有一个大臣，得罪了皇帝。皇帝要诛他满门。那一年，他的女儿五岁，有一个从小陪伴着她的丫鬟，是她奶娘的女儿。她们有缘生在同一天，却是个不吉利的日子。大臣为了避祸，带着女儿远走他乡。那个忠心的小婢追随左右，不离不弃。三年间东躲西藏，尝遍冷暖。"言欢语气淡定，当真像讲一个事不关己的故事。

"一天，官府的人找着了他们。追杀之下，大臣受了重伤，命不久矣。这位小姐当时只有八岁，追兵重围中，将那小婢当作自己的替身推了出去。皇帝抓到这个替身，余怒未消，说，那位大臣既然自以为正直清高，出淤泥而不染，就让他的女儿做妓女，不许人赎她。

"替身被送到青楼，教习歌舞，十三岁就接客。耳濡目染，净是烟媚情事。"言欢顿一顿杯子，"就像这只蚊子，苦苦挣扎，也只能溺毙。某一天，这位小姐良心过不去了，想把蚊子捞起来。你说，蚊子已经溺死，捞起来又有何用？就算她不死，又怎能忍受这小姐再来施她恩惠？"

她神情渐渐激越："言欢生来不受人怜，是苦是乐都是我的命。任何人都可以帮我，我只无须她来假手！"

她言至此，那个丫鬟与小姐都不言而喻，昭然若揭。

"你说的这个大臣，是前太子太傅叶知秋。"木头冷冷蹦出一句。

言欢神情一凛："你到底是什么人？！"

木头神色变化莫测："我听闻过这位大人的事，正与你说的相合罢了。那个替身为什么不说自己是假的？"

言欢轻轻一笑："她说了，没人信。小姐跑了，也找不到。所有的人都希望她是这个小姐，她在世上孤立无援。"她轻轻站起，脚步虚浮地走向床榻，侧倒在床上，像满心欢喜，又满腹忧伤，竟大笑起来。

木头见她半醉，心中打定主意只能打晕了扛回去交差，便站起来，掸了掸衣襟，道："言欢姑娘，得罪了。"

言欢手中抓着一根小指粗的红线，扬手道："你知道这是什么？"

木头一愣。

她扯着绳子，慢条斯理，笑靥如花地接下去："看来你没来过这种地方。这样的绳子每个房间的床上都有，青楼恩客许多都不把妓女当人折腾。遇到客人危害到姑娘的性命，姑娘便拉这个绳子，楼下的打手就上来了。"

她话音刚落，房门"砰"的一声被撞开，三个高大的下奴拥进房来，一眼看见一旁的木头和床上的言欢，一时愣在当场，不明状况。

言欢纤长白皙的手指飘忽一指，朱唇轻启道："这个小贼来我这里偷东西，捉住他。"

木头微微一叹，似乎不为所动，也看不见冲上来的打手，对言欢叹道："我虽能带你走，却不想带你走。"他目不斜视，一伸手，却堪堪抓住一个打手挥来的一拳，顺力一折，腕骨脱臼，将那人一掀，挡开后面两人，往窗棂上一蹬，跃出窗去，身姿翩然若雁，转瞬掩入夜色。

苏离离等在棺材铺后院的葫芦架下，木头忽然从墙外飞身而入，一掠直到她面前。见他孤身回来，苏离离略略一愣，立刻牵着他的袖子道："你怎么样？没受伤吧，怎么跳进来了，也不怕把腿伤着……"

木头微笑着打断她道："我已经好了，没有事。"

苏离离听他云淡风轻般和煦的声音，大异于平常，疑道："言欢呢？"

"有人看着她，她也不愿走。"

苏离离疑心祁凤翔盯上了言欢，低头沉思道："是谁的人？那可怎么好？那更不能让她落到别人手里。"

木头看她着急，并不多说，只道："你这位姐姐对你颇有怨意，你谋划这些她未必领情。她既不领情，你索性离她远远的才好。"

苏离离愕然抬头，盯着他的眼睛看了看，不知他知道多少，也不知怎样开口。木头眼神中平静无波，一如他惯常的样子。他叫她离言欢远远的，无论言欢怎样怨，怎样说，木头却只为她着想，竟是全然的信任。

　　苏离离十年来漂泊江湖，藏身市井，冷暖自知，只觉木头这一丝暖意流进心里，怆然难言，将眼睛激得发酸。她垂下眼睫，黯然道："我知道她恨我，原是我亏欠了她。"

　　木头手指划在一个拳头大的小葫芦上："人各有志，不必相强。她不愿受你帮助，就随她去吧。"

　　小葫芦轻轻晃动，拂叶摇藤，煞是可爱，似应和着他的话。

贰

人生足别离

客来桃叶渡

烈日炎炎,近午的时间过得异常缓慢。苏离离带着一身暑气,从外面回来,接过程叔递来的茶水,一口灌了下去,这才笑道:"这么热的天,菜市口还斩人,不知皇上怎么想的。也不知是哪一位大人倒霉,听说全家八十多口都被杀了,好多人去看。"

程叔摇头道:"现在是越来越乱了,皇上也做不了主。谁不知道是太师鲍辉把持着朝政。"

院角里,张师傅坐在竹凳上,看木头锯一块板子。闻言,他磕一磕旱烟斗,哼了一声道:"我说在这里,不出半年,皇上只怕连面子上的龙椅都坐不住了。到时各路诸侯可就有的打了。"他抬了抬眼,道,"木头,你说是吗?"

木头却自始至终没抬头,专注地锯着板子,锯得那笔直的墨线毫厘不差。苏离离看看张师傅,又看看木头,手脚麻利地调了调颜料盘子,在一副光漆柏木板上画一幅没画完的松鹤图。她端详了片刻,落下一笔,道:"咱们还是别说这些,仔细传了出去。张师傅,你那杉木头上的花样儿什么时候能雕完?"

张师傅道:"少东家,我这风湿病又犯了,得请两天假。今天赶工模样都凿好了,有些硌的,让木头拿砂纸磨一磨就是。"

苏离离过去点了点,便道:"如此,你且回去休息吧,后面的我来就是。"

张师傅撑着木板站起来:"木头,给我老人家搭把手。"木头停下锯子,扶他站了起来，又一路扶他慢慢出去。待两人出了后院天井，苏离离望着他们的背影，心里有些犯疑，搁下颜料盘子，轻手轻脚跟了出去。

她贴着葫芦架子走到后角门上，张师傅和木头果然站在角门外说话。张师傅不知说着什么，木头低着头，看不清表情。苏离离侧身靠近门口，隐约听见张师傅道："……乱世争雄……能不择主而事……"

木头忽然一抬头，看了苏离离一眼，截断张师傅道："老爷子的指教我记住了。雕工各有风骨，且看各自磨炼吧。你的风格未必是我的。"

张师傅此时回头也看见了苏离离，沉吟一声，点点头去了。

木头看他走远，转身回院。苏离离笑道："你们在说什么？"

木头道："老爷子教我下刀要顺着木料纹理，逆行易错刀。"说着往里走。

苏离离收了笑，道："站住！你们说的我听见了。"随即转到他面前，"为什么要骗我？"

木头正色道："我不想说是因为我没当回事，你也就不必当回事。"

烈日下有蝉鸣贴着树干传来，啸长而粗砺。苏离离默默地打量他一阵，伸手拈下他肩头的一片木屑，道："别干重活了，把张师傅留下的活砂一砂。我去做饭，一会儿叫你吃。"

七月流火，九月授衣。一入七月便下了两场雨，天气凉了些。苏离离想要不要去看言欢，想了两天还是作罢，心里有些郁悒，只在家里细细地做棺材。她有时看着满院子的棺材，觉得棺材也是一件有灵性的东西，有种沉默的诉说，跟自己很亲近。

七夕这天，街上摆灯，夜市如昼，苏离离索性拉了木头逛街。大约时局不好，人们都借节抒怀，从如意坊到百福街，到处游人如织，比往年更甚。大红的、橘黄的、浅紫的、嫩绿的纸灯到处张挂，鲜艳的颜色驱走了大家几许忧虑。

木头人如其名，跟着苏离离一路沉默。苏离离也就由着他，只挨着地摊看一些小玩意，间或拿个配饰在他身上比一下。走完一条长街，苏离离对着晚风深吸口气，笑道："好久没出来逛，倒觉得有意思。我记得护城河边有一家扶归楼，酥酪做得很好，现在忽然想吃了。"

　　木头看她言笑晏晏，金口终于吐出了一句玉言："那就去吧。"

　　上京内城有河，环城而掘，据说是定都之初依风水秘术所建，护皇家龙脉的灵河。河边垂柳依依，苏离离与木头沿河而行。游人少了些，三丈长渠，顺流漂着些彩灯。远远一道拱桥，却有三人扶栏而立，往开阔处眺望城郭地势。

　　彼明我暗，苏离离无心一瞥，借着明灭灯火，仿佛觉得中间那人身形样貌与那姓祁的颇为相像，心里突地一惊，拉着木头远远避开，绕了一个街口，正是扶归楼。今夜坐客甚多，苏离离直上二楼，也只剩了窗边角落一张空桌。

　　她拉木头坐下，忍不住就向窗外看去，方才小桥上那三人已不在那里了。苏离离轻呼出一口气，不知他又到京城来做什么，唯愿自己看错了人。她端了跑堂倒的热茶喝了一口，拿了菜单子点菜，正踌躇清风明月小酌点什么酒时，铁一般的事实告诉她，她目力绝佳，刚才确乎没有看走眼。

　　那三个人一走上二楼，便凝聚了万众目光。祁凤翔穿着窄袖的织金回纹锦服，并不张扬，却是细致处的华贵；腰带缀着一枚小巧的玉佩，束发长靴，不似往日风流态度，却像怒马弯弓的幽并游侠：清朗的眉目，衬着这身衣服，允文允武。

　　他身侧的两人，一个黑衣劲装，不怒而威，在苏离离看来觉得像是世人都欠了他钱；另一个宽袖长衫，弱质彬彬，是个文雅秀气的书生小白脸。与这三人比起来，陪侍一旁的店家如皓月之下的萤火，不足一提。

　　祁凤翔目光犀利地一扫，正与苏离离看个对着。苏离离来不及往桌下埋头，愣在那里，无言地一叹。祁凤翔微一错愕，忽然便莞尔一笑，对店主道："那边不是还有空位吗？"手臂一抬，直指到苏离离桌上。

　　苏离离当机立断，对木头道："你先避开去，我把他们赶走了，我们再喝酒吃饭。"木头看一眼祁凤翔，剑眉微锁。祁凤翔三人已走了过来，店家赔着笑脸道："客官，这桌子是六个人的位子，与这三位公子拼一下可好？"

　　苏离离似笑非笑道："行，有什么不行。"

　　祁凤翔在店家掸过的凳子上坐下，正要说话，木头忽然道："我们在街口点心铺子订了点心，这会儿也该做好了。不如我现在去取回来吧。"说完衣摆一拂，站起来便走。

祁凤翔静静注视着他走下楼梯，方缓缓回头，宛然笑道："月移花影动，似是故人来。苏姑娘，又见面了。"

苏离离心道：你每次见着我都要念诗吗？看着他一副万花丛中过，片叶不沾衣的表情，心里没甚好气，应道："是啊，真是不巧得很。"

"苏姑娘好像不大乐意见着我啊？"祁凤翔道。

苏离离恳然道："祁公子，俗话说，不怕贼偷，就怕贼惦记。"

小白脸书生"呵"地一笑，欠钱君却黑脸盯着她看。祁凤翔大笑，意态却很温和，道："我这个贼不爱惦记。姑娘还记得我姓祁，看来是很惦记我？"

苏离离握着杯子喝了口水，淡淡笑道："未必。"

祁凤翔递了菜单过来："既扰了你的雅兴，今天这顿饭我请吧。"

"我已经点了，你点你们的吧。"苏离离应得懒懒的。

祁凤翔也不看菜单，只叫店家把有名的菜端上来就是。苏离离无聊地趴在桌上，听那欠钱君道："祁兄，我们说的事就这么定了，最迟十月。"

祁凤翔看一眼苏离离，沉吟道："不忙，我还没找着能去的人。"

欠钱君似很不耐烦："我去就行，何必找别人。"

祁凤翔断然道："你不行，没有十足的把握，不能轻举妄动。"

欠钱君欲要争辩，小白脸淡淡插话道："祁兄的意思不是说你武功不济，而是杀鸡不用牛刀。你不是鸡鸣狗盗的食客、惩恶锄奸的刺客，何必屈身行此？"他忽然转向苏离离道，"这位姑娘，你说是吗？"

苏离离抬头打了个哈欠，全无半分姑娘的体统，懵懂点头道："是是，怎么不是呢。"欠钱君很不屑地看了她一眼。祁凤翔忽然开口道："方才与你坐在这里的那个人，是谁？"

"我……我朋友，棺材铺对街裁缝店的莫大。"苏离离临时扯了个谎，却是怕木头身份不好，被什么人找着。反正莫大也走了，裁缝店也关了。

祁凤翔不再问，只打量菜单，仿佛在钻研菜系。少时，店家过来，说菜准备得差不多了，要不要上。苏离离摆手道："别别别，我朋友还没回来。"

贰

人生足别离　客来桃叶渡

祁凤翔也点头："那就等等吧。"

等了一杯茶又一杯茶，祁凤翔泰然静坐。苏离离看他闲适的模样，心道：老娘好好吃个饭，你们三个要来搅，我今儿不把你们撵了，我不是就次次都由着你拿捏了吗？她便懒懒地看一眼窗外，拿最无害的小白脸开刀，长叹一声道："公子啊，你看这饭吃的，该来的不来！"

小白脸一愣，似笑非笑，"哈"了一声，看一眼祁凤翔，祁凤翔头也没抬。既然该来的没来，必然是有不该来的。小白脸书生起身拱手道："祁兄，今日晚了，我府里还有事，先回去了。"

祁凤翔点点头："好，慢走。"

小白脸转身下楼，苏离离一脸遗憾，望着欠钱君道："呃，不该走的又走了！"言下之意，还有该走的。那人横眉冷对，重重"哼"了一声，起身对祁凤翔道："我也走了，说定的事我且去办，有什么事你再跟我说。"

祁凤翔礼貌周到地点头："好，有劳。"

欠钱君转身一走，苏离离立刻转向祁凤翔，怪道："唉——我又不是说他。"正对上祁凤翔那双秋水含情的眼睛，他不温不火地笑道："你不是说他，那是在说我了？"

此人比那"哼哈二将"难缠！苏离离虽没有大学识，却知道人分君子小人。小人自是不好，君子有时也太过迂腐，遇着小人往往还要吃亏。故而君子的德行是必备的，小人的手段也不可少。这位祁三公子仿佛深谙此道。

苏离离讪笑道："祁兄误会了，实在误会。"

祁凤翔淡笑道："你怎么就知道，他们听了你的话会走？"

分明是苏离离要赶这三人走，怎么反过来像是两人合伙赶走了"哼哈二将"。苏离离立刻觉得不大对，如今只有自己和他，虽在这食客济济一堂的地方坐着，还是觉得有种危险暗中袭来。

她思索片刻，答道："这两人一看就是世家子弟，哪里受得别人半点言语。他们又不大瞧得上我这样粗鄙的市井女子，大约觉得对着我吃饭大煞风景，所以就走了。祁公子你也不必勉强。"

祁凤翔听她说得诚恳，一脸善解人意道："我一点也不勉强。"

苏离离愈加诚恳道："你的朋友都走了，你吃不高兴；我的朋友又没回来，我也吃不高兴。不如你到明月楼找个姑娘小倌什么的喝两杯，水旱通吃去吧。"苏离离既对这水旱通吃一知半解，用起来也自然没羞没臊。

祁凤翔听了也不怒，竟当真想了想，认真道："我不喜欢小倌，只喜欢姑娘。"

苏离离无语，左右一看，好在没人注意他们的话题。

祁凤翔又道："既然你我的朋友都不在，不妨我们交个朋友，吃饭赏景也是雅事。"

苏离离连忙道："好好。祁公子既然想和我做朋友，就本着一颗朋友的心，帮我个忙吧。我委实不愿和你一起吃饭，这桌也是我先来，你还是走吧。青山不改，绿水长流，后会有期啊。"说完见他脸色有点沉，她又连忙道，"你刚才说做朋友的，可不能生气，就当帮朋友我一个忙吧。"

祁凤翔被她这无赖又歪理的话噎了一噎，反而笑道："好吧，这个忙我帮了，既是朋友，改日再叙吧。"说着站起来要走。

苏离离连忙叫道："祁公子。"

"嗯？"他回身。

"那个……你刚才说你请客……"苏离离无耻地笑。

祁凤翔额角的青筋跳了一跳，默然片刻，摸出一张一百两银票，按在桌上，笑得极其勉强："找零的银子我回头找你要。"

苏离离债多不愁，你既盯上了我，我也不怕你找，欣然收下，道一声"慢走"，大叫店家"上菜"。

祁凤翔步出扶归楼来，远望城郭，忽然觉得好笑，自己竟然被个无赖小女子讹了一笔，还被赶得灰头土脸。他走下店门台阶，右首目光一瞥，寒气逼来。木头站在大道上，目如寒星，眉似刀裁，冷眼看着他。晚风牵起木头的衣角，低低地飘飞。

祁凤翔负手而立，也兀自回看着他。半晌，祁凤翔狭长的眼睛微微眯起，低声笑道："江秋镝，你还没死啊？"

木头眼中没有一丝波澜，仿佛这个名字是个陌生人的，只在一个遥远的

贰

人生足别离　客来桃叶渡

时代存在过。半晌他冷冷开口，却只简洁道："不要招惹她。"说罢，径自往楼上去。越过祁凤翔身侧时，祁凤翔忽然出掌，半途变掌为爪，探向他的肩井穴。

木头斜肩一闪，避开他的手，一指点向他的膻中要穴。两人须臾交了十余招，祁凤翔一跃退开，笑得如同嗅到猎物的猛兽："三年不见，险些没认出你来，坏脾气不改，功夫倒没落下。"

木头收手，动静自如，仍是冷然道："你打不过我。"布衣和风，却身姿挺拔，隐然有分庭抗礼之势。

祁凤翔赞许道："不错，当初能和你打个平手，现在确实不是你的对手。"

"那就记住我说的话。"木头说完，衣裾一拂，转身上楼。

祁凤翔叫道："我再约你说话！"木头置若罔闻，径直迈步登楼。祁凤翔看着他身影消失，有些欣赏，有些怅然，转看夜色下远远的城墙，起伏着温润的曲线，像亘古更迭的轨迹，兴亡盛衰的倾诉。

三年前幽州校练场上，幽燕兵马节度使祁焕臣将一袭紫金菱纹缎挂在军营高台之上，对客访的临江王笑道："今日且看我军中良将争锋。"那年，祁凤翔二十岁，已是右军总领，当先上前，快意拼斗，直打到高台之下。

一个十二三岁的少年忽然从中杀出，招招精妙，料他先机，竟是平生少见的敌手。他们足足战了大半个时辰，将一幅菱纹缎从中撕裂，各执一半，满场喝彩。祁凤翔将半幅绣缎献给祁焕臣道："孩儿不才，父帅见谅。"

祁焕臣却看着那个平分秋色的少年，对临江王道："令郎实是龙驹凤雏，假以时日，才略定在翔儿之上。"

临江王拈须，笑得慈蔼，道："元帅过誉了。"

江秋镝雕弓宝马，意气风发，却沉稳内敛，只将绣锦往案上一放，默立在旁。

彼时两相打量，心生相惜之慨。

半年之后，临江王被论谋反，实是被逼反。几路诸侯奉着皇命征讨，顷刻楼塌屋坍，一朝权势付诸东流，败北殒命。幽州负手观战，听闻败绩，祁焕臣淡淡一叹:"临江王早知今日之殇,何必当初入这俗世。"

祁凤翔却蓦然想起那个夺去他半幅紫金菱纹绦,眼睛明亮得直指人心的江秋镝。

不想三年之后,却见他穿着布衣,坐在市井酒楼,手无寸铁,身无片金。再见之下,祁凤翔不禁有些壮志雄心的激昂与天地倾覆的沧桑混杂在心里。他静立良久,摇头笑道:"这孩子,我要打过你,不必非要亲自动手嘛。"

苏离离的一桌子菜端上桌时,木头也坐了回来,见状皱了皱眉:"怎么这么多?"

苏离离筷子一齐,道:"刚才那个请的客,吃不完打包,省了我这两天做饭。"

木头不动筷子:"你怎么认识他的?"

苏离离下意识狡辩:"谁说我认识他了……"狡辩不过时结巴道,"好吧,我认识,就是上次定陵招来的鬼。"她一面说着,一面夹了一筷脆藕芋泥做的素炒腿肉,放到木头碗里。

木头望着那腿不像腿,肉不像肉的东西,继续皱眉道:"祁凤翔是幽州守将祁焕臣的第三子,才略比他父兄都要高,更可怕的是他心机深沉,手段狠辣。"

苏离离道:"这个像骨头的是莲藕切成细条子,外面卷了芋泥炸的,看着像鸡腿。你要是喜欢吃,我也能做。"

木头仍然不吃,数落她道:"什么人不好惹,你去惹他!回头骨头渣子都别想剩下。"

苏离离轻轻搁下筷子,默然半晌,似疲倦地说:"木头,我们不说这个好吗?今天我生日,陪我好好吃顿饭。"

木头望着她沉默片刻,道声"好",伸手握了白瓷酒壶,将二钱的酒杯倒满八分,苏离离举起杯来仰头喝尽。木头用筷子夹了芋香素腿肉默默地吃。

苏离离端着杯子,一手支肘撑着头,仿佛已有几分醉意,望着他微笑道:"我许多年没有这样过生日了,有这么多好吃的,有真正待我好的人陪着我。"

她说得伤感，木头却抬头笑道："是挺好吃的，你只怕做不到这么好吃。"

苏离离也不放任自己感伤，便夹了一筷道："那我也尝尝。"

两人鼓起意兴，将每样菜尝了尝。苏离离一杯杯抿着，喝得高兴，跟木头说些坊间的趣事。常人喝酒原是越喝越闹，苏离离却越喝越静，最后只端着杯子莫名地微笑。两壶酒斟完，木头道："你别喝了，吃点饭。"

苏离离也点头道："不喝了，酒沉了。"又盛了一碗汤抿着，木头指点菜肴，品评滋味，苏离离纷纷赞许，直吃到亥时三刻。店老板为难地说："两位客官，小店要打烊了，两位要不明天再来？"

苏离离豪爽地把祁凤翔的银票一拍："拿去吧，不用找了。"站起来，人有些飘，却径直往楼下走。木头紧随她身后。苏离离疑心，怎的这楼梯突然变得宽窄不匀了，自己竟也稳稳地走了下去。

走到外面大街上，灯火阑珊，空旷无人，河岸寂静。木头见她越走越靠边，怕她摔到河里，伸手拉了她往家走。苏离离由他牵着走了丈余，忽然甩开他的手道："你牵着我做什么？"

"你要掉到河里去了。"木头无奈道。

"我没有你也一样走得回去。"

"我既在这里，暂且可以为你找找路。"

苏离离抬头斜睨了他两眼，冷笑道："我是荒原枯藤，你是天地沙鸥，偶然倒了霉才落到这里，难不成还在这棵树上吊死了！"

木头一愣，苏离离头也不回地甩下他往前走，走出去五步，腰上一紧，一道力量将她拉得往后一仰，落入一个温暖的怀抱。木头的声音和气息近在耳边，带着固执与强硬："我飞得出去，就飞得回来！"

苏离离原本想笑，却湿润了眼睛。他的手臂用力地箍着她，脸贴在她的头发上，有一些温软的鼻息穿过发根，抚触着皮肤。苏离离转过身，把脸埋到他怀里。

拥抱本是一种抚慰的姿势，在这静谧的、空旷的河边，却是一种突兀的承诺与依偎。

苏离离很少喝酒，更很少醉酒。据说她喝醉了酒说的话做的事什么也记不得了，早上醒来和衣躺在家里，除了头疼，也没什么大不了的。

木头说："没见过你这么喝酒的，喝了都变成眼泪珠子掉我衣服上了。"

苏离离坚决否认道："姑娘我千杯不倒，万杯不醉。你喝汤洒了吧，反过来赖我。"

木头冷哼一声："喝晕了还在凉风里站着，到底伤了风。我不把你抱紧些，只怕要得伤寒重症了。"

苏离离顿时丢盔卸甲，大窘而去。

养了两天风寒，一早起来，阳光明媚，万物宜人。程叔在院里独自招呼几个小工钉板子，苏离离转了一圈，奇道："木头呢？"

程叔道："秋高气爽，跟张师傅到栖云寺游玩去了。"

苏离离大怒："这两天货正赶得急，他还有闲心跑去游玩。不想做棺材，想做和尚了！"

程叔笑道："你就放他一天假吧，他自腿伤痊愈，也没出去逛过。"

苏离离小声嘀咕："逛就逛吧，也不知道叫上我。"

苏离离原以为木头会细问她认识祁凤翔的事，然而从她酒醒过后，木头也不曾问过一个字，倒弄得苏离离自己问他怎么认得祁凤翔的。木头说曾去过幽州，祁焕臣领兵北伐时出城，人群里见过。苏离离听了，也不知该不该信。

这天午后，祁凤翔却自己来了，左顾右盼地进了棺材铺。苏离离正坐在柜上和木头对账，祁凤翔优游地走上前来，叫声"苏老板"。

苏离离"哎"了一声，说道："祁公子来了。"

祁凤翔把棺材铺大堂前前后后看了一遍，笑道："你这个铺子倒好找，看着也不错。"

谈到铺子，苏离离一副老板的样子，赔笑道："那是啊，祁公子要照顾我生意？"

祁凤翔点点头："既然来了，就照顾一个吧。"

苏离离让木头拿出账册来，翻开便问："什么材质？花色？尺寸？"

祁凤翔看着木头，眯起眼睛想了想，蹙眉道："这个我还真不知道，材质也不用太好，中等吧，做宽些就是，要装得下个大胖子，最关键的一点，在棺材盖上刻四个字——禄蠹国贼！"

"什么贼？"苏离离问。

祁凤翔讨过她的笔，册上落墨，笔力严峻森然，搁笔道："便是这四个字。"

苏离离瞅了一眼，淡淡道："订金一千两。"

"苏老板是想携着订金潜逃吗？开这么大的口。"

苏离离认真道："难道我像骗子？还是只骗一千两的那种？"

祁凤翔嘿然笑道："是我小人了，一千两银子原不足一骗，来日我遣人奉上吧。明天我回幽州，大约十月中旬来取货。苏姑娘勿要忘了。"

"生意的事我忘不了。"

祁凤翔眼睛指点木头道："这不是裁缝店的莫大吗？"

苏离离头也不抬，仍是淡淡道："那是骗你的，他叫木头。"

祁凤翔拊掌大笑道："这个名字好，看他面色神态，人如其名。"

木头额上青筋隐隐浮现，待祁凤翔走后，板着脸对苏离离道："银子不是这么好讹的。"

苏离离摇头："禄蠹国贼不是谁都能做的，这个价已经便宜了。"

苏离离最终挑定了杉木做这一口棺材。

木头亲自动手，精雕细琢，把那四个字刻了，又从书房里翻来些符咒，刻在棺盖里面。

苏离离奇道："这是谁呀，你要人家不得超生。"

木头冷冷道："既是禄蠹国贼，自然不用超生。"

这时，正是九月初，天凉秋深，万物隐含肃杀之气，天地酝酿翻覆之象。苏离离那根敏锐的汗毛似触到了什么危机，夤夜辗转，难以成眠，猜不透平静表面下埋着怎样的波澜。这夜她睡得不实在，隐约觉得有几根微凉的手指抚在自己脸上，梦魇一般挥之不去。

有人轻声唤道："姐姐。"苏离离听得是木头，努力想睁开眼睛，却仿佛被睡梦拽住了，怎么也睁不开。她静静等着他再说话，木头却始终没有再说话。不知多久，苏离离睡沉了，甚至早上也比平时起得晚。

她醒来便觉得不大痛快，心里默默思忖，坐起身来，掀了被子下床时，这数日的不安终于有了着落——枕边露着一角白纸，她抽出来，上面是木头清秀的字迹："不要相信祁凤翔"。

苏离离披着头发冲到院子里，推开东面木头的房门，被褥整齐，窗明几净，床上横放着那柄市井俗货。苏离离一时把握不住这是什么意思，愣愣地站着。程叔不知何时站在她身后，静静道："木头走了，昨夜跟我告辞。"

"他说什么？"

"他什么也没说，只说他走了，叫你万事小心。"程叔洞察世事，"离离，他终不是池中物，不会就此终老于市井，你……唉……"

苏离离牙缝里迸出三个字："白眼狼。"欲要再骂，却说不出一句话，转过身来，但见碧空如洗，圈在院子的围墙里，宁静有余，却不足鹃鹰展翅。终是你的天高地远，我的一隅安谧。

苏离离猝然倚靠在门柱上，默默凝望着院里的一地棺材。

七日后，太师鲍辉弑君自立，京城九门皆闭，兵马横行。苏离离关在城中，自然不知外面州郡已然义帜纷起，没了皇帝，各路封疆大吏各自建政，如同本就潋滟的湖面投入了一块巨石，波澜横生，天壤倒置。

这脆弱的、勉力维系着大统的天下，终于大乱了。

九月十三这天，阴云密布，城中也愁风惨雨。晚上苏离离裹在被子里，只听见外面兵马往来，难以成眠。太师府已下严令，申时之后，街上禁行，有违令者，立斩。每天天不黑，各家已是关门闭户。

苏离离睡不着，索性披衣起身，散着头发走到后院葫芦架下坐着吹风。那昏君死了，大约是这些年来最为大快人心的事。她纵然命如蝼蚁，也有恨的权利。像千钧的担子忽然折了，她一时之间竟茫然起来。

墙外又一队巡逻的士兵脚步整齐地走过。苏离离仍然坐在葫芦架下不愿走，仿佛这里有什么值得留恋的记忆。四周静下来时，角门上轻叩了三声。

苏离离骤然惊起，凝神细听。敲门声又起，有点惊慌，又有点急促。

苏离离蹑手蹑脚走到门边，轻声问："是谁？"

门外小声答道："是我，老张。"

苏离离连忙打开门来，张师傅牵着一个孩子，闪身进门。三人屏息片刻，张师傅低声道："进去说。"

苏离离带他到内院，关好四面的门，叫起程叔，点了一支小烛。张师傅借着烛火点起了一袋烟，吸了一口，道："少东家，我最近有些事，要冒险出城一趟。这个孩子是我一个远房亲戚的，想暂时留在你这里。"

苏离离看去，那孩子只有八九岁，躲在张师傅身边，神色畏缩。苏离离看程叔，程叔咳嗽道："这兵荒马乱的，有什么不能留，且住下就是。"

张师傅将那孩子拉到身前，柔声道："这位姐姐和老伯都是好人，你莫要害怕。"孩子穿着一件粗布衣服，皮肤却细腻白皙。

苏离离道："你叫什么？"

他望着苏离离胆怯地开口道："我叫于飞。"

苏离离蓦然想起木头才到这里时，也是这般戒备犹疑，只是眼神之中比这孩子多了几分坚毅。苏离离笑道："你别怕，这城里的大人们发了疯，才闹得震天动地。咱们别理他们。"

于飞懂事地点点头。

天明时分，张师傅辞去。之后十几日，苏离离都默默守在店里。于飞很沉默，尾巴一样跟着苏离离，像是被人抛弃的小狗找着了主人。苏离离本是个心软的，也就真心实意待他好。

因为街上乱，程叔不让苏离离上街，自己出去买食用之物，有多少买多少，都屯在店里。然而京城的物资却越来越短缺，兵士又抢掠，挨过这几日，也不知道往后如何。苏离离望墙兴叹，这天下治起来不是朝夕之功，毁起来却一夜荡尽。

那位太师大人弑君篡政，将皇室宗族屠戮一空，意犹未尽，大驾摆到街上，看谁不顺眼就杀谁。京中各富豪之家，敌对的朝臣府邸，通通抄了一空，充入国库，花天酒地，纵欲无度。这时节，人命如草芥，惜命之人皆缩头在家。

十月初时，又有消息传来，外面的军队举着为皇帝报仇的旗号打到京城来了。京城势单力微，难以久持，有那么些人便破罐子破摔。那太师鲍辉大人，似乎也抱了这样的态度，既结集不起有力的抵抗，便放火烧城。

京城繁华一世，终沦为人间地狱。

苏记棺材铺正在百福街角，烧了半个铺面，幸亏风向朝外，才止住了火。覆巢之下，苏离离也不惊不急了，只将内门改做大门，关上避个风雨。这天她爬上屋顶看去，城西方向正燃得熊熊，黑烟直冲上天。

她顺着梯子爬下去，回房里抱了木头留下的那柄市井俗货，拿着觉得又长又重，不称手；放下那剑，又去厨房举了把菜刀，拉开门要出去。于飞拽着她的衣角道："苏姐姐，你去哪里？"

苏离离擎着刀道："我出去找程叔，他去了这半日还没回来。你好好待在家里，要是有人闯进来就到后院堆杂物的角落那只空水缸里躲躲。"于飞应了，苏离离出来带上门，但见百福街上一片荒凉，到处是断壁残垣，有人在废墟里扒东西，有人在不明原因地奔逃。

苏离离一路走去，没见着程叔，转了两个街角，便到了西面明月楼。方才望见这条街上正烧着，明月楼也塌了大半，早已关门大吉，门边挤着几个惊慌失措的姑娘。苏离离站在前门大声道："言欢姐姐，言欢姐姐！"

叫了一歇，汪妈妈那张圆圆的脸从里面探出来，望了她一眼，也没了惯常的一惊一乍，反不悲不喜道："苏老板，欢儿上个月让人赎走了。"

城西门那边传来喧哗声，苏离离大声道："去哪里了？"

汪妈妈漠然地摇摇头："不知道。"

上个月，是了，皇帝已死，言欢自然是可以被赎出来的。可她被谁赎去，去了哪里，竟也不告诉自己一声，苏离离站了一阵，有些茫然，城西那边的喧哗声渐渐震耳欲聋。

她转身往回走，刚走过一条街，就见乱军从城门边退来。一个满脸是血的兵士，依稀叫道："城破了，城破了，快逃命啊。"

苏离离以前见着定陵扒爪脸，觉得很可怕。此时这张满是鲜血，大声呼救的脸孔应是比扒爪脸更加恐怖才是，苏离离见了却仿佛没有想象中的怕，退兵中逆流向前，只想回到店里。

她虽是穿的男装，身形却很单薄，恍惚中不知是被哪个溃兵拖了一把。苏离离不认识那人，一刀便砍了过去，几点液体溅到脸上。她也不多看，挣开就跑，耳听一个人说："他朝城门那边跑，肯定是奸细，捉住他。"

苏离离不及细看，回身挥了菜刀拼命一般乱砍过去，背后有嘈杂的马蹄声冲了过来，刀影在眼前晃，耳边"嗖"的一声风响，一支长箭越过她的脸侧，直没入面前那溃兵的咽喉。那人惨叫一声，朝她倒了过来。

苏离离无暇多想，一手抓住箭杆，一刀挥过去砍上他的颈侧。菜刀嵌在那人脖子上，随他倒在地下。苏离离一愣的时间，背后骑兵风一般掠过，人已被凌空抱起，摔得趴在了马背上。

她尖叫一声，挣扎起来，手被那骑马的人捉得很紧，挣脱不开。那人勒马站定，沉声道："苏老板，你别扭来扭去的可好。"苏离离觉得这声音有些熟，语调却又过于冷静沉稳，一时分辨不出是谁。那人已将苏离离提起来坐稳在马鞍上，评道："砍人倒是利落，只是下手时不可惊慌失措。"

苏离离望见祁凤翔那张沾着烽烟的俊逸面庞，四目相对不过数指距离。祁凤翔看她吓得愣愣地望着自己，原本严肃的表情也漾上了笑意，增了几分往日的调侃态度，道："我上次订的棺材做好了没有？"

"啊？"苏离离的脑子有些卡。

"我说了十月中旬来取货，你该不会劈了当柴烧了吧。"祁凤翔仍是笑。

苏离离回过神来，点头："做好了。"骤觉他双手合在自己腰上，自己坐在他马上，半倚在他身上，忙推他道，"棺材早做好了，就等你来取。"手却触到他冰凉的铠甲，抬眼打量，祁凤翔一身银甲，肩直腰束，盔缨飘拂。

他落落大方地松开苏离离，将她提起来放到马下，交代一个亲兵道："带她去找应公子。"又回头对苏离离温言道，"你不用怕，跟他去吧。回去把棺材擦擦灰，我明天来取。"他说完，笑了一笑，将马一打，穿过长街而去。

他身后的骑兵也跟着他，风驰电掣般朝城心杀去。苏离离看着这一队骑兵过尽，被那亲兵拽了一把才跟着他走。后面大队人马进来，与溃兵交上了手，百福街那边零星巷战。苏离离此刻也过不去，只得跟了那亲兵在入城的军士中穿行，渐渐走到城门边上，只剩了百余步兵，围着一辆朴素的大车。

亲兵走到车旁，禀道："应公子，三爷令我带这个人来见你。"车里有人漫不经心应了声"知道了"。那亲兵径直去了，苏离离站在车外，半天不见车里有动静，也不知是哪个应公子，这般大架子。又站了一会儿，苏离离咳了一声道："应公子，没有别的事，我先走了。"

车窗处忽然探出一人来，苏离离认了片刻，才认出是扶归楼里跟祁凤翔一起的小白脸书生，"哼哈二将"的"哈先生"。"哈先生"已然笑道："原来是姑娘，恕我怠慢了。且上来小坐片刻？"

苏离离看看那大车，推辞道："不必了，我先回去了。"

小白脸道："姑娘还是上来吧。这会儿入城正乱，你出去不到十步说不定就被人杀死了。待祁兄安顿下来，我再送你回去。"

苏离离只得上了马车，车上甚宽，摆了一案的文具。小白脸书生略施一礼，道："在下应文，上次匆匆相见，也不曾通姓名。姑娘可是姓苏？"苏离离心道，上次我赶你走，你当然通不了姓名，嘴里却简洁答道："是，应公子客气了。"

应文也不多说，伏案修改一篇文稿。苏离离瞥了一眼，是安民告示，迟疑道："这是……哪里的军马？"

应文一手写着，嘴里却答道："幽州戍卫营的。祁大人已传檄讨贼，三公子正是麾下先锋。"

苏离离心想，以祁凤翔往来京城的频率，自是经营许久，如今战乱，自然先下京城，方可坐领诸侯；只怕祁家有此心思不是一日两日，正好鲍辉弑君，给了个名正言顺的机会。苏离离三分漠然，三分了然，看在应文眼里，他轻轻一笑，收了文书，敲车道："我们走吧。"

马车缓缓行过如意坊，转到百福街，正是苏记棺材铺烧焦的门面。苏离离告辞下车，踢开断木进了内院，见别无异状，唤了于飞两声。于飞从后院奔了出来，扑到她腿上。苏离离左右看了看，问："程叔还没回来？"

于飞摇头，说："刚刚有城边溃兵进来，在院子里翻了一阵，没见钱财，就要烧房子。后来有人打过来，他们就跑了。"

苏离离抱着于飞，默然无言，半晌，起身去厨房找了些东西，两人胡乱吃了。一直到晚上，程叔也没回来。苏离离在床上坐着，也不知过了多久，听于飞已睡熟，才倚在床头模糊睡去。

恍惚中，看见很多年前暂住的一个山谷，莺飞草长，天色昏暗不明。她坐在那斜草道旁，只觉得寂静空旷，冷得不似人间。遥遥的路上过来一辆板车，车前挂着一盏鲜艳欲滴的红纸灯笼，灯笼上墨色漆黑写着一个隶体的"苏"字。

苏离离看不清楚，站起来喊"程叔，程叔"。拉车的骡子踢踢踏踏将车拉到她面前，车上却没有人，只有一具没有上漆的花板薄皮棺材。苏离离又小声叫了一声"程叔"，程叔还是不见踪影。

她犹豫着上前，顺着棺材盖子拉开一尺，赫然看见木头的脸，惨白得没有一丝血色，躺在棺材里，似是死了。苏离离大惊，想推开棺材把他拉出来，那棺材盖却怎么也推不开了。

苏离离伸手摸到他脸上冰凉，四顾无人，连一个救他帮她的人都没有，只有满目的空寂，霎时泪流满面，从梦中惊醒过来。伸手一摸，脸上湿了，她起身去院中洗了把脸。水冰凉，风侵骨，正是后半夜寂静之时，月色清辉洒满一院。

梦境清晰得犹在眼前，却有一种感觉笃定地告诉苏离离：木头不会死的！他那样的人怎么会死，他伤得那样重都不曾死，如今伤好了，更不会死。心中却有另一种忐忑不安，像被什么东西指引，她慢慢踱到内院门前，拉开门闩，是焦塌的店铺大堂。

苏离离一步步走出去，地上有断垣，有烧掉一半的棺木，有她坐过的摇椅，有踩旧了的门槛。门槛外，程叔静静地躺在地上，月光下脸惨白得没有一丝血色。苏离离走到他身旁跪下，祈求而胆怯地叫了一声："程叔。"

程叔没有应，手指紧抠着苏记棺材铺的门槛，人已经死了。

天明时分，难得有阳光照进院子。苏离离拧一把毛巾，水淅淅沥沥滴到盆里。她跪在地上，展开毛巾细细地擦程叔那双枯瘦的手。这双手多年来扶着自己栉风沐雨，不离不弃。于飞蹲在一旁，默默陪着她。

苏离离擦完，将毛巾扔进盆子，对于飞道："你起来，抬着程叔的脚，我们把他放到棺材里。"本要卖给莫大的那口香樟老棺材矗立一旁。都说人死魂去，尸身会分外重，两人费了很大的劲才将程叔有些僵硬的身体抬起来，装殓进了香樟板里。

苏离离扯了扯程叔的袖口，又将他的头扳正。于飞忽然道："父皇当时也是这样子。"苏离离陡然回头望向他："你说什么？"他有些失神害怕，道："父皇和皇兄他们当日就是这样躺在披香殿，没有人管。"

苏离离注视他的眉目，眸子黑白分明，带着脆弱的稚气，与他父亲暴虐的心性毫无沾染。于飞怯怯道："苏姐姐，你看我做什么？"苏离离扶着棺沿，转视程叔，轻声道："我父亲死的时候，我和你一般大。我抬着他的脚，程叔抬着他的头……就像我们今天这样……把他装进了棺材。"

她默默望着程叔斑白的鬓发，仿佛穿过时空听见他温言劝她："小姐别怕，老爷虽不在了，我至死也会看护着你的。"一阵突来的虚弱击中了她，她伏在棺沿上，却无泪可落。

于飞伸手拽住她的衣角。苏离离心里有许多话，没有对他说出来：你的父亲杀死了我的父亲，他最后在宫中无人收尸，到头来你也跟我一样可怜。苏离离忽然抬头"哈"地一笑，说不上是悲还是喜，抚过于飞的头发，柔声道："你饿不饿？忙了这一早上，我还没弄点什么给你吃。"

于飞摇摇头，小声说："我不饿。"肚子却"咕"地一声反驳。苏离离拉了他站起来，拂了拂身上的尘，道："我们去厨房看看。"话音刚落，身后的门一响，有人进来，却是张师傅，还带着四个士兵。

苏离离淡淡地扫了他们一眼，道："张师傅来了，看看程叔吧，我就要盖棺了。"张师傅闻言，快步上前，探到棺头："老程怎么……"

苏离离伸手一指檐下的黑漆棺材道："那是你们要的棺材，抬去吧。"

张师傅诧异地抬头看她的脸色，是难以言说的平静，沉吟道："少东家怎知我们是来抬棺的？"

"他们的服色不是祁家的兵士吗？到我这里来不就是为抬棺材吗？"

张师傅道："这孩子住了这些日子，我也要带他走。"

苏离离手抓着棺沿，沉默片刻，转头看于飞。于飞摇头躲在她身后道："我不走，苏姐姐。"

苏离离看向张师傅，张师傅摇头。她便蹲下身，拉着于飞的手道："你去吧。别怕，世上的事躲不过。怕没有用，又何必要怕。"木头说怕既没有用，你何必要怕；世上的人打不倒我们，打倒我们的原只有自己。她一念及此，竟绽开一个温柔的笑，将于飞牵到张师傅面前。

张师傅似不认识苏离离一般上下打量她，欲言又止，终是牵了于飞走向门外烧焦坍塌的铺面。于飞扭头看着她，泫然欲泣。四个兵士向檐下抬了那黑漆棺材跟在后面，"禄蠹国贼"四个凹凸的大字在棺面上闪过。

苏离离忽道："等等。"

张师傅站住。

苏离离问："木头在哪里？"

"老朽不知。"

苏离离扶着程叔的棺沿，清清冷冷道："你既是祁家的人，劝他乱世择主，不就是劝他归向祁氏吗？你跟他去栖云寺游玩，不就是带他去见祁凤翔吗？"

张师傅面露赏识之色，坦然道："木头自有打算，非我浅薄言辞可动。"

"我只想知道他在哪里。"

张师傅摇头道："这个我也不清楚。他与祁三公子似是旧识，确是在栖云寺密谈良久，但我不知谈了什么。"他话锋一转道，"祁三公子始克京城，有许多政务要忙。祁大人的后队大军不日也要赶来，他脱不开身才托我来此，说空了再来看你。"

苏离离轻柔飘忽道："看我？我有什么好看的。张师傅，你不来看看程叔吗？看看他是怎么被人折磨死的。"她伸手去拉程叔的手，那手却僵硬得拉不动了，隐约可见指甲泛着青灰，皮肤带着乌紫颜色。

"你看看他的手，他的手被人折断了，肋骨也被人打断了，腿骨也扳不直。"苏离离抚着程叔的手，"唯有头脸是好的。你说，别人这样折辱他是要做什么？是要逼问什么？是想知道什么？"

张师傅大惊，松开于飞来到棺边，细细查看程叔的尸身。苏离离冷眼旁观。张师傅看了良久，沉声道："少东家的意思，是疑心三公子所为？"

苏离离不语。

张师傅道："你在这里也不无危险，不如……"

苏离离下巴一抬："店小利薄，恕不远送。"

张师傅沉默片刻，叹息一声，站起来道："稍等一会儿，我半个时辰就回来。我们送老程入土吧。"

那天下午，正北门外，祁焕臣幽州的数万大军到了京城；黄杨岗上，苏离离却默默地挖了一个九尺深坑，和张师傅一起，将程叔掩埋了。棺木入墓的那一刻，尘埃飞舞，扬起旧日怀想。苏离离烧了纸，祭了酒水，一路无言而回。

又过了一日，大街小巷里，应公子那张安民告示被一旨皇榜取代，将已死的皇帝追谥为"戾"帝，百姓叫得直白，曰昏君。昏君一族都被太师鲍辉杀尽，只得一个八岁幼子逃脱，便被推继皇帝之位，立朝改元。

太师鲍辉被祁军杀死，装入一口黑漆大棺，棺上刻着四个遒劲的大字"禄蠹国贼"——真正盖棺定论！棺材放在街市中心，百姓用火烧，用石头砸，将尸带棺一起挫骨扬灰。

宦海之中，有人身败名裂，有人登顶冠绝。八岁的小皇帝再下圣旨，将祁焕臣封为护国公平原王，祁焕臣三子皆封侯，军政之事一并交于祁氏。祁家挟着这皇位正统，发出檄文，号令天下。天下诸侯割据，强弱不一，却也不敢冒头撄祁氏之锋。

京畿秩序很快复原，百姓拥戴平原王。最先入城的祁三公子祁凤翔则俘获了万千少女心，倾倒了无数美人。他的英姿逸事一时在京中传为佳话，连那茶楼说书的都谈着祁三公子怎样连克坚城，救生灵于水火，拯黎庶于暴虐。

苏离离听了一笑带过，仿若不识，另请了人，将铺子翻修一番，仍如以往过活。她只将苏记棺材铺的门槛削去，成了大豁门，旁人也不知她何意。她无事时将木头称为市井俗货的那柄剑练一练，虽是浑练一气，却比原先顺手多了。她晚上便抱着剑睡觉，似乎底气也足些。

世间有许多人与事，无法改变，便无可留恋。想着活着的人，哪怕远在天涯，也觉得心里慰藉，唯觉思念入骨，是生来不曾知晓的悱恻萦绕，像一种瘾，沉迷难戒。唯一可依傍的，就是那句"我飞得出去，就飞得回来"。

大年三十这天，流年不变，朝纲已改。祁焕臣为示气象一新，由幼帝下旨，在城中满排花灯，大放烟火，与民同乐。苏离离乘着意兴，倒是去看了一番。灯虽胜过七夕，却不及七夕意暖。

苏离离回到家里，穿过后院到了铺子内院，见空空的院坝，孤灯一盏，一人坐在竹凳上，阔袖白衣，谪仙一般出尘，一只白瓷酒瓮摆在面前的小几上。见苏离离回来，祁凤翔举杯吟道："筵乐辞已尽，弦月西向斜。人生有几何，流年岂堪夸？"

苏离离前后左右看了一遍。祁凤翔低低笑道："苏姑娘，对不住得很。我本想请你喝酒，可是你不在，我又不好等在门前。幸而你家的门不怎么管事，我便冒昧进来了。"他将手优雅地一伸，"请。"

苏离离看他那怡然大方的态度，一时分不清谁是主人，谁是客人，踱到他面前坐了。祁凤翔将她对面的杯子斟满，举杯道："我敬你。"

苏离离不碰杯子："我不喝酒。"

祁凤翔放下杯子，有些不悦，有些薄醉，道："你我相识也近两年了，晤面却只四次。今日除夕，不妨饮一杯，只此一杯。"

苏离离略一迟疑，端起杯子喝了，只觉酒味醇香。祁凤翔一笑，仰头饮尽，将她上下打量了一番，见她眉宇疏淡，眼眸灵秀，颊色柔润白皙，尖尖的下巴倒带出几分清丽，神情殊无半分愁苦，只比前时沉默了几分，不由得赞许道："姑娘不仅聪明，还颇具坚忍。"

苏离离不咸不淡道："祁公子今日不在平原王膝下伺候，却来此闲谈。"

祁凤翔自己再斟一杯酒道："我想了半日，觉得你这里最好。方才来了，果然很好。"

"我这里有什么好？祁公子征战之人，就不怕晦气？"

祁凤翔摇头："棺材并不晦气，却能参悟生死。你方才没回来时，我与你的棺材聊得很是投机。"

苏离离一向以为只有自己才与棺材说话，不想祁凤翔也省得这静默中的沉蕴。苏离离默默审视不远处的一口薄皮棺材。因为修葺店面，原先存下的木料已所剩无几，院子里空旷许多。

"那天的事，张师傅跟我说了。"

"哦？"

祁凤翔正色道："你那位老仆之死与我无干。我险恶之事敢为，有些事却不屑为之。"

苏离离默然，既不信，也不疑，只揣摩不透他今日来意。祁凤翔也不再辩，又将杯中酒饮尽，再斟一杯，笑出几分冷意："苏姑娘大可放下心来，我并非妖魔鬼怪，今日来此也不是作祟。"

苏离离忍不住微微一笑，应道："大节之下，万家团聚，祁公子反显得落寞了。"祁凤翔点头："有时越是家人，倒越是生分；越是熟人，倒越是疏离。言笑谈吐，无不顾忌，倒不如找个不那么熟的人，还能聊得坦然有趣。"

苏离离仰天道："你心有所寄，知道自己要做什么。我最近却闷得紧，不知道自己该做什么好。"翻覆之下，仇已释，爱已别，亲人离丧，孤身只影，才觉天地茫然。这番话听来像是寻常抱怨，此时却觉祁凤翔能解她深意。

祁凤翔狭长的美目淡淡一扫，足将冬日严冰融成涓涓春水。他语调微扬，含笑道："苏老板就没想过嫁人吗？"

苏离离听他说得轻佻可恶，眼睛一竖，怒道："嫁人？！老子有房有业，有吃有喝，凭什么？！"

苏离离初见祁凤翔，便成了老鼠见猫的定势，再见之时，也无不抱头逃窜，只在扶归楼稍微扳回一局，却从未如此豪放地蹦出市井粗话。

祁凤翔一听之下，大惊，竟端了杯子愣住，半晌才一脸诚恳地喟叹："这个……确实有些难嫁啊。"

苏离离一拍桌子，痛下决心道："不错！我还有棺材铺，我要做棺材，卖棺材！"

"嗯？还要撬棺材？"

贰

人生足别离　客来桃叶渡

苏离离不管他微讽的语调，直言道："这个也不一定，有条件就偶尔为之吧。"

祁凤翔眯起眼睛给她斟上酒，举杯道："那祝你棺材铺财源广进。"

苏离离和他杯子一碰："也祝你得偿所愿。"

祁凤翔一愣，见她笑得心无城府，没有迎附，没有猜疑，只得一份磊落义气，心底有什么空落的缝隙被慢慢填满，一仰头，杯中酒一滴不剩。不用说破，倒有了剔透的相知之感。

很突然地，他邀道："苏姑娘近日既然闲着无事，能否随我去一趟冀州？"

"冀州？那是谁的地方？"苏离离诧异道。

祁凤翔道："现在是冀州守备陈北光占据着。他北接燕、云，兵强马壮，我们实力不及，正与他结盟。所以，我只能悄悄地去。"

苏离离实在有些跟不上他的思维："等等，你去做什么？哦不不，你不用告诉我，可是你要我去做什么？"

祁凤翔莞尔一笑，云淡风轻："你不是无事可做吗？"

苏离离却一点也轻松不起来，苦脸道："我可以说不去吗？"

祁凤翔手指抚着白瓷杯口，不知思量什么，沉吟道："这样行不行？你现在没有木料也做不了棺材，你随我去一趟冀州。下个月修葺皇宫的木材运进京，我替你弄出一批来。"见苏离离踌躇，他补充道，"此去不要你杀人放火，不要你偷奸耍滑，不要你出生入死，我把你带回来，一根头发丝都不少你的，可好？"

苏离离极其怀疑地竖起一根手指，道："一根头发丝都不少？"

祁凤翔点头："可以，不过你自己梳掉的不算。"

他既然说到这个份儿上，苏离离也无可挑剔，忍不住又道："我们先谈一下木料的材质、成色、数量……"

祁凤翔大大地皱眉，叫道："苏老板，你怎么这般庸俗？我这高洁的情怀难道像是骗子？还是只骗几根木桩子的？"

苏离离听他说起自己前几次说的话，忍不住嘻嘻一笑，确凿无疑道："我是小人。小人就是这样俗的！"

三日后，苏离离写了一封信，放在木头的枕上。她想了想，又拿出去钉在院子里醒目的柱子上。走到门口她又忍不住折回去，调了朱砂色，在大门上写了八个歪斜不齐的大字——有事暂离，三月即回。

祁凤翔坐在外面车里，看她像蚂蚁一样忙来忙去，好笑不已。待得苏离离拎包上车，他便嘲笑道："苏老板生意还真是好，一时一刻都离不开，还没出门就归心似箭了。"苏离离也不理他，坐上车便蹭他的六安瓜片喝。

张师傅坐在车前，道一声"坐好了"，马车辚辚向前而去。一路出了京城，直向东北行进。时值隆冬，万物肃杀，七日后行到渭水边上，竟飘起了细碎的雪花。才过未时，天色一片铅灰，祁凤翔便叫在渡口停住，先住一夜。

这是个小镇，也不太繁华。祁凤翔换了寻常布衣，行止都很低调。可再寻常的衣服穿在他身上，仍然棱是棱角是角，气度不凡。苏离离忍不住上下打量，换来祁凤翔鄙视的一眼，将她指到了中间那间客房里。

这一路上他都开三间并排的客房，苏离离住中间，他与张师傅住在两边。苏离离不好多问，心里隐隐觉得有些凶险。她坐在窗前眺望，渡口一排木栈伸入江面，幡旗上飘飞着三个大字——桃叶渡；岸边孤零着一棵银杏，光秃秃的很是丑陋，却与周遭物色出奇融合。

人对着陌生景致，便易生出感叹，苏离离正幽幽一叹间，祁凤翔提着一壶水进来，给她搁在桌上："苏姑娘叹气做什么？"苏离离见他动手泡茶，忙站起来，又不方便夺他手中水壶，只好站在一边，支吾道："你这六安瓜片可是正品，现在市面上假的多。只是一路怎不见你喝？"

祁凤翔撩衣坐下道："六安茶汤色翠亮，香气清高，原是张师傅爱喝，我却不爱。"

"那你爱喝什么茶？"苏离离不敢劳他再奉上茶碗，自己赶忙端过来。

祁凤翔淡淡道："我不爱喝茶，只喝白水。"

苏离离奇道："那……那可就俗大了，仕官一族不是一向认为白丁粗人才那么喝？"

祁凤翔望着窗外天色，目光悠远道："白丁粗人的喝法才是好的，所谓清水至味。"他慢慢回转目光，却疑道，"你干什么这么看着我？"

苏离离的表情说不上是什么意味，抿了一口茶，似轻叹道："也是，白水有白水的好处。"

祁凤翔注视她片刻，眼睛眯了起来，正要说话，张师傅在门口叫了一声"公子出来一下"。祁凤翔看了一眼，还是接着把话说完道："白水虽有白水的好处，我给你泡的茶却是可以放心喝的。"说罢，他起身出去，与张师傅在走廊上耳语。

苏离离默默品着茶味，心里奇怪。这个祁凤翔怎么像会读心术似的，她的意思他就这么能领会。白水易尝出有无下毒，难道他被下过毒？自己又偏去多那么句嘴，把他话里深意提起来。她暗暗告诫自己，今后定要装傻，不可跟祁凤翔深交。

这一路苏离离扮作家丁小厮，张师傅扮作老仆，祁凤翔则像一个殷实人家的公子爷。张师傅与祁凤翔的关系也很奇特，似乎就是私人幕僚，却不是下属与主子，仿佛有那么点如师如友的味道。

门扉上叩响一声，祁凤翔站在门前道："下来吃饭。"

三人走到楼下大堂，稀稀松松坐着几个人，都似江湖路客。因天下不太平，有的还带着刀剑。祁凤翔并不看那些人，就桌坐了，举箸吃饭。苏离离四面扫了一眼，却被角落里一个虬髯大汉吸引住了目光。

那人低着头，面前摆着牛肉烧酒，时不时地啜一口，并不着急，像是在等人。苏离离一直看他，冷不防那人头一抬，目光扔刀子一般向她投过来。她赶紧回过头来，跟着吃完了饭。外面雪已停了，祁凤翔手指一点："你，跟我出去走走。"

苏离离乖乖跟上，踏着岸上薄雪，只见一派暮色苍茫，水天相接，万物寥廓蛰伏，像博大的旧时光，愁绪回肠。只听祁凤翔吟道："江山如画，一时多少豪杰。"苏离离心里叹了一声，有出息的人和没出息的人果然天差地别，入眼景致一样，感想却迥异。

她蓦然想起七夕生日那天，祁凤翔站在护城河的石桥上，眺望城郭起伏；

三个月后，他便马踏京师，弓开劲旅。如今他站在这渭水河边遥望，莫不是有侵吞冀北之意？可他何苦孤身犯险，还把自己这个无名小卒搭上？

祁凤翔一回头，见她像躲寒母鸡一般缩在那里，目光呆滞，神魂半去，失笑道："你冷吗？"

苏离离点头。祁凤翔凑近她身边，捏了捏她的肩膀："衣服是薄了些。这里的被子也不知够不够，晚上穿着睡吧。"他眼波闪处，别有情致。

苏离离愣愣地听着，祁凤翔拉了她的手腕往回走，笑道："你这人有时看着呆得让人无语，心里却还算明白。早些回去歇了吧。"两人回到大堂，食客已尽，那个虬髯大汉却还坐在那里埋头斟酒。

见二人迈步上楼，那人忽然用筷子敲桌，声音洪亮，唱道："四月南风大麦黄，枣花未落桐叶长。青山朝别暮还见，嘶马出门思旧乡。东门酤酒饮我曹，心轻万事如鸿毛。腹中贮书一万卷，不肯低头在草莽。"

他眼睛随着二人的身影从楼下盯到楼上，祁凤翔目不斜视地推开苏离离的房门，仿佛没有听见那人唱词，一手将苏离离送进房中。苏离离已忍不住笑，故意大声道："公子，你听那人唱的词颇有风骨。"

祁凤翔唇角噙着笑，却将声音放平，道："他八成喝糊涂了，正值寒冬，哪来南风大麦黄。"说罢伸手带上苏离离的门，正眼也不看那人，往隔壁自己房里去。

虬髯汉子站起来，大声道："唉——不肯低头在草莽啊！"

"砰！"祁凤翔的门也关上了。

楼下安静了片刻，听楼下那人惆怅道："浑蛋。"

苏离离在房中笑得打跌。这人必定知道祁凤翔的身份，想要毛遂自荐，偏偏荐得不伦不类，还"腹中贮书一万卷"，只怕最后一句"浑蛋"才是本色吧。苏离离找了一件单衣出来，穿在外衣里面御寒，聊胜于无；然后她吹熄了灯，抱了包袱，依祁凤翔之言和衣上床，窝在被子里，却不闭眼。

果然二更时分，窗户一响，苏离离陡然坐起，祁凤翔转瞬已到她身前，一把按在她的肩颈，示意她噤声；随即将她挟在腋下，飞身从窗户跃了下去。苏离离只觉一阵失重，脚落地的瞬间一个趔趄，祁凤翔就势将她往地上一放。

苏离离屁股着陆，毗邻鸡窝。

那鸡被惊，正作势要扑腾，祁凤翔五指一散，有什么暗器出手，一阵细微的钝响，一窝鸡立刻趴下不动了。祁凤翔做手势，令苏离离就在此地，不要动弹，转身陷入夜色。

片刻之后，祁凤翔回转，伸手捉起她跃出旅店围墙，向左飞奔，到一片草丛处，将苏离离扔了进去，自己也藏身其中。两人趴在草丛里，苏离离忍不住抓住他的胳膊想说话，祁凤翔竖指示意不要说，指她看旅店的方向。

只见刚刚还悄然无声的旅店二楼，已燃了起来，正是他三人的住房。冬日天干物燥，木质楼板一点即燃。风助火势，火借风威，再添点油硝硫磷，立时烧得呼呼作响，虽隔着这么远都觉得炽焰逼人。

那客栈燃了半炷香工夫，前面岸口忽然便聚了十余名蒙面黑衣之人，鬼魅一般悄无声息。为首那人蹙眉望向燃烧的旅店，道："人跑了，找找。"

其余人等四散搜索，借着掩映火光，一人遥指水面："那边有船，正往对岸驶。"

为首的黑衣人一声呼哨，一群人足不点地奔向上游寻船截杀。

祁凤翔看那群人走远，笑得嘲讽无比："一群傻子，人如其主。"

苏离离小声道："我们还不走？"

她话音刚落，岸边一个声音暴喝道："你们是什么人？居然敢杀那旅店里的贵人！"

二人扒开草丛看去，却是傍晚那个虬髯大汉堵住了那群黑衣人的路，拔刀相指。黑衣人更不答话，三人出手，向他攻去。那人武功明显比脑子管用，刀法大开大合，一一挥洒开去。剩下那十余名黑衣人却不管他，继续往上游去了。

祁凤翔看着那几人相斗，神色从讶异到不悦，阴晴不定。他们四人纠缠在此，苏离离与祁凤翔便出不去。苏离离只觉身边风一掠，祁凤翔已站在场中，劈手夺刀打倒一个黑衣人，反手再一刀，割断了另一人的喉咙，却还是晚了一步。剩下那人将一枚火红的焰火放上了天，随后倒在了祁凤翔的刀下。

虬髯大汉见是他，神情大是激动，一抱拳正要说话，祁凤翔断然道："跟我走！"一面回身挥手叫苏离离出来，一面往下游奔去。苏离离连忙爬出草丛，跟着他跑。祁凤翔还是拎了她的衣领，健步如飞。

约行了一里，下游一点灯火，却是一条小船泊在岸边。祁凤翔拎了苏离离飞身而入，虬髯大汉跟着跳了进去，张师傅接住，道："开船吧。"竹梢一点，离岸而去，只扯了帆顺着往下水走。船行如飞，料得别的船马都赶不上，苏离离呼出一口气缩在了角落。

船里却还有一人，四十来岁，面色焦黄，神采奕奕，当先见礼道："三公子许多时不曾到渭水，今日一来便遇险受惊了。"

祁凤翔眼睛如暗夜里的豹子，凶狠而优雅，却带着笑意回礼道："两年不见，方堂主还是这样见外。上游的兄弟应该没事吧？"

那位方堂主对祁凤翔很是恭敬，答道："不碍事，我们在这水上惯了，那几个人容易甩脱。"

祁凤翔点点头道："如此多谢，上复黄老帮主，他日我定到帮中回拜他老人家。"

方堂主连连摆手："三公子太客气了，太客气了。在下一定转告帮主。公子若还有吩咐，只管告诉我；若没有，我且回堂里。公子一路顺风。"

祁凤翔点头说了一个"好"字。那方堂主竟推开舱门，纵身就跳进了冬日刺骨的江水，连水花都没激起来，就这样没入水中不见了。

虬髯大汉大惊，指着水面道："沙……沙……沙河帮？"

祁凤翔颔首道："是沙河帮。你又是谁？"

那虬髯大汉忽然一跪道："小人王猛，是这山上的草贼。听说祁三公子仗义疏财，交游天下，所以想来投奔。"

祁凤翔道："王兄要投我，有什么要求吗？"

王猛连连摇头道："没有，没有。我孤身一人做山贼做了好些年，却是没头苍蝇一般乱窜。我情愿投在公子军中效力，上阵杀敌，遇险当先，别无要求。"

祁凤翔修长的手指抚在膝上，文质彬彬道："是谁教你来投我的？"

王猛"啊"的一声，犹疑不定。

祁凤翔又道："就是那个教你念'不肯低头在草莽'的人。"

"这……公子英明，确是那人教我这样说，可……可他不许我说。"

祁凤翔沉吟片刻，道："你可以不说，只回答我是或者不是。"

"是。"

"这人的住所你是否知道？"

"是。"

"是否在渭北？"

"是。"

"是否是陈北光部下？"

"不是。"

祁凤翔收手道："很好，那么到了渭北你带我去他的住处便是。你什么都没说。"

王猛愣了一愣，似乎觉得不妥，又似乎觉得自己确实什么都没说啊，一脸错愕状。苏离离腹中暗笑，就你这样子，跟这狐狸玩弯弯绕，怎么都能把你给绕进去。

冷不防一件衣服兜头盖来，苏离离执起一看，是件厚棉衣。祁凤翔刻薄道："穿上吧苏大老板，冻死了还得给你'搬尸回巢'。"

苏离离将衣服裹在外衣上，见他还惦记着自己衣单，心里感激，笑道："你说过一根头发也不少。"

祁凤翔阴阴笑道："我说一根头发也不少你的，可我没说是死的还是活的啊。"

啊？苏离离几欲昏倒，这个阴险小人把自己诓出来，却这样解释。苏离离登时哀哀欲绝，暗骂祁凤翔祖宗十八代，骂到第十七代时，被周公劝住了。

再次醒来，苏离离只觉得虚晃浮动，仍是在舟中，已靠北岸。船舱狭小，张师傅靠在舱壁养神，船板一晃，祁凤翔自外而来，道："都起来吧，这边已经是太平府地界了，行事须得小心。"

太平府是冀州大郡，繁华丰茂。三人上岸，王猛已在岸边候着。一行人弃了车仗，步行向前，在那繁华闹市七转八绕，竟绕到了一个小巷子里。巷末一带竹篱，王猛止步道："那位先生就住在里面，我被官府通缉，逃到他院里，他劝了我一席话。我本想跟着他，他说他不需要，指我来投祁公子，给我看了公子的画像。我在桃叶渡见着你，就认了出来。"

祁凤翔道："那你且去那边茶庄等着，我见见他就来。"

王猛应了，自去等候。张师傅娴熟地介绍："太平府西南，绿竹黄篱人家，正是闹市桃源的睢园。睢园主人是冀北名士欧阳罩。欧阳罩早年江湖闯荡，颇有侠气，后来折节向学，不知师从何人，功名屡试不第，最后在太平府闹市建这睢园，取其仰止之意，自诩颇高。"

苏离离觑着张师傅侃侃而谈，叹道："天下事尽在张师傅胸中，给我一破棺材铺雕花，真是屈才，屈才啊。"

张师傅哈哈笑道："老头儿已是残年向尽，有用时便用用罢了。若是早三十年，还有些心志，如今也就是少东家的雇工。不必虚赞。"

苏离离也哈哈一笑，上前敲门。

半晌，一个青年仆从过来开了门，扫了三人一眼道："诸位是……"

祁凤翔拱手："幽州客商，路经此地，特来拜会欧阳先生。"

仆从将他们让入园中，园内苍苔小径直通草堂。堂下一人临轩遥望，散发阔衫，飘然若仙，一路看着他们走近。苏离离才看清这人，二十七八岁的样子，眼角吊梢，鼻端略钩，却不给人阴鸷之感，只觉有些深沉。

他一双眼睛将三人上上下下看了好几回，方开口道："在下欧阳罩，闲居疏懒，怠慢几位了。里面请吧。"

祁凤翔熟视其面，眼睛微微一眯，唇角漾起一笑。

苏离离看祁凤翔这无害的一笑，便觉他已起戒备之意。

他微微转头对苏离离道："你在这儿候着吧。"独自带了张师傅进去。

欧阳罩转身进屋的一瞬，忽然回头看了苏离离一眼，直看得苏离离心里"咯噔"一下。草堂门扉已关了起来。在这儿候着？苏离离摸不准祁凤翔是不是叫她先走。倘若这是个圈套，倘若那个王猛并不如外表看来那么简单……还是早溜为妙，她侧了身犹疑地向来路退去。

苏离离自小不会认路，这曲了两曲的小路居然也把她走迷路了，绕过一片竹林，不见篱笆门扉，倒有一点艳红从苍绿中探出头来。苏离离前后望望，无人，沿着小径过去，但见那丛绿竹后竟是五六株梅树散在院里，正沁芳吐蕊，开得绚烂。

她心里暗暗郁闷：我这是走到什么地方来了？便见这梅花小院的落英下，有一张矮矮的石桌。苏离离缓缓过去，嗅着梅花香味，看着满目嫣红，与方才萧疏的竹林判若云泥，只觉宁和安静，仿佛世外仙境。石桌上放着笔墨，那砚里的墨已冻住了，却有一张薄绢铺在桌上，看大小是一方女人的手绢，手绢上纤巧的字迹写着首诗：

少年不识愁，蓼红芭蕉绿。

闻声故人来，掩裾循阶去。

泥墙影姗姗，竹梢风徐徐。

当时一念起，十年终不渝。

东风误花期，江水带潮急。

肯将白首约，换作浮萍聚。

苏离离默默地念了一回，只觉辞藻朴实，却别有一番婉淡情致，细细想去，不忍释手。仿佛回到棺材铺里，那葫芦架下斑斑驳驳的阳光映着井水从自己手上划过，冰莹清澈；清晨的白霜伴着心意缱绻凝在屋檐上，木头说"你去做饭，我去给程叔开门"。

这题诗的女子十年不渝，只换得浮萍一聚。自己并未曾许下白首约，又能得来什么？只怕是白驹过隙，时光匆匆。一时间入了魔怔，只想着今是昨非，握着那绢子掉下泪来。不觉身后有人极轻地一叹。

苏离离猝然回头，那竹屋门前站着个白衣女子，应是没有三十岁，病容清减，长发素绾，厚棉袄子穿在她身上也不显臃肿。她微笑地看着苏离离，目色柔和。苏离离握着绢子站起来："你是谁？"

那女子淡淡笑道："你在我的屋子前。"声音柔婉，有些沙哑。

苏离离忙放下手绢道："我……我是个访客，无意来此，冒犯了夫人。"

女子看那手绢搁在桌上，扶栏倚墙，慢慢走出来。她每一步都极慢，仿佛一阵风都能把她吹倒在地似的。苏离离上前两步想搀她，触到她的袖子时，骤悟自己穿着男装，忙缩回手来。女子缓缓道："妹妹也借我一把力吧。"伸了手给她。

苏离离见她看了出来，便扶着她的手走到石桌边。那女子缓缓坐下，手抚了那方手绢道："你方才哭了？"

苏离离以手抚颊，点了点头。

"可是心爱之人不能聚首？"

苏离离明知她绝无半分揶揄，却止不住红了脸，支吾道："不……不是的，只是……"她想了半天觉得与木头的关系不好阐释，只得小声道，"他走了，不知什么时候回来。"

白衣女子眉梢眼角略有笑意："走了多久了？"

"三个多月了。"苏离离极小声地应着，只觉和她的十年比起来简直无地自容。

白衣女子却不笑了，幽幽一叹，道："三个月，也够久了。"她转向苏离离，缓缓道，"我许久不曾和人说话了。你既能为这诗句掉泪，这绢子便送你吧。你等的人总会回来的，好好珍惜，莫待无花空折枝。"

苏离离将那手帕接过来，正要道谢，白衣女子继续道："这不是你留的地方，快走吧。"她神容冷淡，用手指划着石桌面。

苏离离也觉这院子古怪，只想快快离开，忙应了往回走，走出两步，忽然折回来道："姐姐恕罪，我走迷了，不知怎么出去。还请姐姐给我指条路。"

白衣女子一愣："我没有出去过，不知怎么走。"

啊？苏离离有些蒙，拿了绢子对她屈了屈膝，还是由来的那条小路而去。转角时，从梅枝影里看去，那白衣女子默默坐在花下，望着墨砚不知想着什么。

苏离离心中有些可怜她，看她病得极重，只怕不久便如这花朵凋零，再寻时，只余空枝了。她低头看了看那手绢，似能触到那女子的万念俱灰，折了两折，揣进怀里，始一抬头，猛然撞到一人身上，大骇，却是那个欧阳罩。他不是和祁凤翔在前面吗？

欧阳罩抬起那双吊梢眼，往梅院看了看，声音阴柔道："公子与贱内在谈些什么？"

误会啊！苏离离险些结巴起来："欧阳先生，我是走迷了路，误入此地，偶然遇见尊夫人，并非有意来此。我……我家公子呢？"

欧阳罩阻在她身前，仍是不阴不阳地开口道："他已走了。"

苏离离还不及说话，欧阳罩已五指一伸，变作锁喉手，罩住她的咽喉，眼中满是杀意，冷笑道："小姑娘，是谁让你来见她的，你家公子吗？"

苏离离顿时傻眼，心道定是祁凤翔长得太像偷花贼，让这人疑心了。苏离离一口气接不上来，要挣扎却全无力气，正手舞足蹈间，身后忽听人笑道："欧阳兄真是手狠，不懂怜香惜玉吗？"

苍苔小径上，欧阳罩对上祁凤翔那双狭长的眼睛，祁凤翔一臂牢牢箍住那白衣女子的脖颈。白衣女子似浑然不顾，望着枝头梅花，认命一般由他捉着。

欧阳罩鹰目一凝，抓着苏离离的手劲略松，道："你不是什么幽州客商。"

祁凤翔点点头，好整以暇地笑："你也不是欧阳罩啊。"

那鹰目男子一笑："放了她，否则我掐死你这丫头。"手指一用力，苏离离顿时接不上气来，脸红筋涨，瞪着祁凤翔。

祁凤翔意态之间，仿佛大觉有趣，朗声道："哈，妙极，你使一分力，我便使一分力，且看她们谁先没气。"他手中那白衣女子苍白的脸色也陡然涨红。

"欧阳罩"手不懈劲，阴恻恻道："她不是我妻室。"

祁凤翔目光指点着苏离离，应声笑道："她也不是我的妾婢呀。"

这天杀的腔调！苏离离愤恨地在心里骂了一句，每一瞬都如万年般难受，却觉天色渐渐暗了起来，看不清眼前景致。两眼一花时，喉上五指一松，她身子一滑，只觉咽喉俱碎，伏在地上，半天才咳了起来，喉间腥甜。

"欧阳罩"放缓声音道："我已放了你的丫头，你也放开她吧。"

祁凤翔松了手劲，那白衣女子挂在他臂间昏了过去。祁凤翔却搂着她的身子道："你是什么人？"

"欧阳罩"拧着苏离离的胳膊道："你我各不相干。我放她过去，你放她过来。"

祁凤翔搂着那昏迷的白衣女子，淡淡笑道："这女人显然对你有用得多，这亏本买卖我不干。"

"哼！"那人冷冷笑道，"我不是欧阳罩，我也可以是别的任何人，告诉你你便信吗？"

祁凤翔心底似在权衡，权衡得苏离离全身发抖，生怕他定要擒着那女子不放，这"欧阳罩"便一掌劈了自己。良久，祁凤翔终于道："换人。"

苏离离只觉后背一紧，身子越空飞去，四肢凌乱地摔到祁凤翔怀里。祁凤翔抱了她，对那"欧阳罩"道："阁下鹰视狼行，非寻常之人。今天下失鹿，群雄逐之，异日若为对手，再定输赢吧。"

"欧阳罩"闻声注目，略一颔首，道："彼此彼此，再会吧。"

叁

月暗孤灯火
夜雨透关山

苏离离被祁凤翔放下时，已在那竹篱之外，喉咙肿胀，口不能言。张师傅等在外面，一见他们出来，忙上前道："公子是否无恙？"

祁凤翔正眼也不瞧她，冷哼一声："我还以为她早溜了，结果在人家园子走迷了路！费爷半天的工夫去找出来。"

张师傅叉手道："也是大公子的人？"

祁凤翔摇头："不是，这人比大哥中用多了。"

"我去茶楼看讨了，那个干猛不见踪影。"

"好得很，连我都骗过了。"祁凤翔冷笑，"我大约知道他是谁了。"

苏离离委顿在地，缓过一口气来，捂着脖子，嘶哑道："我不跟你走了。"

祁凤翔终于回过头来看了她一眼，慢慢走到她面前，撩衣蹲下身，凑近她道："你说什么？"

苏离离下意识地往后一退，已靠在墙上，避无可避。祁凤翔目光灼灼，一字字道："你再说一遍。"

苏离离默然低头，祁凤翔一把将她拉了起来，站稳了，收手便往巷外走。张师傅一旁扶住，见她雪白的脖子上指痕斐然，搀了她跟在后面，道："少东家，三公子出来不见你，立刻就赶进去找你了。"

找我？苏离离无奈，只怕他对那假欧阳罩的兴趣比找自己更大，便波澜不惊道："圣人云：'生死变故，父子不能有所勖助。'我与祁公子非亲非故，怎样做都是合适的。"

祁凤翔侧了侧头，瞥见她表情淡然无畏。他回过头来，兀自笑了一笑。

傍晚他们就在这太平府市中寻了一家客栈住下。吃饭时，苏离离根本难以下咽，只得端着碗汤，一小口一小口地吞了。她晚上躺在床上，直着脖子失眠。门上有轻微的敲门声，苏离离置若罔闻。

片刻之后，窗户一响，祁凤翔越窗而入，径直走到桌边，挑亮了灯，冷声冷调道："过来擦药。"

苏离离端着脖子立起来，走到桌子旁。

祁凤翔打开一个木盒子，一股草木清香飘了出来，盒子里是半绿的透明药膏。他指间挑了一点，往她项上抹去。苏离离往后一退，挡住他的手，道："我，自己来。"

祁凤翔半是讽刺半是教训，道："这两天不想吃饭了？脖子伸直了！"

苏离离微仰着头，觉得他的手指带着微凉的药膏抚到了脖子上。两人谁也不再说话，只默默地上药，呼吸之气若即若离。祁凤翔柔缓地将药抹匀，细致认真。

不知为什么苏离离眼里便有了酸涩之意，却不是因为瘀伤。

他抹好了药，从袖中抽出一块白绫，给她裹在脖子上，将药膏掩住。苏离离觉得脖子有些凉，伸手抚上绫布，也不若先前的疼痛。

祁凤翔盖上木盒子，却背倚了桌子望着她不语。苏离离摸着喉咙，瞠目以对。

灯油燃着了什么渣滓，芯上"噼啪"一爆。

祁凤翔唇角忽然扯起一道弧线，三分无奈三分好笑，道："不大个园子，走迷了路。亏了你这没用的记性。"

苏离离无可辩驳，咬牙低眉不语。

祁凤翔见她从外表到气势都弱了起来，大是高兴，款款道："苏大老板，你可知道猪是怎么死的？"他顿了一顿，见她不答，便好心指教道，"笨、死、的。"

第二天早上，祁凤翔令人将早饭端到苏离离房中。苏离离昨晚没吃什么东西，本就饿了，早起脖子也不痛了，便盛了碗粥，加糖搅着。

叁

月暗孤灯火　夜雨透关山

祁凤翔坐她对面，觑着她脖子上的绫布，狐狸一般笑道："合浦之北有江，名曰漓江。江上渔夫以鸬鹚捕鱼。以绳索系其颈，令其难以下咽。如此，鸬鹚捕上来的鱼便都吐进了渔夫的仓里。"

苏离离由他取笑，面不改色地舀了一勺粥吃了，方慢条斯理道："看不出来，公子连这些风物地理都知道。"

祁凤翔笑笑："那也不算什么。王土虽阔，十有七八我都去过。"

苏离离放下勺子，将一个盐茶鸡蛋磕在桌上，十指纤纤地拈着碎皮，和风煦日般温言道："祁公子，你知道牛是怎么死的吗？"

祁凤翔风发意气的表情顿了一顿，脸含笑意，眼露凶光。

"吹、死、的。"

苏离离微微一笑，咬了一口鸡蛋。

祁凤翔看她眉目之间颇为得意，自嘲道："我跟你这小丫头较什么劲儿，你不信也罢。我自十三岁离家，交游天下，我朝疆域近乎踏遍。我说十有七八，实是自谦。"

"当真？"

"当真。天下太大，不是坐在家里就能识得的。我们在桃叶渡上遇见的沙河帮，五年前我救过他们的帮主。"他说得冷淡，神容不似狐狸的狡猾，却有狼的孤傲深沉。身为州将之子，屈身江湖，心不可测，志不可折。

苏离离默默吃完最后一口粥，搁碗正色道："你能不能告诉我，究竟要我来做什么？"

祁凤翔手指叩着桌面："三日后，你与我到冀北将军府，去见陈北光。"

"啊？"他话未说完，苏离离已惊叫。虽说陈、祁两家现下互不相扰，那是为势所逼，大家心里都清楚，驻地相邻，迟早一战。

"怎么？陈北光就算二十年前有冀中美男子之称，你也不用激动成这样吧。"祁凤翔凉凉地说。

苏离离摇头："你们两家是世交？"

"不是。"

"那你不是去找死？"

祁凤翔叹道:"苏姑娘,你说话总是这么直白吗?"

苏离离连连摆手道:"要去你去,我是不去的。再像昨天那么来一下,我小命儿就没了。"

祁凤翔眼睛一眯:"你非去不可。你要去见一个人。"

苏离离不寒而栗:"什……什么人?"

祁凤翔一根手指支在下颌上,望了她半天道:"先把你这身男装换一换。"见她惊愕得顿时一跳,他失笑道,"放心,不是美人计。"

祁凤翔素来言出必行,下午的时候,果然有人送来两套女子衣裙饰物。祁凤翔拈着那衣料,笑出几分猥亵:"女人的衣服你会穿吗?要不我帮你吧。"

苏离离一把抢过衣衫,将他赶了出去。

半天,里面没有一点动静。再过半天,声息不闻。祁凤翔敲门道:"你好了没有?"

没有回答。

"我进来了!"

还是没有回答。

祁凤翔推门进去时,只看见她的背影站在立镜之前。妃色长裙曳地,由腰及踝,开出一个优雅的弧度;肩背匀婷,纤秾合宜,发长及腰,散乱地披在身后。不知不觉间,苏离离已不是那个喜嗔放任的孩子,而长成了娉婷女子。

祁凤翔站到她身侧,望着镜子里她怅然失神的眼睛:"怎么?被自己吓着了?"

苏离离喟然道:"是吓着了。我这个打扮跟我娘亲,实在太像了。"时间如水流过,并去的还有亲人。回头看时,岁月荒凉。

"真是孩子气。"祁凤翔抚上她的头发,柔软顺滑,是慰藉的意思,却不显突兀,"这个人本就是你,要学会认识你自己。来,把头发梳一梳。"

苏离离低头看那裙摆,衣袖一牵,抬手划起一道弧线,忽然莞尔一笑,道:"这裙子……我路都不知道怎么走了。"她笑得俏丽狡黠,方有了一点少艾女子应有的新奇灵动之意。苏离离转身在屋里走了两圈,惹得祁凤翔拊掌大笑道："你若站着不动，还像个样子。当真走起来，头不正，肩不直，左顾右盼，定要被人议论。"

整个下午的时间苏离离都用在了梳妆打扮上。然而女子的发式，即使最简单的，她也觉得太难了，那辫子怎么也捉它不住，常常叫祁凤翔"给我捉着这缕头发"。几经奋战，她总算把头发梳好了，虽然蓬松凌乱了点，到底还有些像样。

等坐到镜子前，苏离离才发现胭脂水粉实乃她的大敌。祁凤翔从旁参谋：擦得太白了，粉没抹匀，胭脂像猴子屁股……于是数番尝试，以两人笑得前仰后合而结束。

鉴于苏离离画的眉毛高低不匀，祁凤翔亲自动手给她画了一遍，粗细不同。于是他将细眉添一笔，发现另一边又细了；反复添了两次，眉如大刀，杀气腾腾。

苏离离大怒，祁凤翔很是挫败，说画美人图从不失手，怎的画真人如此不堪。他思忖之下，得出结论：盖因苏离离不是美人，故而影响了他的发挥。

洗脸净妆，一番闹腾，以祁凤翔抚额怒曰"朽木不可雕也"告终。

次日，不知他在哪里请来一个莹脂坊的化妆师傅，将苏离离捉在房中教辅一天。苏离离哀哀不悦，祁凤翔劝胁相辅，曰："别人花钱都请不到的师傅专教你一人，不可暴殄天物。"

至晚，浓妆淡抹总相宜了。

再次日，苏离离浅施脂粉，淡扫眉峰，将头发绾作双鬟，簪上一排单粒珍珠。祁凤翔将明珠耳夹扣上她的耳垂，端详片刻道："走吧。"

门外有车等着，两人上车坐了，苏离离四顾道："张师傅这两日怎么不见？"

祁凤翔肃容道："我另托他有事去做。现在告诉你的话，牢牢记好，说的时候，务必一字不差。"

车外阴天，似昏暗欲雪。青石大道一路行至冀北将军府前，祁凤翔下马投了名刺，回身指了门前狮子铜鹤，低声笑道："这陈北光的府制颇多僭越，总不是这两个月才建的，可见是个浮躁不慎之人。"

苏离离手心却有些出汗，埋头不答。祁凤翔将她鬓边的一粒珠插正了正，语气清闲道："不要紧张。"苏离离点点头，他便笑了一笑："多加小心。"

说话间，将军府府丞亲自迎了出来，将祁凤翔请进去。苏离离随在他身后，亦步亦趋。左右雕梁画栋，戒备森严。

大殿之上，坐着一位长髯剑眉的大人，四十上下的年纪，英气之中带着儒雅，踞案而候。

祁凤翔趋前施礼道："幽州祁凤翔，久闻镇北侯大名，无缘识见。今日特来拜会。"苏离离便跟着他深深地屈膝行礼。

陈北光虚扶了一扶，不咸不淡道："不必多礼。世人皆言，祁焕臣三子，长为鹿，次为羊，祁家有虎，只待凤翔。今日一见，果是英雄出少年。"

祁凤翔直起身来，不卑不亢道："大将军谬赞。家兄才略见识数倍于我，晚辈不敢逾越。今日来此，一则奉父命问礼，二则为两军交好。"

陈北光冷笑两声："你倒是虚比浮词，口吐莲花。谁不知祁家大公子无能；祁家二公子莫名其妙得了奇疾，缠绵病榻；你祁三公子虽英武过人，却是庶出，父兄皆不待见。你虽有用，也不过是为臣为奴。"

祁凤翔神色连一丝波澜都不改，道："疏不间亲，为子为弟本是臣奴之分。"

陈北光缓缓站起来道："你若是这安分的人，今日便不会到我府上来。"

他昂首看着祁凤翔："前年中秋，祁焕臣家宴，席间问道：'如若起事，当何所以据？'你大哥说，幽州经营多年，当据为根本，建立基业。你却说应弃幽州，先取京师，立幼帝以令天下；继之扫平冀北、豫南，与京畿成拱卫之势，则基业奠定，然后可以睥睨群雄，一统天下。"

祁凤翔眉目微蹙，脸上笑意却似有似无，听他赞许道："这番见解称得上真正的雄才大略，我若有子如你，必然欣慰万分！可如今你们京师已下，要取我冀北，竟敢明目张胆到我府上招摇！祁凤翔，你欺冀北无人吗？！"陈北光重重地一拍书案。

苏离离暗暗叫苦：仁兄你所算差矣；我人还没见着，这冀州大都督只怕把你的人头都砍下来了。

叁

月暗孤灯火 夜雨透关山

陈北光盛怒之下，祁凤翔缓缓开口，字字清晰："将军耳目千里，世所少有。前年家宴，我确实倡谋若此。然而将军不闻，世异时移，策无长策。方今之势，瞬息万变。那年我说取冀北，今日却是来联冀北。我既孤身而来，正是诚意殷切，奈何将军不信。"

陈北光神色稍霁，哂道："便听你能否说上天去。"

祁凤翔正色道："豫南巡抚使萧节，上月致书我父王，愿同讨将军，功成之日，划地平分。我想将军踞一江之堑，易守难攻，你我相攻不是上策。现今诸侯并起，各方势力不下数十，妄动则先失，不如坐待时日。我们两家和睦，则萧节也不能轻动。将军以为呢？"

陈北光沉吟道："你我两地毗邻，怎能永共太平？"

祁凤翔率然笑道："今日我们合，是上上之势。但为主者各修德行，为臣者各尽职守，他日若有胜败，再决可矣。"

陈北光沉思半晌，抚髯道："世侄所见甚是。"

苏离离差点没当场笑起来，方才他拍桌子发怒已见杀机，经祁凤翔三言两语，就成了他世侄，果如祁凤翔所说，心浮不慎。这姓祁的浑蛋莫非是天生来欺人的？

冷不防祁凤翔抛给她一个暗示的眼神，苏离离略正了正脸色，敛衽上前道："将军见谅，奴婢有一请。"

"嗯？"陈北光疑道，"你有什么请求？"

祁凤翔先叱道："我与将军说话，哪有你插话的份儿。"他转顾陈北光道，"家人无状，将军恕罪。这个小婢原是皇宫内殿的侍女，鲍辉屠城时幸存下来，我入京时救了她，所以追随左右。"

陈北光细细打量了苏离离几眼，显然想得太多了："世侄既是龙驹凤雏，自然多有佳人陪伴左右。"祁凤翔笑而不语，苏离离表情有些抽搐。

她挤出几分悲痛，道："奴婢自小失怙，全赖义父提携养育。鲍辉弑君之日，义父生死不明。近日赖公子多方打探，才知他在将军府上。奴婢恳请一见。"

陈北光摸不着头脑，道："你义父姓甚名谁？"

"先帝的内廷侍卫长时绛之。"

"啊——"陈北光大惊道，"你说他呀。时大人曾与我有些交情，也确实在我府上，然而姑娘要见，多有不易。"

苏离离道："这是为何？"

陈北光叹道："姑娘有所不知。时大人伴随君侧，武功原本深不可测，去年不知为何，却气脉逆行，冲破要穴；如今……如今形同疯癫，人不敢近。我怕他伤人，想将他关在地牢，他一掌便打死我两名侍卫，费了好大的力气才哄得他进了牢里。姑娘去见他，倘若被他所伤，无人救得了你。"

苏离离一惊，转看向祁凤翔，有些犹疑。祁凤翔挽过她的手臂道："离离，你一心要找他，不如我陪你去，远远地看一眼如何？"苏离离被他那声"离离"震得一麻，只得恳求道："将军大人，即使义父神志不清，我也想见见他。"

陈北光点头道："你这个丫头倒颇具孝义。来人，带这位姑娘去地下石牢。"

祁凤翔也拱手道："晚辈陪她一行。"

陈北光颔首应允。

冀北将军府的地牢，触手是阴寒的空气，石壁之间透着诡谲气息。每走一步，便有脚步声回荡。一排陡峭的石阶延至地下三丈，再往内行一丈，有一间小小斗室。四壁都是石墙，却坑坑洼洼。

将军府侍卫点着一盏油灯，指引他们道："这墙上都是当初时大人砸的。他有时癫狂，有时静默，我们也只能趁他发呆的时候把吃喝送下去。"

到了一扇铁门前，门上尺宽方洞，侍卫将灯挂在壁上，躬身道："姑娘请看。"

苏离离自方洞看去，一个人影倚坐在最深处的石壁下，花白凌乱的头发胡须遮住了大半张脸，只有暗淡灯光将他侧脸的轮廓投在墙上，英挺虚幻；四肢连着铁链锁在墙上，那铁链的环条都有拇指粗细。

祁凤翔道："能不能把门打开？"

那侍卫大惊道："不可，不可。公子，这人内力过人，武艺超群，若发起狂来，无人挡得住他呀。"

祁凤翔道："他手足被缚，一时也出不了这地牢。陈将军允我来看他，若连一句话也说不上，未免不近人情。"

侍卫踌躇片刻："公子不要多待，看看就出来。"说着摸出钥匙，开了门锁。那铁门竟有七寸厚，嵌入墙壁，缓缓滑开尺许。

祁凤翔颔首道："你去吧，我们看看就出来。"

侍卫逃也似的跑了。

苏离离站在门前，望着那静默的人影。祁凤翔一手合在她腰上，道"进去"，将她半揽进了石室。

坐在地上的人影动了动，极其缓慢地转过头来，看不清面目，却漠然地对着苏离离。

苏离离看看牢顶，用尽量散淡的口吻道："时大哥，这桂园晓月怎么不似太微山的亮啊？"

时绎之缓缓将头抬起来，露出面目，胡须蓬乱地飞着，眼睛却明亮，瞳孔涣散中渐渐收缩，定在苏离离身上，将她从头到脚看了一遍，手脚一动，牵得铁链细碎作响。他像是激动，又像是惊讶，声音如砂砾摩挲："苏姑娘，你……你回来了。"

他这句"苏姑娘"一出口，苏离离脑中电光石火，顿时明白了祁凤翔的用意，震动之下，竟愣愣地站在那里，忘了开口。

时绎之思绪杂乱，看着苏离离，一时又抓住一些零乱的片段："不，不对，叶夫人，你……你嫁给叶知秋了。"

祁凤翔站在后面，声音低沉，并不急促却带着压力道："接着说。"

苏离离仿佛思维已从话中抽离，机械地问："时大人，七年不见，你竟要赶尽杀绝吗？"

此言一出，时绎之混乱的头脑霎时如平湖落石，激起千层浪。他用手抱着头，略显狂态道："不，不，我是奉了皇命，我不杀你，我不杀你，我不杀你……"

他内力充沛，声音雄厚，竟震得苏离离耳中有些嗡嗡作响。

祁凤翔清冷地吐出两个字："继续。"

苏离离道："先帝给你的东西呢？"

"东西？"仿佛正要连上的记忆被从中突兀打断，他不假思索应道，"在我这里。"

"给我。"

时绎之摸索着在衣襟里理出一条线绳，扯断递了过来，铁链随着他的动作哗啦啦响着。线绳之下，坠着一个细长的物件，三寸长短，有些像三棱刀，只是刃面各有参差不齐的齿，状如钥匙。

苏离离看一眼祁凤翔，祁凤翔不动声色地点了点头。苏离离走上去，接过那钥匙，正要收手，却被时绎之一把抓住了手腕，叫道："辞修，辞修，你别走！"他力量之大，捏得苏离离"啊"地一叫，想挣脱，却全无作用。

祁凤翔沉声道："顺着他说。"

苏离离被他一提，负痛哀求道："我不走，我不走，时大哥你放开我的手。"时绎之愣愣地松开，却一眨不眨地望着苏离离——爱慕，相思，悲恸，记忆百味杂陈。苏离离望进他眼眸，反倒镇定下来，对他微微一笑，道，"你不要闹好不好，我去倒点水进来。"

时绎之点头，苏离离转身将那三棱钥匙插在腰带里，努力克制着自己不跑，竟走出了几分大家闺秀的气度。祁凤翔低低道："你慢慢出去。"

苏离离依言走到门边时，时绎之像突然发现了祁凤翔的存在，站起来道："你是谁？"

苏离离一愣，祁凤翔不语，负手在后做手势让她走。

苏离离提了裙子刚迈出铁门，时绎之大吼了一声，朝苏离离扑过来。他虽面貌憔悴，身形却灵动，一挣之下被铁链缚住了。祁凤翔一把将苏离离推出地牢，叫她"快跑"，回手注力推上厚铁门，刚一拉合，便听见"砰"的一声巨响。时绎之竟挣脱铁链扑到了铁门之上，他内力所注，透铁入壁，仰天长啸间，已是狂症大发。

内壁声音回荡，祁凤翔只觉气府一震，竟被他的内力破空而伤。祁凤翔强压下激荡的真气，一把捞起苏离离快步跃出地牢。甫一见光，祁凤翔已听见地下动静，将苏离离放下道："躲开这里。"苏离离一愣的工夫，四面找路，却是在后院演武场上，全是围墙。祁凤翔见状有些着恼，将她往前一推："往那边跑，放伶俐点。"

苏离离跑开两步，便听见后面呼啸声起。她停住脚回看，时绎之已追了出来。两个将军府的侍卫虚拦了一下，被他手一挥扫开，直取祁凤翔。祁凤翔不敢接他，顺手提起一柄日月刀，脱手掷去。时绎之衣袖一振，将刀阻落。祁凤翔打点精神，避开他的掌风，须臾已躲闪了七八招。

苏离离恍惚间，有些记得这场景——母亲苏辞修说："你要赶尽杀绝吗？"那个人锦衣束袖，一掌击向父亲，苏辞修斜刺里扑到丈夫身上……那人在雨中大恸："辞修，我不是要杀你……"程叔拉着她的手道："小姐快走！"大雨滂沱掩住了逃亡的孩子微弱的脚步声。

苏离离转身疾步向前，大声道："时绎之，你住手！"

时绎之被她一叫，眼前的景致与记忆有瞬间的重叠，一缓之间，祁凤翔脱身而出。谁也不知道人的心智是怎样生成，时绎之不知是被触动前情，还是遗忘过往，竟陡然像红了眼的魔头，杀戒大开，身形如鬼似魅，瞬间放倒了两个侍卫。

祁凤翔大惊道："糟糕，他真气冲破百会了。"

苏离离急急接了一句："那会怎样？"

"那就疯得彻底了！"祁凤翔一把扯开她，勉强将时绎之一拳从旁格开。煞气扑面而来，竟让人站不稳脚。

时绎之第二掌击出时，一个纤瘦的身影自侧面穿入，鬓青珠垂，挡在了祁凤翔身前。毫厘之差，时绎之早已昏聩凌乱的神志永远记得那一刻的真实，令他此后十年日夜不能释怀。早已凌厉的杀意陡然一顿，意念强大得胜过身体的极限，本将从掌心发出的真气出乎意料地生生收住，自手三阳经回溯，直抵百会，逆冲膻中。

苏离离穿入，时绎之停手，祁凤翔揽她后跃，都在一瞬之间。丈余外，祁凤翔落地，苏离离伏在他怀里不动。他一惊，扣她腕脉，脉息略显凌乱，却勃勃不息。想来时绎之内力深厚，发之如洪水倾泻，虽然及时收手，苏离离还是被他的掌风击晕了过去。

然而越是雄厚的内力，发力之时越不容易收住。苏离离脉息无伤，只是晕厥，时绎之竟将内力全敛，必致经脉逆行。祁凤翔揽着苏离离，如临大敌地注视时绎之，看他这番气脉冲突，不知是要疯得更厉害，还是经脉毁损而死。

然而时绎之默然无声地站在当地，眼神空虚却清澈不涣散，有些莫名地望着自己的手。就这么站了片刻，他左脚一动，祁凤翔手一侧似要因应。时绎之却退了一步，缓缓再退一步，再退一步，一转身跃向墙边，轻功已臻化境，竟绝尘而去。

角落门上，将军府的侍卫探出头来，见疯魔已走，才纷纷拥入校场。祁凤翔神色冷峻，望向他离开的方向，见陈北光也进来，正听侍卫解说。祁凤翔将苏离离插在腰带上的钥匙收入自己襟衣，抱了她起来，淡淡道："陈将军，离离被吓晕了，我也不便多留，先告辞了。"

陈北光慢慢踱到他二人身边，看着苏离离道："世侄有所不知，我这地牢墙里嵌了熟铜管。"他抬起头看祁凤翔，"你们在牢里说的，我都听见了。"

祁凤翔微微一笑："听见什么了？"

"先帝的什么东西？"陈北光也不跟他弄虚。

祁凤翔神色不变："我也不知是什么东西，还不及琢磨。不如将军替我看看。"他右臂抱着苏离离，左手摸到她腰肋。

陈北光见他如此识相，倒放下些戒心。只见祁凤翔在苏离离身上摸索半天，扯出一张写满了字的手绢。祁凤翔自己也不知是何物，慢慢展开，再慢慢递给陈北光。

陈北光接过，初见时神情一凛，细看之下，竟蹙眉慌乱，手抚着绢子，细细辨那字迹，颤声道："肯将白首约，换作浮萍聚……"他失态地扯住祁凤翔的袖子，"这……这是哪里来的？她在哪里？"

祁凤翔察言观色，冷静简洁道："时绎之给的。"

陈北光若有些微头脑，便该看出这手绢雪白，不可能是时绎之身上得来；祁、苏二人在牢中索要这东西，必知道那是什么。然而他一跃而起，将手一招，"跟我追"，竟带了侍卫冲出了时绎之所去方向的角门。

祁凤翔旁观众人去尽，肃然神色竟漾起几分冷笑，低头看看苏离离，犹自昏在他臂弯里。他收了笑意，将她横抱起来，径直往将军府大门走去。

苏离离恍然醒来时，身在低矮狭小的船舱里，一灯如豆。暗黄的旧舱板上开着一扇小窗，窗外正是夜幕深垂，水声似有若无。祁凤翔白衣散发，倚坐窗边，看着江面低回的漪纹，侧脸的轮廓宁静出尘，竟似带着几分寥落入骨。

他没有回头，却平静道："醒了？"

苏离离挣了两下，坐起来，身上盖着一床薄被，头发散乱垂坠，衣衫却还穿得好好的。她裹了裹被子，蜷靠舱壁，愣愣地问："这是哪里？"

"渭水南岸。"祁凤翔回过头来，眼神有些深不可测。

"为什么要挡那一掌？"

苏离离道："你受了伤就带不出我来，我受了伤你还能救出我。我想活命，只能先予后取。赌他还记得当年的事，难得侥幸。"

祁凤翔看不出作何情绪，似乎有那么几分赞许的意思："你一念之间能想到这么多，也很不容易。但时绎之的掌力没人挡得起，一击毙命。"

苏离离道："上京城破之日你救了我一次，我不愿欠人情，还你一次。"

祁凤翔定定地听完，看着她不语，良久淡淡笑道："好。现在钥匙有了，我们说说那匣子的事吧。"

苏离离并不惊讶，也不奇怪，顺着他的语气淡淡道："我猜言欢没有等到你赎她，是绝不会告诉你实情的吧。"

"她比你实际，虽功利了些，也算得上聪明。"

苏离离审慎地问："她怎么样了？"

祁凤翔停顿了片刻："该怎样便怎样。"

苏离离只觉一股凉意从头蔓延到脚："你杀了她？"

祁凤翔嗤笑道："你不也拿她当过替身，现在猫哭耗子了？"

苏离离将脸埋在被子上，沉默片刻，抬头时眼睛有些潮："她很可怜，从小就跟在我身边。我爹死的那次，我摔伤昏迷不醒，官兵为找我，要放火烧山。她的母亲，就是我的奶娘，带着她出去止住了他们。官兵走了，奶娘死了，程叔背着我逃到关外。

"我花了四年的时间才在京城找到她。那时候她见到我哭了，求我救她。可我想尽了办法也没能救得了她……她也渐渐变了。她无非想找一个依靠，你本可以对她好些……"

祁凤翔打断她道："你想得太简单了。你不顾京城危险来寻她，她却能出卖你。有朝一日难保她不把这个真相出卖给别人。女人的怨恨，有时很没有道理。我封她的口也是帮你的忙。若是别人，未必如我对你一般温柔。你想想程叔吧。"

苏离离一个寒战："我不知道什么匣子。"

祁凤翔摇头道："太急躁了。说谎之时切忌心虚，要耐心找到最佳的时机，让谎话听来顺理成章。"他抚膝而坐，衣袖上绣的暗纹花边落在白衣底衬上，神情落落大方而收敛内涵，不似定陵的暧昧危险，不似扶归楼的英越出众，反倒像世外散人一般萧疏轩朗。

"已故的庚帝做太子时，有一位老师，"他起音扬长，像讲一个悠远的故事，"也就是太子太傅叶知秋。相传他有经天纬地之才，鬼神不测之术，展生平之所学，著出统御天下之策。先帝看后大为赞许，令良工巧匠以钢精铸匣收藏，用奇锁锁上。世人称之为《天子策》。"

祁凤翔今夜似刻意要跟她多说些话，续道："传说那钢匣淬锰镀金，可千年不锈，若非三棱钥，便是刀劈斧砍也打不开。先帝将匣子留与叶知秋，令只传即位之君。然而庚帝登基时，不知与太傅起了什么龃龉，叶知秋竟离朝而去，不知所终。那《天子策》也失了下落。

"从此人们便传言，《天子策》得之便能得天下。昏君虽登大位，却因失了这个匣子，故而失了天下。"

苏离离无奈笑道："天下之道，纷繁复杂，能装在一个匣子里，你信？"

祁凤翔便也笑道："我正是有些不信，所以好奇。"

苏离离仍是笑："我也挺好奇，这么个东西害了我父母家人，到底长什么样子。"

祁凤翔往她身边挪了挪，温和道："苏姑娘，你还小，历练有限。在我眼里，你是晶莹透彻，无所遁形的。你每说一句话，我都能清清楚楚地看出是真的还是假的。"他从被角拉出她纤细的手指，"不要跟我说谎，好吗？"

苏离离手一缩，没缩掉。他温柔地捏着她的手，却不容抗拒，让苏离离顿时毛骨悚然，不知他意欲何为，全身的肌肉骨骼都做出了抗拒的姿态。

祁凤翔却兀自用拇指摩挲着她的掌心，似研究般问道："你做棺材怎的没有茧子？"

苏离离本已紧张到了极致，几乎是咬着唇道："我这些年不做改板、卸料的事。"

祁凤翔从舱角抽出一个木盒子，一手揭开盖子，叮叮当当倒出十余根两寸长钉，钉头四棱锋锐尖利。祁凤翔拈起一枚道："这个东西叫作断魂钉，可以从你的手指尖钉进去，直到指根。定陵那夜你也看见默格用了。我猜你看见他那张脸定然怕得说不出话来，所以还是我来吧。"他仿佛处处替她着想。

苏离离听得分明，一急之下，想挣扎开去，却哪里斗得过祁凤翔分毫，被他按趴在船舱里，压制得几乎动弹不得。苏离离惊骇之下，放声惨叫，破口骂道："祁凤翔，你个疯子，老娘没有什么匣子！你放开我！"

祁凤翔将她的两手死死按在褥上，却附在她耳边低沉道："别这么叫，让人听见还以为我在怎么着你呢。"他胸口抵着她的背，唇拂着她的耳鬓。苏离离挣不开他，欲逃无路，欲死无门，再也控制不住，脸伏在被褥上，虚弱地抽泣起来。

祁凤翔一只手捉住她纤细的两腕，另一只手拈着钉子，用那锐利的针尖在她手背细腻的皮肤上轻轻划过，看一道浅淡的红痕慢慢浮现，好整以暇道："刑讯逼供这套我还真不太通，我们摸索着来吧。"

苏离离咬着唇，哭得一塌糊涂："我没有！"

"你没有什么？"

"我什么也没有！"她几乎是叫喊道。

祁凤翔沿着她中指的指骨一直划到指尖，柔情款款道："这个钉在手指上，也要不了你的命，只是疼些罢了。你可以不说，我们每天使一使，耗着吧。"他将那钉尖对准她的指尖轻轻一旋，虽没钻破皮肤，却有尖锐的刺痛。

苏离离大叫一声："啊——等等！"

"什么？"

苏离离声音细弱地问："这个……这个是从定陵那个化了水的……死尸身上取下来的？"

"不是，是全新的。"他温存的语调被这一问搅得有些僵硬。

"干净不？"苏离离胆怯地再问一句。

"干净得很。"这次有些咬牙切齿。

"那……那你用吧。"她像被遗弃的猫儿，心知不免，纯然畏缩害怕。

祁凤翔沉默了一会儿，却缓缓松了手劲，只捉着她的手不动。尽管几乎是被他抱着压在地上，苏离离却顾不上脸红，心里害怕，身子竟有些发抖。祁凤翔松开她，坐起身，往后挪了尺许，靠在舱壁上。

他看着苏离离趴在舱板上抽泣，神色是从未有过的严肃，忽然低头，将那枚钉子在自己左手虎口比画了一下，缓缓扎了下去。苏离离觑见他这个动作，大惊，一噎之下，抽泣止住了，停顿了片刻，转化为打嗝。"嗝……"她想努力克制，却毫无办法，"嗝……"

船舱里一时诡异非常，祁凤翔徐徐用力将钉子扎得更深，始终冷静，却有深沉的狠厉。他默然注视着自己的手，良久，拔出钉子扔到窗外。手上有鲜红的血涌出，他视线随着那枚钉子划出的弧线，没入水面，眼光凝在波纹上不动。静谧中只有苏离离不时打嗝的声音。

他的神色平静冷淡，苏离离却觉得他此刻的情绪杂乱而难以捉摸，像地下的岩浆涌动，一会儿要是喷涌起来，不知会不会把她抛尸沉江。"嗝……"苏离离手脚并用爬向舱口，推开舱门，却见孤舟一艘，泊在江边，离岸丈余又没有舢板。

她也顾不了许多，就想往水里跳，刚摸到船边，衣领一紧，被人提了回去。祁凤翔凉凉地嘲笑道："苏老板，你这是要投江自尽吗？这边太浅了，我可以帮忙把你扔到那边。"

"嗝……不是，我是……嗝，想上岸活动活动……嗝。"她万分沮丧，痛恨自己没用，方才不仅被他吓哭了，此时还不住地打嗝，既影响说话的连贯，又影响说话的气势。

祁凤翔看着她，默然良久，忽然笑了一笑，道："你还真是不经吓。"

苏离离往日唯觉他笑里藏刀，此刻却巴不得他戴上这副假惺惺的面具，正在脑海里搜刮着话来答，祁凤翔已递过一杯白水："喝水。"

苏离离接过来，一小口一小口连续地喝了下去，放下杯子，打嗝止住了。一下子安静下来，苏离离倒不知该说什么好。

祁凤翔却又倒了一杯水，自己抿了一口，自语道："我曾经听一个大夫说，打嗝是因为紧张。看来果然不错。"

苏离离"呵呵"假笑了两声："那是因为你用刑讯逼供来吓我。"她把"吓"字咬得格外精准。

"其实审讯女人，不必让她痛苦。"他眼神暧昧，眼角的线条流出神韵，"而该让她快乐。可惜你不是女人，顶多算个孩子。"

孩子就孩子吧，不跟他做无谓的辩解，以免惹祸上身。她干笑道："那是，那是，你相信我没有你要的东西就好。"

祁凤翔置杯大笑，且笑且答道："我不相信！我本可以杀了你，也可以让人审你。"

"那……那你为什么不？"苏离离问出来就想打自己耳光，真是找死。

"因为我答应过别人。"他收了笑意，只剩一派清冷和煦。

苏离离渐渐睁圆了眼睛："谁？"

祁凤翔不答，苏离离也顾不上怕他，一把扯住他的袖子："是不是木头？"祁凤翔袖口洇染着团团血色，由深及淡，似桃花雾雨，手腕上猩红蜿蜒如渠，虎口伤处却已止住了血。他皱眉看看那只手，道："你可知道皇上是怎么死的？"

"被鲍辉杀死的。"

他摇头："是你那个木头杀死的。"

苏离离这么久以来，骤然得到木头的消息，渺茫的期待与难以置信交叠冲突，竟愣在了那里。

祁凤翔淡淡道："鲍辉虽有不臣之心却没那么蠢。弑君会成为天下诸侯群起而攻之的借口。皇上暴死，无论是不是他做的，都可以算在他头上了。我和江……和木头定了个约：他替我杀皇上，我替他杀鲍辉。"

苏离离蓦然想起祁凤翔定的那具棺材，木头亲自刻了符咒，刀刀峻峭，要让鲍辉永不超生："他和鲍辉有仇？"

祁凤翔点头笑道："有仇，家破人亡之仇。"

"他是谁？"

"哈哈哈哈，你和他朝夕相处两年，竟然问我他是谁。你真是单纯得像个傻子。"他笑得肆无忌惮，骂得痛快淋漓。

苏离离默然，自己确实该被嘲笑，不明不白地救了一个人，到头来连他是谁都不知道，然而她忍不住要问："他在哪里？"

祁凤翔顿了一顿，才道："我也不知道。"

苏离离审视他的表情，一无所获。木头杀了那昏君……可皇帝岂是这么容易杀的，时绎之武功如此高强，这样的人皇帝身边还不知有几个。她突然紧张道："他……他是不是死了？"

祁凤翔颇不耐烦："没死，也许他另有事做。"

苏离离想起那日扶归楼上祁凤翔和欠钱君的对话，忽然就回过神来："他和鲍辉有仇直接杀鲍辉不就完了，为什么要和你定下这个约定，替你杀皇帝，让你替他杀鲍辉？"

祁凤翔叹道："你真是蠢得让人想打你。他为什么这么做，我也不知道，兴许是想替你报个杀父之仇，顺便跟我叫板，迫我答应不许伤了你。"

"可他叫我不要相信你，他自己却信你？"苏离离万念之中，慌不择言。

祁凤翔微眯起眼睛，望进她眼眸："他知道我是什么样的人。"

"你是什么样的人？"

"我只对值得信的人守信用。他正是少数这样的人之一。"见苏离离听得愣愣的，他手指在她眉心一划，看白痴一样怜悯地问，"明白了吗？"衣裾轻拂，转身到船头上去了。

苏离离犹自发呆。木头原来什么都知道，他知道祁凤翔盯上了苏离离，才与祁凤翔定约不许伤她。为了这个，他替祁凤翔杀人，为她报仇。祁凤翔果然也杀了鲍辉，果然也按下《天子策》的秘密，没有当真逼迫她。可是木头呢？木头在哪里？她一时只觉得杂念纷乱，耳中渐有万马踏蹄般的轰鸣，鼻间仿佛嗅到了尘土飞扬的味道。

苏离离猛然自发呆中醒转，钻出船舱，见祁凤翔临风而立，衣袂飘飞，注目远方。苏离离顺着他的目光看去，西南方远远的地平线上，太阳将出未出，大队的骑兵暗云一般压来。苏离离惊道："什么人马？"

祁凤翔的目光却幽深辽远，平静得出人意料："幽州戍卫营。"他淡漠的语调像蛰居的豹，潜藏着万千杀机："为战之略，须谋全局。一招既出，岂能随意更改。陈北光如此庸才，即使盘踞一方，也不足为我对手。"

他伸出手去，染血的手指盈盈舒张，晨晖明灭间，沉静的姿势像开出了一朵佛光潋滟的红莲，却衬在暗沉杀戮的背景上。苏离离从旁看去，仿佛已触到了烽烟征尘的厉烈快意与凌驾万物之上的悲厌冷清。

祁凤翔太过复杂莫测，苏离离瞬间明白，自己永远不是他的对手。扶归楼一时的巧言令色，恍若隔世，幼稚无比。苍穹之下，风尘之上，人如飘萍无依。

苏离离一觉醒来，窗外阳光明媚，倒让她想起佛经里的一个故事。一人上山砍柴，路遇猛虎。惊急之中攀上岩壁一根枯藤，勉强躲过虎口，却见头顶一鼠正在啃噬那根藤条。下有老虎咆哮，上有老鼠咬藤，危急中忽见眼前枯藤上结着果。他摘下一枚一尝，觉得甘甜无比。

艰难困苦固然充斥人世，细微处的甜蜜满足却令人心生欢喜。人生即使是一场大的破败，勘不破的人仍要经营小的圆满，比如苏离离望见这灿烂阳光，便一跃下地，跑出了草屋。

门前有大片的桃花，灼灼其华，让她心情大好。她仰头看去，一片落英徐徐掉落，无声，却摸得到时光静谧的痕迹。耳畔有人清咳一声道："苏造办，今早营里来搬了箭矢。这是点的数，你签一下。"

"唉，唉。"苏离离接过来，哀叹连连，不知祁凤翔究竟做何打算。

那天清晨，祁凤翔一跃上岸，将她扔在渭水舟中，临去只说了一句："好好待在船上，敢下水我就让你溺死在水里。"苏离离只好趴在船沿望断春水，终于等来了那位书生小白脸，正是扶归楼的"哈将军"。

苏离离饥饿中见着熟人，虽是祁凤翔的人，也觉得激动了，激动之下脱口叫道："哈公子好啊。"见来人莫名其妙地看着她，苏离离想了半天："啊——应公子。"

应文摇头轻笑："苏姑娘好。"

应文办事缜密，有条不紊，当即找来舢板，将苏离离带下船，安顿在桃叶渡旁边的小镇。祁凤翔大军当日便驻在渭水南岸，使手下大将李铿去攻陈北光屯粮草的成皋。陈北光一面亲自修书来质问祁凤翔，一面手忙脚乱调兵抵御。祁凤翔拿到书信扫了一眼，笑了笑，随手撕了。

应文第二天带给苏离离一纸任令，乃祁凤翔手书，命她为箭矢造办主管，盖了右将军大印，下辖一百个工匠。苏离离见令，哭笑不得，辞受两难。应文道："苏姑娘不必为难，祁兄用人自有道理。让你造办，你就照办吧。"

苏离离莫名其妙地上任了，官邸就在桃叶镇的这片草屋里。她上任之后发现祁凤翔哪里是眼光独到，简直是剥削压榨的本性不改。箭矢造办说难不难，说简单也不简单，难得一个精细。

箭矢在战斗中消耗颇大，每人每天要造箭百支以上，按造箭支数记账行赏。不同的箭头有不同的射程，箭杆的削凿、箭羽的偏正，都会影响射击效果。偏偏苏离离做惯了木工活计，触类旁通，半天不到，熟练至极，监督造办，一眼看出优劣。

营中各部每日往来搬取点数，需要详细记明，账册烦琐。偏偏苏离离记惯了账，谁家做什么样的棺材，什么时候取，做到什么程度了……比这箭矢制造烦琐得多。于是……她一经上任，便万分胜任，少不得操劳辛苦。

她闲暇之时，仰天长叹，小时候没见八字带官杀，怎么在军中做起官来了。一时高兴，将那剩的木料敲敲打打，研究尝试了数日，做出了一具一寸长的小棺材，盖、帮、底俱全，还上了漆，和真棺材无异，只是尺寸玲珑一些。

她心里高兴，在这棺材首尾凿上两个小孔，加上线绳底穗，做成个饰物。她趁应文来此，为答谢这些日子的关照，便要送给他。应文见了这袖珍棺材，清俊的脸庞抽搐了一下。苏离离捧着棺材，像捧着最宝贝的孩子，侃侃而谈。

棺材者，升官发财也。常常戴在身边，可以带给你一个超然的心态，无畏生死；可以带给你一份沉着的智慧，贯穿始终；可以带给你一个灵魂的归宿，心安意得。想要在这纷繁复杂的尘世获得一方宁静祥和的天地吗？戴上这具棺材吧。

晚间，应文回到营里，腰带上没佩玉饰，却挂了具棺材。祁凤翔听他如此这般把话重复了一遍，绝倒在中军大帐，笑得伏案抽搐。祁凤翔心情一好，打起陈北光来越发神出鬼没，奇谲难测，手掌一翻，尽下冀北十三县，更将成阜围得铁桶一般。

陈北光粮草不济，拼不得，亲自领兵去解成阜之围，前脚刚走，祁凤翔便迤迤然渡江占了冀北首府太平，住进了陈北光的将军府。陈北光进退两难，拼尽手下兵将，冲入成阜固守待援。

此时正是四月，夏始春余。苏离离这造办也从江南做到了江北。自渭水舟中一别，她再没见过祁凤翔。有时候想起他来，觉得为了自己小命着想，此人还是少见为妙，早早打包回家才好。这个想法一经吐露，应文便温文尔雅，波澜不兴地回她一句："右将军不发话，谁也不敢放你走。"

右将军者，祁凤翔也。苏离离痛下决心，拟舍生忘死见他一回，求他放自己回去。奈何祁凤翔军务繁忙，苏离离工务也繁忙，两下里见不着。让应文带话一问，祁凤翔淡淡道："她回去能做什么，整个铺子里就只她一人，日夜苦守也无甚趣味。不如留在这里，帮我做点事。"

苏离离死也不信祁凤翔军中会缺造办，那留她下来真是怕她孤单无聊？她断然地否决了这个解释，定是祁凤翔贼心不死，想追问那匣子的下落；碍于木头的面子，不好对她明白下手，便想徐徐图之。唉，木头啊。

再过两日，祁凤翔又来一道谕令，说她既想做棺材，那就做两具棺材吧，材料不限，厚薄不限，盖上刻字，一曰"贪婪小人"，一曰"寡决匹夫"。苏离离悸悸地应了，拣了二流的松木板子慢慢地精打细造。只要是做棺材，她都不愿马虎了事。

世上什么事最不可忍受？就是做出不像样的棺材来！

这日午后，她把两口棺材打好的板子，用细砂纸磨了，把造箭的工匠材料安排妥当，便去找应文，要他带她去见祁凤翔。应文收了她的棺材竟一直佩在身上，拿人手短，也不好十分拒绝，便带了她到将军府，说祁凤翔有空就让她见。

走到将军府正殿廊下，朱漆的雕椽像圆睁的眼睛，定在排排屋檐上。檐下正遇欠钱君，戎装带剑而出。应文见了招呼道："哈，李兄。"欠钱君本要答话，一眼望见苏离离就皱了眉，愣了片刻，答道："哼，应兄。"苏离离忍不住"扑哧"一笑。欠钱君大是不悦："你笑什么？"

苏离离忙收了笑，道："没什么，只是看应公子喜欢说哈，公子你喜欢说哼，二位正是相得益彰。"

欠钱君有些哭笑不得，勉强冷然道："一点体统也没有，不知祁兄看上她哪一点。"

苏离离哀哀一叹，心道公子差矣，他看上的不是我，而是《天子策》。

应文止住说笑，截过他的话道："苏姑娘，这是李铿，祁兄手下第一大将。"

苏离离不甚关心战事，也不知李铿是多大的将，只点点头权作应付，听应文道："他现在得空吗？"

李铿摇头："他要找的那人捉住了，我正带了来，在上面呢。"

应文也皱眉道："这样……李兄先请吧，我去看看。"

沿着走廊往上，到了一间画阁外，窗户半开，侍卫林立，耳听得祁凤翔的声音像箫管陶埙般醇厚沉静，道："你怎么跑得这般慢，让我手下捉住了？"

一人答道："我也惭愧得很。"带着几分假装的诚恳。

苏离离觉得这声音有些耳熟，站住门外正要再听，不料应文将她一扎，示意她进去。苏离离踏入房门，便见一张大案桌之后，祁凤翔懒散地靠在椅上，正眼也不看他们。

案前站了一人，正是当日睢园那个假欧阳罩。

苏离离大惊，不禁伸手摸了摸脖子。祁凤翔瞥见她这个动作，唇角微微一翘，说话都带了几分温朗的笑意："说说你是谁吧。"

那人应声答道："我叫赵无妨，她叫方书晴。"他手一指，落到旁边客座上，正是那梅园赠帕的白衣女子，淡漠着神色，半倚着扶手。

"你带着这女人做什么？"

赵无妨微微一笑："我现下正想将她献与将军。"

祁凤翔也淡淡笑道："哦？这女人一脸菜色，已是尸居余气，想必床第温存也没什么好的。"

赵无妨道："你不觉得有趣，陈北光未必。

"方书晴十年前乃冀北有名的诗妓，陈北光便是裙下之臣。可惜他父母嫌弃方书晴的出身，不许陈北光纳作妾室。方书晴流离江湖，不料为我所获。我得知陈北光对她念念不忘，想用她跟陈北光谈个条件。"

他目光一沉，说不出的锐利阴鸷："可惜你大军到此，取冀北之后，必取豫南，则与京畿互为犄角，牢不可破。北方再无人可与祁氏抗衡，此地我也不愿多留。她于我已无用处，不如送给将军，对付陈北光或许还能有点用。"

祁凤翔淡定地听完，对他说的战略不置可否，略换了换姿势，平静道："陈北光已经和萧节勾结起来了，两家打我一个，你就这么肯定我能胜？"

赵无妨道："我想你比我更肯定。"

祁凤翔大笑："这话说得我都不想杀你了。你想要什么？"

赵无妨将苏离离一指，"那日你说换人，如今便换这个姑娘吧。"

苏离离眼睛一瞪，心骂一声老娘来得真不是时候！

祁凤翔姿势未变，声音却多了几分冷然："不成，你那个女人已经掉价了。"

赵无妨哈哈一笑："开个玩笑。我什么也不要，只想略表我的友善之情。"

"哼，你见此地已无伸展之方寸，便想他方寻机起事？你何不用她换你自己，以免我现在杀了你。"

赵无妨缓缓道："祁公子可知'飞鸟尽，良弓藏；狡兔死，走狗烹'。为祁氏之大业，你自可以杀我；为了你自己，倒是留下一两个劲敌才好。"

祁凤翔微仰着头，笑意浅淡，目光却有些阴晴变幻，沉吟片刻，下巴一抬："你去吧。事不过三，下次我再看见你，必定要杀你。"

赵无妨抱拳道："祁公子，后会有期。"一侧身，却深深地看了苏离离一眼，拂袖而去。

苏离离被他看得心里一寒，听一旁的方书晴咳了起来，上前握了她的手道："这位姐姐，一向可好？"方书晴用绢子抵在唇上，喘息片刻，微微一笑道："好。"态度风致仍是婉柔绰约，仿佛不是身陷囹圄。

应文目视赵无妨出去，道："你不该放他走。"

祁凤翔笑了一笑，想说什么，又像是在想什么，眼珠一转看到苏离离那边，忽然问方书晴："你想见陈北光吗？"

方书晴看着他的目光带了丝幽幽寒意："见又如何？不见又如何？"

祁凤翔也不多说，立下决断道："我送你去见陈北光，你告诉他，后日辰时，成皋决战！应文，安排人送这位夫人到成皋军中。"

方书晴惊诧之余，有些近乡情怯般畏缩，一时坐在那里发愣。

祁凤翔站起来就往外走，应文一个眼色，苏离离忙跟了出去。祁凤翔理着折袖，径直转过后廊无人处，远山近舍都笼罩在阳光之下，清晰宏远。

他迎着阳光站住，伸展了一下手臂，抱怨道："我坐了一上午。"

苏离离亦步亦趋跟在后面，此时在他身后站定，疑道："你当真是要放那个方什么的姐姐去见陈北光？"

祁凤翔"嗯"了一声。

苏离离踌躇道："其实……她挺可怜的……你不要为难她。"

祁凤翔终于回过头来看她，距离不远不近，眼神不冷不热，气氛不咸不淡。苏离离却莫名其妙一慌，先低了头。

祁凤翔看她俯首敛眉，三分玩味又带着三分严肃道："我并没有为难她呀，你以为我想做什么？"

叁

月暗孤灯火　夜雨透关山

苏离离犹豫片刻，道："你……是看陈北光性情优柔多疑，想乱他心志？"

祁凤翔抱肘道："我以为恰恰相反。他们今日一见，陈北光必定振奋胜过往日。"

"那为什么？"若是以前，苏离离必定不会这样问下去。现下祁凤翔既知道她的身世，又将她捏在手中，便也没什么好怕的了。言谈之间，她反无所顾忌了些。

祁凤翔艳阳之下笑出几份清风明月的凉爽，转看向远处墙院之外的市井屋舍，辞色却是肃然而不容置疑："因为我必胜，陈北光必败，只是早晚的事。陈北光虽蠢得会为一个女人自乱阵脚，我却不愿以妇人相胁战胜，白白辱没了这大好河山。"

他气度卓然，风神俊朗。苏离离看着远处天地相接，层峦起伏，生平竟也第一次觉出了驰骋天下的快意。她数年来蜗居一隅，担惊受怕，一时倍觉释然。即使天下纷纷攘攘，即使木头一去不回又怎样，苏离离仍是苏离离，自有一番大地，自有心意圆满。

她受这情绪鼓舞，当下真心实意道："你这就是所谓'狂者进取，狷者有所不为'。"

祁凤翔望她微笑："又胡说。我虽乐意狂狷不羁，也自有许多掣肘之事，不得不为。人生在世，哪能恣意无畏。你虽年少清苦些，却还能悲即是悲，喜即是喜，这已很好了。"

苏离离一愣，暗思祁凤翔确是喜怒极少形诸颜色，永远不知他在想什么。只渭水舟中那夜，他偶然将情绪显露出来，却是用钉子扎了他自己。他当时冷静狠厉的神情如在眼前。

苏离离清咳一声："俗话说，光脚的不怕穿鞋的。只因为遭遇差到了极点，所以无畏无惧。你有所持有所求，自然自由不了。"

祁凤翔点头，看不出是赞许还是嘲讽，道："不错，有长进。听着有些佛道意思了。"

苏离离还没来得及得意，他又道："只是有些人不是不愿放下一切，而是不能放。有进无退，一退即死。比如你爹，辞官远走可自由了？"见她渐渐又眼现迷糊，他高兴道："小姑娘，好好参悟吧。"

苏离离大不是滋味，此人专喜贬低别人来衬托自己的高明，可偏偏他怎么讲都像是有理。祁凤翔洞悉人心一般安慰她："不过冒傻气正是你的可爱之处，改了倒一无是处了。"言罢，他迤迤然地掸了掸衣襟，便往回走。

苏离离蓦然想起，来见他可不为这么鬼扯一通，连忙追上去叫道："将军大人你等等——"

祁凤翔头也不回，苏离离大声道："我要回家，放我走！"

祁凤翔一撩衣摆迈进画阁里，平淡道："不行。"径自走到大案前，铺开一张地图，上面标着三色线号。

苏离离一头扎到案上："为什么？！"看他今天心情貌似不错，她遂决定死缠烂打一番。

祁凤翔闲闲地将图一指："你说萧节会不会帮陈北光？"

"啊？"苏离离始料不及。

祁凤翔将图上态势指给她看，道："如若你是萧节，你会出兵给陈北光解围吗？"

苏离离眉头一皱："陈北光一败，他唇亡齿寒，自然要救。"

祁凤翔狭长的眼眸微微一眯，一本正经道："原来如此，你知道'唇亡齿寒'，那你知道'髀重身轻'吗？"

"什么？"

祁凤翔在椅上坐下，悠然道："《战国策》上讲，楚国伐韩，韩求救于秦，派使者尚勒去游说秦王出兵。尚勒讲了'唇亡齿寒'的道理，秦王很赞许，秦宣太后却对尚勒说：'当年我伺候先帝，先帝搭一条腿在我身上，我觉得很重；可先帝整个人压到我身上时，我却不觉得重了。你知道为什么吗？'"

他前倾凑近苏离离，万恶地笑道："宣太后说：'因为那时舒服啊！以秦救韩，正是负重致远，韩国不给秦国好处，让秦国舒服，秦国凭什么出兵？'依我看，萧节只怕和宣太后差不多。"

苏离离听得目瞪口呆，兼两颊飞红，结巴道："啊……啊，这……这太后可真大胆，朝堂之上，外使面前敢说这样的话……"

祁凤翔好整以暇地欣赏她如遭雷击的表情，接着道："这也没什么，秦太后大多彪悍若此。始皇之母赵姬，有一个中意的姘夫名叫嫪毐。《史记》中记载，此人有一项异乎常人的才能，你知道吗？"

苏离离大惊失色，连脖子都红了，兔子一样蹦起来连连摆手道："不用不用，我不想知道。"她边说边走，落荒而逃。祁凤翔静静地看她跑出了门，方倒在椅上哈哈大笑。苏离离如离弦之箭蹿出了将军府，看见的人都要赞一声，不愧是箭矢造办，人如其职！

苏离离回到北街的造箭司，一众工匠正削得那木杆喳喳作响。这两日祁凤翔正要能射出五百步距离的长箭，箭身长、宽，各部位的重量都有一定的比例。苏离离一一地验查了一遍，坐到自己的棺材板前。

松木独板六寸厚，这个规格材质，棺材里算是下品。她抚着松木特有的纹理，窘意渐消，心里却愤怒起来。祁凤翔这厮真不是个好东西，看书都看得如此龌龊。她转而一想，也不对，《战国策》怎么能叫龌龊。那么是他这个人龌龊，对！他竟然说……舒服……啊呸！

苏离离想了一回，脸上又有些发热，起身招呼了两个人进来钉那棺材板。两个短衣小工依着她的指导，叮叮当当钉好了。合了盖子，处处合适，只要刷上漆，就能严丝合缝了。其中一人赞道："总管做的棺材比我们老家那最好的棺材铺子做的都好。"

苏离离于做棺材一事也从不妄自菲薄，道："我本来就是经营棺材铺子的，经手的棺材没有一千也有八百。"

那人低声笑道："是，是，总管知道不，那剪箭羽的小伍今天早上偷偷溜回家了。"

苏离离眉头一皱："什么？他怎么不跟我说。"

"他知道现在正忙，不许告假，所以私自走的。"他指指外面，"还跟王师傅说好，不告诉你。"

苏离离心下雪亮，这人是在告小状啊。不辞而别，师傅还帮着隐瞒，必然有不得已的苦衷，也许是家里出了什么急事。她看了一眼外面，默然片刻笑道："知道了，等我问明白再说吧。"

告状那人不料她就这样办了，想再添两句，又看她神情淡漠，只得悻悻而出。

苏离离冷眼看他出去，忽然一个念头闪过——别人能溜，她为什么不能溜？祁凤翔让她造办，她就傻在这里造办，又没卖给他，凭什么啊？此念一起，再难止住。方才他说后日辰时与陈北光决战，到时兵马一动，两阵对圆，谁还顾得上看着她。

天予不溜，反受其咎。

第二天，天色阴了起来，祁凤翔领兵往成皋。苏离离早起饱吃一顿，穿着素日穿的衣衫，揣上余下的军需钱款，假作去找应文，实则携款潜逃。她远远跟在大军后面，自北门而出。她站在城墙边，看着后军远去时扬起的尘土，心里倒生出几分茫然惶惑。

天地越是高远，她越是无处可去，那么还是回京去吧。一个地方一旦住成了家，无论它是破败残缺，还是人去楼空，总会带着某种眷恋。想起那青瓦白墙下的葫芦架，墙外的白玉兰香，苏离离振作了一下精神，沿着城墙折而向西行去，走了半日到了一个小县，便在一家路边小茶寮里歇息。

店家端上一壶花茶，褐黄的颜色，入口略有茶意，却多的是涩味，还不如喝白水。苏离离不由得怀念起祁凤翔的六安瓜片来，但愿他此战成功。她一招店家过来，问："京城是哪个方向？"

店家怪异地看了她一眼，道："客官，就是您来的那个方向。"

苏离离脸色一黯，回望了一望："我不认得路，是那么过去吗？那不是到太平府了？"

"是，这里也是太平府辖界。您沿着城外官道往东，一直走，就到渭水了，渡过渭水……您再问吧。"

"哎，多谢。"她懊恼地应了一句，怎么就记错了。

身后忽然有人冷冷道："难道你又走迷路了？"

苏离离蓦地回头，"啊"的一声："你……你怎么在这儿？！"

赵无妨一身蓝布长衫，侧身而坐，不阴不阳地笑道："果然是你。不在你主子身边待着，怎么跑出城来了？难道是跟掉队了？"

苏离离灌下一大口破茶，强自镇定道："他不是我主子。他是……是我一个朋友。现在他打架去了，我要回家。"

"哈——"赵无妨笑道，"用兵不叫打架。"

"不都是聚众斗殴嘛，就是规模大点而已。"苏离离小声嘀咕。

赵无妨注视着她，似是探究："有趣，有趣。"他顿了一顿，"既然是你朋友，他去打架你就不看看？"

苏离离随口应道："我不会打，怕血溅到身上，还是躲远些的好。"

"我正要去看他们斗殴，不如你跟我一起去吧。"

苏离离连连摆手："不必不必，你一个人方便。希望打得精彩，祝你看得愉快。"

赵无妨默然看了她片刻，微蹙了眉怪道："你究竟是胆小还是胆大，是聪明还是糊涂啊？说你胆小吧，这时候还能对着我大大咧咧地胡说；说你聪明吧，小至园子大至城郭，连个路都不认得。"

苏离离摸出茶钱放在桌上，站起来道："我先走一步，你慢慢喝。"

走过赵无妨身边时，他笑了一笑，手臂一晃，苏离离只觉后心一疼，人便瘫软下去，眼前黑了。

苏离离依稀醒来只听得雨声叮咚作响，仿佛那一年在明月楼听言欢抚琴的声音，心里莫名寥落。苏离离缓缓睁眼，却是倚坐在一个草棚里，四面风寒。赵无妨生着火，望着天边出神。苏离离一动，他转过头来，看了一眼，又视若不见地回过头去。

苏离离再动了动，坐正了，抱着膝盖，看着外面的水滴，忽然道："你别想用我威胁祁凤翔，我跟他其实连朋友都算不上。"

赵无妨拈着一根树枝，扒了扒火，道："你至少是对他有用的人。男人不会无缘无故带着个没用的女人打仗。"

苏离离道："我大约也只能帮他做棺材。"

"你姓什么？"赵无妨突然道。

"呃——"苏离离慢了一拍，方道，"姓木。"

赵无妨摇头:"说谎。"

这人怎么和祁凤翔一样狡猾,苏离离吸一口气,流水般念道:"好吧,我不姓木,我姓莫,是京城如意坊后开裁缝店的莫寡妇的小叔子的二女儿,从小跟着我婶子学裁缝,跟邻街苏记棺材铺的少东家学过做棺材。"

赵无妨默默地审视她片刻,道:"那苏记棺材铺里都有些什么人?"

"嗯……他们少东家苏离离,还有一个老仆人。怎么?你认识?"

气氛霎时变得有些静,像危险的猎人和机敏的猎物,一个在寻找蛛丝马迹,一个在躲避细枝末节。半晌,赵无妨阴恻恻地笑:"苏离离,你跟我耍这些把戏。"

苏离离瞪眼道:"什么呀,我叫莫问柳,百福街上人人都知道的啊。"

赵无妨注视她的神色,道:"我的人查出来苏记棺材铺的那个老仆,是当年太子太傅叶知秋的仆从。"他言尽于此,却望着她一眨不眨。

苏离离表情未变,心里却翻涌起伏,哑然愣怔道:"什么?谁的仆从?"

赵无妨盯着她的眼睛,一字字道:"我的人问他,他却死也不肯承认。"

苏离离仍是愣愣地看着他,眼里却有大颗的泪溢了出来,掉落在干草堆里。

赵无妨冷冷道:"你姓苏。"他上前两步,一把捏住她的下巴将她的脸抬起来,有些急促道,"你是叶知秋的什么人?"

苏离离愣愣道:"我是他女儿。"

赵无妨瞳孔倏然收缩,道:"你是他女儿?"

"是。"苏离离漠然地答。

他拇指忽然摩挲着她下颌骨的肌肤,慢慢松开,似乎在思索。

苏离离冷冷笑道:"你想要什么?《天子策》?"

"当真有?"他迟疑。

苏离离点头:"有,在祁凤翔手里。这就是他带着我的原因。"

"他逼你交给他了?"

"没错。"

毫无预兆地,赵无妨一掌扇在苏离离的右脸上。雨滴声中听不出多大的

叁

月暗孤灯火　夜雨透关山

声音，却打得她摔在干草堆上。

他阴沉一笑："你实在是不会说谎。像这样的东西，若是被人知道，必定不得安宁。祁凤翔内有父兄，外有强敌，岂敢自己拿在手里。他若是拿到了，必会杀你灭口，又岂会把你带在身边到处招摇？"

苏离离脸上像着了火一样疼，慢慢坐起来，仍是平静地说谎："他没有钥匙，钥匙在先帝的侍卫长时绎之手上，时绎之又疯在陈北光府上。时绎之旧年认得我娘，所以祁凤翔想让我来骗钥匙，但是没成，时绎之带着钥匙跑了。"

赵无妨冷冷看着她，不知她说的是真是假，但见她一副认命的表情，心里重新思量着自己的谋划。正出神间，苏离离难得地出手如电，出乎意料地一个耳光拍到他脸上，手劲虽不够大，但也打到了他的左颊上。

赵无妨顷刻间反手又是一巴掌，将她打倒，气犹未解，用力抓住她的头发将她拖起来。苏离离尖叫一声，却咬牙道："老子这一耳光是替程叔打的！"

赵无妨一手抓着她的头发往下搂，令她的头仰起来，注视半晌却没有再动手，反古怪笑道："仔细看看，其实你长得也不错。我一说换你，祁凤翔脸色都变了。"

苏离离骂："浑蛋！"

赵无妨抓着她的头发不松，反笑道："这泼辣样子还挺够味的，不知扔到床上还有没有这浪劲儿。"

苏离离大惊且大怒。须知祁凤翔有时也说些无耻的话调戏她，却不会这样露骨，只让她觉得郁闷。然而这个人说的话，让她切实地觉得被侮辱了。

正在这关头，草棚顶上突然"砰"地一响。赵无妨一下松开她，站起来凝神细听，片刻之后冲出草棚。树上跳下一人，身披蓑衣，头戴斗笠，笠沿压得很低，看上去刺猬一般，全身又滴着水。赵无妨直攻了上去，那人虚挡了一招，回身就走。

赵无妨追出两步，站住了，便见那人沿着林间小道一路走远。他折转身，一把抓起苏离离道："时候不早了，我们也走吧。"

此时已是后半夜，雨点稀疏起来，但还是很快淋湿了苏离离的衣裳。一路上，山林木叶散着雨后清香，一阵风吹来，冷得她发抖。赵无妨抓着她的手腕，只管急行。苏离离一路磕磕绊绊，脚上不知踢了多少树根，就差没死在地上被他拖着走了。

他们行到天色将明未明时，钻出了山间小道，沿着树林边滑下一道陡坡。苏离离一跤摔在了泥浆里，膝盖撞上泥水里的石块，疼得她眼泪都要出来了，却咬着牙不肯吱声。赵无妨看她一眼，道："看你也是个贪生怕死的，怎么倒硬气起来了。"

苏离离捂着膝盖，有气无力："谬赞了，害我的人虽多，你是混得最差的一个。"

赵无妨伏在一道土堑后，从稀松的林木边缘凝视前方道："人不争一时长短，你若足够长命，便拭目以待吧。"

前方昏暗的天色中隐现一道城郭，远远有人马自右而来，火光如星，不计其数，渐渐在城门前一里处站定。便见城门上也站满了人，只见身影，却无火光。赵无妨沉吟道："这架要打不成了，陈北光的手下根本无心招架。"

少时，城门缓缓打开，天色渐明。陈北光当先一骑冲出了城门，手绰长刀，一身铜甲反着金色暗淡的光；身边跟着一人，也骑了马伴随左右，衣袂蹁跹，正是方书晴。他站在阵前大声道："祁凤翔，出来！"

右军阵形缓缓分开，像山川相缪的岿然与灵动，祁凤翔徐徐策马而出，意态矜持高贵，微微颔首道："怎么？陈大将军要和我单打独斗？"

陈北光将刀一指："自古兵对兵，将对将。你我就斗一场，我死了，你放过我的兵卒；你败了，就收兵而回。"

赵无妨这边先"噗"的一声笑。

祁凤翔一手虚握着拳抵在唇边，笑容衬得他丰神如玉，道："将军读迂了书吗？我今日兵多而气胜，必取成皋也，岂有我一人之败而致全军无功而回？前日见你不明战略，只道是个腐儒；今日竟要战场肉搏，真乃无用匹夫。世人竟称你为儒将，可知'时无英雄，而使竖子成名'。"

陈北光被他一番折辱，大喝一声，举刀策马直取祁凤翔。后面李铿自祁凤翔身后杀出,迎下他一刀,兵刃相交,火光四溅。刀锋在祁凤翔胸前一尺,划过一道弧线,被挡了开去。祁凤翔并不抵挡,也不闪避,甚至连笑容都没有变一下,坐看李铿与陈北光斗在一处。

方书晴欠了欠身,注视着陈北光的身影,眼神竟第一次焦急起来。城墙上有人举出白旗喊道:"我等愿降!"陈北光回看了一眼,手下一松,被李铿砍中手臂。他惨然变色道:"罢了,罢了,我占据冀北二十年,不想两月便丢了。事不能遂,成败由天!"

赵无妨听得这句,忍不住"哈哈"一笑道:"他竟还能怨天……"一回头,却不见了苏离离。他骂了声"贱人",抬眼四看,见远远的山林边上泥地里有个人影猫着腰蹒跚向前。赵无妨看她一眼,却见场上陈北光举刀自尽而亡。方书晴将马一拉奔到他身边,不知是用的利器还是毒药,须臾之间伏在陈北光尸身上死了。

苏离离回头看时,见赵无妨已追了上来,连忙手脚并用,爬上土堑,跳出树林,手舞足蹈道:"救命啊——"

她所处本已接近祁军阵脚,祁凤翔闻声注目,一时间也没认出这一身是泥的人是谁,片刻之后,眉头一皱,眼睛眯了起来,断然令道:"拿下那两人!"他身侧骑兵应声而动。

苏离离身子往后一沉,却被赵无妨捉住挡在身前,有什么锋利冰凉的东西搁在她的脖子上。赵无妨的声音切金断玉般狠决:"祁凤翔,你再过来,我杀了她!"

李铿勒住马,回看祁凤翔。祁凤翔神色肃然,辨不出作何考虑,半晌,缓缓道:"我说过,再让我看见你就杀了你。"

赵无妨紧紧抓着苏离离道:"今日只是个小小意外,你可以当没看见我。"

"你手上抓着的,是我军中逃奴。"

苏离离苦笑,她也不想弄成这个局面,然而老天总是和她作对。如今毫无办法,逃奴也好,人犯也罢,只好任人宰割了。

"我没抓她,是这位姑娘自己送到我手上来的。"

祁凤翔抿着唇,眼神吃人一般凶狠,盯着苏离离:"放下她,饶你一命。"

赵无妨凝视他的神色，沉思片刻，拖着苏离离后退几步道："别急，你的人总归是你的，现下还要劳她陪我一阵子。"

祁凤翔勃然变色，一字字冰冷道："你威胁我？"

话音落时，他扬手抽出流云箭，左手持弓，右手扣弦，坐骑之上身姿矫健挺拔，动作流畅漂亮，长箭呼啸而出。赵无妨诧异地看他拉开弓，破风声过时，苏离离听见自己肋骨"咔嚓"一响，低头看见箭头没入自己胸肋，却没来得及感到疼痛。

只听祁凤翔咬牙道："格杀勿论！"

赵无妨在耳边亦咬牙道："你狠。"

腰上一松，她向地下滑去，最后一眼看见远处地面上，陈北光与方书晴兀自相抱的尸体。当时一念起，十年终不渝。

合上眼，听见马蹄声向后追去，苏离离转瞬陷入了不知是此行第几次的昏迷。

苏离离很少做梦，这次却做了很长时间的梦。时而像是被放在热水里煮，时而像是被扔在冰窖里冻，度日如年，无一刻安宁。落雪纷飞的时节，驿外断桥边站着的青衣女子回头一笑，正是十余年来梦里才有的情景。苏离离仿佛回到十年前，轻声叫道"娘"，心里酸楚，已落下泪来。

一只手抚上她的额头，温热，宽阔，像含蓄的抚慰，瞬间打碎了记忆，不知身在何处。原来骨子里，仍是无家可归的苍凉。意识逐渐积累，她努力地，努力地睁开眼睛，欠了欠头。一个人说："你别动。"

苏离离定定地看着那人，半晌才从时光里回到现在，有些疲倦地闭上眼，道："你是祁凤翔。"

祁凤翔坐在床边，侧了身看着她，平静道："没伤着脑子吧，认不出人了？"

苏离离觉得胸口有些闷，却躺得很累，想动一动。祁凤翔按住她的腿道："叫你别动。"苏离离微不可察地一叹，低声问："我是不是要死了？"

祁凤翔蹙了眉："受点小伤怎么就要死要活的？"

苏离离苦笑，不是她要死要活，是她确实要死不活了，她也没办法。她

叁

月暗孤灯火　夜雨透关山

沉默了片刻，也不反驳，低垂了眼睫看着眼前虚空。

祁凤翔将她的被子披了披，有些放松，有些疲惫，淡淡道："你死不了，昏了两天，断了一根肋骨，伤及肺脉。救得及时，原本不算什么大伤，可是又有点着了风寒。现在烧终于退了，再休养几日应无大碍。"

苏离离"嗯"了一声。

他望着她，也不生气，仍是平静道："你不该跑出来。可知道你的身份若是暴露，世上有多少人想捉住你？造箭司里我安排了侍卫，若是你不出来，便没人抓得了你。"他吐出一口气，却道，"是我大意。"

苏离离原本以为自己逃了他会发火，然而他此时把所有情绪都掩盖在平静之下，反让苏离离心里难受。她抬起左手来，手臂酸软，便懒懒地将手搁在额上，遮着眼睛，却笑道："没什么大意不大意的，我早死晚死在哪里死都是一样。"

祁凤翔静静地看了她一会儿，伸手捉住她的手，也不拉起来，反轻轻按在她眼睛上道："你这是在怨我了。"

苏离离鼻子一抽。

他接着道："赵无妨当时为什么抓着你不放？他知道你是叶知秋的女儿了是吗？"

"是。"

"他怎么知道的？"

"嗯……我说漏了嘴……不过他也查了一部分！"

祁凤翔叹道："真笨。你若是被他抓去，可知他会怎么对付你？与其被他折辱，还不如被我一箭射死呢。何况我若阵前因为你而退缩，他就更要以为你奇货可居了。"

他拉下她的手来。苏离离咬着唇，倔强间隐忍着委屈，眼睛润泽清澈，如雨水洗过的山涧。祁凤翔的手指抚拭着她眼角的泪，掌心摩在她右脸颊上，问："挨打了？"

他神情并无戏谑与嘲笑，反倒认真而关切。苏离离像是受了蛊惑，又像是孤独久了的孩子经不起旁人用三分温暖来引诱，内心带着几许挣扎，又有些希冀，问他："我若是死了，你会不会难过？"

祁凤翔愣了愣，望着她像是思索，又像是审视，有些迟缓，却无比肯定："我会难过。"他抽回手来，神色淡定，似陈述一个事实，"但若是重来一次，我仍然会用箭射你。

叁

月暗孤灯火　夜雨透关山

肆

有恨无人省
转身隔汀洲

苏离离拉一拉被子，盖住了头。祁凤翔去掀，她拉住不让。祁凤翔自然不能使全力跟她扯，怕牵动她的伤口："放开，别捂死了。"

苏离离哽咽道："捂死算了。"

祁凤翔听她哭起来，万分无奈，惆怅道："捂死了不划算。"

苏离离抽得更厉害："我自从遇到你，就再没有好事……迟早是要死的，呜呜呜……"

祁凤翔有些哭笑不得，站起来道："怎么叫遇上我就没好事。在睢园我暗示你先走，你却走迷了路，让人掐得半死。时绎之那一掌我可没拉你，推你走你不走，自己跑来挡晕了。虽说后来我吓了你一吓，到底是吓你的，也没把你怎么着。这次更好，你不声不响地溜了，突然又在阵前跳出来。你要我怎么办？当着三军将士的面放他捉着你走？"

苏离离将被角扯开，愤然道："你……你可以用箭射他嘛！"

祁凤翔冷笑："你以为赵无妨是吃白饭的？我远他近，再快的箭过去，他提一提你也能把你挡在前面。还不如我挑个不那么有害的地方不轻不重地来一下。"

苏离离气得磨牙，却驳不得，转而恨恨道："那赵无妨人呢？"

祁凤翔一张光风霁月的脸顿时棺材了："跑了。亏他伤那么重还能跑。"

苏离离冷笑："真笨！这么多人追一个，还让人跑了，哈哈……"笑得太狂了，牵扯伤口，又"哎哟"一声。

祁凤翔无奈地笑笑，又坐回床边道："当时忙着救你，没顾得上他。他带着箭伤蹿进了林子里，再多的人也难搜。"

苏离离抓住他的手臂，喘息两下，低声道："程叔是他害的，我要杀了他。"

祁凤翔想了想，道："他既然觊觎《天子策》，志不在小，早晚死在我手里。"

苏离离沉默半天，忽然又问："肋骨断了是不是要躺几个月？"

祁凤翔笑："肋骨是最没用的。我早年和人动手，也断过，断了自己还不知道。现下有最好的大夫，你养两天就能走能坐了。"

苏离离怒道："我能和你比吗？你那肋骨里装的是铁石心肠。"

"我谢谢你口下积德，没说是狼心狗肺。"

苏离离且怒且笑，继而又一惊："我的衣服怎么换了？"

"你一身的泥，膝盖也摔肿了，手腕又擦伤，难道就那么躺着？"

"谁……脱的？"

"军里的老大夫脱的。"

苏离离微微松了一口气，听他补充道："我在旁边帮了帮忙。"

"啊？"这次她愤怒了，"你看了……看了我？"

祁凤翔冷哼一声："我看你？你这种小孩有什么可看的！我不看你，你早死得姹紫嫣红了。"

苏离离哀叫一声："你给我出去！"

祁凤翔愈加可恶地笑道："你躺在本将军的大帐里，还要我出去？"

"啊——"苏离离的声音滑出一个颤抖的尾音，又埋进了被子里。

祁凤翔正待继续奚落，帐前有人禀道："公子，药熬好了。"

"进来。"

进来的是祁凤翔身边的长随祁泰，端着一碗浓黑的药汁，放在床边长案上。

祁凤翔叫住他道："你回来时，韩先生还说了什么要注意的没？"

祁泰恭敬道："韩先生听我说了一遍，说苏姑娘的伤当时处置得很好。

只要她醒了，就把这药隔天一服，七天后可以下地走动，吃满半月可停药。三月内不要跑跑跳跳，其余并无大碍。"

祁凤翔稍放下心来，沉吟片刻，道："江秋镝怎么样了？"

祁泰摇头道："还是老样子。韩先生说找不到内力运转不息的人相助，只怕他好不了了。"

"他这不是白说嘛。"祁凤翔皱了眉，眼神像暗夜里波光粼粼的水面，"就是少林的住持也没有这份功力。"顿了顿他又道，"你先下去吧。这两天照样煎了药来。"

祁泰应声而出，祁凤翔屈膝坐到床上，用手指点着苏离离唯一露在外面的头顶："出来吃药。"

苏离离不应。他哄道："乖，听话。"伸手拉开被子。

苏离离只睁着一只眼睛，眯眼半觑着他，几分犹疑，偏又衬出几分皮态。祁凤翔失笑道："这是什么鬼样子？"

苏离离缓缓睁开另一只眼睛，低声道："你不会杀我的吧？"眼神严肃而胆怯，竟是真的害怕。

祁凤翔心里有些不快，却放柔了声音道："不会，你的小命在我手里丢不了。快别闹，乖乖把药喝了。这可是江湖上有名的神医韩蛰鸣开的灵药，我千里迢迢令人取来的。"说着，小心地扶她半坐起来。

苏离离望一眼，皱皱鼻子："这什么味？我不喝，一看就苦。"

祁凤翔耐着性子哄："良药苦口，喝了我给你吃糖。"

苏离离咬着唇，仿佛那药是她的大仇人："我最怕喝药，吃糖我也不喝。"

祁凤翔忍无可忍，大怒："不喝我就捏着下巴灌！"

但见苏离离飞快地接过来，咕咚咕咚喝了下去。

五月正是莺飞草长，晚春时节，渐渐有细蚊子飞，天气也湿热起来。苏离离养伤这些天，下了两场雨，空气中都是草叶清香。祁凤翔将三万大军分驻太平、成皋，自己却不入城，只在这山野扎寨，休整了半个月。

每天，他扣住苏离离的手腕，内力突入她体内，从天突至鸠尾、巨阙，再分散到期门，蜿蜒回到俞府，一一稳固她受创的肺脉。苏离离原本不知道习武之人真气的可贵，又觉得是他伤的自己，便受之无愧。

不知是那韩先生的苦药见效，还是祁凤翔的真气有力，七天之后她果然可以下地走动，只是右肋下数第二根肋骨，轻轻一碰，便隐隐作痛。只是肋骨确如祁凤翔所说，行动坐卧都很少受力，倒也不太辛苦。

半月之后她就有些坐不住了。这天太阳一出，她吃完午饭就在祁凤翔大帐四周溜达。远树含烟，山川紫雾，地上有淡黄的小野花点缀在草丛间。一季花期已过，蝶倦蜂愁，大多栖身敛翅，停在草尖儿上。

苏离离见一只小巧的粉白蝴蝶收着翅膀，停在木栅上，一时兴起，伸出两指，慢慢靠拢去拈它。还隔着数寸距离时，那蝴蝶抖一抖触须，翩翩飞走了。苏离离也不追捕，反站住，望着它微笑。

忽听祁凤翔的声音道："你捉它做什么？惹着你了？"

苏离离懒懒打一个哈欠："没惹我，就是想捉来玩。"回身见他束袖长靴，原本是英雄中人，却偏有一种闲散出世的态度，两种特质出奇融洽，别有韵意。

祁凤翔淡淡一笑："这里的乡人说，从这谷口入山两里有一棵大樟树，已生长千年有余，是这一方的地神。我去看过，路也还好走。你既这般无聊，不如带你去看看。"

苏离离一听有大树木，欣然应允，跟着祁凤翔慢慢沿着山间小道行去。一路只闻空山梵音，万籁无声，二人有一句没一句竟把两里多路走了小半个时辰，转过一缕飞瀑，远远看见粗壮的树干立在一块阔地上。

那棵树原本很高，因为主干太粗，远看却显得低矮。枝条虬曲伸展，宛若游龙，形如伞盖，气韵舒张，令人见之忘俗。行至树下，祁凤翔拉她站住道："我曾令手下士兵合抱这树干，十一人手拉着手才能抱一围。"

大樟树像知道人赞它，婷婷绿荫撑得如一座大房子的顶盖，从树梢到树根都是怡悦气息。

苏离离惊异非常，半晌叹道："这么大的树，九寸厚的整板棺材都可以改好几块了。"

肆

有恨无人省 转身隔汀洲

祁凤翔唇角有些抽搐，默然片刻道："你要想用它做棺材，我替你砍了就是。"

林间许是有风吹过，大樟树枝条仿佛抖了一抖，天空也似阴沉下来。

苏离离走得有些乏了，松肩垂颈："你还是饶了它吧，人家长这么多年也不容易。"

祁凤翔伸臂将她揽在怀里，让她后背靠着自己胸口，权作休息。苏离离有些僵硬，却由他揽着。半晌，祁凤翔道："你怕我？"

苏离离老实道："有点。"

他柔声道："不用怕，我不会害你。"

就算要害她，她也跑不了啊。苏离离放松了些，倚在他胸口。祁凤翔嗅着她的发丝，低头时，唇触了触她的耳郭。苏离离侧开了头，默不作声。

一时两人都沉默了，只觉得林间的风习习吹过，拂在面上，柔软清凉，心绪迷茫。苏离离轻声道："陈北光和方书晴那样死在一起，不如把他们一起葬了吧。"

祁凤翔下巴抵在她的头发上，触感柔软而纠缠，口气淡漠冷凝："那有什么值得羡慕的。兵败身死，一事无成，葬便葬了吧。"

苏离离低低地"嗯"了一声。

祁凤翔声音里忽带起几分笑意，道："我记得遇见你时，你在那定陵墓地随口诓我，说什么但得一人心，白首不相离，便是烟火红尘的真意。当真是这个心思？"

苏离离不答。

祁凤翔握了她的手，手指顺着她的指骨慢慢地一根根梳理，似在沉思，却也不再说话。

有一些话，谁也不愿先说，仿佛谁先出口谁便落败。人于情感之中便如蝼蚁般渺小，彼此伸出触须稍一试探，心下明了。

苏离离忽然笑了一笑，道："你那时什么都看出来了吧？心里一定笑我蠢得离谱。"

祁凤翔也笑："还不算太离谱，勉强算是可爱吧。"他松开她的身子，走到大樟树身边，手抚树身道："这棵树历经千年，看过盛衰兴亡，应比我通达，我且对它许个愿吧。愿它神力，助我达成。"

说着，他敛容正色，心下默祝道：生年当荡平天下，扫靖宇内，筑享升平。

苏离离兴致也起，道："那我也许一个吧。"想了半日，仿佛无所求，心里默念：树神啊树神，让我今生有吃有喝，无病无灾，棺材卖得多，银子全进账。想了一想，觉得太俗了，又道：有生之年，平淡生涯；莺俦燕侣，苍颜白发。

祁凤翔见她正襟凝神的样子，失笑道："你莫不是在求棺材铺财源广进吧？"

苏离离猛然睁开眼："你怎么知道？呃，不止，还有逢凶化吉，遇难成祥！"

他溺爱地摸摸她的头发："你也太贪心了。前时让你做两具棺材，正好能用了。'寡决匹夫'就是陈北光。"

苏离离也不避讳，直言道："我猜那'贪婪小人'定是萧节。"

祁凤翔点头微笑。苏离离涎脸笑道："豫南前府台大人傅其彰的六小姐，美名播于天下，都说是神仙中人。等你打下豫南，不妨娶回家去，轻舒绣帐，拂展牙床，以慰征尘劳苦。"说到最后一句，自己先笑得弯了腰。

祁凤翔大笑，却佯怒道："真是没羞没臊的，越发什么话都说出来了。"

两人说笑着往回走。待得他们身影走远，寂静的山林间，一棵小树苗枝条微晃，树干里发出一个清亮稚嫩的嗓音："老大，那个俊俏公子走了。"

大樟树粗大的树腔里低沉道："唔……"

小树苗道："您刚才为何发抖？"

老樟树的声音满是洞察世故的精练："他可不是一般人，鬼神尚且敬而远之，何况我们树精。"

"他们许的愿能成吗？"

"嗯……能成。"

小树苗年轻，定力不足，兴奋了，树枝乱颤："啊……那您看他们俩能成吗？"

"唔……"老樟树沉吟片刻，枝叶呼吸吐纳，尽得玄门精妙，宏大悠远的声音响彻法界道，"淡——定——"

树林之中远远望去，顿时升腾起一片祥和瑞气，仙姿袅袅。

世上千年，不过一瞬。

祁凤翔与苏离离原路返回，视野开阔，道路平坦。路边大石上盘膝坐着一人，苏离离一见，愣了。那人穿着一身蓑衣，旁边放着斗笠，头脸轮廓坚毅，此时见他们过来，望着他们微微一笑道："祁三公子，久违了。"

苏离离只觉这人十分眼熟，猛然之间想起，这不是桃叶渡上骗他们到睢园的那个虬髯汉子吗？如今他把满脸的胡子剃了，倒显得文气了些。苏离离往祁凤翔身边一躲，惊道："王猛！"

祁凤翔落落大方地牵着她的手道："他不叫王猛。我没猜错的话，他叫欧阳罩。"

那人哈哈一笑，跃下大石，下拜道："在下欧阳罩，前日唐突公子，还望公子见谅。"

祁凤翔道："你并不唐突，正是扮得极好，骗过了我。只是我不明白，赵无妨怎会住在你的睢园？"

欧阳罩黯然道："公子既猜出我是睢园主人，想必也能知道其中端倪。我本闲居睢园，陈北光几次派人召我，都推辞未去。去年十一月，赵无妨不知从何处来，携着那女子到我园中拜访。言语之间可见其心思机变，手段狠戾，我便不太愿意结交。

"过了一日，他黉夜孤身入园，说要借我的睢园一用。我自然不允，两下里动起手来。我不是他的对手，竟被他赶了出去。我的几个仆从都被他所杀。我受了伤，在太平府辗转几日，未有计策，便易容渡江想到京城寻一朋友。恰巧在桃叶渡遇见公子。

"我在幽州时，随朋友入祁大帅幕府讲筵，见过公子一面。在桃叶渡时……便想将你引到睢园，去对付赵无妨。最好你们两人争斗，我好从中取利……"他神色微赧。

祁凤翔点头笑道："欧阳兄直陈其事，正是磊落君子。"

欧阳罩继续道："后来你们都不愿交手，我便猜测，你们到冀北别有目的，大约都是为了对付陈北光，便一直等在太平府想看看情势。成皋决战那天夜里，我从太平府赶过去，途中经过一山居茅棚，竟见赵无妨擒着这位姑娘在说话。"他指了指苏离离。

"言谈良久，赵无妨动手打了这位姑娘，之后又言辞猥亵，似有不轨之举。"

祁凤翔轻飘飘地问："还有这事儿？"

苏离离低了低头，"嗯"了一声："是欧阳先生从树上跳下来，赵无妨和他动了手，把这个……这个事岔过去了。"

祁凤翔眼神沉了一沉，转看向欧阳罩。

欧阳罩摆手道："我打不过他，也怕他认出我来，只吓吓他，让他不敢妄动罢了。只是姑娘跟他说的那些话大是不妥，若他传扬出去，只怕你的性命也保不住。"

祁凤翔问："什么话？"

苏离离霎时脸都绿了，一拉祁凤翔的袖子，见他回头看来，又连忙松开，急促道："你……你听了不要生气。我当时被他所逼，说谎骗他，他其实也知道我说谎的……"

祁凤翔眼睛一眯，淡淡打断道："到底什么话？"

苏离离见避不过，心一横："他知道我是谁，我说……"她看一眼欧阳罩继续，"我说那个什么已经在你手里，钥匙在时绎之那里。当然他没信，说你肯定会杀了我的，于是打了我两巴掌……又说我生得不错，你对我那个……然后……欧阳先生就跳出来了。"

祁凤翔听了，脸色未变，气质却深沉了，不再看她，转头对欧阳罩道："欧阳兄等在这里，就为了说这个？"

欧阳罩正色道："我不是想用这点事要挟你。昔日陈北光召我，我不肯前去，盖因陈北光好谋寡决，不足成事。这些日子观察良久，祁公子仗义礼

肆

有恨无人省　转身隔汀洲

贤，谋略出奇，正是乱世之主，覃折服之人。"

祁凤翔并不应允，反淡淡道："我可以引荐你给父王。你素有名望，定能博个功名。"

欧阳覃勃然变色道："我若是为功名又何必找你。你不信我，那便当我没说吧。"说罢，转身就走。

祁凤翔见他转身，缓缓道："欧阳兄有心助我，我却之不恭。"

一路回到营里，祁凤翔正眼也不瞧苏离离，径自将欧阳覃引去见各级将领，相谈甚欢。苏离离在大帐闷坐到要睡觉时，祁凤翔进来了。他撩衣一坐道："把手给我。"

苏离离老实地伸手过去，两股真气缓缓从太渊突入，会于膻中。她心思不定，也不能跟着他的真气意想，踌躇片刻，小声问："你会不会杀我？"

祁凤翔真气骤然一乱，在她气脉中一蹿，苏离离"哎"的一声。祁凤翔瞬间甩开了手，怒道："你怎么天天就琢磨着我要杀你？我要杀你让你躺那城门外就完了，费这么大劲儿救你做什么？！"

苏离离低眉辩道："我只是害怕。倘若赵无妨真的那样传言出去，你父亲兄长必定要问你，你为了自保，难免不会杀我灭口。"

祁凤翔冷笑道："原来你也知道。你要真有个万一，也是活该。自己把生死看开些吧！"说罢一摔帐帘子，出去了。

那晚苏离离睡得极不踏实，梦里许多人来往奔逃，都看不清面目。梦境虚浮而浅淡，杂乱无章，仿佛寂静中有那么一根针掉在地上的声音，细弱的金石相撞声直透入心里，她猛然醒转，正是下半夜寅初时刻。

苏离离头脸都是细汗，慢慢爬起来就着盆子里的热水洗了把脸，静坐片刻，却不想睡了，慢慢穿起衣服，忽听有十分轻微的脚步声从帐边走过。她也不点灯，踱到帐门边将帐帘揭起一道细缝向外看去。

有三人从前面弓身蹑脚而过，摸向祁凤翔的大帐，不远处也有人影晃动。苏离离心里纳闷：这是做什么？见那几人将什么东西沿着大帐泼了一周，苏离离猛然想到他们是要放火，便一把掀开帐帘，喊道："喂，你们在干吗！"

那几人顿时望向她，瞬息之间，白光一闪，竟是剑刃划过，已被斩杀了一人。欧阳罩仗剑纵身向前与诸人斗在一处。那剩下几人中有人吹燃了火折，就地一扔，祁凤翔的大帐顿时烧了起来。

那几人大叫："火起，火起！"

立时，营中四处都放起了火。

欧阳罩望向苏离离喊道："还不快跑！"

苏离离转身往帐后跑去，不知是不是因为黑夜看不清路，她竟然找对了方向，出了大营，一下坐到草丛里，便见前面四营皆乱，火光冲天，人影纷杂，分不清谁是谁。盏茶时间里，苏离离似过了千万年。

火光之中，十余骑杀了出来，渐渐走近时，她看见为首那人像是祁凤翔。因为不那么确定，她也不敢轻举妄动。那人策马逡巡，四面瞭望，对着旷野喊了一声。苏离离当即大叫："这里。"

祁凤翔纵马过来，脸色严峻，伸手给她。苏离离踩了马镫坐到他马上，低声道："你怎么知道我在这儿？"

祁凤翔略一回神，也低低道："嗯？不知道，感觉吧。"

随即他将马缰一拉，那马稳稳地跑了出去。

苏离离觉得他气息不匀，有些不同以往的沉默。约行了一炷香时间，前方一带波光，又到江边，岸沿泊着一艘小船。祁凤翔直将马停在岸边平地，抵在她耳边道："这是渭水上游，你跟着应文过去，我让他送你回家。"

苏离离听他呼吸沉重，侧过身目光一瞥，一支折断的箭杆隐没在他胸腹的衣料里。苏离离一把攀住他的臂膀，看那箭杆，显然箭头就刺在他身体里。祁凤翔见她看着那断杆，竟笑得温柔："我这报应来得快吧？"

苏离离死死抓住他的手臂："这个怎么弄出来？"

"现在拔不得，我还有事。"

苏离离急切地看着他的眼睛，他的眼睛映着波光，有些浮动的光彩在流溢，平静坦然而不失坚决。她霎时有些脆弱，哀柔道："我们一起走吧。"

祁凤翔摇头："我不能走。你们去吧，应文照看着她些。"苏离离转头，见小船舢板上站着应文。她有些惶然地回头看着祁凤翔，只觉变故倏忽，眉目中百感杂陈。

- 127 -

肆

有恨无人省　转身隔汀洲

祁凤翔凝视她的眼睛，似受了蛊惑，低头轻轻一吻落在苏离离的眉心，温柔的触感缭绕着他的气息，转瞬疏离，却有什么东西像山间流岚在心底氤氲而起。

他低低道："去吧。"说着松开她的腰肢，将她扶下马。苏离离滑下马背，仍然仰头看着他英挺的轮廓映在夜色里。祁凤翔却不再看她，对应文道："带她回去，你到徽丰等我。"

应文点头道："你回太平一定要小心。"

祁凤翔短促地答道："我知道。"缰绳一扯，转身便走，毫不流连。

苏离离看着他的背影没入暗夜，被应文一把拉上舢板，进了船舱，叫艄公开船。苏离离自舷窗边望去，江岸渐远，流水衬着对岸熊熊的火焰，整个营地已烧了起来，江上的浮波将火色带得愈加变幻。苏离离终于可以回家了，心里却有些难过。

回头见应文坐在对面，眉头微锁，似有隐忧，她问："怎么回事？"

应文道："有叛军。"

"陈北光的旧部？"

应文踌躇片刻，喟叹道："只怕是大公子的人。祁兄此番功劳太高了，有人坐不住了。"

苏离离不好再说什么，回头看着水面渐渐变得宽阔，只觉得人如逝水，永远不知会流向何处，不知会有怎样的聚散离合。

天明时分上岸换马。苏离离旧伤并不曾痊愈，行得甚慢，到京城时，已是十天之后。暮色中踏入城门，应文径直用车将她送到如意坊后门，递过一个盒子，道："你家里现在安全，且待一段时间。我要在城门下钥之前出城，不跟你多说了。万事小心。"

待他去远，苏离离慢慢转到正街大门口。苏记棺材铺，恍若隔世。她伸手轻触门上"有事暂离"那几个大字，当日祁凤翔嘲笑她的情形历历在目，这一去竟是半年才回来。她忽然有些急促，连忙跑到后角门，打开门进到内院。

窗棂上都积着浮尘，那张字条还钉在柱上，让风吹得有些飘飞，泅着

- 128 -

雨水打湿的痕迹。没做完的棺材还是她走时的样子，房间里被褥整齐，桌案蒙尘。

没有人回来。

苏离离慢慢扶着柱子坐到檐阶下，肋骨有些隐隐作痛。她坐了半天，伸手打开应文给她的盒子。

应文办事素来有条不紊，遇乱不慌。此时天色已晚，苏离离无处吃饭，盒子里便整齐地码着各色小巧的点心；另有一张百两银票，聚丰钱庄，见票即兑。

苏离离笑得有些勉强，自语道："陈北光和萧节这俩人的棺材才值一百两吗？"

她信手拈起一块冬瓜酥，慢慢揿着，天便渐渐黑尽了。

第二天一早，苏离离泼水扫院，开门营业。京城在祁氏治下，已恢复些元气，不似去年鲍辉篡政时的惨状。但钱庄的生意已在战乱中被掠夺一空，她查了查自己旧年积蓄的银子，只提得出小半。她便将钱提出来，把应文那一百两银子也兑了，到城里木料场上买了些散料，让人拉回家；又去往日做工的小工那里看了看，有两人还在，便定了工钱，让他们后日起仍每天上午来做工。

只要有棺材做，这世上就没有什么过不去的事。祁凤翔曾笑话说，就她那头脑竟然做了这么多年生意还没被人卖了。然而一沾到做棺材，苏离离就觉得自己无比精明，无比娴熟。世上很多事她都没法把握，这件事却是她可以指掌，且能做得很好的。

十日后京城有了新消息，祁三公子自太平府移师，直指豫南萧节，在徽丰大破其先锋，正围追余部。苏离离看榜时，四众纷纷喟叹，大赞祁三公子英武非凡。

她笑笑，抱着一罐刷棺材板的光漆回家去。

转眼又到七月。初七这天，苏离离想来想去，决定去给程叔上个坟。

这日风和日丽，苏离离便提了个篮子，装上纸烛，去黄杨岗上祭了一祭。

祭罢她也不愿多待伤情，信步在城西郊外逛着。她远远看见小山冈上，依山傍树处有一角房屋屋檐，蓦然记起那是木头与祁凤翔见面定约的栖云寺。

一念至此，她再也止不住心绪，便慢慢走了过去。一路走着，心情颇不平静。木头当初走在这条路上，必是与她看着同样的山川草木，心里却在想着怎样令祁凤翔不再为难她。

她从一条葱郁的青石便道，直走到寺门石阶前。栖云寺建寺多年，也衰败多年，远不及城东大佛寺香火兴盛，建址宏大。那寺门木梁上题着的匾额似摇摇欲坠，两旁立柱仍刻着对联："古殿无灯凭月照，山门不锁待云封。"文意入眼已是凄清空寂。

苏离离默默走上石阶，迎面是接引殿，四大金刚倒了两个。穿过天井有些凹凸的青石板地，便到了正殿。前面供奉之具还算整齐，地上排放着三个蒲团。苏离离仰头看去，释迦牟尼像庄严慈善，斑驳的佛身似渡尽沧桑。

她历来不怎么信鬼神，此时却禁不住屈膝跪在当中的蒲团上，合掌如莲，暗祈道："释尊，佛经上说您是世间最有智慧的人。我有许多烦恼，不敢求解脱。但有一个人，我不知他姓名，我叫他木头，求您保佑他，无论他在哪里，令他平安欢喜。"

这一刻心意虔诚，却是从未有的笃定。她默默跪坐在蒲团上，发愣良久，幽幽一叹，侧转身要起来，眼角余光却瞥见那正殿屋角经幡掩映下坐着一个年轻的光头，穿着身旧布僧衣，神色恬然地望着她。苏离离惊叫一声跌在蒲团上，道："你……你是人是鬼？"

光头生得一张俊俏的脸庞，不及应文的秀色，却有竹林贤聚的清雅风致。他合掌，掌上挂着一串龙眼大的菩提珠，温言道："施主太过虔诚，不曾发现贫僧坐在这里，贫僧也不敢惊扰施主。"

"你是个和尚？"苏离离大惊。

"正是。"

苏离离想说你长这么英俊怎做了和尚，再一思忖，此话颇无道理，生生咽了下去。

俊和尚却不以为意，道："施主在求什么解？"

"一些世俗烦恼。"

俊和尚"哦"了一声："三千众生，各有业障。"

苏离离索性在蒲团上坐了，抱着膝盖道："这位师傅，你既是和尚，读过不少佛经吧？"

"贫僧修过《佛说四十二章经》。"

"那记得什么精要的话吗？"

"佛言：'爱欲于人，犹如执炬，逆风而行，必有烧手之患。'"

苏离离默然片刻，蹙眉道："那人为什么要逆风而行，不会顺风而行吗？"

俊和尚点头道："不错，顺风而行能心明眼亮，照耀众生。"

苏离离本就生了些小聪明，自小由叶知秋亲自教书识字，虽则八岁失怙，但底蕴已成。她无事时也看些杂书，记得些典故，便问："师傅，六祖慧能曾指经幡说，不是风动不是旗动，仁者心动。那人是应该诚于心，还是顺于物呢？"

俊和尚道："诚于己心。"

"那风是心还是物？"

"是物。"

苏离离点点头："那若是己心想要持烛向前，恰好遇着逆风，莫非就不诚于己心而转身往回走？"

俊和尚被她问得一愣，踌躇了片刻，迟疑道："贫僧以为此时若诚于心则会烧掉手，若顺于物则失去自己所求。心意固然该坦诚面对，还应该不执着。依贫僧之见，此时便应该转身离开。"

苏离离沉吟道："转身离开……"

俊和尚眼露了然，目光灼灼："施主莫非心有所恋，又怕烧了手，故而心意彷徨？"

"啊？你……你胡说八道些什么！"苏离离大惊。

俊和尚怪道："那施主怎会纠缠诚于心还是顺于物，必是此人有些不可亲近的缘故。"

苏离离有些尴尬，站起来怒道："你一个和尚怎么这样说话！"

俊和尚也不怒，迤迤然道："贫僧道行尚浅，说话还不够机锋，施主不必动怒。"

苏离离理了理衣裾，没好气道："那你还做什么和尚，不如还俗。"

他徐徐抬手指点大殿："这也有理，只是寺庙都荒芜至此，我想化缘将它修葺一新再想还俗之事。"

苏离离抬头四面一看，道："这主殿的木料不错，梁柱都是百年难遇的良材，要修也是容易的事。寺门的对联清净空明，时逢乱世，这寺庙也不必像大佛寺的恢宏，简洁雅致就是。"

俊和尚微微扬眉道："施主还知道怎样建房子？"

苏离离道："正是。其实世间万物触类旁通，精通了一件，便能想明白其他的事。且不说建房子，就比如说棺材，在兴盛的时局下，人们有了钱，死后追求也比较高，棺材就有许多样式。比如线雕的，浮雕的，盘螭金银漆，百寿连字，松鹤延年，还有方头、圆头、凹板和凸板之分。

"倘若遇到乱世，人命如草芥，活只要温饱，死只要有盛殓，在款式、尺寸、花色、做工上就没有这么多要求。这个时期就有很多清棺，式样转向古朴凝重。漆色大多为黑，饰纹大多简洁，而外形趋向方正。"她顿一顿，忍不住解释，"因为方正的板料易于打制，方便快捷……"

俊和尚听得瞠目结舌，脸上肌肉有些抽，好不容易打断她道："施主，天将正午，贫僧正要去化点斋饭。佛门诫训，过午不食。"

苏离离有些意犹未尽："哦，哦，那师傅请自便，不知道师傅法号是什么？"

"十方。"

"十方？"

他眸光高深莫测："虚空界十方乃施主平日所知的八方，再加上、下两方，共称十方。佛在十方世界，无所不知，无所不晓。"他端了托钵，也不再搭理苏离离，起身而去。

苏离离站在他身后，禁不住想，若是祁凤翔听了她这番棺材流行趋势论会作何反应？他必会笑着赞许或是嘲讽她说得好说得妙。她说的话，不论是无聊的，无知的，或是无畏的，祁凤翔总是耐心听完，再悉加指教。

她提了篮子，也走出寺门，站在石阶上时，见一辆蓝布马车停在便道尽头。

车上竹帘子微微掀开，一只白玉般的手戴着只金钏子将一个纸卷样的东西放在了十方的托钵里。十方合掌念一声佛，转身走了。

车帘遮掩下，那施物的女子杏眼桃腮，侧脸半露。她忽一仰头，看见了苏离离，神色陡然一沉，唰地放下了帘子。苏离离已看清她的面目，大声道："言欢姐姐！"几步跑下石阶，马车正要走，她一把拉住车窗。车里的人拍拍厢壁，赶车人停下。那个熟悉的声音冷淡道："让她进来，你下去。"

赶车人跳下来，打开车门，退到一边。苏离离慢慢走到车门口，言欢端坐车中。近一年不见，她愈加艳若桃李，冷若冰霜。苏离离也不上去，心中暗思，自己在渭水舟中问过祁凤翔是否已杀了言欢，祁凤翔当时并未否认。她一直以为言欢死了，然而现在言欢在做什么？

"你过得好不好？"苏离离生涩地问。

言欢勉强开口道："我很好。"

"你是……在哪里？"

言欢似有些倦怠，漠然道："我在明月楼。"

苏离离道："祁凤翔留你在那里？"

言欢眉头皱了起来，语调有些厌恶："你怎么还这么幼稚？！我跟他并没有什么关系。我愿意在哪里，是我自己的主意。"她忽然撩了裙摆，在低矮的车厢里倾身向前，扶着侧椅单膝蹲到车门前，凑近苏离离道，"偏他怎么就不杀你呢？你竟然还能站在这里。"

苏离离脸色雪白，轻声道："姐姐想我死？"

言欢被她一问，愣了一下，注视苏离离的面庞，脸上有些许动容，默然片刻道："我不想你死，你也别再惦记我。我现在是明月楼的老板，我的事我自己会照理。今后你我若是再见，就当不认识。"她说到"不认识"三字时，猝然住口，看了苏离离一眼，将车门拉了起来。

- 133 -

肆

有恨无人省　转身隔汀洲

苏离离望望车门，语调淡漠而轻散道："既然如此，姐姐保重吧。"转身让到青石便道上。马车掉转头从她身边驶过，她定定站住，望着那马车绝尘而去，回头看了看栖云寺的匾额，神色冷凝起来。

又过了十余日，祁凤翔大破萧节，占据豫南，将北方三地初列成形，奠定了祁氏大业之基。于是京城的玉屏山上隐渊潭中，白日现河图；城门外浅草原上，夜有优昙婆罗花开于树丛，色如焰火，直映长空。见者言之凿凿，听者赞叹喟然。

一时间种种祥瑞之兆遍布京城，便有传言四起，说舜以贤继尧，而华夏兴，今天象应于时势，祥瑞著于世间，正是平原王祁焕臣当受大位之兆。太史令上奏天有异象，愿吾皇顺天应人。

小皇帝尚未批复，祁焕臣先将那太史令饬出京畿，称自己忠心不二，绝无舜禹继代之心。小皇帝嘉其忠义，更晋王爵，勤加赏赐，内外之事悉由专断，更让各地立碑述表，无论鸿儒白丁，都要知道祁焕臣的社稷之功。

苏离离看了那皇榜回到家，四顾无人时望了望天，还是该蓝的蓝，该白的白，也没见有火凤凰飞过去，叹一声："不就是想称帝嘛，搞这么多名堂做什么。"想祁凤翔曾寻《天子策》，可见也是有心之人，这次大胜必是高兴的。不知为什么，她便也有点高兴。

祁凤翔回京时深夜入城，不惊一人。次日出朝，京中官民才知他回京来了。百姓们很是赞颂了几天，便又有一个消息甚嚣尘上——这位用兵如神的祁三公子要成亲了，娶的就是艳动天下的豫南傅家六小姐。英雄美人，珠联璧合。

苏离离乍听之下诧异，这不是当初她开玩笑对祁凤翔说的吗，怎么成了真？再想之下，顿时明了。傅家乃豫南大族，素有名望，门客布于天下。人如祁凤翔者，岂会为美色、感情而左右言行？他要娶傅家的女儿，无非为了要她身家世族的支持。

道理很好明白，却让苏离离气愤难平。究竟愤怒什么，她也说不上来，大约觉得祁凤翔是个王八蛋，把她抱也抱了，亲也亲了，现在好像清风明月两不相干了。若她见着祁凤翔，必定要……要怎样呢？嗯，要正眼也不瞧他，再也不跟他说一句话！

然而祁凤翔不给她这个表达愤怒的机会，回京半月，连个脸儿都没露，径直把傅家小姐娶回了家。倒是应文来过一趟，送来了很多上好的木料。苏离离心知这是当初离京时祁凤翔允诺她的，她从不跟钱财过不去，不收白不收。

苏离离回头独自在家把一块上好的木料当作祁凤翔，劈成了一百零八块，顿觉神清气爽，胸中郁结尽消。自己犯得着冒火吗？她苏离离是一个有追求有觉悟不世俗的人，不应立志在嫁人生子，更不是嫁祁凤翔这种烂人；至于渭水分别时被吻了一下，就当是被狗咬了吧！

这种豪迈不过充斥了盏茶时分，苏离离的激动渐渐像沸腾的水失了柴火，慢慢蔫了下去，心里不免有些自怜自艾，自己既无姿色，也无身家。为什么同样是人，别人就好命许多？自己遇见的人不是石沉大海，就是虚情假意！

一天应文路过如意坊，顺便来看看她。苏离离一本正经道："应公子，你成亲没有？看我怎么样，嫁你算不算高攀？"

应文"砰"一下绊在棺材板上，风度尽毁，捂着膝盖连连摆手道："不高攀，不高攀，实是太屈就了。"

苏离离思忖半晌，缓缓点头道："我也觉着是。"

应文苦笑道："苏姑娘，这种玩笑开不得。"

一个月过去，苏离离渐渐心平气和了。

据说心灵受创能使人沉默专注，苏记的棺材越发做得精巧绝伦，无人能比，生意倒好了起来。这天小工们休息不来，苏离离拎了篮子出门买了点小菜和糕点零食。正往回走时，一阵急雨下来，苏离离跑回家里，淋得狼狈却禁不住笑了。

她抬头望一眼屋檐，便见檐下站着个人，月白衣衫。她这个纯粹的笑容隔着层层雨帘映入祁凤翔眼里，像年少时最散漫明媚的梦，轻易触动了他心底尘封已久的柔软。苏离离挽着的裤脚露出一段洁白的脚踝，沾着雨滴，像

有根无人省　转身隔汀洲

肆

花圃里的小把茉莉，让人想捏在手里。

她几步跨到檐下，两人咫尺而立。苏离离设想过再见着祁凤翔，一定要无耻地笑着说"恭喜你了"。此时她张了张嘴，却怔住了。他的眼神犹如渭水别时那般专注，生死之际的真心实意，让她一望便有了深陷的无力。

祁凤翔先绽出一个万分诚恳的笑容，道："苏老板，最近在哪里发财啊？"

苏离离"哈哈"两声，换上一副奸商嘴脸，道："祁公子，恭喜啊恭喜，沙场告捷，美人在怀。"

祁凤翔收起假笑，温言道："这样才对。方才那副样子，我看着以为你要哭了。"

苏离离登时沉了脸，大怒道："祁凤翔，你以为老娘好欺负是不？"

祁凤翔竖了竖手指示意她小声些，忍着笑道："我知道你不好欺负。不管你欺负我还是我欺负你，大街上站着不好看。"

苏离离干瞪眼，开了门进到屋里，也不跟他客气了，一边拍着身上的水，一边没好气道："你站在外面做什么？！"

祁凤翔也不客气，挑了把椅子坐了，打量她店铺大堂里的六口黑漆棺材，淡淡道："进来看了，你不在，我只好出去外边等你。"

苏离离"啪"的一声把擦头发的巾帕摔在棺材盖上，这人还真把她家当菜市场了。她欲要打人，可是打不过他；欲要骂街，又显得太没教养；欲要冷言冷语，他正是个中翘楚。苏离离一时咬牙切齿，束手无策。

祁凤翔收起笑来，正色道："好了，是我不好，下次一定挑你在的时候来。身上的伤好了吗？"

苏离离怒极反笑："祁三公子的箭伤都好得能洞房了，我怎会没好？！"说完有些后悔，自己实在没必要这样说话。

祁凤翔却只笑了笑，有些冷淡，既不反驳，也不嘲笑，轻声道："这便好。像这样下雨天还是多穿一件才是，受了凉今后落下毛病。"

苏离离心情万千寥落翻覆，沉默不语。

祁凤翔也不延续那个话题，手指微抚在花梨小桌上，直视她的眼睛道：

"有件事想请你帮个忙。"

苏离离靠着一具棺材，手扶棺沿："我没什么可帮你的，你要棺材那就谈买卖。"

"于飞你还记得吧？"

苏离离微微皱眉："记得，张师傅带到我家的那个孩子。"

祁凤翔点头道："正是。他就是庆帝的小儿子，现在的皇上。我想请你跟他谈一谈。"

"谈什么？"

他微微眯起眼睛，轻笑地看着她："你说呢？"

"禅位？"

祁凤翔不置可否，却道："这孩子很有犟劲儿，让人拿他没办法。"

苏离离冷笑道："他也就是你们菜板上的肉，有什么没办法的。"

祁凤翔摇头笑道："这件事他不肯，大家面子上都过不去啊。"

"成大事何需要面子？难道他亲自捧着玉玺金印送给你爹，你爹就不是篡位？"

他握拳虚抵在唇上，忍不住发笑："你可真敢说啊。"顿一顿他又道，"政治，就是明知道骗人，也要把过场演一演，让它看起来符合道义。你肯去劝他，对他也是好事；若是不肯，那就做他的棺材吧。"

苏离离一惊："你们要杀他？"

"实在没法子也只能找个假的替他来演这场戏，至于他本人自然是不能留的。"

苏离离猛然想起一事，眉毛一竖："栖云寺是你的巢穴吧？你留着言欢在做什么勾当？"

祁凤翔既不吃惊，也不藏私，反嗤笑道："你说话一定要这么难听吗？栖云寺是我的地方，十方掌管我手下一切线报。言欢自愿为我做事，也就是在明月楼收集一些高官贵胄的小事情罢了。我看她还算聪明识时务，就留下了她的性命。"

苏离离听他说到十方，不知那番"逆风顺风"的话，他知道不知道。她侧过头去，有些被看穿的逃避。祁凤翔却站起来道："怎样？你愿意见于飞，我午后就带你入宫。"

苏离离想了半天，低声道："于飞若是肯禅位给你爹，就放过他，把他交给我吧，过两年对外说他病亡便是。"

祁凤翔认真考虑了一会儿，还是摇头："这个我说了不算。我现在也不方便在里面做手脚，会引人猜疑。"见她带着恳求的神色，他又道，"这件事只能尽力而为。"

苏离离也不好再说什么，擦了擦手，拎了菜往后面去。祁凤翔道："你这是要做饭？"

"是啊。"

他似乎兴致又起："扶归楼你骗了我一顿，我要不也在你这里蹭一顿吧。"

临近中午，祁凤翔在书房找了本书，翻了两页，却又没怎么看。苏离离在厨房把饭做得有条不紊，心里却有些莫名其妙的杂乱。午饭是红烧豆腐、笋炒肉片、凉拌三丝和青菜汤，蒸了一笼清香松软的米饭。

虽是简单的家常风味，却满是人间烟火的平实与充足。祁凤翔人赞她手艺好，末了问道："你怎么还是吃得这么少？"

苏离离扒完了小半碗饭，盛了汤凉着："我一向吃饭就这样。今天沾你的光，平日哪有心思弄这些，随便填填就饱了。"

祁凤翔忍不住笑道："你真是太好养活了。"

苏离离也笑笑："大约我爹给我起这个名字就是希望我野火烧不尽，春风吹又生吧。"

祁凤翔听了，但笑不语。

吃完了饭，苏离离便乘了祁凤翔的车，入禁宫东华门。祁凤翔引她穿堂入室，直到北面一座大殿。进去时，两边的禁军侍卫见是祁凤翔，都不加阻拦询问。殿内站满随侍，侧面便榻上坐着个明黄的小小身影。

祁凤翔负手而立，也不说话，也不行礼，抬手做了个手势。殿上伺候的人会意，鱼贯而出。大殿上登时空旷，于飞转头看过来，辨认了片刻，猛然站起来，上前几步又站住了，迟疑道："苏姐姐？"

苏离离敛衽跪了下去，道："民女苏离离……"于飞已跑到她面前，一把拉住道："苏姐姐，你怎么来了？"苏离离抬头，觉得他比去年见时长高了不少，只眉色间有些阴郁，便由他拉着自己的手臂，只微微笑着不说话。

于飞眼眶突然一红，也跪下了，一把抱住苏离离。苏离离轻扯他，柔声道："快起来，这样子让人笑话。"两人互相拉着站起来，祁凤翔冷眼旁观，似笑非笑。于飞也不看他，径直拉了苏离离走到坐榻边。榻上棋枰散乱地摆着些棋子。

于飞拂开棋子，让苏离离坐了，道："苏姐姐来看我？"

苏离离直言道："我是想来看你，也是受人之托来劝你。"

于飞闻言变色，想要说什么，忽然瞪了祁凤翔一眼："你能不能出去？"

祁凤翔挂着一个浅淡的笑容，优雅地摇了摇头。

苏离离轻轻一叹："你就当他不是人好了。"

于飞看一眼祁凤翔，低头沉默了半晌，道："苏姐姐，我知道这个位子本来就不是我的，我也从来不贪图这个。可是我毕竟是皇家的血脉，我禅位于祁焕臣，青史之上，这江山就葬送在我手里了。于国于家，我不能这样做。"他摇头，"死也不能。你不要劝了。"

苏离离默然片刻："我知道你这样想是对的。但青史并不因为你禅位就认为你是亡国之人。历史都是任人评说的。姐姐小的时候，曾经以为亲人死去很苦，以为被人逼迫追杀很苦，以为成天东躲西藏很苦，唯愿自己不是自己。"

她笑一笑："后来才发现，这些其实都不算什么，是与非有时也不是我想的那样。"又顿了片刻，她才道，"于飞，你今天坐在这里，穿着这五爪团龙服，也不必执着于自己就是自己。名誉地位是很高，但是人的一生也很广阔。你成全不了家国，就成全你自己吧。"

于飞微垂着头，似在沉思。

祁凤翔一副高深的表情，却看着苏离离，眼神深沉莫测。

苏离离坐了一会儿，笑道："这个我也没什么好说的了，皇上自己斟酌吧。"她从榻上拈一枚黑子，对光照了照，棋子透着墨绿的微光，"这是滇缅的墨玉，石中极品。皇上不嫌我笨，不如我们下棋玩吧。"

几盘棋，苏离离输得一塌糊涂，快到掌灯时分，才与祁凤翔从大殿里出来。于飞恢复了些往日神采，看一眼祁凤翔，淡淡道："苏姐姐有空再来和我说话。"

出了大殿，坐到车上，苏离离笑嘻嘻地小声问："你腿站软了没？"

祁凤翔好气又好笑："你拉着他下棋，故意在整我啊？"

他方才站在那殿上，既不上前，也不离开，目光总在苏离离左右萦绕。苏离离也明知他看着自己，心里有些雀跃，仿佛希望他就这样看着。两人心照不宣。

她收起嬉笑的表情，肃容道："我今天帮你，你能不能也帮我一个忙？"

"什么忙？"

"保于飞不死。"

祁凤翔看着她严肃的表情带着点紧张，心里有种慨然涌动，虽思忖了数个来回，仍是答应道："好。"

二日后，小皇帝下诏禅位。祁焕臣二辞三让，上表力谢，不允，便迤迤然从了。满朝文武祭天礼地之后，于飞亲手捧上玉玺金绶。祁焕臣黄袍加身，登上了皇帝之位，加号改元，传檄四方。

第二天，祁凤翔上书议立长兄为皇储。祁焕臣便立长子为太子，封三子祁凤翔为亲王，赐号锐。上京歌舞升平，欢庆七日。

苏离离毫不收敛，当着锐王殿下祁凤翔的面嘲笑道："皇帝陛下倒是登基了，可惜名讳还是个'臣'。"

祁凤翔看着她往棺材上刷漆，轻笑道："这话跟我说说就是，可别跟其他人说。"

这祁凤翔挺奇怪，这些日子把兵权也交了，午后闲着没事，常常跑到苏记棺材铺坐着，看苏离离往棺材上刷漆作画；有时到书房挑一本叶知秋的旧书翻着，就翻过一下午去，然后顺理成章蹭晚饭。他还美其名曰来给苏离离改善伙食，免得她一个人吃饭总是应付了事。

苏离离就把木料来源交给他了，全由祁凤翔找人拉来，她只管做成棺材。

既蒙他帮忙，无以为报，苏离离便说："人终有一死，我们相识一场，不如我送你一副棺材吧。"

祁凤翔坐在她常坐的那张摇椅上喝白水，好整以暇道："什么样的棺材呢？"

苏离离跪在一口才钉好的楠木大棺上，用砂纸仔细打磨边角，专心得无暇答话；头发随便一束，有些散；纤长的身体折作两折，勾勒成好看的弧线。

半天，她直了直身，用手摸着那光滑的花纹，满意地跳下棺材盖子，道："等我看看有什么好木材来做。用素色推光漆画，内衬七星隔板，美观又实用，包你躺在里面永垂不朽。"

祁凤翔喟叹道："你待我真是太慷慨了。"

苏离离嘻嘻笑道："那是。"

她对于棺材这种纯然的喜爱，往往令他发笑又感慨。人世里太少纯粹的东西可以令人心怡，祁凤翔淡淡笑道："那可说定了啊。"

苏离离点头："说定了。"

入冬天气渐渐凉了。腊月一到，年关将至。用苏离离的话说就是，大过年的你还想着打得人家不安稳。祁凤翔摇头道："非也，非也。兵不厌诈，正是要在他最不想打的时候打他，才能事半功倍。"话虽如此说，他到底也没再出京，只是忙些了。也不知他在忙什么，他们十天半个月才见着一面。

苏离离近日在木器店看见一种柜子，接缝处不是平直的，而是咬合的榫齿。据那店老板说这种接缝可防浸水，但是很不易做得紧密，极讲究木工。苏离离脑子转个来回，回家用散料试了一试，顿时意气风发，要做改良棺材。

这天苏离离用小木块做出个九块的木榫来，民间也叫孔明锁，自己开解了两次觉得挺有意思。自上次见过于飞，祁凤翔给了她一块令牌出入宫禁，便想拿去给于飞玩。

她跟着那个认识的总管太监，转过一个回廊，走到于飞居住的馆舍之后。平日这里侍卫环立，今天却一个人也没有。总管太监精细，一看不对，拉住苏离离道："姑娘，今天还是别去了。"

苏离离也觉出名堂，心下犹豫了一阵，摇头道："你回去吧，我过去看看。"

总管太监踌躇片刻道："姑娘执意要去，可别说是我带你过来的。"言罢，逃之大吉。

苏离离左右看看无人，慢慢走近门边，就听于飞叫道："我不喝，这是什么东西！你们要杀我！"屋子里寂静无声，仿佛没有人。苏离离心里一惊，靠在门边，不知该怎么办好。便听另一人声音温和，语调从容，缓缓道："王侯将相之家，生死变故本就倏匆，生不为欢，死不为惧，又何必留恋。"

他说得犹如林间赏花，月下抚琴，平仄顿挫款款道来。苏离离只觉周身的血液瞬间凝固，转身"哐当"一下推开了门。堂上两名侍卫架了于飞站着，看见她推门都是一惊。而祁凤翔轻衣缓带，仪态优雅，背对着她负手而立，仿若不闻。

于飞大叫道："苏姐姐，救我！"

苏离离慢慢走上去，望着他激愤的神色，沉默片刻，才尽量沉稳地转向祁凤翔，平静道："你放过他好不好？"

祁凤翔正眼也没看她，对着堂上略一颔首，道："喂他喝。"

于飞眼中绽出绝望与惊恐，大力挣扎。苏离离一急，扯着祁凤翔的袍角，低身跪到地上："他只是个孩子，我求你放过他吧！"

祁凤翔蓦然低头看着她，眸光冷了一冷，颊上的弧线咬出坚毅的轮廓，带着一点嘲讽神色，抬头看着堂上，仿若不见她跪在地上哀求。

于飞大声道："苏姐姐，你不要相信他！"

话音未落定，他已被一个侍卫紧紧捏住了下颌，只留下含混空洞的余音在屋顶回响。一个侍卫一手箍着于飞的身子，另一名侍卫从案上端起那碗乌黑的药汁，递到他嘴边。苏离离惊叫道："不要！"站起来时，手腕一紧，却被祁凤翔反剪了双手牢牢捉住。

苏离离用力挣扎，扭得生疼也顾不上。他毫不犹豫将她横起来，捏着双手箍在胸前。苏离离身子悬空，使不上力，眼睁睁看着那个侍卫把那碗药强喂进了于飞嘴里。于飞身子委顿下去，伏在地上咳得厉害，仿佛要把脏腑咳出来似的，渐渐从鼻子嘴巴流出血来，越来越多，染了一地，人也渐渐蜷缩起来，没了气息。

苏离离仿佛随着他死去抽空了力气，也慢慢在祁凤翔手里委顿下来，身体如柳条轻折在他臂弯里。一个侍卫伸手探了一下于飞的鼻息道："没气了。"祁凤翔望着于飞沉默了一阵，方道："你们出去吧。"

两个侍卫遵命而去，待他们走远，祁凤翔一把挟起苏离离从馆舍出来，随手带上门。

苏离离扶着栏杆喘气，听他低声严厉道："你现在跑来做什么？还有谁知道你过来？"

她缓了一阵，语调生疏而迅疾，道："人人都知道我过来。我看见你杀了禅位之君，为避天下悠悠之口，你现在便该杀了我灭口！"

祁凤翔顿了一顿，冷硬道："不错！"

苏离离骤然抬起头："你答应过我的！"

祁凤翔仰了仰头，似思忖什么事，迟疑道："那便如何？"

她禁不住冷笑："你们家坐在那皇位上不会觉得不吉利吧？"

他的目光聚焦到她脸上，终于有些恼火："皇位是权力，从来都不吉利！"

苏离离转身就走，才走了两步，被他一把捉住。他将她拖到馆舍曲栏外，直接扔给那个太监总管："怎么带进来的怎么把她带出去！"

那太监总管一看祁凤翔的脸色，吓得"砰"一下跪到地上，未及说话祁凤翔转身就走。苏离离站住看他去远。那总管有些虚弱地直起身，一脸苦相道："姑娘害死我了。"

苏离离定定地看着他，想了半日，也只得苦笑道："对不住。"

她回到棺材铺时，两个小工正在合力锯一块七寸厚板。苏离离心情不佳，把他们打发走了，关门歇业。祁凤翔原就说过于飞的事很难办，倘若于飞被别人所杀，她还稍可释怀。然而今天于飞死在了他的手里，她的面前。苏离离有些倦，什么也不想，上床睡觉去了。

蒙头直睡到晚饭时，她坐起来喝了点水，热冷饭吃了，怔怔地在院子里坐着，摸着她的棺材。这院子里的棺材默默地陪着她，每当她看到它们，心里就变得平静。许多年来都是如此，像强大的隐秘力量之源支撑着她。某种意义上来说，苏离离从无畏惧与犹豫，虽散漫而任性，却绝非妥协与冲动。

直坐到天色暗下来，她站起来出了门，沿着百福街，穿过西市，三曲闾巷后，长街正道边正是祁凤翔的府邸。苏离离远远站在大门外，向里看去，庭院深深，烟锁重楼。这里面的祁凤翔不是棺材铺里的祁凤翔。他喜怒自抑，心思敏锐，从不以真意示人，她又怎能投以些微信任。

默立良久，边门一开，祁凤翔的随扈祁泰一撩衣角出来，往西而去。苏离离下意识地往后缩了缩，还是被他看见。祁泰疑道："苏姑娘，你怎么在这里？"

苏离离笑了笑："没什么，刚好走到这里。"

祁泰道："你要找主子吗？"

苏离离不答。

祁泰道："我带你进去吧。"

苏离离想了想，道："好吧。"

她一路跟着他走过重重院落，侍卫林立，却静得呼吸可闻，一步步像走在自己心上。祁凤翔在书房，祁泰报了进去。苏离离走进那开间的三进大房时，祁凤翔正在写一个什么东西，专注而忽略她。落完最后一笔，他方搁下笔，手抚桌沿抬头打量苏离离。

良久，他道："你坐。"

苏离离依言在旁边木椅上坐下。

祁凤翔眼睛微微眯起来，是她见惯的深沉莫测与风流情致。他不辨情绪地开口："还在为于飞的事难过吗？"

苏离离点头。

"你可知道你今天是怎样的凶险？倘若被人发现，我也护不住你。"祁凤翔平静之中有着摸不透的情绪，话却说得坦率而坚执，"我愿意对你好，不会害你，前提是你要懂事。很多事你不能接受也只能接受。"

苏离离有些松散地倚在扶手上，像出离了世情的繁复，反是冷静疏离：

"我却不一样。我在意很多人，在意言欢，在意于飞。这些人在你眼里可能不算什么，但是我不愿他们受到任何伤害，尤其在我相信你后，你却来伤害他。"

祁凤翔眼神闪了一闪，似流火的光芒，静静笑道："你可真是善良博爱啊，难怪今天那个大太监要因你而死了。"

苏离离黯然摇头："我不是来听你冷嘲热讽的。"

他沉默片刻，注视她道："好，我也不想这样。于飞的事我是答应过你，即使我这次真的救不了他，我也希望你不要难过。我确实尽力了。"

苏离离打断他道："我们不说这件事了好吗？"

"好。"

一阵突兀的沉默抢入二人之间。

半晌，祁凤翔无奈地笑："算了，我不该说这些。"他站起来走到她椅边，伸手给她，"你也不要闹了。"

苏离离微不可察地叹了口气，扶着他的手站起来。祁凤翔的手修长而温暖，骨节分明，左手虎口上的小伤痕，如一点朱砂痣揩拭不去。伤口虽小却刺入筋腠，穿透虎口，即使痊愈，也能摸到皮肉下的硬结。

苏离离抚着他手上的皮肤，道："你的手经常杀人，为什么却没有血腥气？"

祁凤翔似微微思索了一下，道："因为杀了人可以洗掉。"

苏离离用拇指摸着那伤痕，问："你那次为什么要扎自己？"

祁凤翔被她一问，忽然露出一丝恼怒与窘迫，却觉她摸在自己手上温柔缱绻，低沉道："那天你在船上还没醒的时候，我坐在那里想到底要把你怎么样。我想了很多恶毒的法子，可以让你生，让你死，让你生不如死。然而我最后放过了你，扎这一下是要当作告诫的。"

"告诫什么？"苏离离问得很轻，怕声气儿将这答案吹散了。

他眼仁犹如墨玉一般内敛深沉："告诫自己浮世之中有许多诱惑，但需明白要的是什么，就不可轻易动心。"

苏离离缓缓抬头看他："有用吗？"

肆

有恨无人省　转身隔汀洲

祁凤翔有些危险地笑："有用得很，你要不要试试？"

苏离离摇头："我不试了。"

他狭长的眼眸看不出是喜是怒："你怕烧了手。"

他果然是听说了那句话的，然而她也摸到了这个伤痕，仿佛有什么东西落定在心里，有种残败的平衡。苏离离此时想到于飞惨死的样子，眼泪止不住地掉了下来。她手指微微的凉，而泪滴淡淡的暖，落在他的手上激起相异的触觉，将他的情绪搅起微澜。

祁凤翔伸手抚上她的脸，将她的头抬起来，有些愕然地看她流泪的样子。他的手摸着她的眼角，忍不住低声道："其实于飞……"

言未已，祁泰在门口急急地报了一声："主子，魏大人来了。"

祁凤翔神色一整，对苏离离道："在这里等我一下。"

约过了盏茶时分，他才匆匆回来，看一眼夜色："走吧，我送你回去。"

苏离离摇头道："你忙吧，不用送了。"

祁凤翔却执意把她送到棺材铺后角门边。苏离离转身站住，望着他却不走，有些出神。

祁凤翔看她这副样子，轻笑道："我以前看得透你，现在却有些看不明白。"

常言道当局者迷，若是看不清一件事时，必是不觉间已陷入其中。

苏离离盯着他衣服上的暗纹，像定陵墓地里初见他时泛着的暧昧丝光："我进去了，你也回去吧。"

她开了角门，迈步向前，身影消失在门扉后。

祁凤翔站了一会儿，转身往后，走入长街夜色。

苏记棺材铺开业数年，卖过的棺材遍及京城。这里住过程叔，住过木头，住过于飞……死者往矣，生者无信。苏离离拿着手中的字条，默默看了一阵——不要相信祁凤翔。清隽的笔墨就像那年救他时的倔强，如同一首悠扬平仄的曲，倏然弦断声竭，隐没在乱世浩渺之间。

她看着那张纸在手中燃起，飘落在地上化为灰烬。火光一闪，灭了。她想留下一点什么，却不知留给谁。情知祁凤翔必然会看见，她只简单写道"我走了"，将那张纸折了三折留在枕上。

当晨曦透出第一缕光时，苏离离换上以往的男装，如往常到南门边木材市场看木料，沿着市场转了两圈，越过河边拱桥，走出了人流熙攘的京城南门。

前面的路也许荆棘遍布，但她已无可失去，故而无所畏惧。

肆

有恨无人省　转身隔汀洲

伍

似是故人来
山青横云破

　　正是十二月严冬，越往南走却越暖和，苏离离从京城直下徽州。她曾听祁凤翔说过，祁氏现在无南下之意，而是西出中原。她带着自己数年来的积蓄，一路却装得很穷，只是不断往南。

　　她无法再待在棺材铺里，于飞曾经住过，她帮着祁凤翔劝过他，也等于帮着人害死了他。祁凤翔纵然有千万可行的理由，她却不能接受这个事实。有一些答案，她还需要慢慢寻找。

　　她又行数日，到了长江边上，听闻祁凤翔果然又出冀北，兵指山陕。人生聚散，淡然而沉静。除夕这夜她坐在江上小舟里，看见万家灯火，想起去年除夕时，他坐在院子里喝酒，满心算计要把她骗到冀北，不由得发笑。

　　所有的话语、试探、患得患失，甚至算计的无情都如烟花在空中绽放，凋落，寂灭。她唯一明白的是，一切困难终会过去，就像家破人亡，像无处可依，像遭人戕害。时间如水般流过，将尖锐的痛打磨得钝重，成为永恒的暗淡的印，而生命始终鲜活。

　　大年初一她渡了江，找到一家客栈住下。正是个江南小镇，苏离离问店家附近有什么好玩的，店家说穷乡僻壤没什么好的，上游江边有个大石磨，真是大得不得了，所以他们这里叫磨盘镇。南边的口音她听着很奇怪，店家也知道她从北方来的，翘着舌头跟她说官话，说得苏离离嬉笑不住。事后她果真跑去看了，大开眼界，比房子还大的石磨，被水流冲着转动。

　　两日后她行到一个繁华些的市镇，找了家不好不坏的饭馆吃饭，一边吃着一边研究这江淮的菜系是怎么做的。北人粗犷，南人谨细，即使一群大男人谈话也谈得别开生面，语音急促而温和。只听一个油光满面的老头道："依我之见，如今天下群雄的高低没有个三五年是分不出来的。"

旁边一人打断他道："难说，祁氏即将平定北方，到时挥戈向南也未可知。"

油光老头道："祁氏长居北方，不擅水战，长江天堑一道，他们过不了。"

苏离离细细一想，这凉菜必是从滚水中捞出氽凉水，才能这般生脆，再放少许醋提味，余香无穷，不由得满意地用筷子将碗一敲。

身后一人道："这个你们就不知道了，有传闻说祁氏已得到先皇的《天子策》，陆战水战必然都不在话下。说起来，这件事还有些……哈哈，哈哈。"他意味深长地一笑。

桌上诸人忙道："有些什么？老兄莫要藏私，说来大家听听。"

那人啜一口小酒，一副八卦嘴脸："你们可知这祁氏是如何得到《天子策》的？话说这《天子策》从前朝太子太傅叶知秋归隐之时起就再无下落。祁氏却是从一个女子手中得到的，这女子就是叶知秋的女儿。"

"听说是生得妖艳绝伦，祁三公子征冀北时遇到了她。唉，英雄难过美人关啊，被这女子迷得神魂颠倒……"

天下大多数人是没有那个叱咤天下的机会了，便巴不得看那些光鲜人物栽在女人手里。

油光老头打断他道："胡说。祁三公子平豫南时才娶了傅家六小姐，哪来的什么神魂颠倒。"

那人叩着桌子道："老爷子有所不知，这些王孙公子，都是吃着碗里看着锅里。傅家那是什么家世，可这祁公子未必就喜欢傅小姐。单说叶知秋的女儿，他带回京去另置别苑，金屋藏娇，不想还是让祁焕臣知道了。祁焕臣大怒，要杀那女子。"

旁边白听的人兴致顿起，催促道："结果呢？"

"唉，结果那女子当面献上《天子策》，祁焕臣一则迷惑于她的美色，二则感念她献策之功，竟将她纳入后宫，充了下陈。"他叹息不已。

四座纷纷摇头哗然道："这祁家父子真是淫乱无耻啊！"

"是啊，那祁三公子为祁氏基业南征北讨，他父亲却连个女人都要抢去。"

一时间众说纷纭。

苏离离一手支着腮，一手夹了菜蹙眉抿着，顿觉索然无味。这江湖传言也太离谱了吧！她当初编的瞎话只有赵无妨、欧阳覃听见，事后祁凤翔也知道了。后两人不会去传这样的话，只怕是赵无妨在那里胡说，想把祁凤翔拉下马来，发挥想象添上点桃色作料，便可广受欢迎。

只不知京城那边是否也知道了。即使还未传去，十方应也能收集到，那祁凤翔会逼她才是，他却如此不动声色，岂不奇怪？

她正想着，忽听角落清冷处一人声音醇厚，带着北音道："长江天堑守不守得住，还要看江南有没有抵挡得住的将才。现在的郡守，不战也罢。"

他此言一出，大家都静了静。店家忙出来打圆场道："诸位好好吃，好好吃。店小利薄，莫谈国事哈莫谈国事。"

非常时期，也无人不识相，于是喝酒的喝酒，吃菜的吃菜。苏离离忍不住回头看了一眼方才说话那人，无论如何，也算是帮她这传说中妖艳绝伦的祸水解了围。

但见一个青衣中年人在自斟自饮。他唇上留着髭须，脸形有些瘦削，神容淡漠。见苏离离回头，他便冲她微微一笑。苏离离一愣，礼节性地笑了笑，回头暗忖：莫非是熟人？

还未想完，那人已端了酒壶过来，在她侧凳上坐下，放下杯子道："小兄弟大节下，怎的出门在外？"

苏离离看他一眼，除了程叔，自己从不认识这等中年大叔，也不好询问推辞，只顺着他道："我在京城求学，家父在淮经商，节下正要回家。路上因事耽搁了两天。"

那青衣男子放下酒杯，有些黯然道："苏姑娘。"

他这句"苏姑娘"一出口，苏离离蓦地一惊，但看他眉目不蹙而忧，那神色似曾相识。苏离离结巴道："时……时大……大叔！"

时至今日，他不像冀北所见时的疯癫，苏离离也不好堂皇地叫他"时大哥"。时绎之见她有些惊吓，淡淡一笑："你是辞修的女儿？"

"是。"

他温言道："你不用怕。那日真气冲破我任脉，鬼使神差竟将我先前走火入魔的疯症治好了。"

苏离离点点头，也不好说什么。时绎之道："你记得小时候的事？"

"记得一些，记得那天下雨，你失手杀了我娘。"

时绎之眼睛蓦然一湿："失手，呵呵……那你恨不恨我？"

苏离离默然片刻："我不恨你，恨你有什么意思。你害过我，我也算计过你，扯平了。"

时绎之端详她的面庞，低低一叹："你真是辞修的女儿，连性子也像。"

苏离离抬头看他，忍不住道："你怎么认得我娘？"

他一仰头喝尽了杯中清酿："我一直就认得她，从小就认得她，我和你娘是师兄妹。你可能不知道，你娘本是江湖中人，并非书香门第。"

二十年前，莺飞草长，时绎之与苏辞修青骑红衣，山水为乐。本是思无邪，却因偶遇而改了初心。师妹爱上了一个文弱书生，成了人妻。师兄辗转来到京城，投身朝中，只为时时见她。然而一个人的心不在，纵然天天相见也不过是徒增伤戚。

"有些东西真是说不清。"时绎之缓缓道，"你娘的剑法好，当年在太微山也算小有名气，她也颇为自得，曾说自己的夫婿必要胜过自己才会嫁。我武功一直比她好，她也一直很尊敬我，我以为有朝一日她必会嫁我。谁知她最后嫁的人，丝毫武功也不会。"

"你娘看着洒脱随性，有时却又很认死理。我知她不会回头，也想放手而去。就在那时，叶知秋辞官离朝，我奉命追杀。"他叹息，"那时我心里恨你爹，确是想杀他。然而你娘……你也知道的。"

苏离离听他说完，低了头不答，心里波澜起伏。

时绎之叹道："你不必恨我，我真气在任脉冲突，日夜往返不息，竟不受我控制，其苦万般。这样不死不活、无亲无故地活着远比死了更难。这也是活该的报应吧。"他话锋一转，"上次跟你到冀北将军府地牢的人，是祁凤翔吗？"

"是……"

时绎之摇头道："你跟他是什么关系？"

"朋友而已。"苏离离苦笑着想，他不抓着我，谁愿意做他朋友。

时绎之道："那你有什么打算呢？"

苏离离食指在筷子上划着："随便逛逛，没钱了再说吧。"

他淡淡笑道："关键在于，你需明白自己要的是什么。"

苏离离默然想了一阵。"我要什么？"她摇摇头，"我也不知道。我只想不要被那些想找我的人找着。"她有些愣怔地抬头，转看四周，别人的饭都吃完了，"你要的是什么？"

时绎之道："我现下正要去三字谷，看看能不能治好我的内伤。"

"那是什么地方？"

时绎之笑道："你不是江湖中人，自然不知道。三字谷乃神医韩蛰鸣的住处，韩先生深居不出，所有求医之人只能送上门去。无论刀剑外伤，或是沉疾重病，他总有法子救治。所以江湖中人不怕他医不好，只怕他不医。"

苏离离听得眼睛溜圆，不禁叹息："这人真是棺材铺的大敌！"她站起身来，对着店家喊"小二，算账"之后，转对时绎之道，"饭吃完了，就此别过吧。"

时绎之摇头道："你一直被人跟踪着，还不知道。"

苏离离不相信："谁跟踪我？"

时绎之拈一根筷子，手腕微微一抬。那筷子直飞向屋顶，穿破屋瓦一声脆响，时绎之喝道："下来吧。"

一个黑影自檐上飘落，站在阶下，黑纱覆面，看不清五官。苏离离却认了出来，惊道："是你！"

本已过来的店家吓得连连倒退，一转身缩到柜台后，和店小二一起，半露着脑袋看这三人。

"你认识？"时绎之问。

苏离离点头："认识，祁凤翔的人。"

扒爪脸缓缓进来道："阁下好身手，隔着屋瓦我竟避不过你的筷子。"

时绎之未及说话，苏离离已然怒道："你一直跟着我？！"

"是。"

"那……那……"她一时不知从何问起。

扒爪脸已善解人意地接了下去："你的消息我一直都有回报给京里。"

"你主子怎么说呢？"苏离离怒极反笑。

"让我沿路保护你，直到你逛腻了为止。"

祁凤翔真是令人发指！苏离离有些恼，却冷笑道："怪不得我走了这一路还没让人卖了，打出生就没这么顺风顺水过，原来是你在暗中跟着。这样多不好，我吃饭你看着！"她一拍桌子坐下来。

时绎之微微笑道："祁凤翔倒是个有心人。"

苏离离咬牙，犟劲儿也上来了。他凭什么这般淡定，要把自己的一言一行都纳入指掌。她转头道："时叔叔，不如我跟你去三字谷吧。只是这个人跟着讨厌得很。"

时绎之笑道："你也莫要为难他，他为人下属，原本不得已，何况并无恶意。"他转向扒爪脸，却是冷凝语气，"你愿意跟着就跟着，只是我这位侄女不爱见你，你便不要出来了吧。"

苏离离看了时绎之一眼，没有再说话。

三字谷在徽州南面的冷水镇上。苏离离一路上前后左右地看，问时绎之："他藏在哪里？为什么我都看不见就跟了我一路。"时绎之大笑。

冷水镇位置稍僻，房屋简洁，乡人朴实。晚上住在那里，时绎之指点着房上炊烟道："离离，你看这里的人，他们虽各有弱点，彼此之间却从不乏关爱。"

苏离离抬头看去，一缕青烟袅袅而起，像极了她不曾遇见祁凤翔时的日子，清淡如茶。她望着这郊野村庄平静中的生动，觉得这是丰沛充足的生活。

这生活于她，或者一度如此，或者可能再度如此。

三字谷正在冷水镇西南，在山间小道走了半日。时绎之说那个黑衣人停

伍

似是故人来　山青横云破

在冷水镇，没有再跟过来。他跟不跟着，苏离离也觉察不到，并不介意。

他们沿途陆续看见三拨人，或携弱扶伤，或抬着背着病患。每一个人周身都湿漉漉的，头发贴着脸，仿佛落汤鸡一般。见了他们，眼里说不清是愤恨还是绝望，又有那么点幸灾乐祸，看得苏离离心里一阵发毛。

她忍不住问时绎之："这些人怎么都像水里捞起来的？这大冬天的，韩大夫他老人家治病就是泼凉水吗？"

时绎之也皱眉："想必是来求医的江湖中人。韩先生若是人人都医，必定人满为患，所以他医与不医有一个规矩。只是大家都不知道这规矩是什么，或者只凭一时喜怒吧。"

苏离离疑道："江湖中人不讲理啊，他若是打不过人家呢？"

时绎之摇头道："人家要求他医治，必不好动手，只能按规矩来。"

沿着崖边一条独径慢慢往谷底走，山势奇峻陡峭。时绎之对这山路不屑，一遇崖阻，便提着苏离离的衣领飞身而下。苏离离打从出生不曾这样飞行过，直吓得牙齿打战，待得落地，却又觉得应该多飞一会儿才够惊险。

这峡谷极深，直往下行了约有百丈，才落到一块断石上，石后隐着一条木栈小道。大石边缘犹如刀切斧砍一般整齐，裸露着层层叠叠风化的印记。苏离离忍不住往内壁靠去，落地没站稳，摔在地上一声惨叫。

便听时绎之道："什么人？"

石后缓缓走出一个老者，面有风霜之色，一身宽袖长衫。谷间风大，他低垂的衣袖却纹丝不动，显然是身怀极高明的内功。那老者缓缓开口道："你的内力不错，竟然连我的呼吸之声都能听见。"

时绎之一把挽起苏离离道："岂止是不错，简直不错得让我受不了。韩先生的武功也在伯仲之间嘛。"

那老者淡淡站定道："我不是韩蛰鸣，我姓陆，别人都称我一声陆伯。"

时绎之拱手道："原来是韩先生的义兄，失敬。"

陆伯也不客气，也不虚应："你可以就此进去，她不行。"

时绎之微微一愣："为什么？"

"这是规矩。"

时绎之摇头道："这是我世侄女，我要求治，她只是随行。"

陆伯寸步不让道："那也不行。"

时绎之不动声色地微微抬头，语气有些强硬："你这是什么规矩？恃强凌弱？"

陆伯抱袖："小姑娘，你知道这是什么地方？"

苏离离站在一旁转了转脚踝，见他面无善色，老实答道："听说叫三字谷。"

"你知道为什么叫三字谷？"

"必是写《三字经》的人来此治病，韩先生不治，最后死于谷底。"她语音清脆，煞有介事。

时绎之忍不住一笑，陆伯却似乎听不出她的嘲讽之意，正色道："不是。此谷的规矩，凡是求医之人，在我出现之前必须要说三个字。不是两个，不是四个，而是三个，那么此人便可入谷治病。否则便要被我扔下这石崖去。你这位叔伯方才说了'什么人'，你却没有，所以照规矩，我只能扔你下去。"

苏离离大惊，看了一眼崖边，吞口唾沫道："我……我也说了三个字的。"

陆伯眉间微蹙："老夫耳力甚好，绝不可能听漏。你说了什么？"

苏离离恳切而认真道："我刚刚下来摔了一跤，当时就说了'哎哟啊'。"

时绎之这次哈哈大笑。陆伯老脸皮抽了一抽，带着三分薄怒道："吐字不清，不算！"

"那……那个，"苏离离望一眼崖上，"你先退回石头后面，我重新下来一次。"

"不行，出去的人再不能进。"陆伯言罢，身形一晃，如影如魅，飘向前来。

苏离离大叫："时叔叔。"

时绎之却负手不动，摇头叹道："江湖规矩，不可不从。"

下一刻，苏离离已经凌空而起，飘飘落向崖外。她眼看着那氤氲着雾气的谷底在眼前一现，随即转了个弯看见石崖从眼前闪过，随后便是陆伯带着一丝狞笑的脸和天空上浅淡的云朵。佛曰一弹指为二十瞬，一瞬为二十念，

伍

似是故人来　山青横云破

一念间九百生灭。

苏离离凄厉的叫声响彻云霄，心念起伏。弹指之后，钝重一响，水波荡漾，浪拍两岸如和声。苏离离沉重地摔进了一潭温热的湖水，水往鼻腔里灌，窒息与恐惧深切地袭来，脑中仿佛只剩天边一抹若有若无的云彩。

苏离离像一条懒散的海带，舒展漂浮在湖底。腰上有人一抄，如同记忆层层剥离，她感受到的压力越来越轻，越来越轻，接触到空气的一瞬，昏了过去。仿佛是咳了些水出来，有一只手抚上她的眉目，温柔，缓慢，犹如带着感情，令人安心。

苏离离流年不利，又昏了过去。

苏离离醒来时，正在一间窗明几净的小木屋中，时绎之静坐一旁。苏离离斜倚在椅子里慢慢睁开眼来，望了望屋顶道："时叔叔，你救了我？"

时绎之摇头："不是我，是谷底的人救了你。三字谷从来不伤人命，谷底碧波泉有疗伤的奇效。凡是入谷之人，扔进去泡泡，总有好处。我可以留此治伤，所以你也可以留下。"

苏离离站起来，确觉神清气爽："还真是的，怎么就这么神？"

"那是因为我刚才用内力把你的衣服烘干了，你补了这么多真气，怎能不爽？"屋角传来一个干瘪的声音，却见一个相貌清奇的白胡子老头踱了出来，捋一捋须，对时绎之道，"我已经说得够明白了，你到底作何想？"

时绎之摇头道："韩先生，我和那人非亲非故，数十年功力散去救他，这未免太离谱了。"

苏离离大惊，她初听韩蛰鸣之名以为风雅有度，不想却是如此一个干瘪瘦小的老头，如市井俚夫，两眼却闪着精悍的光。只听这老头道："你真气本就充沛，如今冲破任脉，不是由人力导，而是走火入魔，不受你控制。若不散去内力，你一辈子也只能受真气激荡之苦。"

时绎之皱眉道："散去真气人人都会，我远行至此，正是想求一个万全之法。"

韩蛰鸣冷哼一声："你也明知道没法，我教你法子你又不依，那便这样吧，明日自可出谷。只是难得你走火入魔走得真气冲突不息，正是那人的良药。你的伤不治虽不死，他的伤不治却难活。"

苏离离从旁听了半天，怔道："时叔叔，你为什么不肯？"

时绎之摇头道："真气一散，如同废人，那还有什么意义。"

苏离离低头，道："我就一点真气也无，虽然没用些，也算不上废人。其实做寻常人有寻常人的好处，你只是武功高强惯了，反不愿做平常人。"

武学之道，便如权势，越是贪恋便越是难以抽身。时绎之看着苏离离，只觉亏负她极多，若是自己合该失了武功，便全当是还她吧。他默然片刻道："离离，你说我该怎么办？"

苏离离抬头看了他一眼，轻声道："我觉得……若是还能救人一命，那便散去真气救了吧。"

时绎之看着她面庞清柔，有种不真实的错觉，良久微微点头道："罢了，就依你吧。"

韩蛰鸣眼里精光一闪，顿时高兴道："老子还没治过气府受创如此之重，还能痊愈的人！"遂喜向窗外叫道，"真儿，真儿，快去给我备下银针药剂！"

窗外一个少女应声而来，步履轻快，杏红的衫子映着青翠的树木，分外耀眼。她笑容明媚道："爹爹，他肯治江大哥的伤了？"

韩蛰鸣点头："肯了，这位姑娘说服他了。"

那少女看了苏离离一眼，欢声道："太好了，我去跟娘说。"转身又往外跑。

韩蛰鸣道："叫你们备药！"

"知道了！"她人已去远。

苏离离看着他们几人一派生气，心里也多少有点愉快。她慢慢踱出木屋，屋外生着一片凤尾竹，晚风一起，唰唰地摩挲着响。苏离离漫无目的地走过那片竹林，渐渐离远了木屋。山谷幽静，间闻鸟鸣，一路树木丰茂，不乏百年良材。苏离离摸着一棵大榕树的树皮，暗想自己这一辈子只怕是与木材结下不解之缘了。

天色将暗不暗，木叶草丛有些沙沙声。苏离离放眼看去，山坳处走来个青色人影，影影绰绰也看不分明。苏离离转身欲往回走，却见那人步履从容

伍

似是故人来 山青横云破

缓慢，却又专注地朝着这边行来。渐渐近了，更近了。

苏离离如魔怔般站住了。那人眉目俊朗如星月皎洁，却退去了青涩，而更加深刻英挺；身量也愈加挺拔，足比苏离离高出一个头。他在离她三尺之外站定时，望着她的眼中无悲无喜，只是专注，衬着身后薄暮，似从前世走来。

寂静中，他的声音低沉愉悦："姐姐。"

苏离离被凌乱的风吹散了头发，她撩开颊边的发丝，疑幻疑真，低声道："木头。"呆呆立了半晌，眼中看着彼此，却仿佛触到了曾有的明媚清澈。那是后院葫芦架下稀松细碎的阳光，是屋瓦上凝起的青霜。人们记得一段时间，并非记得它的细节，而是因为种种见、闻、触、动，编织成某种模糊的感觉，印入了灵魂。

苏离离语调迟滞，在唇齿间辗转而出，如怨慕般柔婉深邃，仍是低声叫道："木头。"

这声音让他顷刻动容，未及说话，苏离离尸扑上前去，将他狠狠一推，大声道："你死哪儿去了？"声虽狠恶，眼眶却红了。

木头有些站立不住，跌坐在地上，却仰头笑了。苏离离一把将他按倒，怒道："你怎不回来？"

木头由她按着，却微笑地看着她："回不来。"

苏离离愣了一愣，眉头一拧："怎么？惹桃花债了？"

木头苦笑："没有。快死了。"

苏离离松开手，目光刀子一般扎在他脸上："你都干什么去了？"

木头看着这双清明的眸子，心中不复死灰般寂寥，却是沉静的喜悦，淡淡道："也没干什么，就杀了个皇帝。"

苏离离咬牙道："真是士别三日，当刮目相看啊。"

木头支起身看着她，轻轻道："难怪你眼神刀子般刮我。"

苏离离一把将他又推下去，也不管地上泥土，默然坐到他旁边，道："怎么快死了？"

木头慢慢坐起来："当时受了极重的内伤，祁凤翔认识韩先生，把我送到这里来。韩先生用尽法子才保住了我的性命。我每天都需在温泉里疗伤续命，不能有一日暂离，顺便打捞被扔下来的人。”

“今天是你把我捞起来的？”苏离离问。

“嗯。”

她默然一阵：“你为什么要杀皇帝？”

“他是我们的仇人。”

苏离离端详他清冷的神态：“你到底是什么人？”

他看着她：“我是木头啊。”

“为何不告诉我做什么去了？”

“因为可能有去无回。”

“那你过后也该给我一个信儿啊！”

木头停顿了一会儿，望着那片竹子，沉沉道：“我的伤终究好不了，又不能离开峡谷温泉，让你知道不过是白白难过；即使你来见我，过不了两年，我也还是会死，又何如不见。”

苏离离静了静，眼珠子一转，急急扯他的袖口道：“你不会死的，现在有人可以救你！”她看一眼竹林那边微弱闪烁的灯光，“我们快过去吧。”

她说着拉着木头起来，两人往木屋那边去。他走得很慢很稳，一步一步。苏离离却一眼看出他不如原来的矫健敏捷，心里有些懊悔方才不该推他，遂放慢了步子。两人走到木屋前，韩真迎了出来，一见木头，笑得纯粹真挚，道：“江大哥，你有救了。”

时绎之要救的那个人果然是他，苏离离略略放下心来，却禁不住一阵冷笑。哼哼，混成大哥了。姜大哥？把你拍成蒜大哥！

三人进得屋去，时绎之正盘膝坐在苏离离方才躺着的床上，依韩蛰鸣所教之法调息理气。木头甫一进门，蓦然站住了。时绎之睁开眼时，眉目一凛，寒霜般冷冽肃杀，见苏离离站在他身边，意态亲熟，沉声道：“离离，你认识他？”

“他？”苏离离转头，凉凉地问木头，“公子，您贵姓啊？”

木头眼色一丝不乱，望着时绎之，却冷冷答她道：“鄙姓江。”

一年多前，时绎之时任内廷侍卫长，总管大内侍卫。其时人心已散，士不用力，民不聊生。下面侍卫们懈怠，他却恪尽职守。这夜正在偏殿静坐，忽闻正殿轻响一声，如猫扑瓦。时绎之内力深厚，耳目聪敏，纵身一掠至殿外，正遇下属奔来，急告一声"刺客"。

时绎之道："皇上无恙？"

答曰："被刺。"

他心惊而神定，正欲往前，便见一个人影倒纵而出，身姿翩然，平沙落雁般点地。时绎之武艺虽谈不上冠绝天下，却也在天下之巅，见这人刺杀皇帝，毫不慌张，举动之间倒透着一股从容优雅，心中生慨，使出叠影身法，欺至他身边。

那人步法碎而不乱，须臾躲避他十三招，左脚尖点地一划，正是一招曼珠沙华。三途岸边接引花，花开而叶落，花叶生生不相见。时绎之触动情怀，收势而立，细看那人，却见是个布衣少年，既不蒙面，也不玄服，眉目之间反透着疏淡开阔之气。

他心念一动，道："情不为因果，缘注定生死。你这招曼珠沙华，少林寺不传俗家弟子。你年纪轻轻却与少林有此渊源，必是临江王家人。"

少年衣袂飘飞，眼睛犹如冰雪般冷与纯，既不得意也不惊惧，反透着种释然淡漠："我已杀了皇帝。"

时绎之亦点头道："你年纪虽轻，武艺却好，何苦今日来此送死。"这个"死"甫一出口，已是一掌切向他颈脉，料到他因应之数，中途陡然变招为拳，击向他胸腹。

少年反应奇快，左手格向他的手腕，右手直探他的左肋。时绎之侧身闪过，拳法未老，变为指法，擦身过时，微微点到他左臂之上。

他一招之内三变手势，已是专注至极，却只擦过他的衣袖。时绎之多年来未曾遇此奇事，不由得打点精神，很快那少年便招架不住，十招之内勉强能还八招，退向宫墙之侧。墙头接应之人连发暗器，将宫中侍卫逼退。时绎之下手再不容情，一掌击向他的气海。

那少年竟置而不顾，倾注内力点向他的膻中。膻中为人体要穴，心脉所在，时绎之收势不及被他点中胸口，慌乱间一股真气反射般蹿上心脉，散入哑门、风府，竟致走火入魔，神志疯癫。京城一破，流落江湖。

而江秋镝被他一掌拍起，飘飞着摔到宫墙之外，气府震碎，内力俱失。韩蛰鸣以银针刺脉，保住他仅存的真气，却无法聚集于丹田。每日他在碧波潭中借助泉水温热疗伤之效运转真气，勉力维系，苟延性命。

一年半过去，时绎之再见那个眼睛明亮的布衣少年，那夜鱼死网破般的交手仍然历历在目。他凝神半晌道："是你受了伤？"

"拜阁下所赐。"木头声音清淡。

苏离离瞧出点眉目来："时叔叔，是你打伤的他？"

时绎之点头，不咸不淡道："他也没吃亏，逼得我真气错乱，神志不清，落在陈北光手里，困于地牢数月。"

苏离离迅速整理了一下思路道："他是替我去杀那昏君，我又在陈北光的地牢里救了你，你却将他打得不死不活，现在你的真气乱跑，他的伤乱七八糟，于情于理，你更应该治他的伤了。"

时绎之听她一阵劝说，急切之态溢于言表，沉吟半晌道："你在陈北光那里说要见我时，谎称我是你义父。离离，我既是你娘的师兄，认你为义女如何？"

苏离离一怔，眉毛轻轻蹙起，心中思忖半晌，摇头道："我虽想要你救他，可你害我母亲，我怎能认你为父……"

时绎之低头看着袖子，默然片刻，笑道："也罢，我原不配做你义父。"他抬头看向木头，"我可以救你，但是想请你答应我一件事。"

木头道："你说。"

"你得了我四十多年的内力，不仅内伤可愈，武功也必然大进。我的师侄女苏离离，孤身一人漂泊江湖。你需立誓，有生之年护她周全，不被坏人所害。否则我予你的内力尽消，筋脉俱断而亡。"

木头听着，眼仁在灯光下有些收缩，态度却很坦荡："我会护她一生一世，却不是因为要你的内力。我不会立这样的誓，你愿救则救。"

时绎之遭拒，却拊掌大笑道："好，好，你二人都很好，遇挫而不折节，向死而瞥不畏。韩先生，我们该怎样疗这内伤？"

第二天，韩蛰鸣以针灸封住二人几处大穴，以防真气散漫。时绎之试探着将内力从掌心透入木头掌心，经手三阳经行至天突，沿任脉而下，汇于丹田气海，一一修复木头受创的经脉。时绎之脉息中冲突的真气找到了出口，源源不绝而出，像翻腾的洪水倾泻，终于不再濮漫肆虐。

二人疗伤之际，苏离离百无聊赖，跑到木头住的小木屋里。屋子只一丈见方，一桌一床，却整洁清爽，一如他过去收拾的那样。藤条箱上叠着的衣服，正是苏离离为他定做的那件青布长袍，已不足他的身量，袖口也有些磨破了，却洗干净放在那里。她不由得想起从前，在后院的井边打一桶水倒在盆里，洗他的白棉衣洗得咬牙切齿。

床头上摆着一本书。苏离离拿过看时，是本《楞严经》。她愣了愣，想他这一年多来生死徘徊，如何勘透。她揭开一页，边角有些起毛，显然时常翻看。苏离离思绪缱绻，随着那古雅简练的字句读下去。

经上讲到阿难为摩登伽女所诱，将失戒体。佛祖遣文殊师利持咒往救。待到佛祖开讲正法，阐悟空性时，便觉艰深难懂，只因是他看的书，她又折回前页去读，还是看不懂。她缓缓合上书页，却拿在手里，望着那扇小窗发愣，直到木头伸手在她眼前晃了晃。

苏离离回过神来，笑道："伤治好了吗？"

"我的伤已无大碍，他的伤还没全好。明天继续。"他点上烛火，屋里明亮了许多。火苗在他眼睛里跳跃，黝黑的眼仁映着火光，脸色虽端庄，眼中却有深深笑意。

苏离离见他这副样子，不阴不阳道："江大哥这般看着我做什么？"

木头淡淡笑了，伸出双手给她。苏离离握上他的手，有些陌生的细腻温柔，从指尖蔓延到心底。静静握着，却有情愫流动。木头望了她许久，轻声道："我离开这些日子，你过得怎样？"

苏离离深吸一口气，看着他身后夜幕渐渐垂下，缓缓道："还好。被人掐过脖子，中过箭，断了根肋骨，晕过两次。铺子在城破时烧坏了，我又把它修好了。"

木头收了笑意："还有呢？"

苏离离眼睛有些发酸："程叔被人害死了；我救了一个孩子，后来也让人杀了；言欢姐姐把我的事说了出去，不过她也是不得已。"

木头默然片刻，道："还有吗？"

苏离离望着他道："没有了。"

他捏着她的手微微用力，看着她放在膝边的书，轻声道："《楞严经》上说：'又如新霁，清旸升天，光入隙中。发明空中，诸有尘相，尘质摇动，虚空寂然。'"

苏离离道："什么意思？"

木头将她拉起来，沿着手臂抚上她的肩头，声音中正清明："就是说雨后新晴，太阳光射入门缝，从门缝的光里可以看到空中尘埃飞扬，就像你经受波折，颠沛流离；尘质轻而浮动，但虚空依然寂静博大，虽然看不见，却时刻相伴相随，就像我。"

他顿了一顿："我一直很想你。"

刹那间有大颗的泪从苏离离的眼眶里溢出，明珠一般剔透，跌碎在地板上。不知是他先拥抱，还是她先依靠，落燕归巢般紧密，竟不觉有丝毫间隙。苏离离用力一口咬在他肩上，用力地咬，一字字恨道："可是你走了！"

木头吃疼，也不辩解："我再不那样了。"

相拥良久，她把脸埋在他肩颈处，用衣衫蹭净了泪，仰起脸道："你叫江什么？"

木头望着她的脸庞："江秋镝，江河的江，春秋的秋，箭镝的镝。"

苏离离道："今后改叫江木头。"

木头板着脸，似在犹豫从是不从，半晌弱声抗议道："父母起的名字……"

苏离离打断他道："姓江，名秋镝，字木头。"

木头额上青筋浮了一浮，低头从了。

苏离离大喜，戳着他的肩道："说父母。"

木头闷声道："我父亲是以前的临江王，被鲍辉进谮，皇上下令诛了九族。"

苏离离的眸子猫一样眯起来又睁开，点头喟叹道："我爹名叫叶知秋，幸会，幸会。"

木头翻起一双白眼勉强应道："久仰，久仰。"

正值早春，细雨在屋外飘飘落下，像满天浮尘盖世。他们牵着手跑到药院里，铜灯之下，头发上沾着细小的雨珠，像染满了晶亮的糖粒。不知是跑的，还是冷风吹的，苏离离脸上有些红，格外动人。

韩蛰鸣夫妇、陆伯和时绎之都坐在桌前等他们吃饭，但见木头笑容虽浅淡，却真挚；苏离离眉目顾盼，灵慧动人。他们站在一处，说不出的协调，让人只觉心意圆满，岁月静好。几人看着，都不觉微笑，韩真却有些愣怔。

一顿饭吃下来，苏离离忍不住问木头："你一年多来吃的都是这样的饭菜？"

木头点点头。

"这么难吃你怎么吃得下？"

木头踌躇了片刻，沉闷道："吃习惯就好了。"

韩蛰鸣的夫人四十上下，眉黛烟青，风韵犹存。年少时患了麻风病，父母宗族都视若灾祸，将她丢弃在乱葬岗上。她天寒地冻趴在雪地里等死，正遇着韩蛰鸣经过救了她性命还治好了病，便嫁给了他。韩夫人温柔贤淑，样样都好，唯独厨房里的功夫不能恭维。人说熟能生巧，她几十年下来终于能做到饭不煳、菜不生、汤不咸的地步，然而越往精深钻研，越是进步迟缓。

苏离离吃了两天，第三天上，拼了小命气喘吁吁爬上峡谷，去冷水镇买了一包农家泡好的酸菜、一块猪脊肉、三斤米线，以及豆粉、鲜姜、芫荽、香油等物。北方人爱吃面做的东西，南方人嗜吃米做的东西。

这米线嚼着有些糯，却比面爽口。酸菜洗净切了薄片，放少许姜熬汤；脊肉切丝和上豆粉，入汤嫩滑。竹编的漏勺舀一勺子烫好的米线倒进汤碗里，轻浮翻滚，夹一箸，酸汤开味；吃下去，鲜香无比。

三字谷内气象一新：木头大喜，连吃两碗；时绎之亦喜，连汤带料喝了下去；韩蛰鸣几十年的伙食得到改善，喜不自胜，将木头抓来剥了上衣，唰唰唰出手如风,扎成了刺猬;陆伯严肃的面容紧绷不改,却稀里哗啦将人扔得愈加痛快。

苏离离听见那巨大的水花声,问木头:"我掉下来的时候也这么大声?"

木头道:"水声小一点。"

苏离离满意点头:"那还算文雅。"

"但是叫声更凄厉。"

······

韩夫人顿将苏离离视若珍宝,每天拉到厨房里请教做饭。韩真年轻的脸上也满是艳羡,说她做的饭真好吃。苏离离心道,我做得最好的却不是饭。

韩真红着脸问:"苏姐姐你是不是喜欢江大哥?"

苏离离犹豫了一下,道:"我与他相处两年,原是熟悉的。我们之间谈不上喜欢不喜欢。他活着我就很高兴了,只盼他每天过得快活开心,我便心意满足。"

韩真却点头道:"那天你们跑过来吃饭时,江大哥拉着你笑。他在这里生活了一年,我从未见他那样笑过。倘若他见着你,天天都能这样开心,我也就高兴了。"

苏离离觉得时绎之说得不错——这里的人各有弱点,但彼此之间从不乏关爱。

没有弱点的人,她只见过一个,便是祁凤翔。他那双眼睛秋水含情,似睇如盼,却永远看不透他在想些什么,他因何而喜,因何而悲,虽怒时亦笑,虽喜时不怿。

这样一个人,你无论何时伸出手去,触到的都只是彼岸的芬芳迷离。

近一个月的时间,时绎之的内力不停地输入木头体内,将他气府经脉修复稳固,积于丹田。但毕竟不是自己修为,木头还需韩蛰鸣从旁辅理,以防真气错走,待得他能把时绎之的真气运转自如时,方能算是痊愈。

苏离离把他左看右看,道:"我看着和前两天也没多大差别。"

木头拾一张硬实的桐叶,往天上一扔,那树叶飘飘轻扬,飞了上去。他两指拈一根小树枝，随手划过。树枝与树叶凌空相隔三尺，树叶如蝴蝶的两翅，从中翩然分开，翻卷着零落。他收手而立，道："这就是差别。"

苏离离瞠目结舌："这……这已经很厉害了呀。"

"时绎之原本于武学之道极有天赋，数十年的内功修为非我所能深窥。我现在能运用的也不过十之一二。"

"那你全用起来岂不是更厉害？"

木头点头："当初他打伤了我，自己也走火入魔。不想我们今日却要互疗内伤，可见因果之道，循环不息。"

苏离离听了却高兴："那好得很，前日我在后面谷底河床边上发现了一个宝贝。等你伤好了，我们去把它挖起来。"

木头蹙眉道："什么宝贝？"

苏离离拉了他道："你跟我去看。"

沿着谷口往下，茂密丛林渐渐开阔起来。前两天下雨，一条小河涓涓而过，在平坦处冲开一块积沙。苏离离在积沙中寻觅，片刻之后扒了扒沙砾，泥地下露出一块黑漆漆的东西。苏离离敲了敲道："你说这是什么？"

木头也敲了敲，声音有些铿然，如金石相撞："石头吧？"

"胡扯，这是阴沉木啊！这一段我那天看了看，外黑内绿是桢楠。从这儿看，三人合抱也不止，如果够长度，能做九尺大棺了。"

木头帮着她刨着沙土："这面上翘曲变形有什么好的。"

苏离离痛心疾首道："怎么会不好！阴沉木埋地千年不朽，若是挖出来打磨光滑了，不用上漆，纹理比织锦还要润泽光亮，比紫檀还要细密。小小一方做成玩器都价值千金，你没听说过'纵有珠宝一箱，不如乌木一方'？前朝都不许民间私用，只能做帝王宫殿棺木之选，还有诗说'泥潭不损铮铮骨，一入华堂光照衣'。"

木头望着那漆黑有如被烧成了炭的阴沉木："我只看过韩先生的药书上说：'乌木夜发幽香，弥久不散。性甘、平、解毒，又主霍乱吐痢，取屑研末，用温酒服。'我还问他是不是南边常见的那种乌木，他说不是，是埋在地下几千年的那种，叫阴木沙。"

苏离离点头："没错，就是它。阴沉木奇重，已经埋得跟石头差不多了。我们先把它掩好，别让韩先生拿去做了药。"

木头依言帮她埋上，又记了记周围地理。苏离离方依依不舍地沿着河谷往回走。木头把她牵过一泓溪流，道："这下面偏僻，有野物的。你一个人不要跑来。"

苏离离听他说得认真，心里高兴，偏找碴道："我记得以前教你做棺材，跟你说过各种木料，就提到过阴沉木。你怎么忘了？"

木头低头细想了一回："不可能，你要是讲过，我一定记得。"

苏离离道："我肯定讲了。"

"没讲。"

"讲了！"

"没。"

……

山林寂静，阡陌逶迤，只听苏离离怒道："木头你这个没记性的，我明明讲了，你自己忘了。"

木头的声音不愠不火："你记错了，还气急败坏。"

苏离离张牙舞爪道："我要是讲到木料，一定会讲阴沉木！"

木头觑了她一眼，淡淡道："医书上说，女子时而暴躁气急，多为月事不调。"

苏离离如遭雷击："你说什么？！"

木头"哼"了一声，苏离离的脸却渐渐红了，果然气急道："你……你学了个半吊子的医很了不起啊。"

木头扭头看着她不语。苏离离猝然闭嘴，见他目光逡巡，扫着自己的眉目唇颔，有些明白过来，又有些心慌。木头慢慢低下头，苏离离的皮肤触到他的呼吸，只觉自己的呼吸乱了一拍。

正在这半迟半就之时，但听"砰"的一声巨响，碧波潭里波澜乍起。木头无限留恋地看了她一眼，纵身一跃如长虹贯日般栽进了水里，溅起一个漂亮的水花。苏离离忍不住笑了，追到潭边望着水里暗影浮动，心道：陆伯可

- 169 -

伍

真会挑时间扔人。

潭水一分，木头挟着一个人冒出水面，直跃到岸上。苏离离心情不错，一看那人，招呼道："扒爪脸大哥，你怎么来了？！"

听她把这并不雅致的别号叫得这般亲熟，扒爪脸声调郁悒道："我叫徐默格。"

木头松开他的衣领，拧了拧头发衣服上的水："治病？"

徐默格道："奉命传句话。"

木头头也没抬："说。"

徐默格拿出一个油纸包裹了的盒子递给苏离离："这是给你的。"苏离离有些愣怔，犹豫地接过来看着。木头扫了一眼，问："你主子呢？"

徐默格道："回京了。这次出征虽胜，但人马死伤大半，手下大将李铿也被刺身死。主子让我告诉你，他答应你的事做完了。"

木头定定听完，略一点头，指着绝壁小路道："这条路可以上去。"

徐默格回头走了两步，忍不住又转回来，有点迟疑尴尬道："韩先生医术高明，能除疤吗？"

木头盯着他的脸看了看，问："多久的疤了？"

"十年了。"

"治不了。"

徐默格沉默一阵，转身湿淋淋地沿着小路爬了上去。

待他幽暗的背影去远，苏离离问："祁凤翔跟你说的什么意思？"

木头抬头看着徐默格在山间穿爬的身影渐渐变小："祁凤翔答应过我不会伤你，现在告诉我做完了，意思就是今后杀你剐你绝不手软。"他回过头来看了苏离离一眼，指她手上的盒子，"是什么？"

苏离离解开那层油布上的绳子，里面是一个锦盒，苏绣的玉兰花熠熠夺目。她打开盒子，愣了，里面竟是一支簪子，玳瑁骨，流纹花样，簪头参差镶着两颗小指头大的明珠，晶莹剔透。男女之间赠这等钗环帕坠之物，多有些暧昧情事。

乐府诗云："何用问遗君，双珠玳瑁簪。"这簪子乃情人私赠之物，以表相思之情。苏离离心中愤愤，祁凤翔历来不是肉麻的人，如今送这双珠相思玳瑁簪给她，必不是表相思，而是表调戏！

木头一张俊脸板成了最古朴的棺材样。苏离离看他脸色不善，道："我跟他没什么的。"

木头觑着她，不带情绪地说："你那天说了许多别后的事，唯独一个字也没提他。"

"他一直……居心叵测，我跟他就像耗子跟猫，怎么可能……"

木头黝黑的眼仁有些深，有些锋利，淡淡打断她道："真有情趣。"

苏离离一听他如此说话，就知他是真生气了，心一横："只有一次……十分危急的时候……他亲了我一下。"

木头站住了，眼神一凶，身形微动，不知怎么就到了她面前。苏离离尚未反应，就见他面孔在眼前急遽放大。他捧着她的脸，已是轻轻一口咬在她唇上，柔软的触感牵起心底黏腻的情愫，忍不住蹭了蹭，贴着鼻间问："是这样亲的？"

亲密的鼻息相互纠缠着，苏离离虚弱道："不是……"

话未说完，他已然加了力吮上她的唇瓣，舌头扫在她白贝一般的牙齿上。不是甜，不是香，像碧波潭边的竹子，池底斑斓的卵石，无不清新怡人，不愿放开。

苏离离呼吸迟滞，勉强挣开他，声气儿柔软道："不是这样，是亲的额头。"

木头松开她，定定站住道："你脸红了。"

苏离离登时大怒："废话，你不也脸红了。"

木头脸虽红，却犹淡定道："我脸红是因为我喜欢你，你脸红就说明你也喜欢我。"

苏离离向来伶牙俐齿，在他面前从不落下风，此刻却像被馒头噎了，被火锅烫了，被鱼刺卡了，绯红着脸色默然不语。

木头见状，一脸正色，迤迤然往药院踱去，走了两步，见她不动，折回来拖了她的手。苏离离挣了一下，没挣脱，只得由他拉着，唇角却微微扯起一道弧线，手掌的肌肤摩挲得怦然心动。

木头回头瞪她一眼，道："回去说清楚。"

"什么说清楚？"

"把你前面一年的事说清楚！"

那支簪子的玳瑁纹理疏密别致，明珠光彩照人，价值不菲，苏离离欲扔到碧波潭里，觉得浪费了；欲送给韩夫人，觉得舍不得。她踌躇再三，决定改天拿到大集上当了换成钱，买东西回来大家吃喝一顿比较划算。木头冷冷地看一眼簪子，说："换成钱你自己用，别拉着我跟你用。"苏离离偃旗息鼓。

木头在时绎之的指点下，内力运转越发流畅，动静自如。时绎之喟叹道："果真是英雄出少年啊，假以时日你必成大器。"木头收势立定，道："我不求成大器。"

时绎之道："那你要什么？"

"不要庙堂之高，不恋江湖之深。天地广阔，但求其远。"

"那离离呢？"

"我陪她做棺材，她陪我交游天下。"

时绎之缓缓点头道："你们说好了的？"

"说好了。"凉风乍起，吹乱他的衣角。他内力收敛，如小舟入海，天地间渺小自得。

时绎之大笑道："好，好，少年人如此明白已是很难得了。世间难求一心人，华发苍颜不相离。"他仰起脸，眼睛却湿润了。

六月初，时绎之告辞而去。苏离离问他意欲何往，时绎之道："江湖深远，寻个僻静角落独自安身立命，了此残生吧。"苏离离听了，沉默了一阵，也没说什么，郑而重之地做了一桌饭菜送行。她站在冷水镇的大道上，看时绎之一点内力也无，寻常莽夫般踽踽远去，觉得有什么旧事前尘在心里落定。

发愣时，木头拉了她的手道："回去了。"此生还有他已是一大幸事。

正值盛夏，苏离离切着萝卜丝儿，心中忽然念及一事，这天吃了晚饭问木头："你的内伤都好了吗？"

木头道："好了。"

苏离离道："那你陪我去一趟梁州可好？"

木头也不问做什么，点头道："好。"

苏离离眉毛一挑，目光指点着远处的韩真："这么痛快就答应了，你的桃花债怎么办？"

木头将她一瞪，忍了，念头一转，还是忍不住道："我这个不是桃花债，你的玟瑁簪子才是桃花债。"

苏离离顿时缴械投降。

三天后辞行，木头正色道："韩先生、韩夫人，这一年多来有劳照顾，无以为报。他日若有什么效劳之处，必当尽力。"

韩蛰鸣挥挥手道："去吧，去吧。我这辈子治了许多人，要人报答，早就报答不过来了。"

这天韩真却没露面。

走到冷水镇官道上时，正有人家早饭时的炊烟袅袅升起。苏离离说："木头，我们今后还回来这里，就在镇上开个棺材铺可好？"

木头说："好。"

苏离离说："你还会走吗？"

木头并不回头道："当初我走，只因为身为子女，父母大仇不可不报。为此，我连名字也没告诉你。如今诸事皆了，我已无束缚。"

苏离离默然片刻道："仇是束缚，那……情是束缚吗？"

他回过头来，晨曦中看着她的眸子，阳光一般耀眼："仇是束缚，不报难安；情也是束缚，心甘情愿。"

夏日的骄阳用清晨这唯余的一点温柔照耀着人们。

黄土地上，他们的影子被拉得修长。

梧桐叶落时，鸳鸯会老死。世间再多的缱绻风情，百年之后都是空幻，其实，有这一刻的相知相伴，还有什么不满足的呢？

梁州地处西隅，连通雍、益，地物丰饶，远离京畿，进可争天下，退可偏安立政，自古也是兵家必争地。出了冷水镇，西行十日，已入梁州地界。

苏离离带的银子快用完了，整日思索生财之道。

木头说："省着点用。"反正天气也热，住宿客栈只在柴房，四面透风，十分清爽。苏离离或枕在他腿上，或倚在他身旁，倒睡得很是安心。

苏离离问他："你现在武功这么好，要点小钱还不是手到擒来。"

木头正色道："人生在世，有所为，有所不为。难道武功好就做强盗？"

苏离离一面听得频频点头，一面把铜钱数了两遍才交出去。

木头看她如此挣扎在道德与现实间，忍不住劝道："你别犯难了，天大地大，饿不死我就饿不死你。"

苏离离也一本正经地教育他："孔圣人六国流浪，穷困潦倒。这就是有所不为的下场。"

一路向西，这天终于赶到苏离离要去的雾罩山时，正行到一处山野人家，黑云卷地，劲风乍起，豆大的雨点凭空落下。木头忙拉着她躲到那茅草院檐下，看天上风云翻卷着，雷声隆隆滚来，将闷热一扫而空。

苏离离闻着雨水气息，凝神听了一听，问木头："你听见什么声音了吗？"

木头内力充沛，耳目灵敏："屋子里有个女人在哭。"

苏离离奇道："哭什么？"

"她没说。"

苏离离从院墙外的茅草缝隙里看去，茅屋门扉紧闭，遂拉木头道："我们悄悄去看看她在哭什么。"

木头想了想，允了，一手揽着她飞身一掠到了院里，房檐下站了。苏离离便从那破窗户缝望进去，见一个农妇，散着头发坐在地上抽泣，声虽虚弱却见哀恸。地上一动不动地横躺着个男人，也是农夫打扮。她看了一回，转过脸来。

雨声嘈杂中，木头板着脸瞪了她一眼，问："看见什么了？"

苏离离眼里闪着同情的光，却颔首道："商机。"

农妇农夫都是本地人士，这两天因为下雨，山上泥水足，冲下一条当地人称烙铁头的小红蛇盘在柴房木荏子下。农夫早上去抱柴没注意，被它一口咬在手上，又吐又晕，没过多久便一命呜呼了。

木头细细看了看他手上的伤口，确像是毒蛇牙印；指甲乌紫，面色发青，也是中毒迹象。苏离离拉了那农妇道："大姐，如今盛夏，人这么放着不是个办法，这附近可有卖棺材的？"

农妇低着头，摇头不语。

苏离离又道："我会做棺材，不如我给大哥做一具，两天就好，早点入土为安。"

农妇终于抬起头，红肿的眼睛像两只桃子，水色泛滥道："你为什么要给他做棺材？"

苏离离回头无奈地看了木头一眼，木头挑了挑眉。她转过脸道："不为什么，就想这两天借你这儿一住，有米饭就借我们吃一口，让他捉野味来做菜。"她一指木头。

农妇看了看木头，犹豫了一下，点头道："好，我也不能让他就这么卷着席子埋了。"

俗语云："桑、皂、杜、梨、槐，不进阴阳宅。"苏离离带着木头在附近山上找了几株松木，将农妇家的菜刀借来，木头内力灌注，两刀劈倒一棵，扛回去。论大小，只好做半花的十三圆。材料工具都有限，做不到十足好。难得苏离离许多时不曾摸过棺木，劲头十足。

那农妇也不挑剔，哀容顿消，只剩下一脸的麻木，没有半句言语，用家里剩下的糙米做了饭三人吃。第二天，棺材的帮底做好了，苏离离没有尺子，估摸着做了七尺长。头上横挡约莫一尺八，三块板拼成的，农妇将房里箱盖子砍了一块，说拼在前挡上吧。

苏离离接到手里看了看，道："这里的木料够了，哪里需要去砍箱子？"

农妇也不说为什么，执意如此。苏离离就给她镶在前挡上，尽量做得周正了。她晚上拉了木头到院子外面山道上说："这大姐在骗我们，他们不是本地人。"

木头问："你怎么知道？"

"她给我那块镶在前挡的木块是柏木，只有晋中祁县一带才这样做棺材。

不论何种材质，在前板上必定用柏木，至少也要拼上一块。她却跟我们说她是本地人。"

木头道："她下盘沉稳，会武功。"

苏离离锁眉道："你早看出来了？"

木头点头。

"那现在怎么办？"

"不怎么办，大家各自有事。我们给她做完棺材就走。"

苏离离望着远处漆黑的山形，沉思了一会儿，道："好。"

虽然离别经年，再见到木头仿佛没有任何时间的隔阂，两人锯着棺材，宛如夙日投契。第三天上，棺材完工了。没有油毡铺底，没有大漆罩面，就这样一具白皮棺材，将那个男人郑重地葬了。那农妇沉默地站在新起的坟堆前，目光却有些深邃狠厉。苏离离和木头在小溪边洗尽了手，正要告辞时，她忽然开口道："你们是要进山？"

苏离离道："是。"

"你们有事？"

"有事。"

"什么事？"

苏离离见她如此追问，道："我舅舅早年在这边经商，生意坏了才到雾罩山上的道观里做了道士，后来死在这儿。他生前托人捎信儿，说想要回乡。如今我们来看看，把他的灵柩带回乡里。"

农妇默默听完，审视她片刻，道："小姑娘，这是个是非地，不要去了。他武功虽好，去也是白白送死。"她说着，一指木头。

苏离离呆了半晌，笑道："怎么会呢？这样荒郊野岭，有什么是非？"

农妇面色如常，不露悲喜道："我说完了，你们走吧。"言罢，径直往茅屋里去。

苏离离立在那里想着什么。木头等了一会，见她不说话，问："还走吗？"

苏离离转过身，看着远处山峦，嵯峨峻峭，朝晖夕阴。青山一点横云破，别无半分戾气，思忖了片刻，道："你知道我为什么要去吗？"

"你自然有你的理由。"

苏离离垂首想了片刻，有些皱眉，摇头道："我要进山。"

木头说："那就走吧。"

太阳出来，山路上的泥泞半干，还有些滑脚，却有不知名的白色小野花摇曳着。木头拉着她一路爬山，山梁垭口上风急而呼啸，苏离离辨了辨方向，道："左边走。"左边半山腰上有一面土坡，正在山腰背风的弯里。草色青翠，郁郁葱葱。慢慢走过去时，便见地上有个大坑，似被新挖开，已冒了些嫩绿的草苗出来。

苏离离在那一块地方左右转了转，最后拄着竹杖站在坑边。站了一会儿，她挑了块干净地方坐下来，望着山下道路田庄发呆。木头见她不说话，一撩衣摆，坐到她身畔，轻声道："这里是不是你父亲的坟茔？"

苏离离摇头："不是，我爹是死在这里，我和程叔把他葬了，没有留任何标记，我自己都不记得在哪里了。"她看一眼大坑，"这里砌作荒坟，埋的却是《天子策》。"

木头默然想了一阵："是不是你言语不慎，让祁凤翔知道了？"

苏离离并不忧虑，眉宇之间似乎还有一丝淡然的笑意："没有，我没有对他透过半个字。"她想了一会儿，笑了笑，道，"那个东西也没什么好。这么多年都在害我，我心里挂着这事，总是个羁绊。这样一丢，我的事也完了。"她站起来，面北跪下磕了一个头，神色虽浅淡，却看得木头一阵难过。

苏离离望空道："爹，女儿这些年过得很好。那昏君无道，已为天下人所诛，您九泉之下，可以瞑目了。"

木头在她身侧跪下来，也磕了个头，道："伯父大人，离离虽无亲人，今后我便是她的亲人，必定爱她护她，不令她再受颠沛之苦。"

苏离离转头看他，见他神色郑重，心里被一阵突来的感动击中，却嘻嘻一笑，拉着他的手起来道："我们这是发的什么傻，跟演戏似的了。"

木头正色道："我说的都是真的。"

苏离离收了笑意。山间空寂，触目凄清。

木头牵起她的双手道："三年前你救了我，我便已定了这个心意。姐姐，只要你是一个人，我必定跟着你，护着你。这一年多我在三字谷，许多次夜深人静时想，哪怕离开谷底死了，能见你一面也情愿。只可惜我若离开谷底，还没见着你就死了。"

苏离离听着，沉默中却微笑起来："你何时变得这么多话？"

"言随心而发。"他捏住她的手，"你应了我吗？"

"什么？"

"这一辈子。"

那将是怎样一种平静从容而又精彩的人生，苏离离只需遥想，便已心驰神往。她拉起木头的手，低头轻吻在他的手背上。这是一种积淀的感情，在棺材铺那无数个日夜里回旋，在不知所终的地方止不住地思念。因为真挚而厚重，经历时间而薄发。

她不动声色，却心意圆满，淡淡笑道："好。"

夏日炎炎，荷花映日，他们经过一片荷塘时摘两片硕大的荷叶顶在头上遮阳；傍晚时走到山脚，寻了间破旧的土地庙。木头在外转了一圈，捉了两只肥肥的山鸡，扒毛开膛，变戏法般摸出包细盐抹上，用荷叶包了，敷上泥巴，放到火堆里烤。

苏离离奇道："看不出来你还会这一手。"

"以前在我父王军中学的，可惜那时我还小，没用心去学。"

苏离离望着天上星汉灿烂，幽幽道："我小的时候都没怎么出过门，后来出来了又东奔西跑……现在想想，什么也不知道……"她手支了腮望着木头，"你那时候还有什么事，说来听听？"

木头用树枝翻着火，想了一阵："要说过去对什么人印象最深，其实是祁凤翔。"

"你们一早就认识？"

木头道："认识。在幽州军中见过，还打了一架，平手。我在那里待了两天，跟他说了许多话。"

苏离离觉得这两人都不多话："你们说什么呢？"

木头添着柴火："无非男儿功业，戡乱守成什么的。"

他轻飘飘一句带过，然而苏离离又怎不明白。江秋镝家破人亡，数年来命悬一线，当年再多的豪情壮志，像是蓬勃的火星，不及燃烧已被掐灭。苏离离挨到他身边，挽了他手臂道："木头，你心中有憾吗？"

木头认真想了一想，道："说不上来。我父王从前是少林寺的扫地和尚，先帝平乱时，救了先帝，从此便追随左右，封王拜将。四年前，他临死对我说，当年他离开少林，方丈大师劝他，宦海沉沦，功业弹指，何必去那喧嚣浮世，可他没听从，直到身败名裂，才觉得后悔。"

苏离离仰起脸道："他既然选了，又何必后悔。就算他现在还在少林寺扫地，难道就是心满意足的一辈子了？"

木头看着她的面庞，一本正经道："那也没什么，只是我肯定不满意。"

"为什么？"

"那就没我这个人了。"

苏离离"扑哧"一笑。木头转过头来，看到她的眼睛在火光映照下有种流动的潋滟，有些怔住了，捧了她的脸缓缓凑近。苏离离怎会不明白他的用意，不由得端正了脸色。待他靠近时，她只觉他五官在眼前放大得怪异，又忍不住嘻嘻一笑。

木头幽怨地望着她，苏离离止了笑也凑上去。彼此有些试探地接近，亲吻在一起，轻轻熨帖，吮吸，辗转加深。

不用人教，他已按上她的头颈，舌头撬开了她的唇。

他抱着她亲吻，像潜入碧波潭的水底，屏息，却有温热的水从肌肤上流过，缓慢轻盈。苏离离招架不住，搂了他的腰半是回应，半是承受，只觉这种温存的触感使人安心，欢喜，又有些发热的迷醉，纠缠缭绕的气息融合在一起，柔软却深刻。

良久停下，木头像从水底透出一口气来，抵在她额上。苏离离低声笑道："鸡烧煳了。"他笑了一笑，转头扒开恹恹欲熄的柴火，将那两个烧硬了的泥团子扒出来，就火边敲碎壳子。浓郁的香气飘了出来，苏离离食欲顿起。

木头吹了吹凉，撕下一条腿递给她道："今天你生日，我请你吃鸡腿。"

伍

似是故人来　山青横云破

苏离离错愕了一阵，方想起今天差不多该是她生日了："今天七月初七？"

木头点头。苏离离接过来嗅了嗅，鸡肉带着股清香，虽不是精细烹调，却是质朴纯粹的做法，赞道："不错，看来你深藏不露。今后我们吃的饭都由你来做了。"

木头也不推辞："只要你吃得下。"

苏离离当然吃不下，这种野味即时即景地尝一尝尚可。天天吃他做的饭，除非万念俱灰，想戕害生命。她正待取笑他几句，山野小道上忽然马蹄声疾驰而来，暮色四合中仿佛是几个兵士。

陆

岐山惊闻讯

心安即吾乡

　　为首一人方脸阔额，头上的盔缨飘飞，衣甲灿然，纵马直至面前。木头不露声色地将苏离离挡了挡，那人已然勒住马，执鞭指他二人道："你们是什么人？"

　　木头眸子微冷，道："路人。"

　　那人极不客气道："这山路已经封了，你们怎能私自进山？来人，把他们拿下！"

　　木头左手往后把苏离离微微一推，右手拿过她的竹杖，手臂舒展，行云流水般优美地划到地上，一地碎石缤纷而起，"啪啪"作响打在每一个人的脚踝上。用力、角度，无不精确。他将竹杖一拄，对着错愕的诸人道："我们只是过路，还是不劳各位拿人了。"

　　那将领一把擎出佩剑道："你要做什么？！"

　　木头看着他那把剑，锋刃光华，亮可鉴人，仍是平静道："不做什么。我们即刻就要下山。诸位有事请行。"

　　将领怒道："小子，你知道这山里有什么吗？也敢在此乱闯！"

　　"有什么？"

　　那人犹豫了一下，终是摇头道："事关天下大事，跟你这山野小民说了也不知道。你二人行踪可疑，不能不拿回去细审。"

　　木头微微蹙眉道："可你们加起来也打不过我，拿不住啊。"

　　那将领也皱眉道："我不是正在犯难吗？"

苏离离从木头身后侧出半身来，道："敢问军爷，是哪位大人麾下？"

那将领一脸得色："梁州州将早在三月前就被杀死了，如今占据梁州十一郡的乃天河府的赵将军。"

她又问："哪位赵将军？"

"姓赵，名无妨。"

木头容色一冷，抱拳道："各位还请入山公干，我们这就下山。"一把拉了苏离离便走。那将领也不纠缠，看他们转身往山下去。苏离离默默地被他拉着走，突然问："木头，你说程叔待你好不好？"

"好。"

"那害死他的人怎么办？"

"杀。"他回转身站住，"但天下同名者甚多，这个赵无妨未必是掐你脖子的那个。"

苏离离冷笑道："他说山中有什么东西关乎天下大事。我爹当初被官兵追杀，死于此地，此事稍作打听，也不难知道。若是我爹的《天子策》被赵无妨得了去，别说我爹，我都要死不瞑目了。"

木头沉吟片刻道："若是被他得了去，便不该还派人来找。我们且下山打听一下，看是不是那个赵无妨。"

他话音刚落，便听见后面"啊"的一声，紧接着刀剑声起，乒乒乓乓响个不停。木头拉着苏离离跑回到方才生火的地方，转过一个弯，便见那十余个兵已倒地五六人，剩下的连同那个将领与一个白衣人影斗在一起。木头细细一看，白衣人一身粗麻，正是先前死了丈夫的那个农妇。

她武功招式算不上精妙，手上的兵器却十分奇怪，似乎是个大竹筒。她将筒口对着谁，谁便避之不及。她手腕转动，那竹筒四转，围攻她的人便不得不纷纷矮身躲闪。那将领破口大骂道："凌青霜你个臭婆娘，躲在这里暗算老子。"

那农妇更不答话，手指将竹筒上的机关一扣，密密的银线飞出竹筒。那几人闪身避过，只听铿锵之声钉在石墙上，竟是寸长银针，闪着幽蓝的光，显然是有剧毒。那七八人环伺左右，农妇顾此失彼，手臂上已着了两剑。那将领怒道："大家小心着些，她的银针总有射完的时候，不怕砍不死她！"

苏离离幼年时便对官兵没有什么好印象，此时一见那农妇势弱，对木头道："救那大姐。"

木头长身而起，落入阵中，只一招便夺过了那将领的剑。那人一见是他，立时恨道："我便知道你们不是什么好东西！"木头两剑划开他的前襟，他再不敢说话，连连退到马旁，上了马急急地跑了。

那剩下的三兵两卒也尾随而去。木头收剑站住，看他去远，天已渐渐黑尽。农妇倒在地上喘息，捂着肩臂伤处。苏离离过去扶她，手触到她身边的竹筒时，她叫道："别碰。"苏离离忙缩了手，那妇人道，"小心伤人。"苏离离便听出她话里的善意来，转到另一边扶她坐起。

木头转过身来，抱拳道："前辈便是人称晋阳归飞鹤的凌前辈？"

"我是凌青霜，我们夫妻隐居已久，可不是什么江湖前辈了。"她抬头看着木头，"这位小兄弟，你年纪轻轻不仅招式奇妙，内力更是精纯，必不是自己的修为。"

木头坦然道："是一位前辈高人为救我性命传了给我。大姐为何要杀这几个兵士？"

凌青霜咬牙道："赵无妨的手下杀了我丈夫，凡是他的人我都要杀！"

苏离离虽觉她如此行事太过偏激，此时也不由得问道："这个赵无妨是何许人也？"

"也不知道哪里来的狠毒阴险之徒，引了千余人袭击了梁州边郡，鏖战数月竟拿下了梁州十一郡。方才那个为首的，便是他兄弟赵不折。"

苏离离迟疑道："他们是来找什么东西吗？"

凌青霜冷笑一声："什么好东西，也就是两个月前，在后山发现了金沙。赵无妨令人提炼，以做军资。不料前两天他的金子被人偷了个空，他们将山封了，四处拿问。赵无妨搜罗在手下的那几个江湖异士逼问我们，我丈夫性子急与他们争执起来。他们之中有善使毒物的，放了条小红蛇把我丈夫毒死了。"她说到这里，眼里浮出悲色。

苏离离见天色已晚，扶了她起来，三人走到山脚下茅屋。凌青霜用一块圆铁封住那竹筒，对苏离离道："我们夫妻都擅使暗器，你们帮过我，我无以为报。你不会武功，这个流云筒就送给你防身吧。"她打开机关给苏离离看，道："你要小心，这里面有机簧，钢针射出时力透铁石，不可误伤了自己。"

苏离离也不知这暗器厉害，接过道了声谢。凌青霜不再说什么，也不管身上剑伤，转身从他们昨日来路走了。苏离离把那流云筒拿在手里翻看着，抱怨道："让那几个家伙一闹，这半夜三更的，我们到哪里落脚去。"

木头看她一脸疲惫，七分真实，三分假装，道："这里是不能待的，先到前面镇上吧。"

苏离离皱了眉，做弱不禁风状："我走不动了，今天又爬山又下山，还被官兵吓。"

木头白了她一眼，蹲下身："我背你。"

苏离离大喜，将流云筒用绳结了，斜挎在腰上，伏上他的背。木头的肩背不见得很宽阔，却坚实平稳，令人安心。伴随着他不徐不疾的步伐，像儿时催眠的摇晃，夜风拂面，苏离离抱着他的脖子迷迷糊糊地眯着。她温软的鼻息扫在他的脖子上，有些痒，却像背负着世间的美好，心怀珍惜。

迈过地上一条沟渠，晃了晃。苏离离模糊地问："重不重？"

木头说："不重。"

小镇上，最大的一家客栈还亮着灯，伙计倚在柜后瞌睡着。忽然柜上有人叩了叩，伙计惺忪睁眼看去，但见一个年轻男子，剑眉星目站在面前，笑着说："给我一间客房。"脸上的神气是说不清道不明的温柔。

他的笑容让伙计愣了一愣，才看清他背上还背着个人，那人似是睡着了，伏在他肩上，隐约看见白皙的额头和如画的眉尾。伙计将他们引进房去，关上门出来，心中犹自疑惑不定，这人容色俊朗态度谦和，深夜背着个人赶路，倒像赶得心情愉悦。怪事年年有，今年特别多。

苏离离早上在客房的床上睡足了醒来，打了个哈欠，欠起身看时，木头坐在她脚边，背靠了墙闭目养神。苏离离轻手轻脚地爬到他身边，静看他的侧脸，一如那年在院子里相偎醒来的清晨。轮廓优美，挺直的线条不失圆润，就像他本人刚毅而不坚执，感情沉默却深刻。

木头眼睫微微一抬，睁开眼来，跟她目光对个正着。他声音略沙，一本正经地问："怎么？我脸上有钱？"

苏离离"扑哧"笑了，戳着他的肩，问："早醒了吧。"

"你打哈欠的时候。"

苏离离也背靠墙，跟他并肩倚仗坐着，打趣道："江大侠住这么好的房间，我倒好奇，你一会儿怎么付房钱。"

木头"嗯"了一声，直了直腰，腿一挑跳下床来："在这儿等等，我去把赵不折的剑当了。"

苏离离大喜，赞道："原来你也不是不知变通之人啊！不错不错，昨夜你夺了他的剑我就想着能卖个一两二两的。可惜啊，赵无妨的金子让人偷了，不然我们顺手用倒不差。"

赵不折的剑乃龙泉上品，一把卖了五十两，还是因为没鞘才折了价。苏离离一边在房里喝着才出锅的姜汁肉末粥，一边痛惜着木头不会谈价钱，要是她去必定能多卖十两。她拈一块生脆的咸菜嚼着，说："木头，我们现在有几十两银子，去剑阁玩玩，然后回三字谷吧。"

店中特色小包子，垫了松针蒸成，只比拇指稍大，薄皮酱馅，一口一个，鲜香可口。木头咽下一个，方道："好，等我把赵无妨杀了就去。"

苏离离"啪"地把筷子一拍："你敢。你再去做这种事，我这辈子也不睬你了。"

木头神色不改道："我的武功今非昔比，杀他只是举手之劳。"

苏离离怒道："胡扯。赵无妨那是什么人，连祁凤翔都没捉住的。你看他身边又是毒蛇猛兽，又是暗器刀兵的。你武功好有什么用，让蛇咬一口还能不中毒？到时候我来给你钉薄皮花板吗？！"

木头抬起清亮的眸子看着她："这人害死程叔，还伤过你，你爹的东西也可能在他手上。他若不死，你心里总是放不下的。"

苏离离默然一阵，缓缓摇头："我放得下，我昨夜在路上已经想好了。

他拿到了《天子策》也罢，没拿到也罢，随他去吧。这些都不重要，只要你好好的。"她说到这句骤然停住，声音瞬间有些凝固。

木头慢慢放下筷子，看着桌上的碗，忽然一笑道："好吧，你说不杀就不杀。"

苏离离没好气地抬头道："你就知道气我。"

木头抿了抿唇，低眉顺眼，把碟子里最后一只小包子搛到她碗里。

天河府在小镇西北二十里，并无兵马驻守。苏离离背着流云筒与木头徜徉街市，自得其乐。在街边大娘的篮子里买了一包缝被褥的大钢针，打开流云筒后的机关，一枚枚顺了进去，摇一摇，却听不见针响，苏离离道："真是个怪东西。"

木头道："你不知道，凌青霜在江湖中为人称道的就是暗器。他们夫妻都是暗器名家，不仅能制，且善使。她送你的这个流云筒，江湖中多少人想要还无缘一见。"

"哈？你怎么知道这么多？"

"三字谷里常有江湖中人来求医，听说过一些。"木头遥遥望见远方天空似有浮尘，不觉皱了皱眉。

苏离离道："今后谁要是敢欺负我，我用这个对付他。哎，你说这个钢针射到人身体里会不会死？"

木头仍然望着街道尽头，微抬着下巴："你不妨试验试验。"

"怎么试验？拿你试验？"

他摇头道："马上就可以试了。"

街市那边嘈杂起来，人们惊慌奔跑着，朝这边拥来，叫道："山贼下来了，山贼下来了！"旁人一听，也不顾摊铺，撒腿就跑。苏离离转身拉着木头的腰带，木头揽着她的肩膀，站在街心像水流中的石块，兀自不动。

木头问："你用流云筒，还是我出手？"

苏离离皱眉道："我不想伤人，有点心怯，还是你来吧。"

他们慢条斯理议论之时，街角已经扬起尘土，一伙山贼举着长刀，纵马而来。

马贼吆喝着沿街冲了过来，为首之人骑在马上，个子比别人矮了一头，虽穿着男装，一条乌黑油亮的大辫子从左肩垂至腰际，发梢微微摇曳，右耳上却戴了枚单粒的红珊瑚耳坠子。七八匹马将木头和苏离离团团围住，走马灯一般转着。

那女贼举一把窄而薄的长马刀，扛在肩头朗声笑道："这儿有两个胆大的！"其余诸人布衣持械，皆非善辈，跟着嘿嘿笑。女贼将马刀一指，对着木头的眉心道，"小子，你们俩为什么不跑？"

木头一指苏离离："她跑不动。"

苏离离道："乱讲！我怎么跑不动，不过是不想跑罢了。"

那女贼微微一笑，一排牙齿倒是齐如编贝："你为什么不想跑？"

苏离离也微微笑道："你们做你们的事，我们做我们的事。我们身上没钱，你们该抢谁抢谁。"

女贼点头道："我们只抢钱，没有钱的就去给我们做苦工。"

苏离离一脸诚挚道："我不会做工，只会做棺材。"

女贼却听得变了味，眉毛一竖："你还是给你自己做棺材吧！"马刀一挥便向她砍来，木头背着一手，另一只手当空一划，以食指和中指夹住她的刀刃。只听一声脆响，马刀尖刃从中折断，雪亮地闪在木头的指尖。

也只是一刹那的工夫，女贼愣了，其余的山贼也愣了。木头缓缓松指，那刀刃落下，直直地插在土地上。苏离离见他如此厉害，也禁不住跟着得意，上前挽了他的手臂道："嘻嘻，大姐，有话好说，何必动手。"

女贼跃下马来，将断刀回握肘边，正色抱拳道："这位小兄弟，刚才多有得罪，请教尊姓大名。"她一下马，其余的人也纷纷下马行礼。

木头淡淡道："我姓木。"

女贼笑道："木兄弟，我姓莫，叫莫愁，是岐山大寨的。"她说着，街尾那边也过来一队人马，为首之人披了件孔雀羽毛织的大氅子，阳光下一照，闪着蓝绿色的幽光。

莫愁迎上去叫道："当家的，这里有两位好本事的兄弟，你来瞧瞧。"说话间他纵马近了，苏离离越看越熟，越看越熟，待他跳下马背时，脱口叫道："莫大哥！莫大哥！"

那人方方的脸，抬眼时确凿无疑，正是三年不见的莫大莫寻花。他细看了片刻，大喜，抢上前来一把抓住她的肩膀："离离！你怎么会在这里。哈哈哈。"他顺手拍了木头一下，"你还跟这小子混着啊。"

苏离离猛点着头，一时说不出话来。莫大打量她两眼，迟疑道："这么几年，你怎么越长越……越娘了。"不仅苏离离笑，木头也笑，连旁边的莫愁都笑了。

莫愁扯一下他的衣袖："人家本来就是姑娘，这么显眼。"

莫大大惊："啊？你是女的？你是苏离离？"

苏离离点头："女的怎么了，你披着这花花绿绿的氅子也没爷们儿到哪儿去。"

莫大大笑，解下来道："一个地主家抄出来的，拿给莫愁玩。"说着，扔给莫愁，莫愁笑着接了，道："原来是苏离离，我早听他说过，没想到你们在这儿见着了。"她将孔雀氅拿回马背上放了，招呼着诸马贼该收的收，该抢的抢。

这边莫大只笑嘻嘻地看他二人笑："原来你是女的，一直骗着我，还说什么断袖是盗墓，害我被人笑话得好惨。"

往事历历在目，这次，三人都忍不住迸发出响亮的笑声。

岐山在梁、益两州之侧，地接衡南，西北枕千山，东南临中原。苏离离与木头本无定所，万方皆是扶摇处，与莫大久别重逢，索性跟着这伙山贼东行。一路近百匹马，都驮着箱笼。

路上闲聊，木头问莫大，怎会抢到梁州边境上来了。莫大说有位李师爷，教他岐山县下要与人生息，要抢便要往远了抢。他们最近过来做了笔大买卖，正要往回赶，打这小镇过，就顺便来逛了逛。

木头点头道："这是兔子不吃窝边草的道理。"

莫大看了他一眼："原来是这个理。你这人肚子里明白，面上总装着，

岐山惊闻讯 心安即吾乡

我过去就看你不顺眼。"

木头笑笑，问："做什么大买卖了？"

莫大摸出水壶喝了一口："把梁州守将的军资劫了。"

"多少？"

"黄金两千两。"

苏离离坐在木头马上大笑，眼波流转："原来是你把赵无妨的金子劫了。哈哈哈，劫得好！莫大哥，那位莫愁姑娘可是要做嫂子的？"

莫大回头看了一眼，低头嘿嘿笑："那野丫头，寨子里抢来的。我出来不久，到处都是兵马，乱得很，就上山落了草。原来的山大王想欺辱她，我没看过眼，把那大王杀了，就推我做了山大王。莫愁没爹妈，连自己姓什么都不知道。因为我姓莫，她也要姓莫，李师爷就给她起了个名字叫莫愁。"

木头也回头看了一眼，莫愁骑在马上，姿容飒爽，顾盼生辉。木头道："这个名字有出处，意思也好。那位李先生是什么人？"

莫大徐徐策马道："是个算命先生，叫李秉鱼，兖州人，以前给县大老爷做过两天师爷，后来被抢上了山。我看他能识文断字，就让他给我记账。他这人整日喝酒，糊里糊涂的，出的主意却妙极了。还给我算八字，说我有将帅才，只是时机未到。"

苏离离嬉笑道："我说你这么不学无术的人，现在也有些明白事理，还能做一寨之主了，原来是有人教啊。"

莫大也涎脸笑道："你也不赖，当初把这小子救下来，就想着当小女婿了吧。"

木头微微笑，苏离离"呸"了一声，道："这里的人知道你大名叫什么吗？莫愁可知道？"

莫大登时闭嘴敛容，一脸正经。

一路穿山越岭，七日后到了雍州边上五丈塬。秋风萧瑟，天气渐凉。莫愁做了地道的岐山臊子面。肥瘦适宜的带皮肉，切碎下锅爆油，加上香料辣椒，最后倒上当地人酿的醋，炒得鲜艳油亮，香飘十里。擀薄的面皮切成细条，下锅一煮，捞起来浇一瓢臊子，酸、辣、香，令人回味无穷。

木头吃得冒汗，意怀叵测地问苏离离："你怎不学一学？"

苏离离瞪他一眼："这面的香味全仗醋好，山陕这边出的醋，别的地方比不了。就算今后做给你吃，也不如今天好吃了。你趁早多吃点吧！"

次日上山，行了半日，便见两峰矗立，嵯峨对峙，山川形胜，地貌巍然。莫大说这叫箭括岭，山间有吊索轮滑，可以飞跃而过。苏离离脚临深渊，眼望苍穹，胸怀开阔，肝胆紧缩，自是不敢去那云雾中的轮索滑上一滑的。

羊肠小道转过那险峰后面，地势稍平，寨角嶙峋。有人先在旗楼上望了一望，寨中渐渐沸腾起来，叫道："大王回来了，大王回来了。"

莫大挺胸抬头，颇有领袖风度地频频挥手示意。八丈大木铁栅门缓缓绞开，众人进了山寨，但见这寨子极大，半山都是星星点点的房屋。莫大将手一挥："兄弟们辛苦。东西抬去后面让李师爷入账，下去歇着吧。"

一时有人端上水酒点心，几人洗了手坐下闲聊了两句。木头看着顶上吊着的油灯，突然道："我想见见你说的那位李师爷。"

莫大欣然领了他们往后寨去，一路见人扛着木料，搭着梯子修房。

莫大疑道："你们这是做什么？！"

手下喽啰忙回道："大王，李师爷前两天推太乙数，说年末西北方有大灾，叫什么……什么天劫，叫我们把寨子好好整修一番。"

莫大骂了句："神了吧唧的。"

穿过两个小寨子，便到了寨后屯粮之所。一座大石洞，高二十余丈，深逾百丈，洞内有些晦暗。开阔处一张油黑的桌上摆着只葫芦，一人正将本册子对着洞口微光辨着。莫大叫一声："李师爷。"

那人回过头来，慌忙放下账册，站起身作了个揖，熏熏道："大……大王回来了，大王万安了。"

莫大挥挥手道："你这神棍，又算出什么精怪来，叫人家修房子。"

那李师爷一撇山羊胡子，五六十岁年纪，醉眼惺忪地看了莫大一眼，故弄玄虚道："不可说，不可说，天机不可泄露。"忽一眼瞥见苏离离和木头，收了玄虚态度，只眯着眼打量，"大王……这是新入伙的兄弟？"

苏离离看他不甚清醒，笑向莫大道："莫大哥这几年可威风啊。人家祁三公子打下北方半壁江山，也才是个锐王，你如今也是大王了。"

莫大嘿笑道："威风什么呀，这一带三州交界，常常有兵马打斗。百姓没地方去，才纷纷跑上山做贼。"

李师爷似站不住了，一屁股坐在椅子上，摇头晃脑道："祁三公子啊……他那个锐王只怕是要做不成了。"

木头抱肘道："怎么？"

李师爷轻点着桌子："这次派出去搜集线报的人回来说，祁三公子被他爹打入天牢了。"

苏离离大惊："为什么？！"

李师爷的一双眼睛闪着矍铄的光，三分洞察，三分老练，掩在四分醉意下："他心怀忤逆，私藏了前朝的《天子策》，被祁焕臣查出来了。这祁凤翔又不识时务，偏不肯吐出来，于是他爹将他削去军职，打入天牢，只怕小命也要保不住了。"

苏离离又吃一惊："怎么，祁焕臣会杀了他？"

木头一旁沉吟道："若是他大哥掺在里面，就难说了。"

李师爷翻开那册子，"哦对，这儿还有一条。祁凤翔手下大将欧阳覃也被他太子哥哥拉去了，如今整日出入太子幕府，和太子打得火热。"

木头目光如炬，只盯着他道："李师爷以为当下之势如何？"

李师爷微微抬起眼皮觑着他道："大王还是早日北遁吧，劫了赵无妨的军资，他迟早来找你算账。"说着摇摇晃晃站起来。

木头淡淡道："李师爷真醉假糊涂。"

李师爷顿了顿，斜了他一眼，哈哈大笑两声，蹒跚而去。

莫大莫名其妙道："什么意思？"

木头看着李师爷摇晃的身影，道："赵无妨不日将兵出梁州，不为军资，欲伺祁氏内乱而动。祁凤翔年初平了山陕，战功卓著，身份却尴尬。他若不肯退让，祁家虽雄霸北方，早晚有一场内讧。如今他倒霉，必是祁焕臣时日无多，怕基业毁于一旦，想防患未然。"

苏离离骤然听到祁凤翔的消息，惊疑非常。在她的印象里，祁凤翔是强大到无所不能的，是能把什么事都攥在手里的，是让她看着既害怕又听话的，他怎么能有被人制住的一天？苏离离低低道："那你觉得是杀，是贬？"

木头摇头："难说。毕竟祁凤翔用则如虎，反则为患。"

莫大抓头发，急道："你们说话不要这么掉书袋！就说我这边怎么办？"

木头低头想了一回："你有多少人？"

"两千多人吧。"

木头忽然笑了笑，笑得莫大一阵发怵："我说兄弟你别笑，你笑着我心里发毛。"

正说着，莫愁从那边过来，问："苏姑娘、木兄弟，你们……"话没说完，却低了低头。

苏离离道："什么？"

"你们是住一处呢？还是……"

苏离离愣了一下，也低了低头，侧眼看了木头一眼，见他泰然自若地翻着李师爷的账册。苏离离头一抬道："我们不住一起的。"带着三分恼意，却红了脸。莫愁"哎"了一声，忙转身去安排。

木头"啪"地合上账册，四平八稳道："这边怎么办，我想想再说吧。"

莫大后来回想起来，总是感慨万千。这个姓江的小子话少人冷，偏偏从入山的第一天起，自己就开始听他的了。命乎？运乎？

莫愁布置了两间比邻的客房，苏离离住在左边一间，木头住在右边一间。晚上苏离离洗漱了回到房里，素洁的被褥铺在床上。她也不点灯，就在床边坐下来，抚着那棉布发呆。

约过了一盏茶的工夫，门扉悄无声息地打开，一条人影钻进来关上门。苏离离抄起枕头扔过去，木头应手接住给她扔回了床上。苏离离低声冷笑道："瓜田不纳履，李下不整冠。木兄弟，这大半夜的你跑到我房里来做什么？"

木头站在她面前，有些淡薄的月光隔窗映在他脸上，显得朦胧不真切："你恼我了？"

"我恼你什么？"

"今天莫愁问是不是一起住，你恼我不说话。"

苏离离果然有些怒："这种话你不回，你让我来说。"

木头半抿着唇，虽未笑，却比笑更多了几分愉悦："我是想听你的呀。你说一起住那就一起住，你说分开住我可以悄悄来看你。"

苏离离腾一下站起来，却被他一把捞住了抱在怀里。她三分气恼，三分玩笑，伸手捏了他的两颊扯着。木头被她捏得皱起了鼻子眼睛，本来下颌的弧度恰到好处，现在扯得宽了三分，鼻子眼睛缩在一起，言缄依从，目露无辜。

苏离离嘻嘻一笑，松手时踮了踮脚，在他唇上吻了一下，将他的脸揉了揉，复原了本来面目。木头无奈地看了她半晌，问："你是不是觉得把祁凤翔害了？"

苏离离默不作声，手从他肋下穿过，抱了他的腰，嗅到他衣服上淡淡的味道，像山林木叶的清香，半晌方慢慢道："我是跟赵无妨胡编过他，但是他也利用过我；我因之受过伤，他却又救治过我。"她蓦然想起祁凤翔手上的刺痕，心里有些寥落，仿佛又触到了那种孤单和依赖，明知他是鸩酒，却渴得时不时地想喝。

"木头，我跟祁凤翔互不相欠。只是那段日子城破人亡，我孤身在这世上，是他在我旁边。"她缓缓道，"我要来取《天子策》，所为有二：其一，《天子策》是我爹的遗物，不能轻弃，留着又是个负担；其二，祁凤翔志在天下，我把《天子策》送给他，物得其主，从此他不惦记我，我也不惦记他。你明白吗？"

见他不语，苏离离细细看他："你生气了？"

木头摇头："没有。我在想，你虽说得轻描淡写，可我不在你身边，你吃了很多苦。我本该预料到，但我还是走了。"

"你自己跑了也吃了很多苦，咱们扯平。"苏离离轻笑着。

四目交投，有些细碎的亲昵厮磨，浅尝即止，却又沉溺其中。木头吮着她的唇，苏离离心有旁骛，沉吟道："我一直在想，回京把房子卖了，然后到冷水镇开棺材铺去。你说好吗？"

木头却专心得紧，随口道："你走的时候怎么不卖？"

"走得急，没时间，又怕祁凤翔作怪。"

"现在就不怕？"

"现在……嘻嘻，他倒霉了，又有你在，我卖我的房子，谁管得着。"

"嗯……"木头勉强答应了一声。苏离离捧着他的脸推开道："我跟你说话呢。"

木头点头："祁凤翔是个明白人，就算有几分喜欢你，也不会过于执着。关键在于你要专心地喜欢我。"他说到最后一句，眼神一凶，将她瞪了一眼。

苏离离却笑道："嘻嘻，你有什么让我喜欢的？"

他哼了一声，把她用力抱起来亲吻。紧贴着他的胸口，隔着衣料感觉到他肌体的热度和力量，苏离离只觉耳根发热，用力挣开他道："我们在人家山上做客，你注意体统！"

木头松了手，苏离离看着他悻悻的神情，大是高兴，手指戳着他的胸口道："哎，你说我的《天子策》在哪里？"

木头抬了抬眼皮，出馊主意道："要不让李师爷给你算算？"

这夜，木头就是赖着不走，苏离离拗不过他，两人只好和衣而眠。她白天爬了山又赶了路，倒在枕头上就睡着了。木头侧在她枕边看着她睡熟的样子，就像他离开那天的眷恋，指尖轻触着她的脸，皮肤细腻柔滑，心里充盈满足。

早上醒来时，木头不在枕边，苏离离也不知别人知不知道他昨晚在这里，出门遇见莫愁，没见异样，便放下心来洗了把脸，吃了碗粥。山上冷，莫愁拿了厚衣服给她，说后山的兄弟们在练武，莫大王拉了木头过去指教，问苏离离去不去看。苏离离问明了地方，道："我一会儿去瞧他们。"

她来到后寨大山洞这边，见李师爷正抱着一个白瓷小坛，摆一只荷叶杯斟着。那酒清澈透亮，甜香扑鼻，循循而入，八分即止。他端起来，啜一口，大是惬意，吟道："红袖织绫夸柿蒂，青旗沽酒趁梨花。"

苏离离缓缓走到洞口笑道："眼下秋来冬至，不是这等春光。李师爷一大早地又喝上了。"

李师爷放下杯子笑道："苏姑娘啊。你也知道饮酒赋诗？"

"也不怎么知道。"苏离离已进到洞内,"这里黑漆漆的,怎么不点灯?"

李师爷摇头道:"这是仓库,怎能用火!"

苏离离失笑道:"是我糊涂了。李师爷,听莫大哥说你善卜筮测算,我正有一件事想请教你。"

李师爷精神一振,道:"什么事,说吧。"

苏离离斟酌道:"我有一件家传的东西,找不着了。我想知道它在哪里。"

李师爷捻着山羊胡子:"唔……找东西。什么时候丢的,五行属什么的东西?"

"上月二十五发现不见了,属金。"

李师爷沉吟半晌,打开小桌内屉抽出一张星盘,伏案推演干支。苏离离看着山洞高大空旷,寒气逼人,转到外面阳光底下晒了晒,见一条肥壮的毛毛虫从这片叶子蠕动到了那片叶子;又进来在石头上坐了坐,看地上的蚂蚁东探西探寻觅冬粮。

抬头时,李师爷演算片刻,又沉思片刻,再酌酒一杯,越饮越醉。苏离离忍不住好笑,站起来想说:"算了,我去找莫大哥他们。"

话未出口,李师爷一拍桌子道:"推出来了!"

"怎样?"

"这东西在土上、木下、傍水之处。"他习惯性地摇头晃脑。

苏离离瞠目结舌道:"就这样?"

李师爷也瞪圆了眼睛道:"怎么?这还说得不够细致?"

苏离离哭笑不得:"你总得说个地方,比如梁州还是雍州,在什么人手里。"

李师爷盯着那星盘看了半晌,赧笑道:"法力有限,法力有限。"

苏离离耗了大半个上午,颇为无奈,转身欲走,走了两步又折回来道:"李师爷,我不知道你有什么难言的伤心事,只是你本有学识见地,即使怀才不遇,又何必整日把自己灌醉装糊涂呢。人世宽广,自有适意之处。"

李师爷一愣,往椅子后倚了倚,望着苏离离不说话。苏离离言尽,转身出来,便听他在身后缓缓吟道:"愁闲如飞雪,入酒即消融。好花如故人,一笑杯自空。"

原来是个多情种子，苏离离摇头离去。

苏离离回到大寨，就见莫大、木头、莫愁都回来了。莫大笑道："你去哪儿了，我们等你半天。"

苏离离端了杯子喝水道："找李师爷算个事，他耽误了老半天。"

"哈哈，你找他算什么？"

"找个东西，我爹留下的一个匣子。"她转头看了木头一眼，木头却正拿水瓮把她喝空的杯子又倒满。

莫大问道："什么匣子啊？"

苏离离也不拿莫大当外人，望天想了一阵："约莫九寸长、八寸宽、六寸厚的一个乌金匣子，很坚实的。"

莫大用手比了比，也想了一阵："很坚实？是不是埋坟里的？"

苏离离一口水没咽下去，险些咳出来："你见过？"

"倒是见过一个。"他迟疑道，"早先我出来，到处乱糟糟的。走到梁州时，遇上官兵捉丁，躲到一座山上。你教过我看山势峦头，我当时见着一座荒坟，那地势风水好得不得了。我穷极了，想着也许是哪位贵人的古墓，不立碑就是为了防盗，就挖了。结果挖了半天既没有棺木，也没有尸身，只得一个不满一尺的金匣子。"

苏离离越听越急，又是紧张，又是欣喜："那匣子呢？"

莫大又想了一阵："我以为那里面定然有什么好东西，可是撬了半日撬不开，砍了砸了也没用，还用火烧了一通也不熔。"

苏离离几乎想张牙舞爪地撕了他："那你到底弄到哪里去了？"

莫大搜肠刮肚，蹙眉道："我……我忘了。"

"啊……"苏离离颓废地叫了一声，无言地头点桌。莫大看她这样，抓头发道："你过去也没说过，我怎么知道那是你家的东西。"

莫愁忽然打断他们道："是不是后面修猪圈，木桩短了一截，垫下面那个？"

莫大一拍脑门道："好像是啊。走，看看去。"

四人忙到后寨。后寨养了几十头猪，大小不一，左右拥挤，圈里臭烘烘的。莫愁转了一圈，指着北面木桩下一块黝黑的方形石头道："好像是这个。"

圈侧那猪膘肥肉厚，双目惺忪地看了几人一眼，呼呼又睡。

苏离离扯扯裙裾蹲下身，但见那石头棱角分明，指甲一刮，落掉附着的烟尘，露出乌金的底色，正中一个三棱形的小孔依稀可辨，坚强地伫立于……土石之上、木柱之下、水槽之旁。

苏离离半是惊喜，半是哀叹，抚额道："无奇不有！"

木头望猪道："暴殄天物。"

"舔什么东西？"莫大愣了一愣，随即跳脚道，"你们又掉书袋！到底是不是啊？"

据说囊括天地之机，包藏寰宇之计，为天下群雄所觊觎的《天子策》，惊现在岐山大寨莫大王的猪圈中。莫大当即着人拆了猪圈，将那匣子取出来，拍拍灰递给苏离离。

一时皆大欢喜，只有猪不高兴。

木头帮着苏离离用水洗净了匣子，却疑惑道："这么小能装卜什么神出鬼没之计？"

苏离离奋力地刷着匣子，道："我爹没说过，他又不是皇帝，能有什么帝王之策。真有那能耐，会给人杀了吗？不过他说过先帝性子随和，有时喜欢开个玩笑。我猜这《天子策》也就是皇帝他老人家一时高兴，故意神神秘秘地装上，让传给后世之君玩的。"

"那你还这么重视？"

苏离离接过他递来的抹布，擦干上面的水："我爹宁死也不给那昏君，我想并不为着这是多么了不得的东西。这更多的是他的志节，威武不屈，贫贱不移吧。"匣子带着乌金色泽，非铜非铁，光可鉴人。

木头仔细地查看了一番，疑道："当真刀不能开，火不能熔？"

苏离离看他那样子有些跃跃欲试，一把拍掉他的手道："你敢用刀砍，我砍了你！"

木头委屈道："我还不如个匣子。"

苏离离一时语塞，愣了半晌，一咬牙狠心把匣子递出去道："砍吧砍吧，我说笑呢。"

木头一把将她拖进怀里："你舍不得砍我，我也舍不得违你的意，砍你的匣子。"苏离离听他说得明白，怔了怔，却淡淡笑了。

木头看着她温柔的笑容，问："还回去卖房子吗？"

"卖呀，我就那点财产了。"

"那这个匣子呢？"

苏离离低头看了看："祁凤翔有钥匙，还是给他吧。要是他交出去还能救命当然好，救不了也怪不得我了。"

木头眼睛明亮，定定地看了她一会儿，想说什么，又止住了。

木头和莫大下山去了雍梁边界，一去半月，说是为着一旦开打，岐山大寨好即时应对。苏离离闲散了十余日，没事跟莫愁练练骑马，有时用手指扣着《天子策》的匣子极目眺望，天高云淡，不起波澜。木头要她一心一意地喜欢他，她便一心一意地喜欢。

不为什么，因为那是木头，是和她一起做棺材的人，是在惊慌中给她慰藉的人，是为了她的安危可以舍弃生命的人，像一个港湾，一触便心安。苏离离不是贪恋世间五光十色的人，她是在浮世中被遗弃流离的孩子。如果说祁凤翔有什么触动过她，便是他偶尔流露的那份宠溺，却从不能让她安心。

每一次她稍微生出的希冀，最终都会被他掐灭。他既不会靠近，也不会远离，于是她转身走了，仍然记着他。苏离离容易忘记恶，却把些微的好记在心里。因为在她十多年的生活中，前者多，后者少。并非美德，只是为了自己活得开心愉快。她要的也就是如此而已。

木头回来时，有些晒黑了，风尘仆仆的样子。莫愁一路跑到寨门口，莫大便一把揽在她肩上，相偕而归。苏离离也大方上前，挽了木头的手臂拖回去，心里忽然生出一种异样。这种等待仿佛妻子对丈夫，是她不熟悉，也从未设想过的。

苏离离自以为惊世骇俗地说："木头，你娶我吧。"

木头淡定地应了句："好啊。"

陆

岐山惊闻讯 心安即吾乡

苏离离看他不惊不惧不喜不忧，再逼一句："什么时候娶？"

"你定。"

苏离离终于败下阵来，讪讪道："再说吧。"

木头容色严肃，一本正经道："明天就可以啊，你实在着急，今天也成。只是今天已过了大半，白天的礼仪来不及了，晚上的内容似可斟酌……"

苏离离一脚踹过去："斟酌个屁，你想得美！"

虽是玩笑，却知道他想什么；只是她拒绝，他便也不躁进。

九月二十三，苏离离背着流云筒，木头背着两人的行李，牵着两匹马跟莫大辞行。莫大劫了赵无妨的金子，一部分入库，一部分给同去的兄弟平分。莫大自己分了十两黄金，全都送给了苏离离，说："其他的钱是寨里的，我不好随便拿出来送你。"

苏离离扔回五两道："老规矩，平分。"

木头听他说得公允，点头道："莫大哥能拉起这么多人来，全在仗义轻财。"

莫大狠狠道："你小子拐着弯骂我别的东西一无是处吧！"

木头无奈地扯了扯唇角："我说的事别忘了。"

莫大仍摆着臭脸道："忘不了。"

三年多过去了，这两人还是和当初一般话不投机。

十月初二，苏离离站在了京城西门外，看看时候尚早，拉了木头去看程叔的坟。不大的坟冢上草叶萧条，两人跪倒磕了三个头，径去栖云寺找十方。栖云寺破败如旧，那门匾已掉下来了。二人穿过接引殿，踏上大雄宝殿的石阶，木头陡然警觉起来。

只听极细的破空声，"嗖"地一响，木头伸手在苏离离面前一划，已拈了两枚袖箭在手上，道："出来吧。"他并不疾言厉色，也不大声呼喝，自有一股从容。角落帷幔后有什么东西落地，一个小和尚穿了身缝补破旧的衣裳，一手拉着帷幔，却愣愣地看着苏离离。

只片刻，他叫道："苏姐姐！"

苏离离站着没动，他又叫了一声"苏姐姐"，跑上前来，被木头一手抓住领子，问苏离离："认识？"

苏离离这才猛然蹲下身来，拉着那小和尚的手，道："于飞！于飞！你怎会在这里？"

木头松开他的领子，于飞激动地抓着苏离离的手："苏姐姐，我当初喝的是假死药，吐了许多血，在宫里耽搁了三天才瞒过耳目送出来，足足躺了半个月才能起床，险些真死了。"他一边说一边便哭了，悲喜出于胸臆，不似往日深沉郁悒。

苏离离只微笑着听他说，待他说完，摸着他的光头缓缓道："你没死就好。"

"他刚才用袖箭射你。"木头冷淡地插了一句。

于飞急道："我不知道是你，那是师傅留给我防身的。门外匾额放在地上，自己人一看就不会进来。我听见人进来，心里害怕，就把袖箭按出来了。"

苏离离瞪了木头一眼："好了，他不是故意的。"又回视于飞道，"十方是你师傅？"

于飞道："嗯，我现在这样叫他。他正要想法子送我出城……其实做和尚比做皇帝快活。"他忽然抬眼看着苏离离的神色，迟疑道，"如今祁……"苏离离神色平淡，打断他道："那你师傅呢？"

"阿弥陀佛，贫僧在这里。"十方玉白的面孔，洗褪色的淡蓝缁衣，不知何时合掌站在殿门口，"施主找贫僧何事？"

苏离离看他态度宠辱不惊，沉吟道："我有一件东西，拜托你交给你主子，他用得着。"

十方尚未答话，木头忽然道："我会拿去给他的。关在哪里？"

苏离离愕然，十方仍是不温不火道："大内天牢，最里面倒数第二间。"

木头点头道："我知道了，走吧。"

苏离离跟了木头出门，临去望了于飞一眼，见他依在十方身边，略放下心来。走下那青石台阶，木头伸手握了她的手，苏离离手心有些冷汗。木头站住道："他救这小皇帝，于他而言弊大于利。"

苏离离怔了片刻，将另一只手合在他的手背上，黯然道："我知道。"

木头摇头道："你不知道。"

苏离离慢慢道："我知道。他喜欢叶知秋的女儿，却又被他父亲抢去这种话，赵无妨传不出来。当初我跟赵无妨撒谎，他将计就计自己编了这么一个谣言，让人传出去。他要天下人知晓，父兄待他不仁，以利他将来不义。否则以十方耳目之广，这种传言他早就该听到，又怎会毫无因应，以致下狱。"

她拉起木头的手："他对我好是真，算计我也是真。我愿意把《天子策》送给他，就让十方拿去好了，你又何必自己涉险。"

木头看了她半晌，微笑道："我和他有话说，我拿给他就是。"

两人牵着手从小山丘上下来，已是正午。找间小店吃了点东西，苏离离买了些菜蔬吃食、洗漱之具，回到如意坊街角的苏记棺材铺。去年离开时，她只觉世间孤单零落，漂泊无涯；唯今相伴而回，心神清定。人生之跌宕变化，非人力所能窥测。

木头拧断了锁，二人进得门来，但见浮尘沾在窗棂上，院了里还散着木料，那口没做完的棺材原样摆在那里。什么都没变，只有苏离离放在枕上的那张字条不在了。苏离离笑笑，放下东西便打了水来擦灰。

木头将地洗了一遍，八尺长的竹枝扫帚划得地上条石唰唰作响。午后斜照进院中的阳光，映着空中尘埃飞舞，纤毫毕见。苏离离想起木头说的"尘质摇动，虚空寂然"，忽然走到院中，从后抱住了他的腰。木头回过身来拥着她和扫帚，地上照出奇特而和谐的影子。

他们收拾完这一院子已是傍晚时分，简单吃了点东西。苏离离点了截蜡烛，找出床单被套来换上。木头烧了水洗澡，洗完又给苏离离盛满一大桶热水。苏离离进浴室插上门，见桶身湿着，想到这是他刚才洗澡时身体发肤或触碰过的东西，脸上就有些发热。

洗完换好衣服出来，见木头一身白色的底衣也不觉冷，挽着袖口站在院子里看那屋檐。苏离离走过去："看什么呢？"

木头似叹似问："姐姐，你说这里是家吗？"

苏离离被他这一问，也有些怅然："怎么不是呢。我攒了好几年的银子才把这么大的院子买下来，总算有个落脚的地方。那几年和程叔一起，虽过得清贫，想想却很留恋。"

她解开头发，绾着的发梢有些沾湿了水，垂在衣服上。木头回过头来拉了她的双手道："我当时那么惨，自己也不知道昏在哪里，醒了就看见你指着我说，要是死在这里，只有薄皮匣子给我睡。"

苏离离一拳捶在他的胸口："你这臭小子，都四年了，怎么这么记仇啊！"

木头把她捞到怀里，闻着她洗澡后的味道，懒洋洋道："我当然还记得别的。"

"记得什么？"

他望着她的眼睛里有星星点点的欲望："记得你的腿，你裹着一条浴巾把我踢到了薄皮匣子里，我却一直记着你的腿，怎么会那么好看。"

苏离离大窘，想挣开他，却被他捉住亲吻。在这个属于他们的院子，在这个仅有他们的院子，她贴在他怀里，缠绵而心动。苏离离吊着他的肩膀，轻声道："我只铺了一张床，怎么办？"

木头低低道："好办，一起睡。"

他半抱半举地将她拖进房间。白白的蜡烛在火光下有些剔透。他放下她时翩然一转，也不知是谁把谁推到了床上。苏离离踢掉鞋子，跪到里侧。木头也跪上床沿，抽开她夹衣上的腰带，解掉了淡蓝夹衫，手从她里衣的领口伸进去，由肩背直抚到腰上；细麻的白衫子滑在胯间，腰与臀的曲线柔和而分明。

两人跪在床上，木头的衣裳却被苏离离扯开，半露着胸膛和腰腹上隐隐浮现的肌肉，身形虽有些瘦削，却坚实有力。她手指缓缓摸上去，带点跳跃的痒，轻轻撩拨。木头呼吸乱了，将她一把按在胸口，有些粗暴地吻在她唇上，手掌抚着她的背，细腻的触觉令人不忍释手。

木头头皮一麻，抓着她腰间半垂的衣衫猛力一扯，衣服"刺啦"一声撕了开来。

苏离离皱眉，轻声道："你干吗用撕的。"

木头直了直身，深吸一口气，将身上的中衣甩脱："它挡着我了。"他又抱住她。

"你要把我脱光了。"

"嗯。"

苏离离有些胆怯道："然后呢？"

他扯着她菲薄的裤子："然后你躺着。"

苏离离下意识地挡着他的手："你怎么知道？"

木头舔了舔她的嘴唇，一把将她带倒在床上："我看过医书。"

"什么医书讲这个？"

他扯着裤脚将她剥了个精光，道："《房中秘术》。"

苏离离急切地寻找被子躲藏，也不忘骂道："我呸，这哪是医书，你哪儿来的？"

木头诡秘地一笑："韩先生的，被我发现了。"

"啊？"

韩蛰鸣光辉的形象顿时猥琐了。

苏离离拖着被子不放，直叫："吹蜡烛。"木头看也不看，随手一挥，五尺外的蜡烛应手而灭，一缕青烟袅袅而起。屋里一时有些暗，看不清东西，他拉开了被子俯下身抱她。"嗯？"昏暗中苏离离轻声询问，却忽然"啊"的一声，手推拒在他的胸口，又不十分坚定。半明半昧的月光照清了彼此的脸，在十月寒凉的空气里，呼吸可见。生命定格在某一个瞬间，时光叠加着掠过，捉不住一个片段却心意迁延。身体的契合如一个落定的誓言，不曾约好，却共同发现。

心底有种大怆然，从中生出喜悦圆满。苏离离眼睫上沾着泪，却抬起脖子缓缓吻到他唇上，柔软而温存，绵密却熟悉。

事后睁开眼来，世间万物仿佛如旧，又仿佛都是新的。待得喘息平顺下来，苏离离疲软地抬手掐在他终于松懈的胳膊上，用力地掐，用力地掐，奈何手腕软得发抖。木头揽过她来，温言相劝道："你力气不及我，还是不要做无谓的反抗了。"

苏离离本想以气势夺人，奈何声气儿也细弱了："你个浑蛋，好疼的！"

木头吻着她的额："那一会儿我温柔点，试试看还疼不。"

"不要！"

木头含情脉脉地看着她，苏离离坚定重申道："我要睡觉了！"

木头微微笑着，并不答话。

这夜，他用事实给她证明了一个亘古不变的道理——再豪迈坚定的言语也赶不上丁点儿实际行动。

第二天懒懒睡到中午，苏离离趴着不想起来。某人陪着躺了半天，手脚又开始不老实了。苏离离无奈而愤恨，勉强爬起身，被木头一把拖回去，按在榻上，运起内力把她从肩背揉到小腿脚踝，一身酸乏顿消。

她换了衣服起床，洗手下厨房，将鲜鱼做汤，熬得奶白；蒸了昨天腌好的米粉肉，肥瘦合宜，软糯相兼；冬瓜切了薄片，炒了碎虾米，晶莹剔透。

木头拈一片冬瓜，大赞好吃，苏离离瞪了他一眼："哪里好吃？"

木头把她从头到脚地看了一看，态度和蔼真诚："哪里都好吃。"

吃完饭，木头收了碗，苏离离让他摘了牌匾，在大门上写上"店铺出售"。傍晚天将黑不黑，木头将装有《天子策》的匣子用一块布包了，打个结背在背上。

苏离离看他系着脚上鞋袜，忍不住道："你小心些。"

"嗯。"木头回头看她，"有什么话要跟他说吗？"

苏离离愣了一阵："没有。"

"那我走了。"

她轻轻打个哈欠："早点回来。"

"知道。"

看他挺拔的身影消失在长街尽头，苏离离关上门回床上倒头睡去。

陆

岐山惊闻讯　心安即吾乡

柒

◆

谈笑皆兵马
前生乌衣巷

◆

一个人的轻功与耳目之聪敏，与内力强弱休戚相关。木头此时的功力，只需提一口气，便能跃入十丈宫墙，在暮色中倏来倏往，如影似魅，浑不可见。趁着酉时初刻换岗，木头掩入了大内天牢。牢内的侍卫一声不出，已被他尽数点倒。

能蹲天牢的人，历来不是封疆大吏，就是王子皇孙。古礼刑不上大夫，故而天牢虽是牢，却是待遇最好的牢，徒然四壁却洁净干燥。木头无声地行到最末倒数第二间，隐身黑暗之中，便看见了铁栏那一面的祁凤翔。

他万分优雅地抱膝坐在稻草杂乱的地上，将一袭白衣穿出了几分"跌落涂泥不染尘"的味道，正借由一方不及一尺的小窗，翘首望月，不知所思。他左手拇指和食指捏着一根稻草，慢慢捻揉着，稻草在他指间柔顺地曲折团蜷。他的中指微微屈起，忽然一弹，稻草团白光一闪穿过碗口粗的熟铁栏隙射了出来。

木头抬手接住，缓缓走近栏杆，水银一般的月光下浮出他俊朗的眉目以及星一般明亮的眼。祁凤翔方徐徐回头，看到他时一怔，目光从他的脸上看到脚上，打量探究。江秋镝不复那个沉默冷清的少年，脸部轮廓英挺深刻，身形挺拔矫健，眉宇间却多了一份洞察的平静。

祁凤翔微微眯起眼睛，似笑非笑道："是你。"

木头也不说话，打开挽着的包袱，蹲下身将乌金灿然的匣子从铁栏间递进去，放在地上。祁凤翔骤然收了笑，愣了愣："你拿到这里来给我？"

木头并不站起，扶膝道："不要告诉我你没有暗人随侍来见你。"

"你以为这里就这么好进？"祁凤翔缓缓摇头，语重心长道，"你不是个自大的人，却总是在不经意间贬低别人。看来这几年虎落平阳也没有磨平这份傲气。"

木头慢慢站起身来："我不是来和你议论人品的。有人愿意把它送给你，仅此而已。"

祁凤翔平静却不容置疑道："我不要。"

顿了片刻，木头方问："为什么？"

祁凤翔眸子里的光冷冽如刀，缓缓站起来，走到铁栏前，手足间却有细细的精钢链，窸窣作响。他拾起匣子，并不转身，却一扬手，匣子划过一道美丽的弧线，精准地从狭窄的窗口飞入了夜幕，须臾落地，空旷地一响。他注视着木头的眼睛，眼里是深不见底的暗色，淡淡笑道："不为什么，我不要她的东西。"

木头微愣之下，看出他的几分负气，不由得说道："你很喜欢她。"是陈述，不是疑问。这不可见的情绪，轻易被他捕捉，出言便直指人心，竟让祁凤翔一时答不上话来。他并不承认，也不否认，却道："男人之间不必谈女人。说说你吧，现在做什么？"

木头想了想，眼睛越过他头顶看着灰白的厚砖墙，一只小壁虎趴在那里，凝固不动："也没做什么，比你略好一点。"

祁凤翔伸开双臂给他看手腕上缚着的镣链，怡然大方道："我并没有什么不好。一个人无论处在何种境地，都是一种经历，从中可以领悟种种真意。我虽经历起伏，却好过你大事未了，就从此围着女人的裙边转。"

他收了手，打量木头的神色，颇为感慨道："那年在幽州戍卫营里我问你，清平世界，辅国安邦，可是人生快事？你说乱世之中激流奋击，才为快意。我曾经想，有朝一日天下大乱，你或可做我的臂膀，或可做我的敌手，却万万没想到你……"

他开始说到经历时，木头尚露出几分赞许之色，此时却笑了，声音低沉悦耳。祁凤翔也微笑道："你笑什么？"

木头微微摇头道："祁凤翔，时至今日你不替自己担忧，还在想着煽惑人。"

祁凤翔见他看了出来，也不辩，仰头望着牢顶道："我有什么可担忧的。我父皇怕内乱要废我权爵，偏生又露出几许父子亲情来，不忍杀我，当真迂腐。身为皇帝，这种事情犹豫不决，能有什么建树。"

他如此置评匪夷所思，木头却点头道："不错。他实在该将你杀了。"

祁凤翔悠悠道："他要将我废为庶人。不如今后我也远离朝堂，和你们一起寄情山水。我们三人在一处，必定十分和睦亲爱。"

木头唇角抽了抽，却未动怒，道："有的人仕途遇挫，便心灰意懒，散发弄舟；但你不是，你只会越挫越勇。"

祁凤翔定定地看着他，默然片刻，收了戏谑态度，道："那你说现在我该怎么办？"

木头也肃然道："半月之内，我救你出牢门，你从此不再招惹她。"

"我怎么招惹她了？"他反问。

"那支簪子是什么意思？"

祁凤翔抬了抬下巴："世上没人比你更明白它的意思了。我好不容易才找到，你可不要浪费了。"

木头冷道："倘若我不应呢？"

祁凤翔带着三分散漫："别忘了四年前你是怎么重伤到京城的。此事不了，你别想安宁，昨晚的温柔乡也长久不了。"

木头脸色愈加阴冷："昨夜四更檐外那两人是你的人。"

祁凤翔笑出几许狎亵："做这种事需得心无旁骛，才能细品其中滋味。你这样子岂不大煞风景，想必她也没什么趣味。"

木头终于有些恼了，咬牙道："再来一人，我便杀一人，别怪我不给你面子！"

祁凤翔收了笑，手指点着铁栏，话锋一转："我要出这牢门是轻而易举。"

"那你为什么不出呢？"

"你说呢？"

木头直言道:"你虽可以出去,却怕名目不立!我能让你出来仍然做你的锐王,掌你的兵权。"

祁凤翔打量他两眼:"江秋镝,我把你送到三字谷治伤,不曾跟你讲价钱,也不是让你今日来跟我讲价钱的!我已说过,女人的事没什么好谈的,你我都不是吃威逼这一套的人!"

他这几句话说得十分决断,木头不置可否,默然片刻,却用目光指点着窗口外,淡淡道:"外面是哪里?"

"出门右拐下一排石梯,是一个校练场。你再不快些,只怕那匣子已送到父皇的御案上了。"

木头转身就走。

祁凤翔在他身后懒洋洋道:"只有一种女人我不存他念。"

木头站住:"哪种?"

"我下属的女人。"

木头的瞳仁微微缩起来,也淡淡道:"只有一种男人我杀起来绝不留情。"

祁凤翔已然笑道:"哪种?"

"抢我老婆的男人。"

祁凤翔一时哈哈大笑,牢外有大内侍卫闻声而动。他看着木头的身影倏忽一闪,直如幻梦般消失在石壁拐角,手指叩着石壁,兀自低声道:"你比原来有趣了嘛,难怪能讨人喜欢了。"

窗外微风不起,月凉如水。

苏离离一觉睡到二更,在枕上细听了听,万籁无声,木头还没有回来。她爬起床来在院子里站了一会儿,觉着非得找点什么事来做才好。她点了半截蜡烛,端到厨房灶台上,将一只大红薯削皮切丁,和上稀薄的面浆;烧热了油,用竹漏勺舀一勺,浸入油里炸至面色金黄,便是一块外酥里糯、香甜可口的苕饼。

她捞起来沥在竹箕里,又炸第二个,心里却有些七上八下。炸到第四个时,听得院子里似有木叶飘落的声音,她放下勺子就跑了出去。木头一身黑衣站在檐下,见她出来,微笑道:"炸什么东西,好香。"

苏离离细细打量他两眼，方跑上前去抱了他的腰道："怎么去了这么久？没事吧？"

"没事，甩几个在后面追的人，绕了一圈耽搁了时间。"他解下背上的包袱，打开，仍是那个乌金匣子。

苏离离疑惑地望着匣子，木头抚着匣子道："他不要。"

"为什么？"

"他不要你的东西。"

苏离离望着匣子有些默然，愣在当地。木头也不再说，只陪她站着。

这本是祁凤翔接近她的目的，他费尽心机地找到钥匙，她费尽心机地隐瞒抵赖；如今她情愿双手奉上，他却拒不接受了。苏离离有些豁然开朗地了悟，却又有些不明所以地怅然，站了半晌，微微一叹，正要说话，忽然闻到一股焦煳味道，跺脚道："糟糕。"

苏离离跑回厨房时，见那块苕饼已炸得焦黑，忙捞起来磕掉。木头也慢慢跟进来，将匣子放在桌上，洗净了手，拈了一块她炸好的苕饼咬了口，道："这是什么做法，怪好吃的。"

苏离离兀自倚在灶台边，看着新放入油锅的竹勺和饼子，缓缓道："木头，你能把他弄出来吗？"

木头靠在门边，吃着那块饼子，舔了舔唇，淡然道："可以，最迟十月二十，他会出来的。"

苏离离缓缓倚过去站了。木头见她面色不豫，便笑了笑，将那半块饼递到她嘴边，苏离离张嘴咬了一口，嚼了会儿，咽下去方道："这是以前在梁州街头见着的一种做法，简单又好吃。刚才看见这里有红薯，突然想起来，就做来试试。"

第二天，苏离离要木头把大门上的匾摘下来，却抚着"苏记棺材铺"那几个大字发愁道："这块匾可怎么办好？扔了怪舍不得的。"

木头说："劈了当柴烧吧。"

苏离离怒道："这是我店子的名牌！"

木头凑近，细细看了看那字，道："我家以前有一块匾，是皇帝写的。当日我父王取下来砸了，也没见怎么舍不得。"

苏离离"哼哼"一笑："谁家没有皇帝的匾了，我家还有两块呢，我爹说那字没他写得好。再说了，皇帝写的匾能有我棺材铺的好？"

木头看她脸色不善，唯诺道："那肯定是比不上的。"思之再三，终于把这块匾扛到程叔坟边埋了。

四日后，店铺出手了，苏离离看着价钱合适，也不计较多少。她签房契文书的时候，心里有些失落，像和一件极重要的东西作别。这里曾经是她的家，一年之间，她把中原转了个大圈子，如今已把家安在了他的心上。

木头议好了十月十五来收房子，找了一家较好的银庄，把钱存了，收好票据。

木头说祁凤翔会出来，却也没见他做什么。苏离离成日与他厮守在一起，总不觉腻烦，将这市井小院住出了几分世外桃源的味道。院子里那具旧棺材风吹日晒也没多大用处，木头拿来练雕工，盘膝坐在棺材盖子上，一笔笔刻着。

苏离离见他默默地坐在那里，也爬上棺材盖，从后抱住他的腰，柔声道："你每次这么刻着东西，心里都在想事。"

木头停下刀子，道："是吗？"

"嗯，我看得出来。"她把脸贴在他背上，静默了一会儿，"木头，我过去两年间不曾追问过你姓甚名谁，从哪里来到哪里去，你知道为什么吗？"

"为什么？"

"因为无论你是谁，要做什么，我都不介意；无论你是谁，要做什么，我都和你在一起。你说情是束缚，心甘情愿。你甘愿为我做的，我也甘愿为你做。你想做什么就做什么，不要因为我而有所顾虑。"她说得懒懒散散，殊无体统。

木头低头坐了一阵，脸上有释然的笑意："当真？"

苏离离像条懒蛇缠在他背上："当真。只要你记得答允过我，要回冷水镇开棺材铺。"

木头沉吟片刻，商量道："我们开医馆好不？我跟韩先生学医去。"

苏离离一听他要学医，顿时眉飞色舞，拍手笑道："好极了。我在你医馆旁开棺材铺，必定生意兴隆。"

木头向来不跟她计较口舌之利，贵在身手灵活，折转身来就将她捉住，吻了下去。苏离离挣扎了两下，再说不出笑话，细碎的亲吻带着扭动中身体的碰撞，片刻时间便作成一幅旖旎图画，将那三分缠绵悱恻越演越烈，大有星火燎原之势。

苏离离深知木头是个想了就做，神行一致的人，急切间拧他的脸道："不能在这里！"

木头半抱半压着她，诡辩道："我又没说要在这里。"

"哼哼，你是没说，可你正在做！"

木头也不推辞："那就做到底。"

"不行！"

"为什么？"

她义正词严地说："这是在棺材上，这样子太没职业道德了！"

木头额上青筋一跳，跃下棺材盖，一把将她扛了起来。

苏离离垂死挣扎了两下，已被他捉进屋里，"砰"地踢上了门。

十月十五，木头一早起来收拾了俩人的随身衣物，院子里那破旧棺材早被他劈成柴块堆到厨房里。太阳刚出时，买家已遣了人来收房，二人交了房子，牵了两匹马出京城西门而去，由官道直过冀州，沿途只见驿站快马往来，都说梁州赵寇犯边。

两日后行至霍州城，木头与苏离离正坐在一家店堂里沽酒小酌，便见一骑快马系着兵部加急的大铜铃，一路扬尘而过，行人车马纷纷避让。木头看那人马过去，抿着杯口沉吟道："我猜十月十八，祁凤翔必会出天牢。"

苏离离正品着一块枣泥糕，入口微苦，回味香甜。听他这样说，她疑道："因为赵无妨来犯？"

木头点头。

苏离离道："这赵无妨倒会挑时候，反帮了忙。"

木头微微笑："祁凤翔心里自然知道是怎么回事。"

"怎么回事？"

"我们走后，莫大哥便置办军旗兵服；若是我们十月初十未回岐山，他便将人马扮作赵无妨的兵马夜袭祁军大营，游而击之，引到安康、石泉。赵无妨兵马既惊，自然要寻访探究。莫大哥再去赵无妨营边放点小火什么的，一来二去、三来四去，祁、赵两家自然就真打起来了。"

苏离离一块枣泥糕噎在嘴里："你教他的？"

木头道："我只是动了动嘴，关键还得莫大哥办得好。那日我跟他下山，将雍、梁一线走了一遍，看看何处可攻，何处可守，心里也怕他收拾不好。如今看来，李师爷说得不错，莫大哥果然有些将才。"

"莫大哥怎么会听你的？你们俩一向不投机。"

木头放下杯子，缓缓斟酒："男人义气相交，不一定要投机。"

苏离离半天才转过一个弯来："那祁凤翔也不一定能出来啊，他太子大哥也许自己领兵到边界？"

木头摇头："祁焕臣活不久了，他大哥怕自己出京，到时父亲死了，祁凤翔占住京城得了先机，宁愿把他放出去。真是愚不可及，没有兵权，据住一个朝廷半分用处也没有。这一点上祁凤翔比他大哥明白，他这次出京，必不回去。"

"那他要怎样？"

"不怎样，留驻山陕，等着他爹死了，兄弟俩好翻脸开打。"

苏离离叹道："唉，这就是书上说的停尸不顾了。"

木头颔首："也不是不顾，只是顾不上。"

苏离离道："他打他大哥想必容易取胜。"

木头看看檐外铅灰色的云朵，悠然道："那倒未必。祁凤翔不要你的《天子策》，必然有自己的办法出狱。他按兵不动，只是要等待一个恰当的时机。我把他弄出来，不过是先下手为强，要他被动罢了。"

苏离离彻底糊涂了："木头，你能不能讲得浅显一点。"

木头斟酌了一下词句，解释道："他现下回到山陕驻地有两个难题：一是军资尚握在朝中，如若断了，他难以为继；二是兄弟一旦开打，他必须速胜，否则内讧太久，天下群豪必来瓜分祁氏，祁凤翔地处中心，便会落在四面围困之中。这第一点，我是要他落我手下，好不来算计我们；第二点有些棘手，我现在也看不出他有什么法子敢行险至此。"他微微蹙眉思索。

苏离离听了一遍，仰脸半晌，叹道："真是复杂。"

木头看着她面庞细腻的肌肤，突然一笑，道："锐王殿下得脱牢笼，心里只怕郁郁不乐。"

"为什么？"

木头温文尔雅，款款道："无论他愿不愿意，总是我把他救出来的。他既然这般傲气，不受你的好，那就受我的好吧。"

苏离离的《天子策》，祁凤翔可以断然地说不要；然而木头抢在前面这样一揽，祁凤翔却不能说"我不出来"。这下落人口实，必是祁凤翔心里一大痛，有苦说不出。

苏离离隐隐觉得有些不妥，仿佛不想木头这样涮他，又仿佛有点畏惧他："你就不怕他报复你？"

"一个人欲成大事，不可一味阴鸷，必要有容人的气度。我是在帮他磨砺性情。"木头一脸无害地将一箸土豆丝夹进了苏离离的饭碗里，"别光吃糕点，吃饭。"

十月十八日晚，圣旨下到狱中，着祁凤翔统兵山陕，以挡外寇。祁凤翔听了个明白，咬牙谢了恩。他回到府里，终于气得摔了桌子上的玉镇纸。祁泰收拾着地上的碎渣子，心中诧异，不明白主子为何出了天牢却气得脸上都藏不住了。

他躬身出门时，听祁凤翔低声吩咐道："传信给雍州，计划变了，就地待命。"第二日，祁凤翔轻骑简从，一日夜间到了霍州城。

其时，木头与苏离离已优哉游哉地行到了岐山脚下。莫大亲自到山间接应，一路跟木头述说别后情形。这番闹腾，竟未损一兵一卒，木头也禁不住夸了他几句，加上苏离离从旁凑趣，莫大那飘飘然的情状，差不多要腾云飞仙了。

回到大寨，苏离离一路走着，却见寨门都翻新了一遍，疑道："怎么？李师爷又推太乙数了？"

莫大道："可不是嘛，他那天足足推了一夜，早上跟我们说，十二月十九甲子日前后有天劫，很凶险，叫兄弟们都要小心。我不是看他这次一路给我出的主意都不错，我可不想听他的。兄弟，哦不，妹子，我跟你说，说来也怪，那次你们走后，李师爷像变了个人，也不整日浸在酒坛子里了，倒正经了不少。"

苏离离笑道："想必是大哥的英明神武感召了他。"

当晚，木头与李师爷、莫大又凑在一起不知计议什么。苏离离睡得半酣时，恍然觉得床边有人，惊得一下坐起来，待看清是木头，方松了口气，揉眼道："回来了。"说着往里让了让，倒下去又睡。木头看她一副蒙眬不清的样子，娇憨万状，挤上床来，合着被子，侧身抱了她道："姐姐，明天我要下山，你和莫大哥他们一起……"

话未说完，苏离离骤然一个清醒，翻身抓住他的臂膀道："你说什么？你不跟我一起？"

木头轻声解释道："不是不跟你在一起，是暂时小别。"

苏离离沉默半晌："你不跟我一起，那我跟你一起下山。"语气平平，不带起伏，却十分坚持。

木头迟疑了片刻，道："我下山有事，你跟着我奔波，既辛苦，也不方便。"

苏离离有些气恼道："你总是有事，也不跟我说。我让你想做什么就做什么，却没叫你撇下我去做。你要是再敢偷偷摸摸地走了，看我不把你休了！"

木头瞧着她横眉怒目的模样，沉默中轻声笑了。苏离离见他发笑，本是恼怒，心里却陡然一酸，声音微变道："你还笑我！"她一低头，狠狠地咬到他唇上，横征暴敛。

木头束手就擒，待她透出一口气时，方摸着嘴唇抗辩道："你轻点。"

苏离离抵在他额上微微喘气："我要跟你在一起。"

"好。"木头笑着应了，三分无奈，却有七分迁就。

第二天清晨，木头背着二人的行装，苏离离仍旧只背着她的流云筒，又一次告辞出山。木头将一封书信交给莫大道："行事仍需小心。"

莫大接来揣在怀里，挥手道："知道，知道，要你啰唆。"

苏离离蹙眉："你们又搞什么？"

木头也不答话，牵了她的手便走。

十月二十日，祁凤翔抵渭南，召来手下十方探报，问明了赵无妨袭边之事，当日便起五千马步军，直扑岐山县。他十八日出京，二十一日便围岐山，可谓奇兵突至，古往今来都少有如此神出鬼没之用兵。五千步兵攻上山去，但见千山鸟飞绝，万径人踪灭。

祁凤翔站在岐山大寨门前，将马鞭折起来，轻轻敲着手心。大寨中整洁却不见人影，平坦的寨门前，黄土地下插着一支长箭，翎羽向外，杆上系着一封书信。祁泰辨明无毒，解下来呈给祁凤翔。祁凤翔将马鞭递给他，自己接了信来，抽出信纸展开。

一笔行楷，挥洒清隽，颇得先贤遗风，书曰：

　　锐王殿下钧鉴：

　　仆以鄙陋之质，远遁以避兄之兵锋。山陕方寸之地，东有兄之家雠，西有赵氏强寇，南有诸方流贼，却讨岐山游勇。击小失大，不智也，兄其熟筹。

　　向者贱内蒙兄拔擢，以司造箭，今亲制箭镞一翎以赠，聊表问候。书不尽意，愿闻捷音。

　　　　　　　　　　　　　　　　　　　　江秋镝顿首

一番言语称兄道弟，说得极其谦逊而低调，晓之以理，动之以情。祁凤翔看了两遍，回视地上箭羽，银牙咬碎，却气得笑了，一下下把那张纸撕成零星碎片，抛了满天，咬牙切齿地笑道："不抓住你二人，我跟你姓江！"

一众兵马入寨搜了个遍，没有一个人，只有一圈猪嗷嗷觅食。手下偏将出寨回禀道："寨子里的贼人都跑了，要不要一把火烧了这营寨？"

高手过招，输赢自知，烧个空寨泄愤不是大将之风。祁凤翔默然半晌，缓缓摇了摇头，挥师下山。

回军途中，露宿荒外，北风萧瑟，吹得他胸怀凌乱。祁凤翔秉烛夜读，以千古悠思寄托这一朝寥落。帐下参将来报，叛将欧阳覃奉太子之命已兵抵太原，显然是要将他祁凤翔拒之于外了。祁凤翔听了也不怒，冷笑了一声。

忽然军中探子来报，岐山上那伙山贼又回去了，在山上张灯结彩，纵酒戏乐，好不嚣张。一旁偏将听了，个个大怒，摩拳擦掌，告请回军剿灭。

祁凤翔斜身坐着，一手支颐，食指按着额角，拇指按在腮边，安静地听完，沉吟半晌，却淡淡笑道："不怪你们，是我意气用事了。既已失算于人，跟几个山贼较什么劲。"

料得他二人不在山上，心中筹谋片刻，他坐正了命道："传令东线各部收至太原以西，三秦兵马回扼潼关。"

苏离离与木头此时却已入雍州腹地，住在客栈上房，裹在一条厚棉被里，趴着看窗外飘起的初冬细雪。雍州地接西域，地貌风情与中原已大相迥异。苏离离仰头看着那细雪漫天飞扬，笑道："我以前看我爹的诗书，上面有一句'大雪纷飞何所似，未若柳絮因风起'。雍州的雪花这般细碎飘飞，倒胜过了柳絮轻盈。"

木头搂着她的肩头，淡淡道："嗯，古时传说'凤凰鸣于岐，翔于雍'，雍州以前也叫凤翔，正是创业开基的好地方。据此用兵，必应古谶，从此名扬千古，永垂不朽。"

苏离离听他说得一派正经，其实是嘲讽之意，心里担忧道："你说他会不会去找莫大哥的麻烦？"

木头将脸埋在她脖颈中，闷声应道："这个时候，只怕都下岐山了。"

"啊？"苏离离一惊，推他道，"你的意思是他会去？"

木头抬起头："不去便好，去了更好。"

苏离离看他说得笃定，料得又有应对，颇为踌躇道："其实吧，祁凤翔待我还是不错的，到底……也没把我怎么样。你……也不用跟他计较……"

木头板起一张棺材脸，凉凉道："我也没把他怎么样啊，你急什么？"

苏离离看他神情，比岐山的陈醋凉皮还要够味，伸脚丫子扒着他的脚，讪笑道："我不急，我当然不急。我就是觉得吧，他们那些争天下的人就是一堆虎狼，随他们去吧。我们何必混在虎狼堆里，撩须拔牙的，嘿嘿……"

木头冷着脸道："他也未必就那么喜欢你。你不走，他跟你不清不楚地混着；你一走，他折了面子，自然气不过……"话未说完，房檐上极轻地一响，苏离离没听见，木头内力浑厚，已然拥了她坐起，扬声道："徐默格，下来！"

房顶上一时无声，顿了片刻，方有轻微的瓦片响动。苏离离懒懒道："我想喝水。"木头起身倒了一杯水给她，窗口人影一晃，徐默格一个翻身已轻巧地跃了进来。苏离离喝一口水，抬头看他，但见他黑衣不改，刀痕纵贯的脸上却用黑纱蒙着，只露出两只眼睛，烛火掩映下猫一般警惕。

苏离离噙着一口水险些喷出来，呛得有些咳嗽却失笑道："扒……徐……大哥，你上次要除疤，这次又用纱挡住尊容，莫不是找着小情人了，突然这般端庄起来。"

徐默格眼神一抖，仿佛有些尴尬，苏离离裹着被子嘻嘻笑。木头一回身坐在床沿，身正肩直，态度大方却隐含危险："我记得跟你主子说过，再有人跟我们，见一个杀一个。"

徐默格闷声道："是，你光听呼吸之气就辨出是我，我怎敢跟近。只奉命远远尾随，看你们到了哪里罢了。"

木头道："那怎么远到屋顶上来了？"

徐默格低声道："我刚才发现店外十丈都伏了人。"

"多少？"

"近百。"

木头略一沉吟，一把拉起苏离离，伸手取了包裹，道："马上走。"苏离离急急套上鞋，披了从莫大那里搜刮来的一领狐裘，跟着他疾步下楼。走到楼梯上时，木头已然听见外面脚步声纷杂细微，他当机立断道："楼梯下面去。"

楼梯之下倾斜狭窄的空间里堆了桌凳箱笼一类杂物，木头拉开一道空隙，三人缩身藏入，便听见大门外一人沉声道："上。"

门"砰"的一声打开，身穿青色军服的人抢入客栈，拥上二楼。当先一个头领模样的人，生着一张尖尖的瓜子脸，还是十足的葵瓜子，站在大堂中心，游目四顾道："不要放跑一个！"军士纷纷拔刀，二楼上响起了兵器相击、打斗吆喝之声。

只听一人大笑道："老子随便来逛逛，没想到还让狗崽子发现了。"随着他话音一落，两名军士摔下来，各中刀伤。

那尖脸头领目光一凛，喝道："赵不折，雍州是罗将军属地，你梁州小贼，怎敢来此招摇！"

楼梯下三人只觉头顶上重重一落脚，抖下些细灰，显是有人从二楼跃到了楼梯上，又从楼梯跃到了大堂里。方脸阔额，正是赵不折。他手上两柄双刀，四纵开合，进退有据，一边打架，一边斗嘴："好不要脸，你家罗将军取雍州不到一年，还有三分之一在祁凤翔手里，也敢说雍州姓罗！"

尖脸头领冷笑道："祁凤翔捉襟见肘，已退回潼关去了，这三分之一自然姓罗，还轮不到你们姓赵的来抢！"他拔刀迎上，赵不折一面挡住他，一面又料理了三人，嘴上仍不闲着："我呸，谁家的地不是抢来的，乌鸦笑煤灰，自己不知道自己黑。"

赵不折跃下楼梯时，另有五人随他跃下，个个都是好手，困斗良久，已所剩无一，青衣军士也死伤过半。赵不折虽勇，双拳难敌四手，眼见越来越多的人围到身边，肩腿相继中刀，虽勉力支持，却难以招架。那尖脸头领觑空，以刀柄击向赵不折颈后大椎穴。赵不折膝盖一屈倒地，立时被四个人按住用粗绳索牢牢缚了。

尖脸头领恶斗之下，喘息道："到底……拿住你了。"方才众人打斗，声音杂乱，如今骤然安静下来，便见那尖脸头领凝神听了一听，断然喝道，"什么人，出来！"

木头内息自敛，徐默格运力屏气，只有苏离离不懂内功让那头领听了出来。她一惊欲动，木头先一步按住她的手，未及因应，徐默格忽然起身，几步蹿到了大堂，顿时数十把刀向他身上招呼。

他身形飘忽一动，竟绕过众人直奔向店外。尖脸头领当先出门道："快追！"身后军士鱼贯而出，最末两人押了赵不折跟上，刹那间走得干干净净。地上尸首横陈，静谧非常。苏离离有些害怕，偎向木头身边，低声道："徐默格跑得掉吗？"

木头想了想："跑不掉，对方人太多。"他拉开杂物，将苏离离牵了出来。

苏离离深吸一口气，低声说："那我们跟去看看。"木头将包袱甩到胸前，俯身道："你趴我背上。"苏离离依言趴上他的脊背，木头提一口气，出了门隐入夜色。

四面景物不住向后飞掠，碎雪却飘得小了。苏离离伏在他耳边，听他呼吸绵长规律，心里忽然有些羡慕这样的身负绝技。少时，他们上了一处官道，两旁有树，隐约看见那队军士在前，果然赵不折身后又捆了一人，正是徐默格。

木头放慢了脚步，隔着四五丈远远随着。苏离离在他耳边轻声问："我们救他不？"

她声音低回，气息轻拂在耳朵上，木头有些心猿意马，却也低声道："先不忙。"正了正神，已来到处露营的阔地，扎着七八处大帐篷，正傍着一湖水。

其时细雪已停，空气清寒。云遮月藏，略有微光，映得波纹起伏，珠沉渊而水媚。

木头放下苏离离，牵了她的手，两人缓缓弓身走到近处，伏在过膝的衰草间。草叶缝隙中看去，地上燃着篝火，一人背对他们而立。赵不折与徐默格被粽子一般扔在那人面前，徐默格沉声不语，赵不折大骂狗贼。

尖脸头领向站着那人躬身道："将军，这赵不折抓住了。"

那人点点头："嗯，搜他身上。"苏离离听他说话，语气虽随意，却令她觉得莫名严肃。尖脸头领带了人按着赵不折搜身，赵不折奋力挣扎，敌不过几人合力。他随身的暗器、文书、金银陆续被掏了出来。

尖脸头领拔下他的靴子一抖，靴筒中有细长的东西掉了下来。他拾起来，毕恭毕敬交给站着的那人。那人对着火光看去，却是一支簪子，簪身有些微的透亮流纹，簪头却是两粒晶莹的明珠。

苏离离一眼望去，下意识地伸手去摸随身背着的小布包，里面装了碎银子，装了手帕……还有一支簪子。祁凤翔送来的那支还在，可那人手上拿的一模一样的那支又是什么？

那人斜执了簪子，道："松了他的绑。"军士应声割断了缚着赵不折的绳索，赵不折忽地站起来。那人慢条斯理道："赵将军，适才多有得罪。你既到我雍州来，我有一言相劝。

"如今祁家势大，旁人打不过他，他们自家要打了。你我都是偏乡僻壤蜗居之人，这时候何必互相过不去呢。我们两家正该结盟，同讨祁氏。灭了祁氏，划地平分，那时再打也不迟啊。"

赵不折本自正衣理物，听了这话，笑了一声："哈，罗将军，那你抓老子来做什么？"

那位罗将军道："正是想请赵将军对尊兄说一说兄弟的意思，除此之外，赵兄再勿无故入我雍州了。若是听明白，这便请吧。"

赵不折沉吟片刻，道："同讨祁氏本是好事，在下一定转告兄长。"他看了罗将军一眼，"只是这支簪子能否还给兄弟？"

那罗将军道："赵将军怎对一支簪子念念不忘？"

赵不折嗤笑道："说不得，老婆的簪子，放在身边做个念想。回去若不见了，只怕老婆怪罪。"

罗将军干笑两声道："赵兄如此英勇，却忒怕老婆。"

赵不折接道："对敌人要英勇，对老婆要迁顺。"

苏离离听得这句，不觉转头去看木头，正对上木头转过来看她的目光，神色揶揄，似乎在说"我也怕老婆"。苏离离做了个"呸"的口型，扭头只看着赵、罗二人，脸上却薄薄地染了绯色。

那罗将军反背了手，缓缓上前两步，道："赵兄可知道，我朝自太祖始，便有一种天子亲兵，叫作乌衣。人数少而精，又极为隐蔽，父母兄弟都不能知情，朝廷高官都不予听命，专职探察情报，外至夷狄，内至三公，概莫能外，只听天子令。"

赵不折摇头道："这样的秘事，我兄弟世代务农，又怎会听说。"

"按照我朝中规矩，各州库府之银、粮，每年各积一半以为储备。这积银积粮之地，旁人不知，只有为天子亲兵的乌衣人知道。各州府的储粮之地都用暗语画在了图上，而这暗语只有乌衣人的大统领知道。乌衣的规矩，能读之人无图，有图之人不会读。"

赵不折愈加不耐烦："那关我什么事？"

罗将军笑道："赵兄当真不知道，如今天下纷争不休，农商皆伤。长此以往，军资军粮从何而来？天下群雄谁若得到这批储备，谁就有了大把的银粮，未战而先胜一半。"

赵不折疑惑道："这个容易明白，可不容易找啊。"

罗将军冷笑道："赵兄演起戏来还真不赖。"他伸出右手，举了簪子道，"这支玳瑁簪便是换图的信物，本为一对，拆而成单。一对可取，单支可看。本是藏在宫中，京城破时，流落民间。"

赵不折愣了半晌，忽然哈哈大笑道："罗兄真会编故事，这簪子我老婆天天戴。你若说它是信物，除了乌衣人，谁知道去哪里换图？就算换到了图，除了乌衣人的大统领，谁知道图上画的是什么？罗兄若喜欢，我送给罗兄，但愿你先找到你雍州的钱粮吧，哈哈哈。"他也不再看罗将军，径直从来路大笑而去。

那罗将军随他远去而慢慢侧转了身。他方才一直背对着苏离离，这会儿转过半身，却见这罗将军也并不太老，留着浅浅的胡楂，平添几分沧桑。苏离离似在哪里见过这人，又似乎没有见过，耳听木头突然极低地"咦"了一声。

她转头看时，木头盯着那位罗将军，脸上渐渐浮起一抹微笑。难道他认得？苏离离又转头看去，细辨那人眉宇，仿佛骤然触通了记忆，她大吃一惊：怎么会是他！

那位罗将军见赵不折的身影没入黑夜，低头看了看手上的簪子，对部下命道："拔寨，连夜回雍州大营。"

军士闻声而动，纷纷收拾行装，一炷香工夫已集合在阔地上。罗将军骑了马，朝北而去，数百名步兵跟随在后。待最后一队人马去远，苏离离方大大地呼出一口气，却仿佛累得很，低垂着头。

她脖子上的皮肤露了出来，弧线优美，木头拉了拉狐裘给她遮住。苏离离也不动，低声道："祁凤翔想要银、粮，所以把簪子交给我，是要你去找。"

木头"嗯"了一声。

苏离离猝然抬头，肃容道："你怎么能找到？"

"先要找到图。"

苏离离道："然后呢？去找那个大统领？"

"大统领已经死了。"他答得平静。

苏离离一愣，看了他片刻，忽然有些害怕，翻身坐起道："那还有谁知道？"

木头也随她坐起来。夜色虽暗，她却见他眼睛如常明亮清澈；空气虽寒，却仿佛能触到他肌肤的温热。他看着她的眉眼，缓缓道："那个知道的人，当初你不救他，他便也死了。"

"你？"苏离离望着他熟悉至极的脸，失神一般愣怔。

"我。"木头见她神色，心里似被她擦棺材板子的砂纸打磨着，放柔了声音，"姐姐，你能看出祁凤翔传的流言，就没有想过，临江王谋反族灭，我身为其子，为何独独逃脱了？"

苏离离慢慢转头看着身边的草色，缓缓摇头："我从不曾……不曾怀疑你的事，觉得你始终是你罢了。"她最后几个字如同叹息，细若蚊蚋，说完，却将脸埋到了掌心里。

苏离离乍闻此事，心里突然迷茫起来：木头手里握着这样的秘密，此生如何能得安宁？木头看破她的心思，挪近她身边，轻声道："我是什么人，知道什么事，都无关紧要，在你面前始终是木头罢了，你原本想得不错。"

苏离离像溺在水中被他捞了上来，有些虚弱的犹疑，更多的是信任的释然："你怎么会知道？"

"乌衣的大统领是我父王。"

"那我们怎么办？"

木头失笑道："你傻了呀？什么怎么办，现在在一起，以后还在一起。无论我是谁，那也不过是从前的事。你陪我把这件事办完，我陪你做棺材。"

苏离离凝神半晌，终于理清一点凌乱的思绪，抬头看他着道："为什么叫乌衣？黑衣服？是夜里做过贼，还是山西挖过煤……"

木头爱怜横溢的表情顿了一顿，唇角抽搐道："都不是，那只是个称谓。"

"你爹怎会是乌衣的大统领？"

他像说一件极其久远，又不关自身的事一般娓娓道来："我父王出身少林，后来随征入仕，论功封为异姓王。我从小被送到少林学武，方丈大师亲自教我，却不肯收我为俗家弟子，只说是教一点基本的拳脚。我十二岁才回家，父子之情血浓于水，但亲近有限，我也不太清楚他的事。"

"那昏君即位之后，听信了鲍辉的谗言，猜忌父王，想将他骗到京城杀死。我父王得到消息，抗旨未去。昏君便说他谋反，父王一时激愤，与朝廷打了起来。"木头裹一裹苏离离的衣服，握了她的手焐着，"那个时候皇帝尚存，各路诸侯都打着诛逆的旗号围攻我们。父王寡不敌众，兵败已定。他武艺高强，自己本来可活，却觉得无颜再面世人，终是在阵前自尽而死。"

"临死之际，我才知道他是乌衣的大统领。他告诉我乌衣这一批军资的事，让我记住，今后以图再起，诛君讨逆，复他名誉。"木头眼神有些激越，像看见群山暮色般苍莽。

苏离离静静地等了片刻，见他不说话，迟疑道："那你要去……去拉起旗号，争雄天下？"

木头的目光凝聚在她脸上，有些穿透世事的深邃总是极不相称地出现在他年轻的眼睛里，却从来清濯湛然，不见颓丧："佛经上说，父母子女是前世冤孽，今生又何必牵扯不清。我杀那昏君，足报父母之仇。至于我自己要做什么，即使我父亲也不能驾驭。"

苏离离止不住要问："那你要做什么？"

木头似思索了片刻，唇角微微上翘，道："天地广阔，我什么都可以做，只不想做皇帝。"

苏离离也浅浅笑道："算你聪明，皇帝可不是人做的，好坏都累得慌。"

木头道："这正是我不堪其忧，祁凤翔不改其乐。"

苏离离被他一提，问道："祁凤翔怎么知道你能找到那批军资？"

木头蹙眉道："他交游甚广，消息来源也多。乌衣本已支离破碎，难保没有什么关键人物落在他手里。前年他在京城遇见我，我们在栖云寺密谈时，他问过我军资的事。我想那批钱粮，分储各州，藏而不露总不是了结，祁凤翔素有壮志，给他也不为过……"

苏离离挤一挤眉，怪道："所以你就答应了？"

木头一脸无辜："我没答应啊，我觉得他并无把握，只是诈我一诈，当时就否认了。但他觉得我父王用尽方法留我在世，必然是有所图，咬定我知道。要说猜度人心，祁凤翔真是世间翘楚，只是当真把别人的心看透了，自己的心也麻木了。"

苏离离从皮裘中伸出手臂，抱了他的腰，问："你父王用了什么方法让你活命？你当初又怎的到了我门口？"

"我父王跟我说了军资之事，便设计让我秘密逃脱，隐姓埋名，辗转州郡，被乌衣卫和官兵当作叛军残余追杀。我想最危险的地方，就是最安全的地方，便从临州回到京城。当时我受了重伤，生死之念，早已抛开。怎么落在你门前的，我也不知道。"他唇角挂着淡淡的笑。

她看着他明亮澄澈的眼睛，有片刻恍惚，仿佛那年救他时那种虚弱而又不容靠近的倔强，心已经软了："那你也不该一直骗着我啊！"

"我没有骗过你啊。"木头无奈道，"我只是不能告诉你罢了。当时在你家里，若是被人发现，我死不足惜，而你也活不成。就没见过你这样的，不管什么人就乱救，要不看你是真傻，我还以为你别有用心呢。"

苏离离奇道："什么？我傻！我难道还救错了呀？"

木头抓了她的手按在自己颊上："没救错，不然我死了，你这辈子怎么嫁得掉。"

"哈！"苏离离短促一笑，愤然抽掉手。

柒

谈笑皆兵马　前生乌衣巷

木头笑道："我一听你叫我木头，就知道你居心不良。一个做棺材的，这辈子除了和木头在一起，还能找上什么。"

苏离离使力将他一推，没推动，嗔道："你跟谁学得这么贫嘴的？"

即使冷静稳重之人，情爱中也不乏风趣灵犀。木头无师自通，坦然招供道："跟你学的。"

苏离离却被他贫得笑了，伸手劈上他微凉的面颊，却舍不得下重手，捧着他的脸道："明明是个臭鸡蛋，偏要开个缝，现在让祁凤翔那绿头苍蝇盯上了，怎么办？"

木头也不顾自己是臭鸡蛋，但听她说祁凤翔是绿头苍蝇就十分高兴，欣然道："要拿住绿头苍蝇容易得很。比如，我们去告诉赵不折，那位罗将军是谁，那苍蝇就是装成凤凰，也飞不出山陕重围。"

苏离离被他一提，兴致骤起："那罗将军是不是那个满脸写着别人欠他钱的李铿。徐默格上次说他随征死了，其实是祁凤翔将他埋伏在了雍州！"

木头赞许地点头道："聪明，就是他。我倒没想到祁凤翔来这一手，即使莫大哥不引赵无妨进攻祁军，这位罗将军也会攻打祁军的。祁凤翔总能山天牢，只看时机罢了，谁也想不到他有这样一支生力军埋伏在雍州。"

苏离离伸手钻进木头的前襟里，只把他当暖炉煨手，半倚在他身上道："你上次说他有两个难题：一个是缺军资，一个是需速胜。后者的问题解决了，前者的问题要靠你？"

木头抚摩着她的眉梢："既然世上只有我能找着，无论给不给他，拿在我手里总不至于被动。"

"你为什么要给他找钱找粮？"

"倘若他把我的身份随便露一露，我就再别想安宁。正是他有求于我，我也不能不应。"木头站起身来，顺手将她抱起，"我跟祁凤翔是信义相交，这么多年来谁也没对谁不仁不义过。大家守着这个底线，不愿先撕破脸。只因我们都清楚，我不会与他相争，他也奈何不了我，彼此为敌，非为上策。"

苏离离犹自抱着他道："那现在怎么办？"

"李铿自然不会为难徐默格，就在这里等徐默格送簪子给我。"

苏离离仍然抱着不动："那笔钱……很多？"

"是。"

"多少？"

"不下亿万。"他静观她错愕的神色，温和地煽风道，"你想要吗？"

苏离离缓缓摇头："不想。我贪小财，不贪大财。我只要自己的铺子和你。"

木头定定看了她片刻，笑了："原来你才是最贪心的一个。"

他说完，俯下身吻她。二人紧密相拥，在初冬的寒夜，缠绵难抑。壁立千仞，无欲则刚。世人能看淡钱权二字者，寥寥无几。这个人还能为你所爱，且爱着你，那是怎样一种幸运，江秋镝怎能不珍惜？

仿佛有整个夜晚可以用来亲吻，从容不迫，又柔缓旖旎，放下了一切心结。江秋镝回首看去，无论是权贵的家世，还是秘密的身份，荣耀与才干带来的怪悦都像迷离浮幻的前生。他向着不可知的方向沉坠，一直落向她，他倏然明白，这是他前世的渊薮。

苏离离扶着他的臂膀，时而极近地看着他的眼睛，又再合上眼，沉溺地亲近。他的眼睛清明澄净，从来不是捉摸不透的危险谜题。即使他是江洋大盗，即使他十恶不赦，天下人人欲除之而后快，于她而言，他也只是木头。生命之中默然陪伴，虚空般博大充盈，举重若轻。

从来不去怀疑，不该怀疑，没有左试右探与如履薄冰，因为此时此刻，他们就在这里。

祁凤翔默默地看了良久，终是冷笑一声。

木头惊觉抬头，便见九丈远的官道上，静立一人，白衣映着薄雪，透着冷清的幽光，狭长的眼睛微微眯起，神情似笑非笑。木头心下顿时明白，祁凤翔必是已秘行至雍州，正跟李铿在一处。他伸手揽了苏离离，神色间隐有岿然的坚定与执着。

苏离离离京一年，骤然见到祁凤翔，一惊，下意识地把木头抱得更紧，显出几分小鸟依人般的畏缩。狐皮毛色柔软，围在她颈边，平添妩媚，越见清妍，眉宇间多了几许韵味，丝毫不像当初女扮男装的市井俚俗。

柒

谈笑皆兵马　前生乌衣巷

风从北而来，吹起祁凤翔束起的头发，拂在脸上是轻柔的痒，心却如失了般空荡，让他措手不及。他为什么要亲自走来，只因心里隐约想要见她一见，现下却把握不住这相见的意义。一年半前，他回京，十方告诉他那番顺风逆风的话时，他也忍不住想去见她，一见便将所有拒绝的努力瓦解。

那时她看见他站在屋檐下，说不出一句话来。他当时无耻地笑她，现在他却一句也笑不出来。三人默立许久，祁凤翔忽然一扬手道："拿去。"木头伸手接住，正是那支簪子，震得他掌心微微发麻。想必祁凤翔面上强自镇定，心里却难抑起伏，内力激荡随那簪子掷来。木头微微一愣。

祁凤翔却退了两步，什么也没说，转身便走，再不看二人一眼。一点白衣消失在夜色深处，越走越急，渐渐运起内力奔跑。思绪如视物，浮光掠影般划过，眼见李铿的大营灯火闪耀，他陡然停住脚步。初冬的薄寒，透入心底一片冰凉，他忽然觉得灰心。纵使千辛万苦得来这天下，也未必能得到一人的倾心爱慕，可以在那州郡大道之上，旁若无人地缠绵。

他抚着左手虎口上的一点刺痕，那是他在渭水舟中的剜心之举，以为可以将她拒之心外，不给感情以任何机会。她那么孤弱无助的处境，竟敢抛下自己仅有的店铺营生远走江湖。她在枕上留了一张纸，写着："我走了。"

那一刻，他握着字条心里后悔，他想将她捉住，想问她我不再隐藏，那么你能不能不怕烧手？

祁凤翔站在营外，一时间杂念丛生。一进一退，一走一留之间，世事便纷繁错落。他曾经以为可以把握她的一切，却蓦然发现这是他掌控不了的。唯其不可得，失之更觉寥落。这甚至与苏离离无关，而是另一种困惑，令他找不到答案。

李铿远远地观望，已看见他站在营边，默然伫立。他撇开众人赶到祁凤翔身边，叫道："锐王。"

"嗯？"祁凤翔似从梦中醒来，"什么事？"

"太原那边刚刚传来急报，皇上病危，且夕不保，已经传位给太子了。太子着人拟诏，要饬你叛国，看样子就要打了。"

听得这几句话，他身处之境地愈加不利，祁凤翔心里反渐渐清晰起来，不似方才彷徨。父亲待他之薄，长兄视他如仇，原来都算不得什么，他引兵在外本是要孤注一掷。祁凤翔看向李铿，李铿眼里有担忧与坚定，是为他尽心竭力的人。

世间有情皆孽，无人不苦。苏离离无非彼岸的芳香，却不是他采撷的时候，他自有骄傲，何需人偿。江秋镝说得不错，祁凤翔于逆境之中绝不会生退却之心。他转顾满营灯火，心中倏然生出一股豪气：纵使天下千万人负他，他又何足惧！

祁凤翔淡淡一笑，简洁道："打就打吧。这边就依我们议定之计而行，我连夜回潼关。"

雍州大道上，苏离离与木头兀自默立。苏离离将头抵在他的肩窝，轻声道："我还以为他要动手。"木头右手握着那支簪子，却不答话。苏离离仰头看他，见他看着远处，神色平和，戳他的肩膀道："怎么？喝醋了？"

木头俯首，摇头道："那是玩笑罢了，我有什么可吃醋的。只是看他方才情状，实是对你用了心，看着我们在这里，却能从容抽身而去。从前佩服他一半，如今倒要佩服他七分了。"说是七分，到底没满十分。

苏离离"呀"的一声，惊道："他会不会让李铿的军马来捉我们？"

木头顿了一下，慢慢笑了，有些满意有些同情："你实在不了解祁凤翔，他不是那样的人。"

苏离离怔了一怔，勉强笑道："那现在我们去哪里？"

木头放眼一看："换家客栈睡觉。"

苏离离点头，拖了他的手道："走吧。诗云：'执子之手，将子拐走。'"

木头忍不住轻声辩道："是偕老。"

苏离离笑："记不得后半句了，差不多都是一个意思。"

两人携了手，踩在薄雪上，唧唧咕咕的脆响，在静夜间分外清晰，像天地之间只剩了他二人，交相踩着彼此的足音，缓缓去远。

柒

- 231 -

谈笑皆兵马　前生乌衣巷

捌

◆

河畔木叶声

万物为刍狗

◆

天水市集颇为热闹，街角一家古朴的小书屋整洁干净，青竹竿子挑着细枝垂帘，入画的意境。书屋主人的小女儿一大早正用鸡毛掸子扫着书架，便见两个人远远朝这边走来。一样的青布衣衫，却让那高些的男子穿得有模有样，剑眉星目，似乎带着一点淡漠，目光所注又隐有温柔。

他身边一人，比他矮了大半个头，衣裳穿得厚些，袍袖宽松却不显臃肿，眼波流转，便见伶俐动人。这人长发随便束，简洁却飘逸，肩上背着个奇怪的大竹筒。走到近前，但见肤色细腻白皙，方看出是个女人。

木头衣裾一振，迈进门槛。小姑娘迎上前问道："二位客官要买书吗？"

木头看了她一眼，随随便便道："敢问姑娘，周老板可在店里？"

他态度很正经平常，那姑娘看着他的面庞，却微微红了脸，略垂了头道："爹爹在后面厢房，公子若是有事，我去请他出来。"

木头客气道："有劳姑娘了。"店老板的女儿急急瞟了他一眼，却见他身边那人乌黑的眼珠子琉璃般清透，觑在自己脸上，似乎自己的脸十分有趣。她忙转身，揭开布帘子到里面去了。苏离离看着她进去，咬着唇笑得诡异，回身拣了本架上的书翻着。

木头转过头来看她手里的书，却是本《诗经》，禁不住道："你要补习'执子之手，将子拐走'？"

苏离离拇指按着书页边沿，将书翻得哗哗作响，微蹙了眉道："我爹那些书我也看过不少，诗词什么的作不上来却也读得来。唯独《诗经》我怎样也读不进去，可能没对上我脑子里那根弦吧。"

她手指一松，正巧停在《豳风》里，入眼是一首《七月》，曰："春日迟迟，采蘩祁祁。"苏离离愣了一阵，想起那年在言欢的绣房，祁凤翔说"我姓祁，就是'采蘩祁祁'的祁，苏姑娘记着吧"。她轻轻合上书，笑了一笑，那周老板已掀了帘子踱出门来。

周老板笑向木头拱手道："是这位小兄弟找我？"有几分书生气，却带着屡试不第的落拓。

木头点头道："正是。我想买本《楞严经》，不知有没有鸠摩罗什的译本？"

周老板散淡的神色骤然一肃，缓缓道："没有，只有玄奘的译本。"

木头道："原来如此。但愿末法之中，诸修行者，令识虚妄，不恋三界。"

周老板应声道："这本经书功德无量。如是持佛戒，身语意三业清净，资粮俱足。"

木头点头道："这书我买了。"

周老板看看街边，转顾女儿道："小梨，看着店里。公子这边请。"说着，把木头和苏离离往里让。木头伸直手掌，稍往后递去，苏离离已握上他的手，极其默契又仿佛极其自然，二人跟着那周老板走进里间。

转过一个阴暗的门廊，又打起一道竹帘，屋里烧着素炭，比外面暖和许多。炭盆之侧是一张紫檀盘螭雕花案几，案上放了些枣果。周老板甫一进门，便躬身一拜道："在下二等密卫，恭候上差多时。"

木头徐徐转身，看了他片刻，对苏离离道："你的簪子呢？"苏离离从贴身口袋里摸出来给他，木头执了那簪子对周老板道："我要看图。"

周老板接过簪子来，细细地看了片刻，小心翼翼道："这确是一对玳瑁簪中的左支，照理应该给公子看，但是图纸现下不在此处。"

木头抱着手肘沉吟半晌，莞尔一笑道："那在哪里？"

不知是屋里太热还是衣服穿得太多，周老板额上冒起一层细汗，道："从此出门，沿大道南行二十里，有一条河，溯上游而去再行十里，有座农舍，住了个姓焦的农夫。卑职去年春，便奉上令，将图转给他了。"

他说着捧上簪子，木头接了仍交给苏离离，看她收进包里，漫不经心道："南行二十里已入梁州了呀。"

周老板点头道："正是。"

木头也不看他，只对苏离离道："既如此，我们且过那边去吧。"

苏离离便顺了顺流云筒，挽了他的手要走，周老板迟疑道："敢问公子尊姓？"

木头站住脚，在他脸上扫视个来回，淡淡道："不该你问的，你何必问。"

"是是。"周老板唯诺道。

待他二人相偕出门，周老板方松了一口气。女儿倚在木门边问："爹，他们是谁啊？"

周老板却默默地看着门外长街，愣了好半天，才摇头道："小梨，关门收东西，跟爹出去避避吧。"

苏离离走到街上，左顾右盼，问木头："他吓得满头满脸冒冷汗呢。"

木头道："这人当着我的面撒谎。要是换了别人，他今天是过不去了！"

"你昨天说他若拿不出图来就是给了人。他若让你去雍州，图就在祁风翔手里；若是支你去梁州，就是在赵无妨手里。现在看来那图果真落在赵无妨手里？"

木头沉吟道："那天赵不折肯轻易放下簪子，我就疑心他们已拿到了图，所以方才没有拿出那一支来。那老板让我们去的地方肯定是不能去的，只能再想办法。"

苏离离拉着他的袖子轻轻地晃："我记得从前你说谁伤你一刀一剑，你就要谁的命。可我不想看你作恶，那个老板有女儿，有店子，也是诚心过日子的人。"

木头停下脚步，仍旧将她的手捏到掌心，道："那周老板因为手中有图，也不得安宁。我何必与他为难，让他和女儿走吧。"

苏离离慢慢笑了："若你还是临江王世子，他对你说谎，你会怎样对付他？"

木头摇头："我已不是临江王世子。我想与你好好过，就像他想和女儿过平常日子。己所不欲，勿施于人。"

薄薄的阳光下苏离离看他微微翘起的唇角，心意满足言简意赅道："我喜欢你这样。"

木头的眼睛骤然睁大，瞪了她一眼，转看街上人来人往，脸色严肃得一本正经。苏离离此言发自心，没顾虑到环境，见他这副模样，调戏之心大起，正欲再说，后面忽然有人叫道："公子慢走。"

周老板急速地赶了上来，脚步一错，魅影般转到二人面前站定，发若疾风，收如静木，一看便是上乘的轻功。木头微微侧身将苏离离揽在肩后，脸色平淡道："阁下还有指教？"

周老板疾奔而来，倏而站定，脸不红气不喘，抱拳道："公子不可去找那姓焦的农夫，那是处陷阱。在下为救女儿，图已给了人了。那人住在下游十里一间木屋，屋侧有一棵大枣树的便是。"

木头定定听完，回礼道："多谢相告。"

周老板也不多说，但道："公子高义，万事小心。"径自越过他二人又往来路上去了，步履虽急，却一步步走得踏实。

木头和苏离离回头看去，苏离离道："他骗了你又来告诉你，你知道为什么吗？"

木头侧目看她："为什么？"

"我爹常说，大胜在德。正因为你没有为难他，他才肯告诉你。"

木头笑道："可惜大德之人大多穷困潦倒，你跟了我，只怕会穷得要命。"

苏离离手指自己鼻尖晃脑道："上苍可怜你有大德，特地命我这样的真小人来扶持你。"

木头一笑，将她拖走。

他们约行了大半日，已到日昳时分，远远看见河曲之畔有间木屋，门前草色衰黄，檐上茅草参差斜矗，正在一棵大枣树旁。木头凝神细听了听，周遭毫无动静。他四面看看，见一丛矮灌木生在不远的土坡之上，落叶掩映下极不起眼。

木头对苏离离道："我过那边木屋去看看，你躲到那树丛里不要出声，调匀气息，就不易被人发现，一会儿我出来叫你。"

苏离离点头道："你可要小心。"

木头应了，看她在那灌木丛中藏好，走出几步又细看了看，方放心往木屋去。他运起内力，提气跃上屋顶，轻若微尘着物，已听出屋里有人，且只有一人。

木头拂开屋顶细茅，从梁柱间望去，屋里却与屋外大相径庭。银红纱帐，橘黄锦衾，宛如深闺秀户。一面大镜立在妆台上，镶铜花边，流光溢彩。一个女子长发散绾，淡红衣衫，坐在镜前。镜子里透出她清冷的面容，欺霜赛雪般白皙，不知在想着什么。

木头静静地看了一会儿，却认出这女子不是别人，正是当初苏离离让他去明月楼相救的言欢。他心中诧异，思忖半晌，已略有眉目，几步轻跃，下得房来推门而入。言欢本自出神，听见门响，转身看时，见是个陌生男子。

她陡然站起身，一惊之下细细打量，迟疑道："你……是你？"

木头负手站在门边，应道："是我。"

"你在这里做什么？"

"你在这里又做什么？"

言欢一手捏着垂坠的腰带，低头想了一会儿："我做什么你不必知道，你快走吧。一会儿他回来，大家都麻烦。"

木头微微仰头道："他是赵不折，还是赵无妨？祁凤翔让你盗图，还是卧底？"

言欢大惊道："你……你怎么知道？这又关你什么事？"

"离离跟我说过在栖云寺遇见你的事。你当初把她的身世告诉祁凤翔，又怕祁凤翔杀你灭口，便陈以利害，让他买了明月楼，而你做了老板娘，为他刺探情报，成了十方的属下，我说得可对？"

言欢定下神来，默然片刻方缓缓点头道："不错。我去年奉令入梁，是为接近赵无妨。但赵无妨谨慎多疑，自律极严，没能成功，反被……被赵不折看中了。他大军驻在不远，我随他在这里罢了。"她抬头时，神色不似当初放纵沉沦，收敛了不少，隐藏着恳切道，"你在此无益，带着离离远走高飞吧。我只有这一句话，别的也无须多问了。"

　　木头听她语出蹊跷，心念一动，隐觉前后来路各有人过来，两急一缓，不下三人。他转身出了门，往屋侧一闪，避在屋后。前门已有一人踏了进来，赵不折声音洪亮道："大白天的你待在屋子里做什么？"说着，目光四下打量。

　　言欢神色一改，眉眼微挑，声音慵慵懒懒道："才睡了一会儿。将军这时候怎么过来了？"

　　赵不折冷冷笑道："不过来怎知你睡得好觉。"话音甫落，腰间短刀出鞘，直从窗边扑了出去。这一刀势大劲沉，任谁也要畏惧三分，木头身子微微一侧，却伸指弹在他的刀面上，内力所注，铿然作响。

　　赵不折手腕一麻，应变却快，尚未回身，已是反手一刀斜划过来。木头仍然一避，伸指弹开。两人由屋角绕到空地上，言欢不由得跑出屋子来，站在一旁看着。但见赵不折回过身来，一双短刀如走龙蛇，挑、砍、劈、刺一顿抢攻。木头赤手空拳，随意挥洒，未还一招，已将他诸般攻势一一化解。

　　言欢见他二人对打，拳脚刀光纷纷杂杂，若舞梨花，如飘瑞雪，看得眼也花了，几乎要作呕。苏离离伏在灌木丛中，见赵无妨攻得甚急，木头似无还手之力，心下焦虑不已。她二人却不知，赵不折心里之惊急比在场任何人都厉害。

　　他方才从木头刀上一弹指已觉出对方内力深厚，故而这番抢攻使尽了平生精神力气，已是强弩之末，却连这人的衣角也没碰到一下；眼见对方一招未还，仍游刃有余，若是进招，只怕自己早已弃刀认输了。

　　赵不折虚挡两招，退后一丈落在言欢身旁，持刀当胸立个门户，正要说话，耳听背后风声，似有暗器破空袭来，疾劲有力，像极了那个老是躲在暗处打游击的凌青霜。赵不折怕了凌青霜的暗器，不暇多想，一把抓住旁边的言欢一甩，挡向身后。

　　左侧兀地黑影一晃，扑向场中，一掌切开赵不折抓住言欢的手腕，侧身挡去，那一丛钢针尽数射在了徐默格的肩臂上。苏离离本端着流云筒瞄了半日，只怕伤着木头，好不容易觑见赵不折退开，发针射去却被徐默格从中阻断。

暗器一出，她藏身之处暴露。只听身后木叶踩响，苏离离不看则已，一看不禁惊叫出声，正是那要命的赵无妨。她这一叫，木头微一分神，赵不折持刀劈去，木头急忙一退，捏住他的手肘一拧，赵不折手臂脱臼，单刀落地。

言欢扶着被钢针射中的徐默格，四目相望，冷凝间历尽千帆。赵无妨一手握刀，一手擒着苏离离，认出她时，吃了一惊。木头反剪了赵不折的双臂，指出如风，连点他身上七处大穴。

转息之间，变故迭生。这几下兔起鹘落，六人都愣在当场。

北风猎猎刮来，天色暗沉，吹起每一个人的志忑。苏离离既出手帮木头，自然跟他是一伙。赵无妨衣袖一拂，将刀横在她的颈上，冷然道："阁下何人？"

赵不折短刀在地，木头却不拾，只抓着他的衣领淡淡道："兄台想必就是赵无妨赵将军吧。萍水相逢即是缘分，何必动刀动剑。"

他二人方才剧斗，赵无妨远远看着，知道木头手上虽无兵刃，内力一送只怕也震碎了赵不折的经脉，因此一眨不眨地盯着他。木头越是说得云淡风轻，赵无妨越是捉着苏离离不敢放松分毫。

木头心里也怕他一个紧张，手一抖就割开了苏离离的喉管，当下一派和煦道："常言说：'兄弟如手足，妻子如衣服。'赵兄当心了，你要是一不小心划伤了我的衣服，我免不得要断你的手足。"

赵无妨冷笑一声："你这件衣服是破的，早让祁凤翔给穿腻了。"

木头温言道："我若是这么容易让你激怒，这些年都白活了。"他微微侧头对赵不折道，"尊兄不太看重你啊，你还不如我老婆。"赵不折穴道被点，一点还手之力也无，却大声道："大丈夫生不顾死，何惜兄弟。老子不是怕死的人，要杀要剐就快快动手！"

赵无妨却阴恻恻一笑，道："既如此，我先给你老婆脸上划上十七八条口子，看你天天晚上对着她可还有什么兴致！"他凑近苏离离耳边道，"小姑娘，你是想死呢还是想破相？"苏离离却很没骨气地哀声道："都不想。"

得妻如此，夫复何求？木头摇头叹息道："罢了，罢了，我老婆怕死，又怕破相，我放了你兄弟，你也放了我老婆吧。"

赵无妨略一迟疑，见他不似有敌意，方才与赵不折相斗也未尽全力，便道："你先告诉我，你是什么人，来做什么事。"

木头喟然道："我平生最看不惯的人便是祁凤翔，他如今虎落平阳了，我来找你就是要帮你痛打落水狗的。"

赵无妨道："你怎么对付他？"

木头道："听说你得了乌衣藏军资的图，恰好在下懂得图上的密语。"

他生生停在这里，赵无妨再深沉也沉不住这口气，问道："当真？"

"当真。我可以告诉你图上写的什么，你就不愁钱粮了。"

赵无妨利诱之下，疑心仍在，看一眼苏离离道："你为什么要帮我？"当日他亲见苏离离与祁凤翔在一处，如今她和这个人一起，却说要来对付祁凤翔，赵无妨如何肯信。

苏离离乍听木头说要对付祁凤翔，心里一惊，旋即省悟，他是在骗赵无妨拿图。倘若木头要对付祁凤翔只需告诉赵氏兄弟，那个雍州的罗将军是祁凤翔手下大将，祁凤翔的谋划只怕破去一半。

苏离离瞪大了眼睛，却是一副不可思议的模样，三分脆弱，三分哀柔，对木头声泪俱下道："不，你不能这样做。"伤心之状，让人一见生怜。

木头恨恨地看了她一眼，冷哼一声："时至今日你还要想着他！"

赵无妨旁观二人神色，哈哈一笑将刀放下道："尊夫人不太守本分啊。"

木头拍开赵不折的穴道，失败地摇头："疏于管教，让赵兄见笑了。"

赵无妨虽放下了刀，却拉着苏离离的手腕不放，刀尖指点言欢和徐默格道："这两个是谁的人？"

木头漠然地看了一眼："祁凤翔的人，暂且留着吧，或许另有用处。"

赵不折活动一下手脚，振臂接上了脱臼的右臂。赵无妨将苏离离甩到赵不折手上抓着，对木头道："里面请。"木头也不多说什么，径直跟他进了木屋。赵不折在后，捉着苏离离，对言欢道："你们俩也过来！"

四人先后进了那木屋，徐默格与言欢站在门边。赵无妨沉吟半日从怀中摸出一张纸来，徐徐展开，两尺见方，密密麻麻记满了符号。他递给木头道：

河畔木叶声　万物为刍狗

"这就是乌衣的那张图。"

木头大致扫了一眼，心道这赵无妨当真谨慎小心，工于心计，冷笑道："赵兄是在试探我？这图上符号颠来倒去，虽是乌衣的密文，却是张假图。"

赵无妨淡淡一笑，也不置辩，另从怀里取出一张叠起来的旧羊皮，抖开来仍是两尺见方，写满了符号线条，却拿在手上让木头看。

木头只看了一眼，神色便认真起来，细细观察片刻，眉头一皱道："不对呀。"

赵无妨一惊："怎么？"

木头指点着图上符号："这是安康，却标了个落霞山。落霞山在江南，怎会在这里？"他手指沿着那一串符号往下，蜿蜒看了一个来回，皱眉摇头道，"这图上的话有些似是而非，赵兄该不会被人骗了吧？"

赵无妨自己也低头看了半晌，不知所云，将那张羊皮放在桌上，用手抚平整了，道："也许密语之中还有暗语。你把它写下来，我们再参详。"

木头点头道："这也有理。"便站到图旁细看，赵无妨让开了一点，手却按住羊皮一角。木头伸手抚上似要细看，须臾间推动内力，以内力之中的一股绵劲击上那羊皮。

赵无妨只觉掌心像有一阵水流涌来，那羊皮像炸开的雪花，"砰"一下震成了碎片，漫空飞舞，楠木桌子却原样未损，甚至连动也没动一下。这般精纯内力已是世所罕有，使出来却又如此举重若轻。

变生肘腋，赵无妨猝不及防，一愣之下，木头一掌切向他的颈脉。赵无妨不料他说动手就动手，急往后一掠。哪知木头这一招只是虚招，身形一晃，已趋至赵不折身旁。赵不折若是聪明，本当一刀砍向苏离离，然而出乎意料之下，他只能习惯性地反应，一刀削向了木头左臂。

弹指之后，木头点中他左腕太渊，已将苏离离拉到身后。赵无妨一抬手，止住赵不折，怒道："你这是何意？"

木头板起一张波澜不兴的棺材脸："没什么意思，这张图好得很，内容我记下了，留着也无用。"

赵无妨心下大怒，却隐忍不发，暗想此人武功卓绝，内力亦复深厚，若是真打，两人合力也打不过他，遂问道："阁下武艺高强，机智过人，想必不是祁凤翔属下吧？"

木头慢慢摇头："不是。"

赵无妨当即一抱拳道："就此别过，后会有期。"言罢对赵不折使了一个眼色，转身要走。

木头淡淡笑道："你不想打了，我却想打。"他纵身一跃，晴空排鹤般疏朗，双拳连出，击赵无妨之左，赵不折之右。二赵以刀相抗，木头迎刃变招，仍击他二人左右，双臂所罩不离他二人要穴。

木头自得时绎之内力，又得时绎之指教，临敌之际，应变极快。赵氏兄弟若要围攻他，需得左右夹击，如今被他这一打，赵无妨只得向右避，赵不折只得向左避，二人反越挤越紧，几乎要施展不开，虽有四掌，难敌双拳。

三人转瞬便拆了七八十招，木头左攻右击，出招越发莫测。赵无妨心下生寒，暗道：我们兄弟今日难道要死在这人手里？赵不折右臂刚脱臼过，不能使力，一番勉力支持，已是背后冒汗。

苏离离但见二人手中刀光在木头身前挥舞，一颗心都缩了起来，连眨眼都顾不上。冷不防徐默格悄无声息地站到身后，扯了扯她的袖子。苏离离回头看了一眼，顾不上听他言语，仍看木头与赵氏兄弟打斗。徐默格拽了她的袖子便往外拉，苏离离道："你做什么？"

木头眼角余光已瞥见动静，顺手拈一枚言欢妆奁盒上的花钿掷去。花钿正中徐默格手腕，击得他连忙放手。木头这略一分神，赵无妨缓过口气来，自腰带中摸出一枚震云珠，就地一摔。火光炸响，硝烟腾起，木头不由得倒纵后退，烟雾散处，见赵氏兄弟背影已远。他默然站立，看二人去远。苏离离倒是追出去两步，又回头看着木头。

徐默格看二人跑远，低沉道："他两人各自受伤，你轻易便可将他们追上杀死。"

木头方慢慢扭头看着他道："你主子既在赵氏兄弟身边安插了人，自然知道图在他们手里。他仍然把簪子给我，又让你跟着我们来，便是要我与二赵相斗。最好的结果是我被二人杀死，最差的结果也得趁我不备，让你捉了

- 243 -

我老婆去。我说得对不对？"

徐默格道："你很聪明，却只猜对了一半。主子是让我来捉她，但也说了，如若你有危急，也当救你一救。"

木头顿了一顿，才说道："还有一半你没说。你一路追着我们，迟迟不曾下手，只因言欢不要你捉她。"方才木头在屋里与她说话，言欢说"你在此无益，带着离离远走高飞吧，我只有这一句话，别的也无须多问了"。她定是知道苏离离有危难，而言下之意又仿佛不愿她被捉住。

徐默格眼神惊讶之后，转为默认，道："刚才你们打斗，她不会武功，站在那里未免危险，才想拉她出来。"言欢站在徐默格身后一直寂静无声，此时听了二人言语，神色冷漠中突然透出一股狠气，身子一转，不再看他们。

木头反笑了："你主子千算万算没算着你们这一出。"他默然片刻，又看了看赵氏兄弟离去的方向，到底不放心留下苏离离与这两人在一起，只得作罢。

暮色渐临，四人身在梁州，也不住客栈，寻了一处小山洞。木头用内力逼出徐默格肩臂中的钢针，钢针细而无毒，受伤便不重。两人找来干草，铺在洞底，生了一堆火，铺了两张干燥的地铺。收拾完，徐默格对木头道："请借一步说话。"

木头见他说得郑重，起身与他出去了。

言欢默然倚在石壁上，微合着眼，仿佛没有苏离离这个人近在咫尺。苏离离看着她的侧脸，睫毛的投影映在她的鼻梁上，叫了一声"言欢姐姐"。言欢似乎困了，侧身倒在干草上，决然道："睡吧。"

她一只手葱白一样干净漂亮，搁在那干草堆上。苏离离侧身靠着石壁，注视她的容颜，慢慢伸手过去，触到她冰凉的指尖，诸般生疏与隔世的熟悉渐次在心里回旋。她明知言欢没睡着，想说点什么，却什么也说不出来。

过了半天，言欢才动了动手指，缓缓睁开眼。不知是谁的眼泪先落下来，手却紧紧握在了一起。许多年来各自承受的苦，因为时间长久而疲于陈说，无法倾诉，却如洪水蓄积，终于在这个寒冷的冬夜决堤。二人一坐一卧，哽咽痛哭。

哭了一阵，言欢渐渐止住泪，默然半响，柔声道："睡吧。"仿若她小时候自己睡觉害怕，言欢等嬷嬷们都下去了，便爬到里间床上陪她睡。苏离离依言躺下，仍握着她的手，干草窸窣细微的声音像走过了一地秋黄落叶，波澜尽去，愈觉寂静。

山洞之外，徐默格扶着一株木棉，恳切道："我有一事相求。"

木头道："你说。"

"我想带她走。"徐默格的声音低沉，却永远透着一股寂静孤单。

"去哪里？"

"要人认不出，只能去关外。"徐默格站直身子，"我想请你告诉主子，我与言欢都死在了赵氏兄弟手里，从此世上便没有我二人。"

木头听他语气坚决，心中有些触动，慨然道："你们放心去。"

徐默格正色抱拳："我二人此生只怕再不能回中原，大恩不言谢。"

木头也抱拳道："不必客气，一路走好。"

苏离离这一觉睡得并不太熟，恍惚中醒来，火堆恹恹欲灭，山洞里昏暗，言欢已不在身边。她微微一动，触到木头的胸膛，往他怀里缩了缩，问："言欢姐姐呢？"

木头抱着她，轻声道："走了。"

"跟徐默格？"

"嗯。"他低头吻了吻她的头发。

苏离离在他怀里静静地伏了一会儿，山洞外已有些透亮的晨光，天空青白。她似睡非睡，又懒懒的不想动脑子，只觉被他这样抱着可以过完一世。眯了一会儿，方打了个小小的哈欠，看着山洞里渐渐亮了起来，苏离离蒙眬半醒，口齿迟滞，含混问道："那图里的内容你真记下了？"

木头也懒懒地答："记下了。"

苏离离沉默片刻，怪道："没想到你也会骗人，把赵无妨骗得团团转。"

"我当然骗人，只不骗你；就像你也骗人，只不骗我。"

苏离离沉吟片刻，脸在他肩窝蹭了蹭，轻笑道："徐默格遮着一张脸，看去都不似活人，言欢姐姐冷若冰霜。俩人话都不说一句，想不到竟会结下

捌

河畔木叶声　万物为刍狗

私情。"

　　木头换了换姿势，仍是抱着她道："我看他们般配得很。言欢过去心里有怨，对你自然生疏憎恶；如今有了爱人，待人便有了善意。这也是人之常情。"

　　苏离离思忖半晌，深以为然："嗯，那倒不错，你在我身边，我就心满意足得很，看谁都好。"

　　木头借着洞口微光，遥望天边一丝微微发红的云朵，缓缓道："想那陈北光一方枭雄，和方书晴生不能聚首，死在一起；时绎之痴恋你娘一世，遗恨终生。情之一字，有万种艰辛，世间男女，却瞽而不惧。如你我今日厮守，已是万千痴怨中的幸事。"

　　苏离离嫣然一笑，手臂缠上他的腰："你说得这样通透，可莫要看破红尘，出家做了和尚。"

　　"看破之人才做和尚，看淡只能做凡人。"木头眼神专注，心中情动，低下头吻上她的唇。

　　苏离离婉转相就，简简单单一吻，却有无限缠绵。她笑道："肚了饿了。"

　　木头以手抚额，笑容纯粹干净："这件事可没法看淡，走吧，我们回雍州吃饭去。"

　　一入腊月，辞旧迎新。雍州百姓战乱之中仍收拾起仅余的喜气，守在家中预备过年。云来客栈陈旧却整洁的大门前突兀地挂了两只红灯笼，入夜点起来格外惹眼。苏离离说这家客栈偏僻干净，木头说那就住这里。

　　店老板是个四十岁上下的大嫂，人虽干瘦却爽利热情，将二人让到最好的一间客房里，抱来干净被褥铺上。苏离离笑靥如花，嘴甜手快，把老板娘哄得眉开眼笑，连连对木头道："大兄弟，你可是上辈子积了德，才有这么漂亮又伶俐的媳妇儿啊。"

　　苏离离顺势挤对他道："那可不是嘛，也不知他积了什么德，菩萨拿我做人情，硬让鲜花插在……嘻嘻。"老板娘嗔道："这可是胡说，这孩子一看就老实，生得也好。可别依着口角伶俐就欺负人家。"

苏离离大惊:"什么,我欺负他?!"木头挂着一脸深以为然的表情,要笑不笑。老板娘收拾干净,在围裙上擦着手笑道:"年轻人就爱斗个嘴,我去给你们烧壶热水,要什么跟我说啊。"一面掩着笑意,一面摇头叹息着出去。

老板娘的男人年前死在盗贼手里,一个儿子也有二十岁了,被军队征走杳无音信;儿媳妇回了娘家,也再不回来了。上月祁凤翔军过,将这一带的存粮钱银洗劫了大半,现下这客栈也只有陈米萝卜,咸菜干饼充饥。苏离离取出铜钱,让老板娘去街上富余人家买来新米点心和鲜鱼,做了一餐称得上丰盛的食物,三人同吃。

苏离离问道:"大嫂,你的丈夫儿子都不在身边,你还开得下去客栈啊。"

老板娘叹了口气:"过日子呗,我就是不吃不喝又有什么用。"她拾了个凳子收到里间,犹自叹息道,"人总要过日子的。"

私底下她问木头:"祁凤翔怎会纵兵抢劫?"

木头道:"他也是没办法,兵少将寡,只能收缩在潼关一线。外战的军队,供给都由朝廷运发,如若被扣,他就只能自己想法子。战乱之中,民如蝼蚁,祁凤翔还算好的,没把这里刮干。"

苏离离想到老板娘说的"人总要过日子",但觉人有时真是很奇怪,万般艰难中却有无限韧性,哪怕一无所有,只要活着,便去生活。她回想京城城破之时,木头不知所终,程叔猝然身死,自己孤单一人,前路渺茫,没有目标与终点;如今思之恻然,那时却不知畏惧,只因她不能去畏惧。

木头为时绎之所伤,一年多来命悬一线,生不能见,死不能得,却从未放弃希望,即使朝夕不保,还有闲暇去看那一本本医书。祁凤翔将门公卿,一生安分便富贵无忧,他却偏要西出领军,东拒父兄,即使一无所有,仍有破釜沉舟的勇气。

苏离离对木头道:"你记得那张图,如果他在军资上真的有麻烦,我们帮帮他吧。"

木头点点头:"我知道。"

没有多余的猜疑和解释。

苏离离整理着二人的包袱，几件换洗衣服裹着《天子策》，忽然想到如今在他们手中既有大批的钱粮，又有这天子之徵，问木头："你说我们去争天下，岂不是很方便？"

木头吃罢晚饭，就坐在屋里百无聊赖，只看着苏离离左收右拾，此刻盯了她白净的脸庞，懒散道："那不是累得慌？打完天下还要治天下，治完了天下还有嗣君之乱。古来有几个把这几件事都办好了的。"

苏离离将包袱整好，打上结扔到桌上，走过木头身边时，被他一把捞住按在怀里，笑嘻嘻地望着。苏离离笑道："看什么，我脸上长了朵花儿啊？"

木头面不改色道："姐姐，我们很久没有……了。"

苏离离怒道："什么很久，也就十天半个月！"

"那还不久，人家老板娘都知道你是我媳妇，侍夫之礼不可废。"

苏离离刮着他脸皮冷笑道："好没羞，既没有聘礼，又没有拜堂，我怎么就成你媳妇了？"

木头一脸无辜道："我是上门女婿，这些该女家办。"伸手就解她的衣裳。

苏离离推拒："老板娘还没睡。"

木头更不迟疑："我侦察过，她睡了。"

苏离离哼了一声，放手从了。木头脱下她外罩的厚袄子，又解下她里面贴身的棉衣扔在桌上。苏离离知他在情事上素来狂放，拉着他的衣领道："我们到床上去，这里冷。"

木头一把抱起她来，走到床边，神往道："三字谷里冬天也冷得厉害，但是碧波潭水很热，泡在里面舒服得很。今后回去，在那里就不冷。"

"啊？"苏离离顿时从脸颊红到耳朵根，"你怎么这么不要脸，一说到这个，满脑子都是龌龊念头！"

木头拉开她里衣的带子，一脸无耻加煽惑地问："我只对你龌龊啊。你想一想，不觉得那个环境很好吗？"

苏离离想了一想，那样幕天席地，泡在温泉里……身上一阵热又一阵冷，倒把脖子都羞红了。

这种无间的亲密让人慰藉，像把生命里的每一份空隙都填满了，再无斑驳旧迹，欢喜而平静。世上艰辛皆淡，唯有爱欲深入骨髓。

爱是一粥一饭的平淡，爱是肌肤相亲的缠绵，如同占有，又如同隶属，分不清彼此。一夜纵情，窗外黄土荒凉，北风呼啸，刺桐又落残叶。木头睡到近午，轻手轻脚爬起床，穿好衣服到后院汲水洗漱，又提了一桶水放回房里，出来客栈门边找到老板娘，让她做点吃的。老板娘似笑非笑地看了他一眼，应了。

木头出了客栈，迎面吹着徐徐凉风，神清气爽。客栈对面街边，石阶上坐了两个老叟，正执了黄旧的象棋对弈；不远一个衣衫褴褛的乞丐斜仰在石阶旁，破旧的帽子盖了脸，睡得好不悠闲。街坊几个闲人一旁看棋，几人闲言碎语，从弈棋讲到时局。木头在旁默然听了一会儿，看见前面转角处一个妇人提了篮子卖针箅帛线。

他慢慢踱过去，要买一百枚缝被子的大钢针。那妇人数了半天，只得七十九枚，正作难间，木头忽一眼瞥见她身后石板地上一物蠕蠕而行。木头拈一枚针道："那就买这一枚吧。"妇人闻言脸现失望，还未言语，但见他手腕微微一动，银光闪过，回头看时吓得"哎哟"一声。

一条小菜花蛇被钢针钉了青石板上，正中七寸。木头俯身拔了针，小蛇翻动两下，死在地上。妇人愕然半晌，且惊且笑道："今年冬天可真怪，蛇都不冬蛰了，这两天屋边街角儿的老见着。"木头笑了笑，径直回云来客栈。

老板娘已煎好了几块葱油大饼子，焦黄酥香，盛了壶清水，一并放在大盘子上端出来，眼神暧昧之中带着夸赞，上上下下把他打量个不停。薄板木屋子关不住音，木头脸上微微一红，神色却很端正道："大嫂见笑，家妻脸皮子薄，她出来你可别这样看她。"

老板娘"哧"地一笑，又转而叹道："你还真是个疼媳妇的。不笑话你们，年轻孩子，哪个不这样。"

木头上下打量她一眼道："我们换的衣服前两天洗了还未干透，大嫂能不能借件衣裳给我媳妇穿半日？"

老板娘慷慨应诺："这有什么不能的。"她特地回屋里翻了半天箱子，翻出一件年轻时穿的碎青花小袄，墨蓝裙子，抖在臂弯里道："你媳妇跟着你奔走，穿着男装，也没个姑娘样子，这两件衣裳多少年没穿了，要不嫌弃是旧的，就送给她穿吧。"

木头道了声谢，端着盘子回到房里时，见苏离离裹着被子，酣睡正香，一脸恬淡美好。他放下盘子，将衣裳堆在桌上，饼子放在铁架子旁热着，回身烧暖了炭盆；看着她的睡容，心中有种祥和宁静，轻易被她触发，牵一发而动全身。曾经的聚散悲喜，他不回想，也不作悔，仿佛天生与她便是这样，初次相遇便是这样。

苏离离又睡了小半个时辰，方缓缓翻了个身。困倦间睁开眼瞥见他在床边拂衣浅坐，她揉一揉眼支起身来，蒙眬叫道："木头。"木头就从桌上包袱里取出那领狐裘，给她披上，捂得严严实实，才倒了清水拧了帕子给她洗脸。

狐皮温软，苏离离闭上眼睛仰着脸让他擦。懒懒的样子，让他宠溺之情大盛，凑近在她眉心吻了一下，用帕子缓缓擦过；意犹未尽，又在她鼻尖轻啄一口，再用细棉湿帕子轻拭。苏离离警觉地竖起两根手指抵在他唇上："你做什么？"

"给你洗脸。"他答得天经地义。

苏离离忙道："还是我自己来吧。"她一把扯过帕子，心里悻悻地想：等他这样把一张脸洗完又该滚到床单上去了。

木头也不去夺帕子，只将她挣松开的被子和狐裘捂了捂，回身把盘子端到床边。苏离离放下帕子，木头便端了一杯水喂她喝了一口，轻声道："吃饭。"

苏离离问："你吃了吗？"

"没。"他撕下一块酥香的烙饼递到她嘴边，苏离离张口咬了，厚棉被中伸出手也撕了一块喂给他。两人互喂食物，相视嬉笑。

一块大饼子半天才喂完，擦嘴洗手后，苏离离方起身着衣。木头将老板娘找出来的那身衣裳递过来道："穿这个，老板娘年轻时的衣裳。你那身脏了，一会掸一掸再换。"苏离离有些诧异，也没多说，依言穿好，抬手就要束头发。

木头拦住道："等等，你换了这身女装，也算是为人妇了，不如梳个发髻吧。"

苏离离奇怪道："木头，你到底在搞什么？"

木头眸子里含着一抹高深的笑，只说："来嘛，把你扮成小媳妇看看。"他说着推她坐下，将她的一把头发灵活地一拢，梳子轻理，手指洁净颀长，穿插在发间，黑白相间，奇异的美丽。他三绾四绾竟把她的一头青丝拢作个松散的堕马髻，垂偏一侧，一缕余发披肩。

苏离离把镜一照，还真成了个俏皮的小媳妇，不由得失笑道："这算什么呀，看着跟老板娘似的了。哎，你怎么会梳头？"

木头牵了她的手往外走，道："小时候我娘家常闲散随便梳一梳，我就给她梳着玩罢了，也只能弄成这样子。"

走到外面时，碎花衫子墨蓝的裙子，素简如兰却别有一番韵味，老板娘眯了眼把她看上看下道："我的大妹子哎，你这么一打扮，咱这十里八乡都找不出一个比你出挑的了。"老板娘说着拉了她的手细细打量，半晌方言道"你穿着这身儿真好"，心里却想起自己年轻时候来，不由得幽幽一叹。

客栈大门上的小门开着，木头站到门口掠了一眼，对苏离离道："我看那里有个卖针箨的大姐，你去把她的大钢针都买来，放在流云筒里防身用吧。"苏离离伸头一看，果然有个妇人提了篮子在那里坐着。

她眼珠子转了两转，眉眼眯得细细的，觑见老板娘进了里间，笑吟吟地低声道："木头，我们来打个赌吧，猜猜那位大姐有多少枚缝衣针。"

木头忽地莞尔一笑："依你。"

苏离离一时把握不住他眼里一闪而过的喜色，沉吟片刻道："小地方人用不了那么多，我猜有五十枚。"

木头也将那篮子远远看了两眼，煞有介事道："看她篮子里的东西齐全丰富，说不定才进了货，我猜有七十八枚。"

苏离离看他自信满满，指尖理着肩上那缕头发，瞪了他两眼："我还不信，打赌会输给你。"

她提了提裙子迈出门槛，裙裾所限，只能迈着缓慢的小步走过去，倒走出了几分娉婷仪态。木头看她步履轻盈文雅，颇有大家风范，实则是怕摔跤，心里止不住好笑，却抱肘于胸静观来往坐立之人。一个下棋的老叟得了一妙招，"啪"的一声拍棋道："将军！"围看之人轰然作声，或赞好，或摇头。路上行人不多不少，有的行色匆匆，有的顾盼谈笑，全无半分可疑。

少时，苏离离拿了一包针回来，脸上神情古怪，一步步挨回客栈门边。木头故作不知，一本正经道："打开数数吧。"

苏离离偏了头，摸着耳垂，期期艾艾道："咳，我们都没猜对，是七十五枚。不过你猜得更接近一些。"

木头知她扯谎，瞒不住大数目，瞒个小数也要说他不对，只点点头道："原来如此。"

苏离离跟着他一路往房里走，忍了片刻，还是忍不住道："虽说你也没对吧，不过猜得这么近是怎么猜的？难道前些时候你在山上跟李师爷学推太乙数了？"

木头摇头道："不可说啊。"眼睛亮亮地一笑。

苏离离愤愤，越发将信将疑。

他们回到房里，木头将她的旧衣裳抖了抖，让她换了。苏离离便换装，又如往常穿戴了。收拾行装的时候木头又找了纸笔写字。苏离离凑过去一看，皱眉道："你要交给谁？"

木头微微笑道："一会儿你看着就是了。"

二人整理好东西，出来寻老板娘。木头缓缓道："大嫂，我们要走了，赶回家过年，这几日在此多有打扰，这是房钱还请你收下。"他手上是一块碎银子，有三四两，还有一贯铜钱，都是当初莫大给的黄金兑剩下的。

老板娘连忙摇手道："哪里用得着这许多……"

木头打断她道："这点钱请你收下，还请大嫂帮个忙。"他将苏离离换下的衣服还给她道，"麻烦大嫂换上这套衣裙，埋头出门，向右一直走，走到镇边上时再回来。若有人问你，就请你把这张折好的字条交给他。"

他态度恭谨有礼，容色俊朗温和，手里银子熠熠生辉，可值一年生计。老板娘迟疑地推托了一阵，又详细地询问了一阵，最后努力地下定一阵决心，接了银钱揣好，方道："好吧，我就替你们跑这一趟。"她回屋换了衣裳，又梳了把头。木头又嘱她两句，二人行至门边，木头半挡着她道："早点回来啊。"

老板娘一低头，出了门，急急地往东去了。她身材瘦削，高矮与苏离离相仿，穿着那身棉衣裳，背影恍然一看，急切间也分不太清。木头看着她的背影，不乏带着苏离离方才的小心翼翼，竟让他恍然以为那真是苏离离。他微微皱了眉看了一阵，方缓缓回身虚掩上客栈小门。苏离离也从屋里出来，与他挤在木门缝间细看外面的情形。

街上一切如常，两个老头下完了一盘，正整棋再战；那提篮子的妇人眯着眼有些瞌睡，就篮子里找了个竹耳挖子挖着。过了片刻，斜倚在石阶旁的乞丐将脸上破帽子抬了抬，似乎扫了一眼这边，懒懒坐起身。乞丐的帽子垂得很低，遮了半张脸，只看见尖尖的下巴。他端了面前的烂瓷碗，挂了黑乎乎的竹杖，站起身往东去了，走得看似平常，却有一股急促意味。

苏离离"哧"地一笑，又看了片刻，再无动静，低声道："我们走吗？"

木头沿街再扫了一眼，道："走吧。前街只怕还有人，把门关好，我们从后面走。"

二人关上门，背了行李包袱，打开后窗。苏离离一边爬窗一边问："那人会不会伤害老板娘？要是赵无妨的人呢？"

木头淡淡道："他若不跟大嫂去，就是赵无妨的人；若跟了去，必是祁凤翔的人。因为赵无妨不放心的是我，而祁凤翔想捉的人是你。那便好得很。"

"好得很？你又拿个条子写了什么？"

"没什么，跟他说正事罢了。"木头揽着她一跃出去，两人声音飘远。窗外黄土上突兀地长了两棵白杨，光秃的枝干，笔直地迎风而立。

东面街上老板娘渐渐走到镇集尽头，出了村郭，越走越荒，欲要顾盼，却因木头嘱咐，不敢回头看。行了五六里地，见旁边有块荒野人家的废磨盘，她索性坐上去歇脚，却埋着头不敢抬。

那乞丐远远尾随在后，身手灵敏，越瞧越觉得不对劲，缓缓走前往她肩上一拍。老板娘惊得"啊"的一声，摔在磨盘边。却是个四十上下，一脸风霜的民妇，乞丐一愣，蓦地把头上破草帽抓了往地上一摔，露出十方刻意抹黑了的脸。他目光锐利地将她上下一扫，转身欲走。老板娘连连叫道："哎哎，大兄弟，你等等。"

十方站住脚步，默然片刻，方缓缓问道："大嫂有事？"声音深水般低沉舒缓。

老板娘站起来，抻了抻裙子，又掠了掠头发，再上上下下看了他两遍，忽然一笑道："嘻嘻，这兄弟也俊，怎的是个光头，倒像个和尚。"

十方轻轻摇头道："我不是和尚，我会杀人。"

老板娘吓了一跳，笑容顿敛，哆哆嗦嗦在衣裳上下摸索了半天，先是摸出一块银子，看看又揣好；复又摸出了一贯铜钱，摸摸再揣好；末了方摸出一张折了三折的纸来，拿在手里看了一会儿，畏缩地递过去道："那住客给我银子，让我穿了这衣服出来，如果有人找我，就把这个给他。"

十方接过来慢慢展开，看了一遍，又抬头看了她一眼，老板娘一脸老实胆小。他皱了皱眉，转身便走。老板娘看他去远，抹了把后颈上冒出的冷汗，叉腰叹道："吓死老娘了。"

三日后，这张字条子放在了祁凤翔军帐的案桌上，上面寥寥数语曰："祁兄少谅，勿再盯梢。正月十五，铜川成县，七里村见，大事可济。江字。"祁凤翔斜倚在坐椅的扶手上，默然读了三遍，略换了换姿势，抬眼问十方："然后呢？"

十方道："因为怕被江秋镝发现，派的人手很少，剩下两人没有盯住。属下回去查看时，人已经走了。后来又命人在那一带暗寻了两日，也没找到。"

"人在眼皮子底下都溜了，不在你眼前你当然更加找不着了。"祁凤翔轻轻将那张纸抚平在案上，看着那一个个字，不温不火道，"徐默格跟人，跟得自己不知所终；你身为线人总领亲自去跟，跟的人不知所终。你说，我要你们来做什么？"

十方波澜不惊道："属下办事不力，听凭王爷处置。"

祁凤翔眸色阴晴不定，似有恨意，又有激赏，手指轻叩着桌子，沉吟良久，方道："他既约了我，不跟着他们也罢。你随我多年，向来得力，此番小败当以为鉴，今后多加小心。自己下去反省反省，跟着该跟的人吧。"

十方躬身道："是。"退出军帐时，他才觉手心起了一层薄汗。

木炭静静地燃着，祁凤翔手一送，那张字条轻飘飘落上去，火苗一亮，烧成灰烬。

此时苏离离与木头已然北上，正在一户山村农家讨水喝。老农用瓷碗盛了一碗清水出来，木头道了谢，先喝了一口，方放心递给苏离离。苏离离一边喝着，一边瞟着他道："木头，我素来不喜那些阴谋，你可莫要学得鬼鬼祟祟的。"

木头知她意有所指，道："第一，我不愿被人跟踪；第二，我不想杀人。可这些尾巴又甩不掉，不得已才施点小计罢了。以彼之道，还治于人。"

苏离离留了半碗水给他："你说得也对，难得不伤人。我只是有点怕他，若是把他惹恼了，我们也别想安宁了。"

木头接过碗一饮而尽，放在农家小院的石台上，牵了她漫步而行，道："方若行义，圆若用智，又何必拘泥。你不用担心，他有百种计谋，我有千般对策。当初在幽州戍卫营，我和祁凤翔推演兵法，推了整整一天，直到各自难以下手，倒头睡觉为止。那时难分胜负，今日再来，他也未必就胜得了。"

苏离离笑道："兵者诡道，你两人切磋诡计还很光荣似的。"

木头道："你可知道那年一遇，祁凤翔便时常给我书信。我知他有意招揽，虽未表明过态度，但他的人品心性还是了解的。他这个人当狠时能狠，心地却还算磊落，不比赵无妨阴险狡诈。"

"是吗？"苏离离神色有些黯然，"我见着他就没什么好的，不是墓地就是青楼。后来他利用我，想要我爹的《天子策》，狠倒是挺狠，一箭差点要了我的命。"她猝然住口。他还娶了个老婆，让她郁闷了一回；他又救了个于飞，让她欠了次人情。

木头的声音沉郁悦耳，带着一些了然，缓缓道："可你也不讨厌他呀。"

他神色坦诚清晰，永远不似祁凤翔的捉摸不透。苏离离捏了捏他的手，

捌

河畔木叶声 万物为刍狗

展颜一笑，百般温柔："我要讨厌也讨厌你。"话音尚未落定，只觉一阵头晕，她正诧异间，却见木头转顾四野，神色一肃，一把将她抱过来。

苏离离渐渐感到了脚下土地的震动，一阵站立不稳，整个人挂到他身上，惊疑道："这是怎么了？"

木头也有些震惊："是地动了。"他忽然想起一事，问，"今天十九？"苏离离想了想，点头。木头站在略微稳定下来的土地上，缓缓道，"上次李师爷推太乙数，说到十二月十九甲子日有天劫，难道说的是这个？"

仿佛回应他的话，地下猛地一抖，木头足尖飞快点地一掠，抱着苏离离跳到一块开阔平展的岩石上。地面山间都扬起尘埃浮土，天地间有一种极低的鸣响，沉溺却浩大，仿佛置身在另一个世界。大块的岩石从山上滚下来，苏离离身在木头怀中，倒也不觉害怕了，对木头道："我们不能在这里，快离开这山崖。"

木头依言背负着她，朝山外跑去。身边的树叶簌簌而落，鸟惊飞，猿哀鸣。大地摇晃，人像被放在筛子里簸着。饶是木头身手矫健，反应敏捷，也几次险些摔倒。苏离离紧紧抱着他的脖颈，仿佛他是这动摇世界里唯一的依靠。

他们一路飞驰，离了山道，行至阳关大路，半个时辰进了一座城镇。半日时间，日星隐曜，山岳潜形，满眼都是惊慌的民众，携老扶幼挤在街上。有的房屋倾斜坍塌，路上也裂了大缝。苏离离牢牢地拉着木头，一句话也说不出来。木头道："若是太平丰和之年，遇到这样的事，朝廷还能有个应对。如今这四分五裂，各自为战，可就麻烦了。"

入夜竟飘起细雨，淅沥不停。苏离离缩在木头怀里，躲在草棚下看着檐边雨滴。大地时不时地颤抖，虽不如白天，却仍然吓得人人不敢回家。天地不仁，以万物为刍狗。苏离离悄声问木头："地为什么会震啊？"

木头叹道："书上说地震是因为'阳伏而不能出，阴迫而不能蒸'。君以臣为阴，父以子为阴，阴阳失衡所以地震，是子逆父，臣逆君之徵。"

苏离离慢慢道："不知道莫大哥他们怎么样了。"随即伏在他膝上蒙眬睡去。

一夜风声鹤唳，都没有睡好。

是日，祁焕臣驾崩，消息由京城飞鸽传到潼关。天明时分，祁凤翔的前军便与朝廷的兵马打了起来。他太子大哥早有防备，当日登基，便饬令各部平叛。之后数日，没有一天停息，两方都打着诛逆的旗号，在这一带辽阔平原上一通混战，属地参差，早没了界限。

　　苏离离与木头折而向东行了十余日，这边灾况稍减。这天正坐在路边歇息，苏离离摸了干粮出来吃，没吃两口，一个五六岁的孩子有些畏缩地挨过来，看着她手上的饼子。苏离离见他眼神百般渴望，便掰了一块要给，木头似乎想阻止，顿了顿又止住了。

　　那孩子接过去，三两口吞下，又眼巴巴地看着她。苏离离见不得他那样的神色，看一眼木头，木头毫不迟疑地把饼子收了起来。苏离离摊手道："你看，我也没有了。"那孩子像看个大恶人似的看着木头，满脸控诉，泫然欲泣。

　　这时，身后一个布衣农夫过来唤了一声，牵了孩子的手道："小毛不哭，爹爹换了一把粟米，咱们回家做饭去。唉，就是没水。"

　　木头道："是井水沉下去了吗？"

　　农夫抬头看了木头一眼，见他容貌出众，气质清贵，叹道："先生不知道，我们这里没井，祖上就守着一条河。就不知为什么，前两天河水突然没了。从上游逃来的人还说，那边连日下雨，可这几天连河底都露出来干了。"他指一指十数丈外："喏，那不是。"

　　苏离离抬眼看去，那里一片土色，有一带宽宽的凹槽，颜色新黄，竟是河床。他们所站之地低矮，竟在一处河弯之上。木头沉吟半晌，忽然站起来，看了那河床道："这河水平日流得急吗？"

　　农夫道："急啊，虽是冬天，河下暗流却也多，有时候打鱼撒网，一拽就知道劲大力沉。"

　　"那冬天也不结冰？"

　　"要结几日，不过是一层薄冰。"

　　木头再想了片刻，断然道："这位大哥，这里住不得了。"

　　"怎么？"

　　"河水突然断流，必是因为前几日地动，山石阻住了水路。上游连日下雨，河水正该暴涨，不出几日便要冲破阻石。到时流下来，这里地处河湾，又在低洼之地，会被河水淹没的。"

农夫瞠目结舌，半晌摇头道："那……那怎么会？我祖祖辈辈都住在这里，又没个近亲，叫我搬到哪里去。"

苏离离听得明白，从旁劝道："留得青山在，不怕没柴烧。房屋冲掉了可以再建，只要人没事。"

农夫仍是摇头道："冬天发大水，那是从没有过的事。不可能，不可能。"

木头既无奈又急促："地震之后，河水先涸而后发，前朝是有先例记录在册的。不怕一万，就怕万一。"

那孩子挣脱父亲的手，去扭苏离离的衣裾，怯生生道："饼……"

脚下隐隐抖动，三人俱是愣住了。苏离离正对河岸，一指道："你们看！"上游河道有什么白色的东西蠕动着过来，是波浪。木头大声道："快跑！"

他一指河对岸："往河湾那边跑，越远越好！"他喊完扯起苏离离就走，那孩子拉着她的衣角，一绊，险些跌倒。苏离离拉住那孩子的手，拖了他便走。孩子哭道："爹……"一时拉扯不清。

木头用力将她一拽，连挟带抱，提气飞跑。跃入河道，奔了百余丈时，水声已近，木头一脚踩在水里，大喝一声，拉起苏离离提气纵跃，离岸沿半尺。一个大浪打来，顿时万千力道如入棉絮，被波浪卷到水底，随沉随浮。

苏离离不谙水性，全身入水便慌了，幸而木头将她抓得极紧，也不知在水里翻卷了多久，方被他拉到水上，只觉头顶一轻。她睁眼咳水，木头抹着她脸上的水，道："你没事吧？"

苏离离喘息道："没事。"回顾方才的河湾，已是一片泽国，那父子二人都不知去向。

水面漂着些浮草杂物，也有家具桌椅。水流湍急凌乱，似要将数日的压抑都发泄在下游的土地上。一个方形长箱子浮在水上，木头伸手捞到那件木质家什的一角，细看之下才看出是一具黑漆棺材，尺寸偏小，板子也才四寸厚。他攀了棺材边缘，将苏离离顺了进去，自己扶在棺边，被水冲到岸边一撞，又带入江心。

苏离离急叫道："你也上来！"木头摆手，这棺材载了她，已入水两尺，他再上去，非翻覆不可。棺材在水里摇晃，苏离离一点不敢乱动，却牢牢按住他的手背，生怕他被水冲散。木头道："别怕。"上游来水似源源不绝，一时半刻停不下来。

两人在急流中回旋脱不了身，像巨大的力量在拉扯。水流至柔，木头欲要用力，又无从用起；欲要借力，又无处可借。他自己倒不怕水势多大，可这具棺材几经摔打，一旦散架，苏离离在这般波涛中能坚持多久？水声中木头果断道："把你的流云筒背好。"

苏离离茫然地点了点头，流云筒缚在她的背上。

木头沉声道："姐姐，你听好。我在碧波潭一年，水性已练得极好，你不要担心我。"

苏离离看着他明净的眼，骤然明白了他的意图，用力抓住他的手，眼里迸出了泪意，用力摇头道："不，木头，不要。"

木头一手扣着棺沿，屈了食指和拇指，竖起余下三指，道："三天，你不要走远。三天之内，我会找到你。"

苏离离哪里听得进去，连连摇头大声道："不，不，不。"

木头反手抓住她的手，放在唇边吻了一吻，唇上的温热透入她的皮肤。他微微一笑："相信我。"

内息随经脉而行，浑厚的内力都凝聚在掌心，他注视着她的脸庞，用力一推。苏离离坐着的棺材劈波斩浪，如离弦之箭冲向水流边缘。木头却朝着相反的方向更快速地沉去，一个浪一卷，不见了。

"木头——"苏离离看着他淹没在水里，嘶哑地喊叫着。天水茫茫，寻不见他在哪里，苏离离眼前顿时一片模糊。

棺材在岸边一撞，余力未消，竟直冲上了平沙水岸。棺底磨着沙砾，顷刻间停了下来，"啪嗒"一声，侧板向外倒下。苏离离坐着一动未动，眼望着面前浑浊的水，二十年来聚散于她，总是如此匆促。

她高声叫道："木头。"悱恻凄楚，空旷无边。苏离离伸手抚摸着手背，默然坐了半天，揉了揉眼，将流云筒取下来摇了摇，对着棺材挡板扣动机关。

捌

河畔木叶声 万物为刍狗

十余枚钢针铿然钉在挡板上，所幸还没有被水浸坏。她将唯一的武器照样背好，站起身将凌乱的头发绾了绾。风寒水冷，湿透的袄子贴在身上。

木头在身边这许多时候，一直是他照顾着她，苏离离百事不用上心，竟也没磨平了心志。她曾经一无所有，也不畏惧再次失去。苏离离冷得抱紧自己，一步步朝前面平地上走去。她走出几步，又回头看看水，生怕木头一会儿就从那里冒了出来。她看半晌，又转身走。三天，他从不骗她。想到这一点，她心里稍稍安定。

河岸上半坏的棺材兀自伫立，像一个最沉默的告别。在她危险的时候，是木头和棺材救了她，这是一种宿命，还是巧合。她又回头看了那棺材一眼，它仿佛给了她莫名的熟悉的力量，带着一点贯穿生死的哲理，让这力量坚定而可靠。苏离离深吸一口气，在寒风中渐渐走远。

暮色四合时，她才看见一处人家。屋子很窄，挤了十数人，都是逃难来的流民，敌视地看着她。苏离离无处可挤，也无饭可讨，只能央他们给点火。其中一个老者迟疑了片刻，摸了一块打得快光了的火石火刀给她。苏离离真心实意道了谢，又走出里许，才找着个背风的地方，捡起一堆枯叶，打了半日才将火打燃。

手脚已冷得麻木了，她缩成一团烤着，渐渐才觉得三魂七魄回到了身上。往日她跟木头行走江湖，有时也会在荒郊野岭受冷，但与他在一起，似乎也不觉得冷。这难道就是佛家说的境由心生？只觉情之一字，永远参悟不透，时有新奇，是人生中从未领会的。苏离离摸着手背，似有他唇吻的余热残留。她低声念道："木头，木头。"

仿佛这两个字从唇齿间辗转出来，她便能与他亲近一些。眼见皓月千里，静影沉璧，她心里思忖他应该也脱困了，又在哪里，也许就在来找自己的路上。这样一想，她心中几许雀跃，听得道上马蹄声响，也失了警觉，站起身探去。

一队快马过来，是兵。苏离离连忙要躲闪，已被看见了。几个兵痞上前来，勒马道："喂，这小子是哪里来的，身上带了多少钱啊？通通拿出来。"

战乱之时，官兵盘剥百姓，是惯常的事。苏离离尽量放粗了喉咙道："各位军爷，小弟是逃难出来的，既没有钱，也没有粮，正是活不下去了。"

那兵头看了她一眼道："一身衣裳倒是整齐，既然活不下去了，爷帮你结果了，棉衣就充军吧。"说着跳下马就抓她。苏离离将他的手一推，退后两步抱了流云筒道："一身衣服而已，军爷眼皮子就这么浅？"

她不动声色地打开挡盖，心里盘算着木头跟她讲过的搏击方位，怎样才能将这些人都射杀了，心道：你想搜刮老娘的盘缠，老娘正要你的盘缠。乱世为活命，人心都不善。

那兵头也不多说，抽出了刀。苏离离对着他扣动机关，流云筒一转扫向余下诸人，钢针迭发，千丝万缕般撒去，须臾百发。

那队兵马约有二十人，俱中针，或倒地，或强立，呻吟不已。她心下暗道：糟了，我这样将针钉到他们身上，一针两针片刻也扎不死人。果然有受伤较轻的拔刀上来砍她，苏离离转身就跑。她跑出两步被那人捉住，横了刀在她脖子上，却不抹下去，狠声狠气道："说！你是不是锐逆的奸细？！"

锐逆？瑞丽？那是南疆地名啊，是个什么东西？苏离离尚未答上话来，后面大队骑兵赶来，为首一人声如洪钟，不怒而威道："让你们前哨探路，却这般磨蹭，天明怎与太子……唔，皇上……的兵马会合！"

一个兵士禀道："将军，这里有个奸细，伤了我们的兄弟。"

苏离离听那将军的语速声音，心中急切地回想，他是谁，他是谁？我怎听着耳熟？！

那将军毫无迟疑，道："既是奸细，杀了便罢。大军当前，犹疑什么？"

苏离离听得这话一急，灵犀顿通，大声叫道："欧阳罩，欧阳罩！"

兵士都是一顿，欧阳罩策马上来，一时间没有认出她。

苏离离方才想到是他，脱口而出，此时脑中却思绪纷繁：欧阳罩不是跟随祁凤翔的吗？可他说太子……皇上，太子那是祁凤翔的大哥啊。两人水火不容，欧阳罩怎会去与他会合？她仿佛记起李师爷说过，祁凤翔手下大将欧阳罩叛变到了他大哥的阵营里。

不待她想好，欧阳罩已认出了她，几分恍然，几分迟疑道："是你？"

完了，这下不好编了，苏离离讪讪一笑，缩头举手道："嘿嘿，是我。"

玖

军中谈契阔
欲辨已忘言

欧阳罩退了两步，神情有些矛盾，打量了她两眼，慢慢审问道："先帝才一晏驾，锐王就叛逆朝廷。如今皇上正亲自提兵诛灭。此地不日便有一战，你怎的做了锐逆的奸细？"

锐逆，原来是锐王叛逆，苏离离吞了口唾沫，殷殷解释："我不是奸细，是他们要抢我的东西，我不得已才用暗器射伤了他们。就……就……就是几根针，没人死吧？啊？"她环顾诸人，转过脸来满意地点点头，"没人死。"

欧阳罩被她一番不伦不类地抢白，一时有些反应不过来，微眯了眼睛似在沉思，不阴不阳道："这么说来，你和祁凤翔没什么关系啰？"

他怎会这样问？苏离离心中有个疑题一掠而过，不容多想，当下也试探道："我跟那逆贼当然没有关系！我这辈子见都没见过他，我跟他没有任何关系！"

欧阳罩半冷不热地笑了笑，道："那便罢了，你且跟我走吧，待此战过后，我令人送你回去。"他回头道，"给她一匹马，大家加紧赶路。"

苏离离骑到马上，一缕神魂才算归位，跟在欧阳罩身侧，穿山越岭，心中却思量开了：欧阳罩明明见过她跟祁凤翔在一起，她说没见过，他就默认了。有个隐约的想法在她心里成形，但大军当前，这种事大意不得，又怎能仅凭臆测？

一炷香时间后，远远可看见营地篝火。营中兵马过来接住，只说皇上有召，欧阳罩独个去了。少时，他手下亲兵过来，将苏离离引到一处大帐的后面。这方形帐子一分为二，后帐又分隔两方，一方放了杂物，一方有张木榻。那人引了她到榻边，径自出去。

约莫过了盏茶时分，欧阳罩掀帐进来，手上拿了一个馒头、一摞衣物，掷到榻上，冷冷道："换上，此时起，扮作我的亲兵，不许离开我一丈远。今晚你就睡这里，不许出去。"

"啊？"苏离离诧异，"那你也睡这里？"

欧阳罩脸色更沉几分："我当然不睡这里，我在隔壁大帐。"

苏离离头疼得紧，却勉力维持着逻辑："那你又不许我出去，我肯定就隔你超过一丈远了；你不许我离开你一丈远，那我只能出去。"

欧阳罩哭笑不得，摇头道："你现在不用出去，我叫你出去才出去……哎，什么和什么呀。咳，反正我说你听着就是了！"说罢一摔帘子，走了。

苏离离拿起衣服一看，是套兵卒的衣裤软甲，琢磨了半天才套在衣服上穿好了，和衣倒下，盖了硬如门板的被子，啃着那冷馒头。馒头如鲠在喉，衣甲硌在身下，她恍然想起前些日子，在那边远小镇的客栈里，与木头神仙眷侣般，心里蓦然一酸。

她脑中忽然一道灵光闪过：欧阳罩为什么要将她带在身边？她的内心慢慢浮起一种畏惧：怕什么呢？怕落到祁凤翔手里？可祁凤翔到底有什么可怕的，她又说不上来。正因为她说不上来，却又愈加怕得厉害。帐帘缝中望见营里灯火，苏离离数着这一天算是过去了。木头啊木头，你在何方？

她下午泡了冷水，寒风里走了半日，头疼得厉害，恍惚要睡着时，听见什么东西的轻微声响。苏离离骤醒，只盼是木头来了，却听见极低的人语声，嗫嗫不清。木头独来独往，不会和人说话。她慢慢掀了被子爬起来，蹑手蹑脚走到帐侧。大帐外围是厚棉，里面只用两层帆布隔开，前帐之人虽将声音压得极低，隐约也可听见只言片语。

一人语调低沉，断字却清晰，道："务要确保无恙。"

欧阳罩似乎很为难道："那天明行事如何？"

"照旧。"

欧阳罩半天不说话，那人良久方道："正月十五之前，还要赶到铜川布置。”

苏离离听得一惊，方才揭了被子，冷热不调，鼻子一阵痒痒。她努力忍了忍，将头埋在臂弯里捂死打了个喷嚏。这个喷嚏声气儿甚小，夤夜静谧中还是让那边说话的两人一顿。

她忙蹑行至榻边，躺上去装睡，刚摆好姿势，欧阳覃已掀了帘子走进来，悄然无声，令她备感紧张。苏离离刻意微微动了动，揉着鼻子，又埋在被子里睡。欧阳覃平静道：“苏姑娘，你不要装睡了。”

她置若罔闻，仿佛睡沉了，心里却丝毫不敢放松。僵持了片刻，欧阳覃默然退出，苏离离缓缓睁开眼，哪里还能有半分睡意。

她鼻塞头沉，蜷在褥子上吸鼻子，回想当日与祁凤翔遇见欧阳覃的情形，欧阳覃连祁焕臣的账都不买，又怎会投向太子？他一开始就装作一介莽夫，不仅她没识破，连祁凤翔也没识破，将几人骗到睢园去斗赵无妨。这人演戏之技艺可谓绝佳，极可能是祁凤翔授意假投太子的。

正月十五，铜川之行，那是木头写给祁凤翔的字条，其余还有谁知道？难道是字条子落到了别人手里，还是祁凤翔想对付他们？许多种可能浮现心底，苏离离心中暗暗打定主意：此地是非难料，明日定要寻机逃走，去找木头。心下打定这主意，她这才模糊睡去。睡得半醒间，似乎看见帐帘一动，木头缓缓走进来，俯看着她道：“起来！”

苏离离猛然一醒，见欧阳覃一张大脸凑在眼前，横眉道：“叫了你半天，怎不起来？”

苏离离“哎哎”应了一声，一动，只觉头疼得要命，强撑了起来，眼前浮光掠影，自己摸了摸额头，好像有些发热。她晃起身来，将流云筒背上，埋头跟他出去，忽然撞在他背上。欧阳覃回头皱眉训道：“你今日要警醒一些。”

苏离离揉着脑袋：“你走就走，突然停住干吗，要不我也撞不上你。”

欧阳覃瞪了她半晌，道：“你若不想横死，记得牢牢跟在我身边，我往哪里走你就往哪里走。我往前冲，你便也往前冲，知道吗？”

苏离离心里警觉起来，点点头：“知道了。”

出了军帐，冷风一激，她先打了个大大的喷嚏，涕泪横流。寻不着手巾，只好猥琐一把，反正不是她的衣服，袖子一横擦干净。平日看惯的马，在眼前如有山高，苏离离浑身无力，爬了半天爬不上去。欧阳罩缓缓策马到她身边，捉住她的领子一提，把她提上了马背，看她东倒西歪，压低了声音道："你就是要死也过了今天再死，别让我不好交代，嗯？"

交代？跟谁交代？苏离离无暇多想，只能点头："是是，我就是现在死了，也一定诈尸起来，跟牢了你。"

欧阳罩龇牙一笑，从随从身边接过一盒清凉油扔给她，命道："抹上，清醒点。"苏离离依言抹到太阳穴上，凉风飕飕地刮着，灵台顿时凉得清明。她跟着欧阳罩策马而出，从中军行到辕门，便见一人衣甲灿然，驻马当场，头上金冠映着天边的晨晖，显得分外耀眼。

这人三十来岁，眉目倒也英挺，五官有那么几分像祁凤翔，却全无祁凤翔的神韵。那人一见欧阳罩道："你来得迟了些。"

欧阳罩脸色惶恐，重重抱拳道："末将怎敢劳皇上等候！"

那皇上笑道："不要紧，今日决战，正该同心。你是有功之臣，他日必定荣耀非凡。"

欧阳罩似被他感染，容色庄重肃然道："今日一战，陛下伟业奠定，我等能效绵薄之力，实是大幸。"

皇帝陛下也庄重了神情，握着他的手道："你能慧眼识人主，当日为朕揭发那叛贼谋夺《天子策》，欲有不臣之心，朕是不会忘的。"

他二人慷慨万端，苏离离听得胳膊上鸡皮疙瘩一层层地起，越发打冷战。才做了几天的皇帝啊，大敌在前，无屏息专注，却在遥想着飘忽的成功之后，还遥想得十分自我感动。这位皇帝陛下若有丝毫人主之智，就不该让祁凤翔坐大，落到如今这一步。

但见这人主手一招道："走。"

几人便随了他从中军大道一直前行，渐渐看见前面队伍森然，剑戟林立。他们一行纵马过去时，几十面战鼓擂了起来，金石相撞般清越激昂。人马从中分开一条道路，渐渐望至阵首，耳闻鼓，足踩鞍，不待厮杀，便已有了披荆斩棘的豪情。

几人一路骑到阵前伞盖下立定，欧阳罿绰刀在左，苏离离立马在后。

两阵对圆，对方中军一杆大旗，旗脚南飘，书了个端正有力的"锐"字。阵中人马分开，一骑当先而出，不徐不疾，那马带着矜持态度，蹄法雍容，似闲庭信步。光看那马蹄子优雅地向前，便知道骑在上面的主子是谁。

祁凤翔一身银铠，如白雪皑皑，连盔缨都换成了素白，迎风轻飘。他每走一步，既是稳如泰山，又是纵逸仙姿。他站定阵前，缓缓屈了屈腰，道："大哥别来无恙？"

苏离离骤然听到他清越的声音，脑子里似是一晕，心怪这伤寒太厉害，忙扶稳马背。

大哥皇帝冷笑道："谁是你大哥，你这逆祖叛贼！父皇尸骨未寒，你就提兵叛乱，还不快快下马受死。"

祁凤翔低低地笑，毫不疾言厉色："既然父皇尸骨未寒，大哥怎么就把金冠束上了？"

对方愣了一愣，道："我是皇储，父死即位。一国之君，为国之体统，自然正装冠戴，岂能服素？"

"原来如此，"祁凤翔前一句说得满是诗情，动静之间却又立现杀意，"上月你将我王府之中，上至王妃，下至门役，都斩首在京城北门，这就是为君之道？"

"哼哼，不错，大逆不道，当诛九族。"

祁凤翔仰天长笑道："九族？我九族之中，与你血缘最近，你杀不了我，却杀一千妇孺。这也叫为君之道？！嫉贤妒能，猜疑兄弟，胸中策不满百，笔下言不满千，你何德何能来参这为君之道！我今日叫你一声大哥，只因你今后听不着了。念及往日兄弟情分，我今日捉住你，就让你死个痛快！"

皇帝陛下似闻奇谈怪论，静了一静，方大笑道："我是听不着了！今日我众你寡，你的士卒连饭都吃不饱，你纵然想胜，也难比登天。是我让你死个痛快！"

祁凤翔长剑出鞘，剑尖斜挑，微指他大哥道："好，你来决此战。"

他大哥尚未答话，欧阳罩已是双目凛凛，布满战意，听了这句暗语，大喝一声，三军惊愕，只见他长刀一抡，凌空划过一道圆弧。

阳光下白刃一闪，从皇帝陛下颈上挥过。方才那生龙活虎的嘴巴、金光灿烂的头冠瞬间跌入尘土，鲜血飞溅，身首异处。身后军士瞬间俱骇，祁凤翔同时将剑一指，手下军马排山倒海般压了过来。

欧阳罩叫道："快走！"

苏离离奋力一打马，随他冲出了阵。她从未如此接近地看一个人被砍掉脑袋，方才的景象仍在脑海中挥之不去。短短数十丈的距离，却似跑了半天。后面有箭射来，在耳边呼啸而过，她左腿上一阵钻心疼痛，夹不住马鞍，身子便往地上坠去。欧阳罩一把将她抓住，单手提了飞驰。

片刻之后，迎面有人伸臂捞住她的腰，欧阳罩松了手。那人将她死死地按在胸前，用力之巨仿佛要把她肺里的空气都挤出来。她的脸偎上他冰冷的铠甲，记忆中的畏惧疏离与隐约迷恋撞入心底，她再也支撑不住，昏了过去。

人流在身边涌过，那是他万千功业的奠定，在一步步累积；那是压抑他心志的家族身份，在他手中挫骨扬灰。主帅已失，敌军摧枯拉朽般瓦解，胜利华丽而盛大，快意绝伦；手中的人却是意料之外，希冀之中的贺礼。

祁凤翔静静抱着苏离离，在这舞台大幕后，轩昂默立。

一见祁凤翔，小命定遭殃——对苏离离而言，这是一个亘古不变的真理。

苏离离这一觉睡得昏沉，忽冷忽热，仿佛又看见昨日急流中，他注视着她的眼，身影淹没在水里。苏离离轻声哭道："木头。"脸上有绸布细滑地蹭着，鼻子里闻到一阵幽香。

她缓缓睁开眼，眼前有些模糊。苏离离拭掉睫上的泪，摸到柔软的枕头，一张标致的脸庞，半尺之外凝视着她。祁凤翔一肘放在枕上，手支着头，侧身躺在旁边，看不出什么神情。苏离离也无暇去看，吃惊地一退，后脑正撞在墙上，疼得"哎哟"一声叫，这才觉得浑身酸痛无力。

祁凤翔伸手抚着她的头发，举止温柔，语气冷淡道："你乱蹦什么？"

苏离离半趴在床上，露着侧脸，手拉了拉衣领，吃了一惊，不由得死死

玖

军中谈契阔　欲辨已忘言

拽住：自己全身的衣服都被剥掉，却着了一件丝质寝衣，衣带不系，裙裾松散。被褥厚实温暖，心里却生起一种恐惧，咬牙道："你……你……"她嗓子干哑，却说不出下文来，半天才迸出一句，"你脱我的衣服！"

祁凤翔躺在旁边，似将她阻在床上，无形的压迫感随着他手臂一动，遍布苏离离全身。他扯了扯被子将她盖好，温柔的态度将她心里那极大的恐慌轰然点着，眼泪迸出眼眶，牙齿几乎都要打战。祁凤翔看破她的心思，莞尔笑道："衣服是找附近民妇给你换的。你腿上中了箭，军医来敷了药；你又一直发着高烧，天黑的时候才退了热。"

苏离离迟疑道："是吗？"

祁凤翔语气诚挚道："你若是疑心我对你做了什么，那大可以放心。我要强暴你，必定会在你清醒的时候，那样才能让你印象深刻。"

苏离离现在便清醒得很，对他的印象也足够深刻。她看不出他究竟是喜是怒，是玩笑还是当真，是想将她留在人世还是扔进地狱，当下不敢反驳嬉笑，只得低低地"嗯"了一声。

祁凤翔唇角扯起一道弧线，微笑道："我忙了一天累了，顺便在这里歇了歇，看着你却又睡不着。你这人看着软弱，性子却又硬又坏。这么蜷在床上，外表温顺畏惧，心里却不知在打着什么鬼主意。定然在骂我吧？"

苏离离看着他的眼睛，如秋水般潋滟，轻轻摇头道："我没有骂你，你一直待我很好。"

祁凤翔眸子微微一眯，静了静，方道："也不见得很好。只是我有一个疑问，一直想找你问问，可你总是躲着我。"

苏离离轻轻挣开他的手，镇定下来："你想问我什么？"

祁凤翔收了手，也不怒，淡淡道："我想问你，倘若当初我告诉你于飞其实有救，我其实很喜欢你，你会走吗？"

苏离离摇头道："我已经走了，说这个没有意义。"

祁凤翔默然片刻，沉吟道："我有时候在想，是不是我这样的性子你始终爱不起来。你可以动一动心，必要之时却又能决然离开。那其实还是不喜欢的呀。"他仿佛自言自语，"你又不是什么良善守矩之辈，江秋镝有时迂腐

- 270 -

得紧，你怎会喜欢他？"

苏离离绝料不到他会说得这样直白，仿佛故旧知交一般无所避讳，踌躇片刻道："我是不拘泥小节，若是为了活命，什么卑鄙手段都可以用用。但若没有什么顾忌，我还是愿意善良的。"她迟疑一下，小心道，"你当然很好，比他好得多。可我早就喜欢上他了。浮世之中有许多诱惑，但需明白自己要的是什么，就不要轻易动心。"

祁凤翔眼眸深沉，阴晴难辨，隔了半日才缓缓道："这是谁说的？"

苏离离抬眼瞟了他一眼，没说话。

他忽然慢慢笑响，渐渐大笑起来，转身坐起，摇头道："我也未必就比他好得多。不就是我喜欢你，你弃如敝屣吗？我敢承认，你倒不敢承认了。"

见他态度终于明朗起来，苏离离暗暗松了一口气，心道：我敢那么刺激你吗？她抚着腿上的药纱，低声道："我睡了多久？"

"也就三四个时辰，天才黑不久。"祁凤翔站起身，从旁边炭炉上端了碗药汁过来，"早该吃药的，看你睡着，也没叫。起来喝了吧。"

苏离离望着那碗乌黑的药汁，心里抗拒了一下，还是慢慢爬起来拥了被子，就着祁凤翔的手一气喝尽，蹙眉不语。

祁凤翔想起她当初怕苦不喝药，自己紧哄慢哄，威逼利诱的情形，禁不住冷笑道："你说我要是强暴你，你会不会也如此娇弱痛苦，却又不敢反抗？"

苏离离脸色瞬间吓白了，思忖半晌，只能旁敲侧击，半是玩笑，半是坚决道："锐王殿下，您是才做了鳏夫的人啊！"

祁凤翔见她当真，语调冷淡之中透着嘲笑："你也未必就不是寡妇。江秋镝若无意外，怎舍得把你扔在那兵马横行的道上。"

苏离离登时敛容，收了戏谑，悲喜全无，淡淡道："我跟你不一样，你的妻子死了你可以无所谓；可我无论生死都爱他。何况，他不会死。"

"如此说来，我冷血啰？"祁凤翔自问，默然片刻，也不辩，反问道，"倘若他死了呢？"

苏离离缓缓摇头："他说过会来找我，他从不骗我。"说到木头，她仿佛心底没了对祁凤翔那种捉摸不透的畏惧，迎视他的目光，坦切道，"人有时会一无所有。我就遇到过，还不止一次，信念就是那根救命稻草。我相信他不会死，他也必然会来找我。"她眼中的意味脆弱而坚执，像冬日稀薄的阳光，却是万物仰赖的根本。

祁凤翔看着她的样子，宛然记忆中的思慕，无比亲近又如隔千山万壑。她失去过亲人，却未曾自怨自艾；她对他动过心，却从未丧失自我；她遭言欢冷淡，仍不顾安危，要水火相救。她有一种淡定的自在，对人对事不必悉心谋算，全力掌控。

处之安然，失之不悔。

这不由得让他想起那个眉目清亮的江秋镝：无论是贵胄骄子，还是布衣少年，总有适意的决断；无论自己怎样用心招揽，他总也不肯轻易就范。仿佛又看见他们在阳关大道上的拥吻。祁凤翔眸光蓦地一沉。

苏离离看他眼神阴晴变幻，一时爱恋纷杂，骄阳般炽热，一时又如水底暗流冰冷莫测，骨子里还是有些怕他，往里缩了缩。祁凤翔撩衣坐下，倾身靠近。苏离离以为他要有什么不轨的举动，他却只是伸手握了她的手，什么也没说，只握在手里。他的手温热有力，皮肤的触感陌生细腻，袖口雪白得连一丝花边儿也没有，纯粹得犹如他的复杂。

苏离离看着他服素的领口，轻声道："你父亲死了。"

祁凤翔望着袖子，像看着一段古旧的时光沧桑淡去，平静道："是啊。他临终下过十二道诏书召我，可我不能回去。他待我不错，当初我下狱，他也一直狠不下心来杀我。"

"这叫不错？"

祁凤翔似乎有些出神，冷冷道："已经很不错了，因为我要谋的，是他的江山。"他言辞里潜藏着激越，压抑不住，却屈臂埋头，伏在她床边，有些掩饰，有些倦怠。苏离离错愕地看着他，他仍握着她的手，虎口上的刺痕暗红明灭。她只得由他握着，侧了身趴在床边。

良久，苏离离合上手指，回握在他手上。祁凤翔没有抬头，却更紧地捏着她的手。

咫尺之间，默默无言。

苏离离不了解祁凤翔，似乎从来不了解。她设想他的种种心性言行，到头来总是错的。在这一点上，她甚至还不如木头。

她这夜睡得极浅，祁凤翔抽出手时她便醒了。他整着袖子道："你接着睡，我还有事。"他的态度生气勃勃，又怡然大方，昨夜微露的脆弱如同幻象湮灭。苏离离"嗯"了一声，蹭回枕上，拉了被子半蒙着头。

祁凤翔看了她片刻，见她安睡如故，忽然笑了笑，转身出去了。他的拇指与食指摩挲着，指尖仿佛留着她手上柔滑的触觉。

苏离离一觉睡到过午，头昏脑涨之状大减。床头放着一套绛色棉衣，她取来穿了。左腿上的伤倒不甚重，勉强可走动，掀开军帐，薄雪点翠，旌旗翻卷，苏离离慢慢走出数丈，便见校场上一队人马押了一人前来。那人五花大绑，风雪染花了面目，却挣扎不屈。

苏离离缓缓走到木栅排栏边，扶着高高的木桩子，便见祁凤翔白衣胜雪，负手立在场中，欧阳罩站在身后。祁凤翔侧头看见了她，望了一会儿又转过头去。那人被押到他面前，踢跪在地，口中犹自骂道："奸贼，用诡计捉了老子，算什么好汉。"苏离离一听，便知是赵不折，暗想：这人定不会降，今日必死。

祁凤翔淡淡笑道："我自讨祁氏叛逆，关你梁州何事？无故前来犯我兵锋，眼下怎讲？"

赵不折大笑道："世人都知道，祁氏杀兄逆父的叛贼是你！你倒有脸皮反着说。"

祁凤翔也不怒："大丈夫奔走天下，扫荡四海，何惧人言。赵将军骁勇，愿降最好，不降则死。"

赵不折大声骂道："凤眼贼，爷爷生下来就没投过降！"

苏离离听得莞尔，欧阳罩皱了皱眉，祁凤翔却"哧"的一声笑了，忍着笑挥手道："罢了，送赵将军去吧。"兵卒扯起赵不折押了下去，赵不折一路大骂凤眼贼不止。刀光起时，身首异处，顿时折作两截。

欧阳罩沉吟道："太子虽然死了，京城那边还有一番硬仗要打。"

玖

军中谈契阔　欲辨已忘言

祁凤翔点点头:"你即日提两万兵马回驻京师,安顿局势吧。"

欧阳罩迟疑道:"殿下,京师原是重地,对你极为重要,你派我回去,我本不当说什么。只是末将出身微末,京城中的公卿仕族,只怕不服。"

祁凤翔并不看他,淡淡道:"给你兵马是做什么的?我没空跟那些腐儒舌辩什么忠孝节义,但有不服,无论忠奸,一律灭族。总要先拿一两个人做榜样,这个度你自己把握。"

欧阳罩瞠目结舌。祁凤翔徐徐回头看着他道:"不然你有什么好办法吗?"

欧阳罩细思片刻,摇头道:"没有。"

祁凤翔悉心解释道:"不是我不肯叫李铿回京,他在雍州经营一年,地理熟悉;又才捉了赵不折,深知彼军虚实,留在这里于我有利。你在太子身边数月,京中往来,也略知一二,由你回京最合适。我写一道谕令给你,敕令不服者杀,你拿回去贴在京城九门,只说是我的意思就是。放手去做。"

欧阳罩大声道:"杀便杀了,我还怕名声不好吗?何须殿下来揽这个罪名。我去清点人马,明日就走。只是王公大臣好办,皇帝家事难为,怎么做,殿下还须给句准话。"

祁凤翔想了一会,慢慢开口道:"我父皇其他的儿子小的小,没用的没用,若是没人撺掇他们送死,那就留下好了。太子府上的仆从侍婢可以留着,内眷子嗣,一个不留!"

欧阳罩道:"是。"转身按剑而去。

祁凤翔转身看着苏离离,慢慢走到排栏边,隔着碗口粗的木桩,伸出手背贴在她的额头上,静了片刻,笑道:"果然没烧了。外面冷,出来做什么?腿伤不疼吗?"

他前一刻说到杀人,斩钉截铁;后一刻问她伤病,温柔周全。苏离离望着他,有些萧索怅然道:"追求这样的东西,不会痛苦吗?为父兄所猜忌,人伦离散,回头又去杀别人的父兄妻子,毫无道理就把人杀了。"

"政治就是如此。你不喜欢它,是因为它曾经让你家破人亡。"他仰望苍穹,天高云淡,缓缓道,"人一生是有许多不如意处要忍受,但切不可伤颓自怜。你所有的梦想，一件一件地去完成它；你所有的敌人，一个一个地去征服他。你看到这一切都照着你的想法一步步握在手中，心里是绝不会痛苦的。这些年来，我若有一丝一毫的松懈，就不可能走到今天这一步。"

见她默然无语，似有所悟，他垂下头来微笑地望着她道："至于人心，你可以去洞悉它，然后善良地对待善良的，恶毒地对待恶毒的，必要时也可以恶毒地对待善良的。我对你已经努力地善良了，不要挑战我的底线，让我对你恶毒起来！"

苏离离惊诧地抬头看着他。祁凤翔冷笑："你心里在盘算着走人吧？你这人要走时从来不告辞，却总喜欢讨论这些深刻的东西。"苏离离作辞的话语还未斟酌出口，便被识破了，一时无言。

祁凤翔语调曼妙悠闲，又带着无穷的压力："好好待在这里。我知道你如今视死如归，你也得知道我能让你求生不得，求死不能！"

苏离离顿时失色，方才对他怀有的一丝劝慰之情也荡然无存，退了两步，转身回去。祁凤翔看着她离开的背影，因为受伤而一瘸一拐，毫不优雅，却带着决然坚定。他想叫她站住，想把她抱回去，默然了一阵，却又忍住了。

傍晚军医又来给苏离离的腿伤换了药，叮嘱她多多静养。苏离离懒懒靠在床头，暗想木头不日便当来找她。无论怎样，她都得先把风寒腿伤养好才行。她翻来覆去想了一回，和衣躺下，早早睡了。

营中灯火初上时，祁凤翔正握了一卷书在中军静静地看。祁泰急行入帐，趋至他身边，低声道："主子，江秋镝来了。"

祁凤翔放下书，淡淡道："哦，发现他了？"

祁泰摇摇头："安排的人都没用上，他从大营辕门进来的，让哨兵通报要见你。"

祁凤翔眉毛一挑，愣了片刻，方慢慢笑道："他来得倒快。"

祁泰引着木头，穿过重重营垒，到了祁凤翔中军大帐。大帐里烧着炭火，将冬日严寒隔绝在外。大案左右顺次往下整齐摆着八张大木椅，木头在帐中站定，祁凤翔并不起身，也不迎问，只微微抬了抬手，示意祁泰出去，祁泰躬身退出。

木头抓过一把椅子，"砰"地放在正中，淡蓝衣裾一拂，坐了下来。他声不发而威，姿不移而严，渊渟岳峙，岿然不动。他目光皎皎，望着祁凤翔，却不说话。祁凤翔等他开口，等了些时候，见他端坐不语，忍不住道："你要见我，怎的又不说话？"

木头缓了一缓，才徐徐道："你捉着我的老婆，想必是你有话说。"

祁凤翔眼尾的线条原有着不可攀描的弧度，此刻一笑，微微弯起来，舒缓而惬意："我没有话说。"

"你有话说。你粮草已尽，加之关中大震，饿殍遍野，无所劫掠，你想要那批军资。"

祁凤翔说得清晰："我也想要她。"

木头似乎并不意外，神色并不严肃，或是凌厉几分，只条理明晰道："那么你只好回京城去，着力经营两三年，重整旗鼓，再问鼎天下。除去横生的变故，要讨平各方诸侯，七八年的时间或可成功。"

他话锋一转："赵无妨现今便在雍州边上虎视，此役若能将他除去，一举拿下梁、益富饶之地，与关中相连，则荆、襄、昊、越最多三年可平，人业可成。"

祁凤翔一惊："赵无妨在雍州？"

"不错。雍州边上的梁州兵马名义上是赵不折领来，实则是赵无妨主导。他乔装在军中，深居简出，只是不让人知道罢了。否则李铿擒了赵不折，梁州兵为何溃而不乱？"

祁凤翔心里已知他所言不虚，仍沉吟道："他既瞒得如此隐秘，你又如何知道？"

"上月在梁州遇见他打了一架，言欢和徐默格都死在他手里。"

中原战场自古以来多是由北向南地吞并。以黄河流域为主，西出巴蜀有崇山峻岭阻隔，南下江陵有长江天堑横断。祁凤翔已占据黄河沿线，若能打通梁州、益州，东南一隅无可抗之师。莫说三年，也许两年就能一统天下。

战机稍纵即逝，祁凤翔全身的战意都被点燃，但见木头好整以暇，心里藏着万千军资，却用这战局作饵钓他，不禁冷笑道："你这是威胁我？"

木头眉宇之间是全然的简洁疏朗，坦诚无欺："我并没有威胁你，这只是一个选择——看你是要毕其功于一役，还是要离离。"他言罢，微抬下巴，眸子里带着三分了然，静静欣赏他眼里的挣扎。

祁凤翔踌躇片刻，缓缓摇头道："你若不想她死，最好将银粮藏地说出来。"

"你的侍卫拦不住我。我之所以没有悄悄把她带走而是当面跟你说，一则是不愿用这种手段来对你；二则是怕你当真恼火，后患无穷。"木头说得平静。

祁凤翔看了他半晌，神色有些阴沉犹疑，似不愿如此又不得不如此，带着三分漠然情绪，冷冷道："我知道藏不住她。昨天喂她喝的药里下了西域奇毒，自后每月初服下解药便与常人无异；若是没有解药，活不过当月十五。"他顿了顿，又道，"不要指望韩蛰鸣，他这辈子解不了的，就是这种毒。"说完他手叩桌沿，静静欣赏木头隐忍的错愕与愤怒。

木头吃了一惊，蹙了蹙眉，片刻之后却静下来细细打量祁凤翔的神色。沉吟少时，他往椅背上一靠，略倚在坐椅的扶手上，淡淡道："那好得很。我解她的毒没有把握，杀你却有把握；一年杀死没有把握，十年杀了你却很有把握。你若没想跟她同归于尽，就让她好好活着。"

祁凤翔万没料到他会这样说，摇头叹道："你跟她在一起也没什么好，这副市井无赖的嘴脸倒是学了个十足。"他笑一笑，循循善诱，"你是杀得了我，可那又有什么用，自己的老婆不也没了？"

木头微微挑眉："我的老婆没了，你的性命也没了。谋划多年的江山难免不让别人去坐；天下悠悠之口难免不说你志大才疏，爱美人不爱江山，死于风流艳债。"

祁凤翔额上青筋隐隐一跳，咬牙不语。世人说他残忍狡诈阴险毒辣，那都没什么；若是让江秋镝为老婆报仇把他杀了，他必然沦为笑柄。

木头淡淡一笑："这还是一个选择，看你心里是自己更重，还是她更重。"

祁凤翔默然半晌，反问："你以为呢？"

木头正色道："我以为，以你的智谋，不会做这样两败俱伤的事，你也没有给她下毒。之所以这样说，无非心里气不过。"

祁凤翔的眼仁里有种莫名的张力，藏不住恼怒之色，狠声道："江秋镝，你当我舍不得杀她？"心里激怒，当真杀机一动，苏离离既是羁绊，又无心于他，留之何用？他一时入了魔怔，苏离离的样子在脑海中一闪而过，纵然万般可爱也失了缠绵心绪，只觉我得不到的谁也别想得到！

木头见他发怒，心里倒是一松，下毒之事想必是让自己说中了，遂缓缓摇头道："你舍得杀她，却不该是为了这个原因。"短短一句似凉水泼下，他的简洁犀利，仿佛万事都能迎刃破解。

祁凤翔骤觉失态，反愣了一下，心中往复来回，如雪崖之上的独坐参悟，茫然又带着细碎的纷乱。倘若真的杀了苏离离呢？此生夜阑反侧，他能不后悔？然而容她活着，他能做到江湖相忘？那些岁月里的美好，她都是为另一个人而舒展，自己这番心思又成了什么？

如丝绳萦绕，剪不断，理不清，祁凤翔平生未曾如此难以决断。木头已慢慢接着说道："譬如壮士赴死，一瞬之机，慷慨而去，与千古霸业同样壮美；若是静下心来衡量比较，瞻前顾后，就失了真意了。情爱也是如此，最经不得推敲，你稍一犹疑便是舍弃她了。她比不上你的大业，也比不上你自己。"

祁凤翔理了理思绪，沉吟道："人生并没有这么多选择的时候，难道古今王侯都没有白头到老的？她和我所谋求的也并不矛盾。"

木头道："是不矛盾，她若跟着你，一辈子也未必会遇到江山美人难两全的时候，可惜还有我。"

"你？你难道只为她而活，为她而死？"

"我为自己而活，却可以为她而死。这一点你办不到，你要的东西太大，你的命太重。你从一开始对她就没有这个心，所以听凭时日迁移，与她得过且过地来往。她断然离开，也正因为她要的不是这个。用情之深沉专注上，你比不上我，所以你得不到她，又能怪谁？"他说得平淡，毫无起伏，却轻易激起祁凤翔心内的波澜。

见他沉默不语，木头再逼一句："你现在也可以带她走，我绝无二话；你若忧心天下安危，我愿意替你担这个重担，绝不毁了你的威名。否则当断不断，反受其乱。你意下如何？"

意下如何？多年来的谋划隐忍，大半的艰辛都度过了，如今胜利近在眼前，他怎可能拱手让人？祁凤翔骤然抬头看着木头，看了好一阵，缓缓摇头道："江秋镝离了王侯之家还可以是木头，祁凤翔离了朝堂皇家就什么也不是了。"

木头微笑不语，心意却辗转缱绻。江秋镝原本也什么都不是了，幸而有棺材铺里的两年时光，才学会了做木头。

祁凤翔慢慢靠上椅背，冷笑道："难得你想出这番说辞来。"

木头淡淡道："也没什么难的，我只想听答案。"

祁凤翔握拳虚抵在唇上，又看了他半晌，缓缓道："我不要她，我要你。你留下来帮我。"说到"我不要她"，心里似压着千钧之力，说完却是一松。一念之间九百生灭，倒把尘世百味尝了个遍。

木头神色不变，问："你用什么来让我答应呢？"

祁凤翔放下手，率然叹道："什么也没有，凭你高兴。"

木头微微一笑，却没有说话的打算，祁凤翔大不是滋味。

"我说，"祁凤翔抚额叹道，"你我也算是故旧知交，我邀你共谋天下也不是一次两次了。你不置可否了四五年，就不能给句准话吗？"

木头笑得越发深了几分，站起身道："我要去找那批银粮，现下便要带她走。"

祁凤翔斜睨着他，轻描淡写道："是在铜川吗？"

木头道："不是。我写了铜川，但不在那里。"

"你故意的？"

"我就是不防别人也要防你啊，哪知道歪打正着。"

祁凤翔拊掌笑道："那好极了，铜川那边我布置了人。"

木头微一讶异，恍然道："那天跟的是谁？"

"十方。"

"难怪。"木头转身欲走，问，"我老婆呢？"

祁凤翔微微笑道："她腿上受了箭伤，又着了风寒，今天才退了烧。虽没什么大碍，却还需静养，这会儿只怕睡得正熟。"

木头略一沉吟，点点头："好，她暂时留在这里养伤，我三日后回来。"他说到"我三日后回来"时，运上了上乘的内力，声虽不高，却水波一般荡漾开去，合营皆闻，合营皆惊。

苏离离本睡得浅，此刻听到他的声音如从冥冥三界中传来，骤然惊醒，翻身坐起。

祁凤翔内力一阵激荡，耳内低低轰鸣，心中大惊，不料他内功收发自如，精进至此。

木头已转身大步出帐，至中军大门外牵了来时的马。祁凤翔起身跟至帐外，忽想起一事道："你总要带点人马去。"

木头头也不回，道："用不着。"马鞭一扬，绝尘而去，留下祁凤翔站在那里，凭空多了几分赏识之色，又混杂着惆怅。江秋镝一派坦然地将老婆留在他这里，义下于先，摆明了是要绝他的觊觎之心。

身后苏离离趿着鞋子瘸着脚奔出帐来，叫道："木头！"木头的背影已去远，不一会儿掩入夜色之中。她茫然地望着他去的方向，半是因为焦急，半是因为奔跑，呼出的气在空气中缭绕。祁凤翔转头看了她一眼，冷冷道："说了三天后回来。要不为让你听见，也犯不着震得人头晕。"

苏离离回过神来，牙齿咬得下颌骨愈加清晰。她愣了愣，一步步走近他，眉不怒而挑，惊急之中大声道："我知道你在铜川布置了人！你又弄了什么陷阱让他去跳？你怎么就折腾不完呢？见不得我好是吧？祁凤翔，你想逼死老娘还是怎么的？"

她睁圆了眼睛，眼仁像黑曜石的流光，这一副狠了心肠要发气撒泼的模样，却是为了担心他算计木头。祁凤翔看得怒从心头起，恶向胆边生，懒得废话，劈头盖脸一通骂："难道我脸上写着'坏人'？我是杀你了还是害你了！给他个陷阱他就肯跳？他有你这么蠢？有那么几个心眼子都做到破棺材里去了！"

苏离离被他突如其来地一骂，一时不知所措，但听得最后一句，张嘴就回，气势不减："我做的棺材好得很，不是破棺材！"

祁凤翔转身就走，走了几步，回头见她还愣在那儿，空气清寒间瑟瑟发抖，大喝："滚回去睡觉，睡不着眯着！"苏离离被他震得一抖，诧异地看着他大步而去。

这番发泄似的争吵来得毫无缘由，一个为爱人的处境担忧，一个却是因为知道自己注定要失去了。

营里许多人听见木头那句"我三日后回来"，不明所以爬起来询问。见苏离离与祁凤翔这般吵架，四面窃窃私语。苏离离看了看木头离去的方向，默然想了一想，木头行事向来谨慎周全，必是与祁凤翔有了什么勾结。他既说三日后回来，自己也只得耐心等着。

她放下狐疑，往回走了两步，又停住回头看了看，方慢慢回到帐子里。

木头策马一夜，天明赶到一处小县。县上房屋塌了大半，居民或死或伤，投亲靠友散去了不少。城内人马接住，径往县衙。莫大正在堂上高坐，拍着惊堂木过官瘾。木头迈步进门时，他大大咧咧地一拍，道："大兄弟，你看哥哥有这官样吗？"

木头将马鞭交给小喽啰，颔首道："有。"

莫大哈哈一笑，站起身来走到堂下道："找着离离了吗？"

"找着了。"

"那怎么不见？"

木头正色道："我暂时将她安顿在一个朋友那里，回来正是有句话想对莫大哥说。"

莫大点头："岐山上面震坏了，难得前天在路上遇着你。你让我来占着这破败的县城，是要我做县官吗？"

木头摇头道："莫大哥可以做官，却不能只做县官。乱世之中，要么做偏安一隅的小民，要么做接济天下的人物。县官高不能成，低不能就，最是不得安稳。"

莫大听了个一知半解，却踌躇道："你是要我当大官？我肚子里没多少墨水，手下也只有不到三千人马，我能跟谁比？"

玖

军中谈契阔　欲辨已忘言

木头抬头看着堂上斜挂的匾额，眼里有种置身洪流的波澜壮阔，气韵清健，吐字斩钉截铁般铿锵："英雄不问出身，文墨可以学，兵少可以练。天下大乱之后必有大治，到时山贼就做不成了。你若不愿退回去做一个平民，如今就得往前进。你只告诉我，敢不敢？"

莫大似被他的神气感染，蓦然生出一股豪情，慨然道："有什么不敢，天下没有我莫大不敢做的事！"

木头朗朗一笑："那好得很，现下便请众兄弟跟我去做一件事。"

这两天薄霭沉沉，天上的云朵厚重而阴灰。祁凤翔拿了一领自己的披风给苏离离。一色的水貂毛皮，虽是旧物，毛色却鲜明，毫颠亮得近乎透明。苏离离成天裹着，也不敢走远，就在自己住的帐子周围转悠。

她这天早上爬起来，缓缓地左转了一圈，又右转了一圈，便见祁泰大步流星，给她端来了午饭。饭菜很简单，苏离离也不挑剔，只是叫住了祁泰。

祁泰道："苏姑娘还有什么吩咐吗？"

苏离离迟疑道："木头，就是那天晚上在营里说他三天后回来的那位江公子……你知道他去哪里了吗？去做什么了？"

祁泰摇头道："这个我也不知道。"

"你就不能问问你主子？"苏离离就是不松口。

祁泰想想，说："主子是主子，他愿意说的自然会说，不愿意说的我们又怎能去打听。"

苏离离动之以情，晓之以理道："我只是个女人，而且还被他关在这里。他就是告诉我，我也翻不了天去。人说死要死个明白，他把我家木头支使到哪里去了？大丈夫行事应当磊落，何必瞒着我一个小女子呢？"她脸上哀婉之中带了激动。

祁泰默了片刻，道："姑娘就是知道了，也无济于事，还是不必操心了。"说完转身出去。

待他走远，苏离离表情一放，懊恼地拿起筷子扒饭。这祁凤翔是个人精，连手下都练成精了。

祁泰绕过宽阔的校练场，来到祁凤翔中军，正有亲随端了午饭进去。祁泰上前先用银针试了，才给祁凤翔端到旁边食案上。祁凤翔放下文书，又整了整大案上的笔墨，方淡淡问了句："给她送饭了吗？"

祁泰应道："送了。"

祁凤翔坐下端了碗筷，祁泰又拿来水杯给他倒了杯水，一边倒一边说道："江秋镝去了一日，下面也没传上来什么音信。"

祁凤翔慢慢吃着饭，细嚼慢咽了一会儿，并不抬头，问："你想说什么？"

祁泰一慌："没什么，属下……"

祁凤翔不咸不淡道："你从小跟随我，可知道在我身边办事，最重要的是什么？"

祁泰想了半晌，道："能干，办事有效率。"

祁凤翔也没加重语气，轻描淡写道："老实。主子吩咐的事能办好，没吩咐的事不多办。若是做不到这一点，越能干的人死得越早。"

祁泰一惊，知他看出来，忙道："属下也是被苏姑娘说了半天，才想帮她问问，绝不敢有什么二心。"

祁凤翔慢慢笑了，问："她怎么跟你说的？"

祁泰依样说了一遍。不用看到，祁凤翔也能想出苏离离当时那副模样，忍不住笑道："你倒是生了一副侠义心肠，可惜看不出人家几分真假。"他遂吩咐祁泰道，"你一会儿过去看看，她若吃完了饭，把她带过来吧。我告诉她好了。"祁泰应了。

苏离离吃完了午饭，正准备小憩片刻，祁泰来端盘子，顺便把她请进了祁凤翔的大帐。大帐里祁凤翔正站在地图前，细细看着山川地形。他身侧站了一人，淡青袍子，敛袖肃容而立。她进去时，二人并未回头。

苏离离眼珠子一转，便看祁凤翔身边那人，衣带之上挂了一只寸长的小棺材，底下垂着穗子，不由得大喜，脱口招呼道："应公子！"

应文回过头来见是她，一贯冷淡的神情也浮上几分笑意，回揖道："苏姑娘好啊。"

苏离离倒是回了个礼，笑道："应公子好。"

祁凤翔脸色不佳。

应文侧目看了他一眼，略抿了抿唇，并不说话。苏离离见到应文时的几分雀跃之情，对比见到自己时的见鬼之状，怎不令祁凤翔恼火。但见苏离离身上裹着那件披风，和着棉衣，臃肿蹒跚，一张脸却还是巴掌大，颔骨是令人心仪的弧线，祁凤翔冷冷道："你老实待在营里，不许再跟祁泰打听江秋镝的去向，否则他也没有好果子吃。"

苏离离眉头一皱，嘀咕道："你讲不讲理，祁泰大哥又没说什么，动不动就乱迁怒人；又要把我关着，又要我什么都不知道，死也死不明白……"

祁凤翔额角青筋一跳，道："我要你死了吗？我不关着，你倒是出去走走看，看你能走多远！"

苏离离翻起一双白眼，慢悠悠道："你找我来是要吵架？"

祁凤翔骤然语塞，噎在了那里。苏离离苦口婆心地劝道："你的声音是比我大，不过我可以骂得比你难听。只是我现在困得紧，没有前天晚上那个劲头了，你实在想吵，改天约个时间我们再来吧。"

祁凤翔自己也不知道为什么，现在一看见她就生气，这口气还总是忍不下去。他咬了咬牙，一步一步走到苏离离面前，苏离离禁不住退了一步，被他一把捉住，逼近她低声暧昧道："你过去跟在我身边，耗子从猫般我见犹怜，让我着实喜欢；如今装出这副无所畏惧的模样，放浪不羁，让我越发喜欢得紧。"

苏离离被他一捉早已缩成一团，听得这句话，不由得满脸愁容，哪怕他说要杀她，也好过说喜欢她。苏离离欲哭无泪，一脸苦笑道："你到底喜欢我哪一点啊，我现在改还来得及不？"

祁凤翔看着她虚弱的模样，想起她的种种言行，既无淑女之体统，又无烈女之气节，怕死贪财，到底哪一点让自己喜欢？他想到在京城时，她逮着机会便讹自己银子，真是爱到心里去了，神色一缓，"哈"地一笑。

苏离离看他笑了，满脸佯欢道："是是。"

祁凤翔觑着她一脸的狗腿相，摆明了应付自己，心下不悦，眉头一皱："哼！"

苏离离不敢松懈，胁肩谄笑道："是是。"

祁凤翔哭笑不得，松开她一挥手："你别的本事没有，饭倒还做得可以。去，带她到军厨那边，给我做午饭去。"

苏离离巴不得他这一声儿，转身就想溜。祁凤翔扫着她腿上，又恶声恶气道："走慢点！"应文跟出来道："我过去瞧瞧，她可别真去做饭了。"祁凤翔点点头。

应文出来追上苏离离，苏离离放慢脚步做了个无奈的表情，应文便笑了。两人慢慢往军中大灶处走。应文道："苏姑娘这些日子过得可好？"

"还好吧。唉，"苏离离叹了口气，"老遇到些莫名其妙的事，甩也甩不掉。"

应文执起腰带上坠着的小棺材，笑道："苏姑娘记得当日做这棺材时说的话吗？"

苏离离看了那棺材一会儿，释然笑道："说起来容易啊。"

说话间走到军中做饭的地方，露天开阔处搭了几片大棚子，两尺宽的灶台砌了一溜。苏离离一看傻眼了，那大铁锅把她放里面还能盖上盖子。伙夫腰圆膀阔，垫了块大石在脚下，站在与锅平齐的位子，挥舞着肘子，手上是一柄寻常铲土的大铲子，配着那锅倒是相得益彰。

苏离离吞了下口水，支吾道："应公子，我炒菜的时候要是一错劲儿摔进去了，你可要尽快把我捞起来啊。"

应文实在忍不住，摇头笑道："那铲子你是挥不动的，炒那一锅菜，足够近百人吃。这些菜还是我昨天从冀北带来的，也只能支持个三五天。你随便做点小菜就是，不要太当真。"

苏离离连连摇头："那怎么行，你是听见的，他让我在军厨这里做饭呢。我要是不做，还不知他要怎么对我呢。"

应文奇道："你当真觉得他是那种人？"

苏离离低下头不说话。应文正色道："苏姑娘，你我也算是不错的朋友，你能不能说句实话，你真的对祁兄一点也不动心？"

苏离离埋了一会儿头，方慢慢摇了摇头："应公子，人应懂得轻重取舍。

他待我的好，我知道；可这个情，我实在还不起了。"她抬眼看去，地上菜蔬边放了只年轻的公鸡，不知在哪间民宅里抢来。她问那军厨："师傅，这只鸡能给我不？"

那军厨一抬头见应文在她身边，点头道："行。"

应文见她避而不答，淡淡一笑，插话道："把鸡拔毛开膛清理了，一会儿送到苏姑娘那里。"伙夫不敢怠慢，少时便将那只鸡收拾好，送了过来。苏离离端详片刻，那公鸡神容安详，死态端庄，收翅光皮缩在盘子里。

苏离离踌躇片刻，欲要脱掉大衣，挽袖子分尸。应文道："你风寒未愈，我叫人来切吧。"

苏离离摆手道："要不你帮我把这只鸡切成小块吧。"

应文皱眉道："我没宰过这些。君子远庖厨，这个……"

苏离离"哧"地一笑："什么君子远庖厨？没有庖厨，君子有饭吃吗？读圣贤书是经世致用的，也别把自己弄得太神圣了，说这一套来装模作样地摆身份。一鸡尚不能宰，何以宰天下？"

应文被她一番鼓动，也觉新奇，点头道："说得有理，我今天就试试吧。"说着，他挽了袖子，系了围襟，手举菜刀，不知从何下手。苏离离指点他顺着脊骨先劈成两半，应文到底聪明，一点就通，方位准确，只是力道小了点。

苏离离道："使劲宰，你还怕砍疼了它啊！"

应文叹道："杀鸡不易，杀人想必更是不易。"

"嘻，"苏离离嗤笑，"你们这些王孙公子，倒未必没杀过人，只不用亲自动手罢了。"

"也是。你亲自杀过人吗？"

苏离离不禁想起京城城破那天，她孤身在乱兵中奔走。一个士兵捉住了她，她想也没想便将菜刀砍进了他的脖子，那么深地嵌在那人的脖子上。祁凤翔一箭射穿了那人的脑袋，评曰："砍得利落，只是下手惊慌。"

那是她第一次杀人吧。奇怪的是，这么久以来，她竟从没有想起，心底也从没有过恐惧或是道德的责问，仿佛杀那个人天经地义。人性在无所依傍时，就会失去原则，所以置之死地而后生。

这一营的火头军总领是个五十上下，留了一脸浅胡楂的老伯。他端了个苏离离要的砂锅进来时，便见苏离离端坐一旁，一脸若有所思的玄妙；应文挥刀断翅，一脸比鸡还痛苦的神情。

军中缺佐料，原也做不出什么精细东西。苏离离把鸡块过了水，将一杯酱油，一杯食油，一杯白酒，几缕野葱、蒜瓣，放一个小砂锅里文火收汁，烧出来的鸡块色泽红润，又不失原汁原味，有种纯粹的鲜香。苏离离自己闻着香，先偷吃了两块，心道：老子再小心伺候你一天，反正木头明天不回来，后天也该回来了。

晚饭时，她将这盘菜端到了祁凤翔的帐里。祁凤翔打量了两眼，抬起眼皮不冷不热道："这是赣州一带的菜肴，叫三杯鸡。你在哪里学的？"

苏离离连连点头："锐王殿下真渊博，我在菜谱上看来的。"

祁凤翔温柔地笑："你也挺好学嘛，坐下，就在这儿吃饭。"

苏离离知道推辞无用，也就坐下了。祁凤翔用筷子扒拉了一下，又细看了看，道："这鸡块真是切得鬼斧神工啊！"

苏离离微笑："刀工不好，刀工不好。"说着也去夹了一块，祁凤翔筷子一抖，给她敲掉了："我记得你切的笋丝匀称细致，全不是这副样子。用力弱而不足，下刀准而有度。可见其人没有用过刀，但心思还算聪敏。这是应文切的。"

他兀自笑道："应文家里的厨子比你见过的还多，你居然骗得他做这样的事。"

这人长的是什么脑子，苏离离又夹了一块，也考究道："据我看来，是我风寒初愈，手上无劲……你！"

祁凤翔已再次敲掉了她筷子上的鸡块，仍然温柔地笑："你风寒初愈，手上无劲，吃不得鸡，还是吃点清淡的吧。"

这顿晚饭苏离离吃着军中伙夫做的粗糙饭菜，看着祁凤翔一块鸡一口酒，把自己一下午的成果都吃了下去，还悠悠一叹道："我自到雍、凉领兵，就没吃过这么好吃的菜了。"

苏离离定心立意，今夜回去，无论如何要给他扎一个小人！

玖

军中谈契阔　欲辨已忘言

　　这顿饭吃得苏离离很不舒服，面前的菜不好，人也不好。勉强挨到他吃完，看他漱了口，洗了手，撤了碗盏，苏离离轻咳一声："天黑了，我困了，可不可以回去了？"

　　祁凤翔微微眯了眼打量着她："想走？"

　　苏离离点头。

　　"我看你还没怎么吃饱，要不让他们再做点什么来吃。我这里人吃的东西不多了，马吃的东西还有不少。"他无害地笑。

　　苏离离无奈道："多谢好意，可惜我没有马这么好的胃口啊。"

　　祁凤翔转身从大案底下拿出一个尺长的花漆盒子，走到苏离离坐的垫子旁，把盒子递给她。苏离离迟疑道："这是什么啊？"

　　祁凤翔黝黑的眸子漾着水一样的光泽，灯光掩映下映着她的影子。他举起盒子在耳边听了听，又小心地放下，道："昨日他们在山上打到几条草蛇，现在听听仿佛是捂死了，你拿去明天做个蛇羹来吃吧。可不许扔了！"

　　苏离离往后一缩，已靠到了帐子上："我不要！我做不来蛇羹！"

　　祁凤翔一把拉过她的手来，塞上盒子，不冷不热地命道："叫你拿着就拿着，现下人马都少粮草，给你找点吃的多不容易。拿好了，滚吧。"

　　苏离离捧得手都要抖了，相比之下，还是祁凤翔更可怕。迫于淫威，她端着盒子逃也似的滚了。祁凤翔看她把那盒子端得要多远有多远，待她出去，不由得大笑起来。

　　苏离离捧了花漆盒子回到帐子里，先放在地上，抬头四顾，找了个大铜壶压在上面；压完又屈膝跪在地上敲了敲，没有声音。静了片刻，她又敲了敲，还是没有声音，想必都死硬了。她决定无论是什么东西都给它拿出去扔了，盒子还得留下以备祁凤翔明日找碴。

　　苏离离将油灯挑亮，放到一旁，小心翼翼地揭开了漆盒盖子。墨子酥、百果饼、枣泥糕、山楂锅盔整齐地码了一盒，少而精，飘着糕点的香甜，是京城最大的点心铺子三味斋所出。

　　苏离离愣了半响，缓缓将盒盖放下，寂静中拈起一块墨子酥咬了一口，黑芝麻的纯香在舌头上弥漫开来。

第二天祁凤翔出营去了，第三日午后才回来。傍晚将黑不黑时，阴沉的天空飘起了鹅毛大雪，祁泰来请苏离离到祁凤翔帐里去。苏离离早吃了晚饭，不知祁凤翔此时相请是为了何事，也不能不去，便裹了那件貂皮披风出来，冒着风雪到了他帐子里。帐侧一张矮几上，放了酒杯，旁边烫着酒。

祁凤翔一招她："来坐。"他目光浅淡，态度平静，苏离离心里有些明了，便也安安静静走到小几旁垫子上坐下。祁凤翔端详她片刻，笑道，"不错，这两天不像饿着的样子。"说着他指点桌面，"今天下雪，忽然想喝酒，所以请你来喝一杯。"

他舀上一杯热酒，苏离离不由得想起那次年三十，她孤身只影，在苏记棺材铺的院子里，他不请自来，与她喝酒的情形。苏离离握了杯子，沉吟不语，祁凤翔却兀自饮尽一杯酒，笑道："你不善饮，至少喝一杯吧。"

苏离离看着他，缓缓举杯道："我确实不会喝酒，只这一杯。这杯酒敬你，还是祝你得偿所愿吧。"她仰头喝尽，酒味醇香热辣，从咽喉直滑到胃里。

祁凤翔的心似是一沉，落在一种优柔酸楚中不能自拔，反笑道："你知道我所愿的是什么？"

苏离离摇头："我没有必要知道。"

"你应该知道，你跟我在一起，我不会害你。我会对你好，好到我可以做到的地步，可是你没有给我机会。"

"不是……"苏离离不稳地抗辩。

祁凤翔伸出左手，手上那个刺伤终是无法消除。他的声音如夏日小河中的水，平缓却涓涓流动，拂过她心底最细微的感知。

"我那次在船上逼问你，问到最后自己下不去手。过后我想就这样算了，先把你晾在一边，可是你那一箭之后事情就有些失控。我甚至想过把你留在身边，然而变故之下突然又不得不把你送走。"

他轻轻将手放在桌上："我在豫南想来想去，觉得情之一字是个羁绊，当断则断，便和傅家结亲，一则借势，二则忘怀。等我回到京城，十方说你去了栖云寺，我听他把你们说的话说了一遍，忍不住又想见你，觉得即使是做寻常朋友，时常看见你也是好的。"

玖

军中谈契阔　欲辨已忘言

祁凤翔语音突地一沉："你让我救于飞，我既然答应了你，千难万难又怎会不救。你那天来找我的时候，于飞虽没死，也还没活；我也想让你明白，我身处之境残酷凶险，不能妇人之仁，所以没有告诉你。我想你再见到于飞自然能明白，可你对我一点耐心也没有，你信不过我，你那一走我是很生气的。"

苏离离打断他道："我走并不完全是因为于飞。"

"那是为了什么？"

苏离离不答。

祁凤翔微讽道："你有什么不敢承认的，有些话我们没说过，并不是因为我们不是。"

苏离离慢慢抬头："那我为什么要留在那里呢？你把我当作什么？"

祁凤翔顿了顿，一抹伤情转瞬即逝，静静道："你先前跟赵无妨说《天子策》在我手里，我只能将计就计将这件事传出去，让父皇因我罚我降罪于我，让太子觉得我大势已去，放松麻痹。彼时我自己不安全，你在我身边也不安全。我本可以让徐默格捉你回来，你只是一个平民女子，我有无数种法子可以占有你。可是你看，我府上的人，如今不是被杀得一个不剩了？

"我没有把你捉回来，不是因为我不想要你，不是因为我要不了你，而是为了你不受伤害，可你偏偏遇见了时绎之。时绎之武功太高，徐默格告诉我，你跟着他去了三字谷。我知道我已经捉不住你了，有可能永远也捉不住了，就像用手去抓住水一样，你总要从我的指缝间溜走；就像看见一场缓慢推进的败局，却无能为力。你知道？我一生中从来没有过这样的感觉。"

苏离离被他平静的语调激得百味杂陈，从心底涌到眼中："木头一直在三字谷，你明明知道，我那时问你，你却说你不知道。"

"他让我别说，因为他那时易死难生；我也不想说，因为我那时已经觉得你有意思了。可惜你怕烧手，到头来却烧了我的手。"他淡淡摇头。

苏离离轻声反问："烧了你的手？我那时候一个亲人也没有，一个朋友也没有，你骗我，利用我，我怎敢靠近你？我不知道你在想些什么，你总是刚刚让我觉得有些好感的时候，就又突然给我一个打击。这个把戏你玩得乐此不疲，我应付得捉襟见肘。"

她声音渐渐激越："明知赵无妨这样狠毒的人在觊觎《天子策》，是什么让我敢放下唯一依傍的店铺，孤身去涉险江湖？那天你若是有一句话暗示我告诉我，没有什么难关是过不去的，没有什么危险值得我害怕，让我觉得安全，我也不会走。可你说了些什么？"

苏离离停顿了一下，慢慢摇头，放缓语气道："我见过太多变故，这辈子只想求个安稳。是我太渺小，猜不透你这颗怀柔天下的心，配不上你这种深厚的情谊。"

祁凤翔突兀地做了个手势，似乎是想说什么，又似乎是想制止她继续说下去。刹那间有眼泪从苏离离的睫毛滚落下来，沧海明珠般剔透，跌碎在地上，是最斑斓的悲伤。有一种眩惑，让他短暂失神，他伸手摸着她的泪，似问似答："这是为什么哭呢？"

苏离离合上眼睫，泪珠被挤落眼眶，却不说话。他忍不住将手偎上她的脸，回想那种细腻。苏离离蓦地一惊，侧身避开了。

祁凤翔放下手，却固执地追问："是为了我们而哭吗？"

苏离离拭去模糊的泪水，仍是不答话。

"恨我吗？"

她越是沉默，他越是想知道。

苏离离摇头。

祁凤翔迟疑了一下，又问："那会爱我吗？"

苏离离仍是摇头。

祁凤翔静静注视她片刻，问道："那么现下你无论如何也不会回头了，是吗？"

"是。"她毫不犹豫地回答。

他点点头，良久叹息道："既然如此，我心里不高兴。"他的语调带着三分惆怅，三分温柔，"所以那天喂你喝的药里，给你下了毒。"眼里还留着抹不去的爱怜。

苏离离错愕地瞪视着他，见他脸上恢复了那种难以捉摸的神情，她半晌

玖

军中谈契阔 欲辨已忘言

一笑，却非真笑："哈！我方才说过什么，你总是让我有点好感的时候就给我一个打击。"

祁凤翔淡淡地笑了："什么时候我心里高兴了，就把解药给你。没给你之前，你只能每月服一次解药压制药性。"

苏离离霍然站起身："你用我来威胁他？"

祁凤翔竖起手指放在唇上，优雅不改，似想制止她的激动，笑道："不错。我怎能白白放了你呢？"

苏离离伸手按着桌面："你说我愿意跟你在一起你会对我好，好到你可以做到的地步；我不愿意你转眼就给我下毒，你这叫爱我？"

祁凤翔徐徐点头："实是没有一个女人让我爱到如你地步。"

苏离离微微摇头道："爱一个人无论他怎样，都不会愿意去伤害他。"

"爱而不得者，另当别论。"

苏离离愤然道："放屁！"

"我说错了吗？"他虚心地问。

苏离离顿了顿，也谆谆教导："世上的一切都可以用来权衡，都叫以拿来利用，唯有感情不能。你拿感情来当筹码，也就只配得到那样的感情！我不愿意跟你在一起，再来一百次我也仍然会走，因为这是你活该！"

她眉尖微蹙，淡若远山，是永远看不厌的萧疏墨色，七分的愤恨却藏不住那三分虚弱，一如她离开时的脆弱，握着他的手流泪。在言欢的绣房里，她无奈道："我叫离离，就是离开这里的离。"

祁凤翔想笑，却默默肃了神色。人一生有许多时候，可以淡然地装扮，却总有那么几次，不能不动容触怀。四目交接，有激涌的情绪无处安放。他霍然站起身，将苏离离拉了过来，动作强硬而粗暴，捏在她的手臂上，掐得用力，她却浑然不觉。

他隔得很近地看她的脸，她的脸上泪痕未消，像将要融化的蜡人，摇摇欲坠。祁凤翔眼中是难以阐述的情感，横波潋滟，热烈而失落；苏离离僵硬着手臂，眼中有倔强与难过。他捧着她的脸，看了片刻，托着她的头，缓缓将一个吻印在她的眉心。

苏离离用力推他，避无可避，却不愿再将泪流得肆无忌惮。温存的触感让她咬紧了唇，有种濒死的难过，像洪水淹过了全身，像曾经温柔的对待瞬间叠加起来漶漫。她的抗拒令他索然，虽吻着她的肌肤，却仍如隔万里。

　　祁凤翔松开她时，神色已冷淡漠然。他抓住她的手腕，一把将她拖出了大帐，走得快而坚决。夜色中鹅毛大雪漫天飘飞，苏离离由他拽着，不觉得腿伤会痛，雪花会冷。一路走到大营中心的营场上，人流往来，莫大指挥着手下山贼往营中搬运粮草。

　　清寒的空气里，木头站在一侧，卓然如夜，沉默疏离。雪花飘到他的头发上，留恋地摩挲片刻，滑落在地。他听见身后脚步声，回过头来，眼光一掠便凝结在苏离离身上。祁凤翔蓦然站住了，苏离离的精神渐渐凝聚起来，浮世大雪纷飞，聚散飘落，却有木头的坚定，是可以把握的真实。

　　她甩脱祁凤翔的手，奔了过去，木头一把将她抱住。像回到了阔别许久的家，苏离离伏在他的肩头终于痛哭起来。木头微微错愕，凌厉地望向祁凤翔。祁凤翔眼中辨不清是狠是绝，默然转身离去。

　　不是因为不想要，不是因为抢不到，而是那个人的心不在这里。世间最容易执着的是感情，最不能执着的也是感情。他独自走着，便不用把别人的悲喜背成自己的悲喜，孤独，却无可畏惧，所向披靡。

　　这一段路，祁凤翔将指甲捏进了手心，始终没有回头看一眼。

　　木头看着他离去的身影，脸色渐渐和缓，放下惊疑，抱了苏离离，轻抚在她背上，长空落雪中轻声哄道："不怕他，有我在。"

　　莫大的人马扎营在十里外，布置严整。木头算着粮草给了祁凤翔，多出来的都屯在莫大营里。时常有难民经过，困饿不起也施舍一点，虽是陈糙米，能不饿着就好。于是便有难民盘桓营外，男的愿来入伍，女的愿来煮饭浆衣。木头择优而录，令李师爷造册，一应营务按行伍要求。

　　第三日雪停，阳光映着薄雪，一片银装素裹。木头一早快马到了祁凤翔大营，立马辕门，径入中军。祁凤翔正站在地图前，看了他一眼，又转头看图。

木头摸出一支玳瑁簪子，递过去："这是你那天给我的。"

祁凤翔接过来，拿在手里看了看，问："那支呢？"

"离离那里的，她可能忘了，我也没问她要。"木头答得轻巧。

祁凤翔看着簪子，忽然想起那个典故来：乐府诗《有所思》里，讲男女定情，男子送了一支双珠玳瑁簪给女子，后来男子负心，女子将簪子砸毁焚烧，当风扬其灰。爱与恨都是一线之隔。仿佛是一个隐喻，他本是怀着几分调戏之心送这簪子给她，却忘了故事本身的结果。祁凤翔握了簪子，有些发怔。

木头打开背上的包袱，取出那个乌金的匣子："她倒是说把这个给你。"

祁凤翔看着桌上的匣子，从怀里摸出一把同样乌金的三棱钥匙，手悬到半空时却停了停，轻轻把钥匙放到了匣子上。两人都瞪着那匣子不语，半晌，祁凤翔忽地一笑，问："想看看里面是什么吗？"

"唔——"木头沉吟片刻道，"有点好奇。"

祁凤翔犹豫片刻，也笑道："我也挺好奇，但是我现在不想开。"

"为何？"

祁凤翔默然半晌，决断道："这样吧，钥匙还是放在我这里，匣子你们收着。若我有朝一日平定天下，四海归服，再来看这《天子策》，让它名副其实。"世人碌碌，只因所求有限。祁凤翔独有一种淡然笃定，半是决心，半是从容，因其所求宏大。

木头会得他意，道："好，待你功成之日，奉上为贺。"

祁凤翔拈着那钥匙轻点在桌面上，道："你当真绝了功业之想，不愿位居显赫，万人之上？"

木头扶案，默然想了想，道："我从来都未想过位居显赫，只因我家世过去已经够显赫。"

"不错，你父亲是异姓王，我父亲只是边疆守将。"

木头双目灈然："功业之想大多一样，目的却有不同，有的人只为御敌平寇，有的人为了权势地位。我取前者，你要两者，本就不同。人世功名有忧有乐，我不堪其忧，你不改其乐，更是迥然。你不必猜疑什么。"

祁凤翔摇头而笑："又自作聪明，我猜疑你就不会这么简单放了离离。要说看透人心，你不及我，你只胜在坦率无求。无求故而不失。"

他说到苏离离，木头声音清越道："她说你给她下了毒。"

祁凤翔眉头一皱，转瞬又舒展开来，似笑非笑道："你不是不怕吗？放心，我不想跟她同归于尽，下没下毒都死不了。"

木头似有所思，觑了他一会儿，倾身向前，低声道如此如此。

祁凤翔冷睨他半晌："你这不是拿我做恶人吗？"

木头道："恶人你反正都做了，也不妨多做一会儿。"

祁凤翔咬牙切齿一笑，正要说话，木头抢先道："我来是想问你，赵无妨怎么解决？"

祁凤翔沉吟道："他才在雍州失利，只怕要往回逃，必须分兵切断他的退路。"

"然后？"

"最好是围在石泉一带。"祁凤翔皱眉。

木头也皱眉道："围点打援不合适。你的战线已经拉长，时间就不能拖久。否则南边的北边的都有可能从冀州下手，把你和欧阳覃分割包围。最迟一个月，要把赵无妨解决了。"

祁凤翔道："我有一个想法。"

木头道："我也有一个想法。"

祁凤翔笑道："你说。"

"我从赵无妨左侧，你从赵无妨右侧，穿插包抄，合兵在他背后，正面让李铿带兵压过来。三面包围，我们三路切割他的人，最好不要围城对峙，能消灭多少消灭多少，让他势单力孤，最后好解决。"

祁凤翔拊掌道："正合我意。那如果梁州有援军呢？"

木头想了片刻，道："梁州背后是益州，你可以想想法子。"

祁凤翔大笑道："越发说到了点子上，我正要让应文出使益州，约他们合击赵无妨，令他首尾不能相顾。事不宜迟，大家分头动作吧。"

木头回到莫大营地时，苏离离正和莫大说着什么。苏离离轻轻打个哈欠，歪在椅上，无奈道："莫大哥，这样子是不行的。"

木头自外而入，奇道："什么不行？"

苏离离眼睛一亮，坐起身来，嬉笑道："你问他。"

莫大焦躁踌躇，挠头道："我……我想……想跟莫愁……"

木头已明其意，一面解下包袱放好，一面却一本正经道："想跟她做什么？"

莫大憋了半天，憋出两个字："求亲。"

苏离离已经笑得弯了腰，木头也忍不住笑道："你们认识也不短了，又无父母长辈，谈婚论嫁自然得很，你这副样子倒像才认识她似的。"

莫大一脸苦相道："我知道，我知道，可是……可是我们就没提过。"

苏离离嬉皮笑脸道："既没提过，那就这么过一辈子也不错，反正两人在一处。"

莫大瞅着她，半晌假笑道："我知道你们……哼哼……哼哼……"

木头皮笑肉不笑地走近，问："我们怎么？"

莫大犹豫半晌，不敢以身抗暴，闭目道："没什么没什么。可我该怎么跟她说呢？你们是过来人，给我出个主意。"

苏离离将眉一竖："谁过来了？我可没过来，谁过来了你问谁去。"

莫大转向木头："兄弟，你要帮我。"

木头忍着笑道："我也求过亲，是她跟我求的。"

苏离离闻言变色，欲要反驳又不好反驳，忍了忍，转而笑道："不错，我没费什么劲儿，就把木头娶进了门。你就直说，莫愁，我要娶你。"

木头脸色一暗，闷闷道："你不会说，让离离说也成。"

莫大似下定了决心，握拳道："不，我得自己跟她说。"

木头点头道："这就对了。拿出你挖坟掘墓的勇敢，打家劫舍的果断，现在就去跟她说吧。"

"现在？"

苏离离赞许道："现在云开天晴，大地回春，正是求亲成婚的好时机。机不可失，时不再来，莫大哥千万要把握。"

莫大被他二人一推一抬，也点头道："好，好，我去，我现在就去。"说罢转身掀帘子出去了。

苏离离将脚靠近地边的柴火，微笑地看着莫大的背影。木头一把抱住她，惆怅道："今后我们开棺材铺要叫江记。"

苏离离露齿一笑，断然道："不行。"

木头正色道："出嫁从夫。"

苏离离晓之以理："你自己也说自己是上门女婿，得听我的。"

木头犹豫了一下："那叫江苏记……"

苏离离望着他玩笑时的样子，淡淡一笑，没了斗嘴的兴致，攀着他的手臂，将脸贴在他的肩膀上摩挲了两下，懒懒道："说这些也太远了，我还不知道活不活得到那时候呢。你去怎么说？"

木头见她面有忧色，道："《天子策》他暂时不要。"又解劝道，"我昨夜把你的脉，只是有些虚寒未除，并没有中毒的迹象。"

苏离离愁道："哼，不要老娘还不想给呢。他说这种毒韩先生解不了，不发作起来也看不出。我怎么这么命好，这样奇怪的毒都让我中了，就是中不了京城第一投彩行的蒙彩。"

木头搂着她的腰："不如让莫大哥送你回三字谷，让韩先生看看。"

苏离离想了想，道："你不跟我回去？"

木头摇了摇头。

"祁凤翔威胁你？"

木头仍是摇头："我还是想杀赵无妨。"

苏离离沉默半晌，轻声道："木头。"

"嗯。"

她抬起头："我不欠他的。"

木头一愣，明白她意下所指，道："他到底没为难你，这个情我领。"

苏离离提醒道："他给我下毒。"

木头犹豫了一阵，缓缓道："他有那么蠢？给你下毒能得到什么？世上哪有什么毒可以吃下去还跟常人一样？"顿了顿，他又解释道，"当然，我也不能完全确定，你还是回三字谷去看看好。"

苏离离看了他片刻，低低道："好吧。"

她手指抚摩着他的衣襟，将额头抵在他的下巴上。两人默然相拥，各怀心事，万般的情由萦绕心底。

"木头，倘若祁凤翔真的给我下毒，你怎会善罢甘休，还与他一起商议除掉赵无妨？我知道你怕我不安全，想让我回去。可你放不下我，我也放不下你啊。"

"姐姐，程叔待我们的好谁也不会忘，赵无妨不除，此生也不安心。祁凤翔没有给你下毒，但他未必没有这样想过。我助他一臂之力，是谢他放过你，也是偿我旧时之志。"

仿佛万叶千声在身边零落，苏离离抬起头，柔柔一笑："你想做什么就做吧，我会陪着你的。"木头清明的眸子渐渐含满笑意，俯下头轻啄着她的唇。苏离离猫一般眯起眼睛，细碎亲吻。木头平日算得上沉默温顺，一俟亲近，即刻狼变，按着她的头用力吮了上去。

只听"哎"的一声，两人忙分开，同时扭头看去，莫人站在门口咽了下口水，莫愁站在旁边有些尴尬。

苏离离挣开木头，对莫大怒道："你做什么呀？"

方才的情形让莫大看得有些血热，转头叫道："莫愁！"

莫愁吓了一跳，怪道："你到底要说什么？非得把我拉到这里来。"

莫大一看见她的面庞，又开始结巴："那个……外面人多。"

木头皱眉道："别跑题。"

莫大连忙点头："是是，他们刚刚指教我了……不是，是我想说。"

苏离离抚额："说重点。"

"好！"莫大一把拉住莫愁的胳膊，"我们成亲吧！"

苏离离小声道："他这也说得太直接了。"

木头说："嘘——"

莫愁震惊地看着莫大，两人瞠视着谁也说不出话来。片刻之后莫愁低声道："那年你杀老大王救我，兄弟们就要你娶我，你为什么不肯娶？"

莫大挠头："我……我救你确实不是那个……我当时是没那么想过……"

莫愁突然扭捏起来，低下头握着自己的双手，更低声道："要是换个人，等你想起来，早就嫁给别人了。"她捂住脸哽咽道，"我等了三年才听到你这句话。"

莫愁笑着，却涌上了泪意，瞟见了苏离离嬉笑的神色，身子一扭，跑了出去。

莫大蒙了："哎……她这到底是愿意还是不愿意啊？"

木头无奈地摇头，苏离离失笑道："你追过去接着问问就知道了。"

莫大踌躇了片刻，飞一般奔了出去。苏离离拉着木头的手道："莫大哥这人，某些方面也太不明白了，说好了叫心无邪念，说坏了叫呆若木鸡。"

木头一笑："他要是明白，也不会这么多年看不出你是女子。"

是日午后，人马饱食，祁凤翔也不多耽搁，拨了三千轻骑兵给木头，自己领了三千走了。他临走来到莫大营外，苏离离远远站在帐门边，手掀了帘子看他二人说话。祁凤翔仍是那身铠甲，微微从马上倾下身来，不知与木头说着什么。他头盔上的白缨垂下来，被风拂到颊边，轻浮的飘穗与他笃定的目光相融合，鲜明生动。他不可能没有看见她，却自始至终没有看她一眼。

木头最后点了点头，祁凤翔直起身掉转马头去了。木头待他走远，方低头看了看手中的兵符，镏金闪耀，是权力的光芒，也是三千人马的责任。沉默中有许多往事浮光掠影般划过。

木头将兵符揣进怀里，回头见苏离离慢慢走过来。他迎上去站定，苏离离问："你什么时候走？"

北风把她鬓角的一缕碎发吹乱，木头伸手给她理到耳后，道："我也马上就要走。莫大哥那里我说好了，明天让他送你回三字谷，送到了再回来。"

苏离离点点头："你万事小心。"

木头给她一个沉稳的眼神，"好。"

苏离离又想了一会儿，有许多话想说，却又不知从何一一说起，半晌方道："我在三字谷等你。"

木头道："好。"

苏离离又站了一会儿，却找不着话说。木头缓缓拉了她的手，笑道："放心。"

"你这么大个人了，不比当初落难到我门前，我有什么不放心的。"她莞尔一笑，"你忙你的去吧，我去睡个下午觉。"

木头点头："照顾好自己。"苏离离应了，先转身回去了。莫大自打中午跟莫愁表白，一下午就没正常过，两人都疯疯癫癫不见人影。苏离离回去床上躺了，却一点也没睡着，辗转良久，耳听得骑兵马蹄声出营。她爬起来直追到营门口，但见一路绝尘。

苏离离愣愣地望了一阵，傻笑了笑，慢慢回转身来。身后有人叫道："妹子，大妹子。"她站住四面看去，营外围栏边，一个黄麻短衫的妇女，头上裹着头巾，欲辨而未明地打量她。

苏离离细认了片刻方认出她是云来客栈的老板娘，叫道："大嫂。"

拾

请君同入瓮

月凉千里照

老板娘这才敢挨上前来，三分愁苦，三分笑容，道："真是你啊妹子。我看见这些兵就怕，都不知怎么办好。你怎的在这里？那位小兄弟呢？"

苏离离笑了笑："他有点事不在这里。大嫂怎么到了这里？"

她这一问，倒把那老板娘问得眼眶一红，哽咽半晌，抹了抹泪道："我家的客栈震塌了，都埋到地下去了。你们给的银子也埋下面了。我好不容易才跟着人逃难出来，走了大半个月，也不知道这是哪儿，要什么没什么。昨天听人说这边军营里可以讨到吃的，我……我就过来看看。"

苏离离听她说得凄苦，心下恻然，淡淡笑道："这也容易，我讨一些给你就是。"

老板娘悲中乍喜，忙问道："听说他们还招人，你看……我这样的行不，洗衣做饭什么都可以干啊，只要有口饭吃。"她说着又要溢出泪来。

苏离离沉吟片刻道："这个我就做不得主了，我只是这里的客人。"她又细看了老板娘两眼，"你先跟我去吃点粮米吧。"

苏离离引了她穿营过寨，到后面找到李师爷。李师爷正坐在桌边算着账，眉间沟壑仍在，却没了那几分醉意，听苏离离把事情一讲，舀了一小袋粟米给了老板娘，只不允她入营。老板娘看一眼苏离离，苏离离摊手无奈；又看一眼李师爷，李师爷铁面无情。老板娘只得道了谢，挽了袋子走了。

待她踽踽去远，李师爷叫住苏离离，捋了山羊须，肃容道："这个女人眼色不正，心里必有什么阴谋对付你。"

苏离离方才一路走来，心里也觉不对，可究竟哪里不对她也说不出来，大约觉得这样遇见未免太凑巧，便问："李师爷怎么看出来的？"

李师爷沉吟道："一个人的表情言谈都可以假装，唯有眼神会透露心底所思所想；纵然掩饰得再好，也难免不在一顾一盼之间透露出来。这妇人再来找你，你不要理她。"

苏离离想他说的话从来不错，点点头道："好。"心里却生出一股恐惧，这老板娘难道会有什么问题吗？当初和木头在那个客栈待了十余日，却未见她有什么异常。她忽地想起，老板娘早不出现，晚不出现，木头刚走，她就来了，这可不更加奇怪了。

吃罢晚饭，苏离离回到帐子里收拾东西，自己的随身衣物、《天子策》都是木头背着；木头去见祁凤翔时，莫愁帮着保管了几天；流云筒是一直带在她身边的，被祁凤翔拿去研究了几日，后来又还给她了。今天一早，祁泰还奉命送了一盒药丸过来，说是三年的解药，郑重地劝她一定要按时服用。苏离离看了半晌，吃也不是，不吃也不是，且收着，月底再看吧。

几样东西不一会儿就收拾好了，苏离离也没什么情绪，坐在床边愣了愣，和衣爬床。

一夜无梦。

早上醒来，她解开头发来梳了重绾，梳好头发又扯了扯床单，眼睛扫了一眼，床角堆的东西仿佛少了点什么。她再看一眼，流云筒不见了。苏离离前后左右找了找，又俯身在床下看了两回，然而那两尺长、碗口粗的大竹筒，半分影子也无。

正巧莫愁来找她吃饭，见她找东西，便问找什么。两人合计着回想了半日，苏离离肯定地说自己睡前还拿来看过，就顺在脚边的。莫愁又帮着找了一回，找不着，只能告诉莫大。莫大听着蹊跷，营中晚上也没有闲杂之人，苏离离的帐子只有莫愁时常出入，莫大偶尔也过来，会有谁来拿走了流云筒？

此事万分古怪，苏离离且按下行程，看莫大将营中头目们集到大帐，各自下去查问，是谁这么大的胆子，敢夜里到苏离离的帐里行窃，主动站出来最好，若是查出来，山规不饶！各人不敢怠慢，忙下去查问了半日，报上来一个换哨的小喽啰昨夜看见那个竹筒了。

莫大提来一问，那小喽啰禀道："小的昨夜从前哨上换下来，看见二当家的抱了个大竹筒子，往后营去了。"

岐山大寨二当家的就是莫愁，莫愁听得圆睁杏眼，道："不可能！"

莫大问："什么时候？"

"大约一更天的时候。"

莫大也断然道："不可能！"

苏离离疑惑地看着他们。莫大张了张嘴，却不好出口；莫愁脸一红，低了头。苏离离一看便明白了，那时候莫愁必定是跟莫大在一起。三人齐齐看着那小喽啰。小喽啰指天誓日道："小的不敢撒谎啊！我还问了声好，二当家的点点头，自顾自走了。"

另一个头目闻言，迟疑道："我昨晚好像也见着二当家的了。"

莫大命道："你说！"

那头目道："大约就是那个时辰，我起来小解，晃眼看见二当家的在后营栅栏边走。我当时还疑心，二当家的怎么这么晚了在那里走着。"

莫大皱眉问："你睡清醒了吗？"

那头目自己也踌躇了一会儿："是没怎么睡醒，可……可总不会没有人，看出个人来吧。"

苏离离与莫愁对望一眼，眼里都是极大的恐惧。莫大又问数遍，再无人知道，便遣退诸人。三人对坐在苏离离的帐中，各自猜测。

莫愁埋了半天头，方低低道："这……是他们看走眼了吗？"

苏离离眉头似蹙不蹙，忽然问："莫愁姐，你第一次见我时说了什么？"

莫愁一愣："啊？我说……我说这儿有两个胆大的，问你们为什么不跑。你们俩还有心情开玩笑，木兄弟说你跑不动，你骂他胡说。"

苏离离点头道："好，你记得，不要告诉别人。今后我这么问你，你还这么答。"

莫愁默然片刻，骇然道："是有人假扮我？为什么要假扮我？"

苏离离也心底生寒："这人还进了我的帐子，拿走了我的流云筒。"她蓦然想起老板娘，老板娘白天跟她进过大营，也有可能见到了莫愁。女人扮女人，无论身形姿态都要容易得多，夜里也不易看清。她想到老板娘换上衣服扮成自己的样子，木头也说看着像。老板娘有问题，一定有问题。

苏离离心中千回百转，想寻到那蚕茧的丝头，好剥开这个谜团。愣了半晌，莫大正要说话，苏离离骤然惊道："你们说她偷我的流云筒去做什么？"

莫大和莫愁都是一愣，未及答话，苏离离已然接道："我在她那里住了十多日，她连问都没问一句那大竹筒是做什么的，现在却来偷去。"她缓缓道，"只因她知道，那是我不离身的东西。她拿了这东西，是要去骗人。"

苏离离灵光一闪，霍然站起来："她要拿去骗木头！"

莫大疑惑道："你说的是谁呀？"

苏离离并不答他，越想越确定，兀自接道："木头昨天走的时候她就站在营外，她一定看见他走了。没错，只有这样才说得通。"苏离离再想一想："她……她难道是赵无妨的人？"

莫大拍拍她的肩："我说，你在说些什么？"

苏离离猛然摇头道："我不跟你解释了。莫大哥，今天我们走不了。我有件很重要的事想托你，请你带几个人，沿路去追木头，追到告诉他，无论别人拿我的什么东西找他，他都不要相信，我在这里很安全。"

莫大惊道："有这么严重？"

苏离离点头："不怕一万，就怕万一。反正我去三字谷也不急在这一时。"

莫大也不多问，当即应了。三人计议片刻，莫大点起一千人，带了李师爷，出营沿昨日木头离去的方向寻了过去。

剩下苏离离与莫愁枯坐，商议了两句暗号，约定今后若是对对方起疑，就该怎样问，然后怎样答。两人唧唧咕咕说到半夜才一起在苏离离帐中睡下。这一睡下，等她醒来时，才知道自己和莫愁商量再多，也是白说一场。

苏离离昏沉醒来，眼前一片漆黑。她想抬手，手上软绵绵的抬不动，脑子也似不听使唤。她用手指蹭了蹭，身下是粗糙的布。苏离离强睁着眼睛，某种逼近的感官让她觉得四周都是布，没错，是布。她是被装了布口袋里。

拾

她想动想喊，却动不了喊不出。苏离离努力保持清醒，用近乎挣扎的力量来抬动手腕，终于手腕动了动。她不敢松懈，大口吸气，又动了动，手脚一次比一次听使唤。她兀自挣扎了不知多久，远远有脚步声传来，少时，"吱呀"一声门开了。

一人脚步轻细地走到苏离离身边，擦燃了火石，似是点了蜡烛，些微的光亮透过布纹星点点地映入苏离离眼里。她正不知该怎么办好，那人一脚便踹上她的腰。苏离离猝不及防，骤然咬住嘴唇才没有疼得叫唤起来，眼泪却夺眶而出，心里大骂"浑蛋"。便听一个女子声音"咯咯"地笑道："她还没醒，阁兄的药下得可够狠的。"说话缓急有那么几分老板娘的样子，声音听来却又不像那老板娘。

另有一个男子的声音低低道："我好不容易趁着营里人走时弄出来了，帐子里下了三根迷魂香，路上怕她醒了碍事，又下了一次软筋散。她已昏睡了这两天多，迟不过今夜就会醒。"

那女子笑道："阁兄不愧是江湖有名的'贼走不空手'，可惜药下得重了点。她再不醒就得饿死了，到时候就少了分量。"

原来自己都昏睡了两三天！苏离离暗暗诧异，不知莫愁怎么样？这人独自到大营里掳人，想必一次也捉不走两个。

只听那女子冷笑着接道："哼，待收拾了那人，我再琢磨着怎么治这丫头。那天去营里她就疑心我，那老头子不肯让我入营，她也一点情都不求。"

那男子道："那人你办得怎样，他信了吗？"

老板娘声音顿时柔了几分："嘻嘻，看着干净俊秀一个人儿，心眼子也不少，盘问我半日，老娘使尽了浑身解数才挡了回去，他有那么几分信了。我又使了个计，假作被人掳走，想必能把他引来。"

那男子怪里怪气笑道："哟，千面玉罗刹在这西北一隅也是好大的腕儿了，怎么说到人家，千张脸上都是桃花相。"

那女子顿了顿，半是冷淡，半是嘲讽，学着他的语气道："哟哟，阁兄这话说得可离谱，才偷了人来，怎么就思春了。"

苏离离心中呕了个十七八遍，暗道：哟哟哟，你两个还打情骂俏了。真是人在江湖飘，哪个不风骚。啊呸！

那男子讪讪笑道："大冬天的不思春却思什么，我就是思也是思你呀。"

但听那女子勃然厉声道："你放老实些！那人厉害着呢，正是该用心的时候，一个不慎，你我都别想活！"

男子的话语戛然而止。

二人沉默半晌，那女子声音毫无情绪地道："布置吧。这方圆五里就这里有间房子，有灯光，他自然会往这里来。"

那男子应了，两人窸窸窣窣在屋里摆布了一阵，似是在拖什么东西。安静了一会儿，只听那男子叹道："真像啊！"

女子道："你去外面荒草丛中伏着，费了大半月的心，若是还治不住他，咱们只好逃快些了。"

男子道："好，你手伸过来些。"

那女子却又止住他道："等等，我先把这丫头的穴道点上，一会儿她别醒了。"她走上前来，隔着袋子在苏离离身上拍了两拍，苏离离那点好不容易积累起来的知觉，瞬间又麻痹了。

少时，只听那男子的脚步声出门而去，门扉虚掩。那女子在屋子里却悄无声息。四周安静下来，连一根针掉地都能听见。苏离离没有听见一点脚步声，眼不能看，手足不能动，寂静中却有一种莫名的感应分外强烈，越来越近。

半晌，门缓缓打开，"咿咿呀呀"地响，显见是以极轻的力道从外面碰开了。既没有脚步声，也没有呼吸声，苏离离却几乎想叫起来，心里狂跳着：木头，不要进来，不要进来。

木头以掌力震开木门之前，已屏息静听了许久，屋里有两个人，两个人的呼吸都很弱。门扉缓缓打开，他便看见"苏离离"跪在屋子一角，长发低垂，梁上吊了绳子下来绑住她的双腕。她身子微微后倾，身体被绳子拉住，欲坠不坠，仰着的面孔雪白，仿佛出气多，进气少。

还有一人的呼吸来自屋子一角的一只麻袋，竟是被人缚住了装在里面。木头站在门前，再确定了一遍，屋里再无一人。他也无暇再多想，缓缓走向

"苏离离"。苏离离人在麻袋里，却仿佛能感到他每一步都走在自己心上，眼泪止不住从眼角滑了出来。

人一哭时，呼吸便不平顺。木头内力丰沛，些微的差别已辨了出来。他在"苏离离"三尺之外停下脚步，又细听了听，迟疑片刻，绕过"苏离离"往麻袋走去。只听机括声极轻地一响，脚下木板陡然一分，向下陷去。

木头身子一空，已在陷阱之中。他应变也快，闪身一侧，蹬上旁边石壁想借力上跃。然而那石壁却异常光滑，他一踩之下没成上跃之势，反向下滑了数丈，一路急滑，须臾落到井底，竟没站住，一跤摔在地上。

手上一摸，滑腻腻的，全是芝麻香油的味道。木头定了定神，仰头看去，头顶只剩了那根长绳兀自摇晃，那人果然不是苏离离。这陷阱极深，约有十五丈，九尺见方的井壁竟全是用大块白瓷贴砌，边角严丝合缝，细若毛发。整个井壁上都涂了一层香油，光可鉴人。

须知一个人的轻功再好，也难以凭空一跃十五丈高。若是这井壁不是白瓷涂油，以木头的武功，九尺宽窄间倒可以回旋而上。然而这布下陷阱的人，心思也高明得紧，似此油滑，除非两胁生翅，否则怎上得去。

木头把稳了力缓缓站起身来，才发现这陷阱底面漏斗一般微斜，中心一个拳头大的深洞。因其油滑，无论你往哪里站，这些微的倾斜总能将人送到那洞口去。

只听头顶上一人银铃般笑着，探头在井边道："喂，你摔着了没有啊？"这陷阱挖得既深又直，她声音从上传来，空洞地响。

木头心中思量对策，随口答道："倒也没摔着什么。"

那女子轻声笑道："是啊，我怕你闻着菜油不好受，还专门找了芝麻油来涂墙。小兄弟，我可还真有些舍不得杀你。"听她声音本是个年轻女子，然而她说到后一句时，霍然变成了云来客栈老板娘的声音语调。

木头淡淡道："你的易容术也很不错啊。我真想杀了你。"

她嘻嘻一笑，自下颌缓缓揭起一张半透明的胶状面具。那面具柔软稀薄，拉扯开来却又迁延不断。待她整个揭下来时，但见明眸如水，肤白如玉，坐在陷阱边跷脚笑道："你说是我漂亮，还是你那个媳妇儿漂亮？"

木头眯起眼睛看了一阵，慢慢道："我看不清楚，要不你把我弄上去仔细瞧瞧。"

她却嘻嘻笑道："我不受你骗，费了我许多力气才想出这个法子来捉你，你上来了谁还治得住你。"

苏离离在那麻袋里听得她声音有种别样的娇柔，轻浮调笑，只觉肉麻恶心之至，心中狠狠咒骂：贱人！贱人！她顿了一顿，再骂：跟这种贱人有什么好说的！

木头却浑然不觉，扬声道："你费了许多力气捉住我就是要我鉴赏你的容貌？"

她懒懒解释道："当然不是，是有人要你说出你知道的东西。你说出来，就可以放了你。"

木头摊手道："我知道的东西都交给祁凤翔了。"

"那批钱粮各州分储，雍州的没了，其他地方的呢？"

木头应声答道："都写给他了，你们现在知道也来不及了。你捉着我没什么用，还是放了我吧。"

"老板娘"默然片刻，款款道："这可遗憾得很。你知道这个陷阱叫什么名字吗？"

木头道："不知道。"

"这叫作化尸池。"她犹如介绍自己的闺房一般熟悉自在，"你看底下那一个小洞，再往下有能工巧匠设计的机括，每一天会有化尸水从那里冒起来，约升到及腰的地方，一个时辰将人化尽，又再落下去。无论金银铜铁，人身仙体，都化得一干二净，活不见人，死不见尸。只有瓷块扛得住，所以这个池子四周都贴了瓷。"

苏离离听她娓娓道来，心里却渐渐冷了下去，仿佛看见定陵墓地里，徐默格将一小瓷瓶的水淋在那太监身上，不过一会儿那太监便化得骨头渣都不剩了。

木头却兀自点头道："原来如此。"

"老板娘"见他不怕，愈加高兴，指点道："最妙的是那池水只及腰，若是人还未死，尚能站立，便从脚化起，自己看着自己慢慢变作一摊臭水。"

木头仿若不闻，道："你一开始就假扮老板娘在骗我们？"

她想了想，"那倒不是，你们第一天看见的老板娘是真的，第二天起，就是我了。"

木头点点头道："你扮得可真像，行为举止也没有破绽。我一直没看出来，但你换上衣服出门的时候，我便觉出不对。只因你扮得太像，连步伐仪态都像极了我老婆，即使我从你的背影看去，也分不大出来。你有这本事，又怎会是个寻常民妇。"

"老板娘"听了仿佛高兴了："要说易容术，天下我不做第二人想。你那个老婆也只有一双眼睛比得上我，其余五官平平，配你实是不如。"

"你自然比她漂亮得多。"木头顿了顿，又道，"从前凌青霜前辈告诉我说赵无妨手下有一批旁门左道之士，果然不假，可惜你却为他那种人做事。"

她冷笑道："江湖中人不讲人才，只论钱财。你东拉西扯是要等救兵吗？来不及了，每夜子时三刻，便是化尸之时。我劝你有这个工夫趁早把放钱粮的地址说出来，合则等到脚化了、腿化了，纵然出来也没什么意思了。"

木头叹道："这个也容易。可是我老婆人在哪里？"

"你想见她？"她话音倏忽一转，"她昨日不听话，已被我化在里面了。"

木头冷冷道："那更好，我便等着也化在里面，与她都成了水，我中有她，她中有我，永不分离了。"

"老板娘"看了他半晌，笑道："嘻嘻，你还真不好骗。"她站起身，缓缓走到麻袋边，解开绳索。苏离离眼前骤然一亮，有些睁不开眼。"老板娘"一把抓住她的衣领将她拎起来，拖到陷阱边，探出头去道，"喂，看好了，她可不是在这儿吗？"

木头静了静，道："谁知道是不是你找了个人易容的，你让她说句话。"

"老板娘"哼了一声，料得苏离离中的软筋散余力未消，也翻不出自己的手掌心，两下拍开她的穴道，命道："告诉他，若是不说，就让他眼睁睁看着我怎么收拾你！"

苏离离穴道冲破，周身都疼了起来，眼见木头在那陷阱里，不知说什么好，半晌，轻声道："木头。"

木头已然听出是她，神色乍现温柔，一笑："你别怕，我让他们放了你。"

"老板娘"已然冷笑道："就知道你又臭又硬，油盐不进！想得倒美，你不说出来，我便剁掉她一根手指。待她手手脚脚都砍完，我看你说不说！"她不知从哪里抽出一把匕首，横在苏离离颈边。

苏离离头发被她扯疼，"哎"的一声轻叫。木头不知她对苏离离做了什么，登时大怒，死捏着拳头忍住了火，反放慢声音道："你折磨她又有什么用？反正只有我知道，她又不知道。"

他这么一说，反而将"老板娘"提醒了。她凑近苏离离问道："妹妹，你知不知道？"

苏离离这会子手脚血脉顺畅，说话也灵光多了，人虽仍是绵软无力，却不比方才力不从心。木头既然把话递到她嘴边了，她自然柔弱害怕地接道："我……我知道，你不要杀我。"

这话若是木头说，"老板娘"可能还不信；然而苏离离自己说起来楚楚可怜，"老板娘"却有那么几分信了。她用刀轻刮着苏离离的脸颊，柔柔道："那你就告诉姐姐，姐姐对你好。若是敢说一个字的谎，你这雪白的脸蛋可就要倒霉了。"

苏离离侧开，坐直了身子，拊膺长叹道："世上有姐姐这样花容月貌的人，我这张脸蛋总是白长了，有没有都无所谓。"

女人听男人夸固然高兴，若是听女人夸则更加高兴。虽知苏离离是假意，"老板娘"却也止不住笑道："你这丫头倒是生了张巧嘴。好好说吧，你这张脸留着，还是聊胜于无。"

苏离离心中大骂你才没有脸呢，你不要脸，面上却假笑道："我想一想，他那天跟我说起过，我也没记牢。嗯——梁州，梁州是在哪里呢？好像是太康。太康是在梁州吗？唔……有一个升官县木材乡，找一个叫程叔的人就能找到。嗯，梁州是这样的；荆州……让我想想。"她心里却想，程叔啊，你把她带走吧！

"老板娘"皱了皱眉，迟疑道："你说明白一点。"

苏离离冥想半天，道："你等等啊，我问问他。"她探头在井边叫道："你没事吧？"井下白瓷泛着光，映在他脸上柔和细腻，木头轻声道："我没事，你不要告诉她。"苏离离知道他故意这样说，便是要自己继续编了乱讲，好寻机脱身。

苏离离摸了摸那白瓷壁，叫道："接着啊。"身子一纵，贴着瓷壁滑了下去。"老板娘"伸手便拉，膂力有限，为时已晚，生怕被苏离离带了进去，忙松了手。木头从井底跃起，半空接了苏离离飘飘落到底，情知不易站稳，就地一倒。

苏离离摔在他身上，连忙爬起来道："你摔着没有？"

木头凝望她的眉目，静静道："没有。"

苏离离带着几分薄怒，伸指戳在他胸口道："才说放心你，你又发傻了。怎么就这么好骗，给人家骗到这里来了？以为自己武功好是吧，掉到这香油池子里半天上不去。"

木头坐起身，将她拉近身边，凑近她耳边低声道："我提着你尽力一跃可以有十丈高，到时我再发力将你一推，你或许叫以到上面。你到了上面就往外跑，我来拖住她……"

苏离离打断他摇头道："算了木头，我就是编着地名骗过了她，她也不会留我们活口的。他们外面还埋伏了人，我跑也跑不掉。你既然上不去，我陪你一起死，好过落在他们手里。"她说得平淡寻常，好像这池子不是化尸之所。

木头抱着她的腰，看了她片刻，忽然轻吻了一下她的鼻子，压低声音道："你没下来，我出不去；你下来了我倒想到一个法子。"他贴在她耳边窃窃而言。

"老板娘"在井上听不清下面说话，大声道："喂！你们都不想活了是吧？"忽见苏离离与木头搂搂抱抱，宽衣解带，大是惊奇道，"你们死到临头还要风流快活一回吗？"

苏离离不理她，兀自将两人的衣带打起结来，比了比也才两丈的长短，迟疑道："不太够。"木头道："撕衣服条子。"

他二人一派忙碌，"老板娘"在上面冷笑道："我与你们相处了十余日，你们也没发觉，可见无用至极。现在慌张又有什么用？！"脑后突然一阵掌风袭来，她话未说完，忙回身去挡。来人手脚极快，格开她两掌，一脚踹中下盘。"老板娘"一个站立不稳，仰面跌了下来。

木头忙拉着苏离离闪开一边，看她"砰"一声响，摔平在井底，静静地滑到二人脚边。头上一人温和道："我跟踪你十余日，你也没发觉，可见无用至极。佛祖说：'你不下地狱，谁下地狱。'"十方的光头比白瓷还锃亮，在井边闪闪发光。

苏离离小声疑道："佛祖不是这么说的吧？"

木头出手如风，已点了"老板娘"全身十二处大穴，笑道："佛祖说的我不知道。有一个典故叫请君入瓮，不知大姐知不知道？"

"老板娘"一落井底，眼中便生出极大的惧意，骂道："和尚！你怎的又来搅老娘的事！"她叫着，苏离离便扯她的腰带下来，又缚在自己与木头的腰带上，连成一条绳子，一端系上自己手腕。

十方四顾屋中，不见绳索，淡淡应道："你扮得如此像苏施主，我怎会相信你就是个寻常民妇。我跟了你到这里，蹲在附近五日，你同伙昨日扛了个大麻袋进来，我还不知道是谁，今晚看了半夜才算把这出戏看明白。"

他纵身跃上房梁解下方才"老板娘"假扮苏离离吊在那里的绳子，房屋低矮，统共也只两丈长。他落回地面，忽又想起来，道："哦，你那位阁兄人中龙凤，贼走不空手，还伏在外面草丛中呢，只不过是死了的了。"

他随即往下对木头道："绳子不够啊。"

木头道："先扔下来再说。"十方依言扔下了绳子，苏离离接住，又结在那三条衣带上，约有四五丈长了。

"老板娘"不想栽了这样一个跟头，又气又急："和尚……可你当时信了我的。"

十方细心解释道："我当时没信。做我们这一行，没有上面的命令，自是不能打草惊蛇的。你看了那条子上的字，自然会去告诉你主子，你主子派去铜川的人自然都被我主子捉住了。"

当日十方回禀祁凤翔道："那家客栈的老板娘极是可疑，事后回过一次客栈就沿官道西行而去。"

祁凤翔问道："她会是谁的人？"

十方道："如今在这一带，是敌非友的，只可能是赵无妨的人。属下已令人沿路盯梢。"

祁凤翔斜倚在坐椅的扶手上，默然读了三遍字条，换了换姿势，抬眼问十方："然后呢？"

忽然极低极低的一声响，似金石叩响。"老板娘"大骇，以致牙齿打战上下磕响，大声道："废话少说，快把我们弄上去！快！"

那陷阱极深，一般绳索不抵用。十方已屋里屋外找了一圈，四壁徒然，无甚可用，连根竹竿子都没有，显然这伙人根本就没打算让木头再出来。十方当机立断，蹲下身便撕衣裾。

木头将苏离离结的那条布绳的另一端系在自己的左腕上，生死已连在一起。两人默然对望，心中忽然变得一片明净，既不慌张也无惧怕。未及说话，一股腐臭之气从那洞眼里冒了出来，苏离离一闻险些作呕，"老板娘"已尖声叫了起来。水声汩汩而来，黑色的液体从那洞眼里冒出。

木头也无暇多想，深吸一口气，提起苏离离拔地而起，一跃十丈有余，仰头看见出口不过四丈，无奈力道已尽。他就半空之中运力于臂，将苏离离猛地一抛。苏离离兀自向上飞去，木头却更快地向下坠去。

苏离离眼见飞到了井边，手腕上的布绳绷直将她一拖。她右手够到地板边缘，一抓之下不及自身重量，又复向下坠去。木头已运起全身内力，身如鸿毛，苏离离一抓之力虽弱，却足够他借这微薄之力腾起，两人空中交过。木头够到地板，一跃而上，左手一提。

苏离离身在下坠之中，手上布绳一带，被拖着向上，片刻之后，落入木头怀里。这番险胜，死里逃生，二人跌坐在地板上抱成一团。原来他二人手中布绳有限，却是将苏离离缚在绳上，当作飞爪索的爪头，抛上去只需抓住一点，木头就能借力而起。他站到上面，便能轻易拉起她来。

这番动作抛接，需拿捏配合得分毫不差，若是任何一处错了一点，后果不堪设想。两人便是练一百回，恐怕也只有一两回能成功。他二人未经演练，一蹴而就，如今坐在地板上反十分后怕起来。苏离离瑟瑟发抖，抱着木头终于哭了出来。

二人跃起之时，十方看准了方位伸手去拉，却因布绳绷直，苏离离未能跃到地板上，只在那地板边抓了一下，十方握空；待得木头跃上地板，到苏离离被他拉上来，转息之间，生机乍现。十方不佩服都不行，对着两人竖了竖大拇指，转身到了池边。

那化尸池里老板娘已没了声气儿，口眼大张似万般惊恐，整个人却像薄薄的一层浮在那黑水之上轻漾，又像煮软的粥，时不时冒一个泡来，渐渐被煮黏了，融在水里。恶臭扑鼻而来，陈尸腐肉般恶心。

苏离离并不去看那池子，拉着木头呜呜哭道："我的手腕要断了。"

木头解下她手腕上系着的布绳，腕子上勒出了红痕，有一些脱臼。木头也不说，掰着她的手一拉一接，在她大声呼痛时已经正好了。木头扶着她站起来，看她眼泪汪汪，抬袖子想给她擦擦，却见袖子上满是油迹。木头叹道："罢了，马上赶回军中去敷药吧。"

说着，他询问地看向十方，十方合掌道："你们走你们的，我走我的。"木头抱拳一礼，牵了苏离离出门。那化尸池中已无尸骸，黑水中间有一个小小的漩涡，显然是水又抽走了。十方临出门时，留恋地看了化尸池一眼，低低叹道："真是杀人灭口的好东西啊。"径往东北而去。

木头向西南行出里许，便见道边树上拴着来时的马。他先将苏离离扶上马背，解开缰绳，自己也骑上去，抖缰缓缓而行。苏离离问道："你怎么跑到这里来的，是不是她用我的流云筒骗你？"

木头低低道："是啊，我们本来遇到赵无妨的人马都打了三场了。我就知道她有来历，本是关住她不放，想探个究竟，可是她不知怎成谁的样子跑了出来。我实在不放心，只得沿路追过来，也就这一夜时间来找你。"

苏离离骂道："真笨，没见着莫大哥吗？我叫了他来跟你说的。"

木头道："没有啊，我还没见着他。"

苏离离"唉"了一声，倚在他怀里。木头忽然一笑，道："身上都是香油，回去拧拧，能炒菜了。"

苏离离应道："那是，还能炒出人肉香来。"

木头忍了忍，由衷叹道："你够恶心！"

苏离离"哼哼哼"长笑三声。

行到天色将明未明时，前面一带开阔之地，有两人守哨。木头对了口令，径入营地，却见莫大已候在那里。见他二人并骑而来，莫大惊道："你怎么来了？"

苏离离打个哈欠，没好气道："等你来，我和木头都让人化成一池子水了。"

莫大委屈道："他又没个方向，到处乱打，我寻了三天才寻到这里，路上还遇见了几队梁州兵马。"

木头一夜奔波也不倦怠，听他一说，精神又振，道："在哪里？"

此后两日，苏离离换回男装，索性跟着他行军。木头领兵在梁州之北穿插迂回，游而击之，打散了赵无妨兵马无数。祁凤翔也从西深入撕裂赵无妨屯在北面的兵马，李铿相继从两翼增兵，大军压在正面，徐徐南进。

赵军惊慌忙乱，不知祁军从何而出，又等在何地。木头也不等粮草，只用轻骑兵，人带三天口粮，孤军深入，抢赵军辎重兵器，既不占城池，也不守地利，打了就走，伤亡甚少。用莫大的话说，这仗打得痛快。雍州以南，梁州以北，四百里纵深，乱成一锅粥，分不清谁是谁。

第六日上，木头一天就遇到八股散兵，被祁凤翔从北击溃而来，双方混战一气。木头一行傍晚在一座小城外十里扎住，分吃了干粮休息。夜里北风寒冷刺骨，木头带了五百人，偷摸到城边。雍、梁之边几十年来少战，城池失修，多不坚固。木头只身摸上城墙，却见哨卫比往常稍多，整肃严明。

木头潜身蹑行到城门边时，哨卫终于发现了他。两下交手，又能有几人是他的对手，须臾撂倒了十余人。然而兵士越来越多，木头急切间脱不开身，只怕要惊动内城。忽然耳边风声一响，一个上前围攻他的士兵倒地，额上插着一枚袖箭。

木头跃上一步，一脚踢断了城门尺厚的方木闩，身边又有三人中袖箭而死。一时间暗器迭发，赵军兵士纷纷倒地。木头情知有人暗中帮他，四面一看，混乱中却又没看见人。莫大已带了骑兵风驰电掣般冲进城来。

赵军抵挡了一阵，也不恋战，从北门撤退。莫大带人在城中发扬马贼精神，一通抢掠，无人能及，两个时辰之后，满载而归。所有骑兵东移十里下寨。木头心神不属，一路沉默。苏离离将一块饼子给他撕开泡在热水里，见他还是想着什么，点点他的手臂笑道："你再不吃，我可都吃光了。"

木头回过神来，道："你饿就吃吧。"

苏离离无奈一笑，拉他捧了碗："你就是块铁，饭也是钢。难道不吃不睡就能打过人？"

木头诚挚道："你越来越贤惠了，我真欣慰。"

苏离离喝道："去！"

木头一笑，端碗喝了一口，又抬头道："我方才入城时，有人暗中用暗器帮我。"

"暗器？什么样的暗器？"苏离离奇道。

"袖箭。"木头捞了一块饼子吃了。

苏离离想了一会儿："难道是送我流云筒的那位大姐，凌青霜凌前辈？"

木头沉吟半晌，招呼莫大和李师爷过来，令道："所有人马即刻撤回二十里，扼住南归要道。"

他下令之时，另有一种果毅，是苏离离在他身上似曾见过，又未能深究的，此时看来，别生仰慕。

李师爷蹙眉道："扼守要道？我们孤军深入，一旦停下来就被动了，也不利于策应锐王。"

木头缓缓摇头道："我有一种感觉，方才上城墙时就觉得了。那些兵一遇到我们，转身就撤，虽慌却有序；凌前辈大仇未报，却独自在那城中……很有可能，赵无妨方才便在那城里！"他骤然站起来，环顾诸将道，"这几日混战毫无章法，赵无妨的人马被打散，无从因应，只想南归固守。此时我们若北上去会锐王，势必放走了他。"

李师爷仍然犹豫道："若是他在，必率身边精锐，我们又如何挡得住？"

木头道："若真是他，不知我们歪打正着，必然以为行踪暴露，自己先慌了。各自不知虚实，打了再说！"

为将帅者，战场之上必须有灵敏的判断力，木头的直觉敏锐而正确。

方才城中那股军马撤退二十里方扎下营寨，赵无妨脸色铁青地坐在帐中。下属呈上饮水，赵无妨接过来，忍了片刻，终是将盅子摔在了地下，遍指诸人道："祁军是从天上掉下来的吗？我们昨日才退到城里，今日又被追击！祁凤翔统共领着五万人，怎么到处都是他的骑兵？"

诸将沉默，少时，一名偏将出列道："祁军打得古怪，不……不知道他们要打哪里。各路将领分散，还无消息。此地无险可守，粮草又将用尽，眼下不宜久留，还是寻机退回天河府为是。"

赵无妨强自压抑怒气，默然片刻方道："大家今日辛苦，且去休息。明天五更，无论如何突出山左小路，退回天河府！"

于是四更造饭，五更起行，人衔草，马裹蹄，徐徐行至山隘，四围无甚动静。刚走到狭窄之处，队伍拉长，忽有骑兵自两侧冲来，顿时前方鼓声大作，山谷之中喊杀震天。赵无妨本在队伍稍前，听见前面擂鼓，也不知伏兵多少，策马便往回跑。

忽然身后一人大叫一声"赵无妨"，回头一看，正是那骗他图藏的年轻人。赵无妨知他武艺高强，奋力策马而去。木头从后赶来，被赵军人马阻住，只得掩杀一阵。赵无妨退回那座小城，军士四面把守，严加防范。木头骑兵有限，又没有步兵，累战之下，人马皆乏，就地扎营。

木头思忖了半日，如此对峙，赵无妨若来了援军便难办了，需得将他激出来才好。木头乃修书一封，上书一行大字，苏离离亲手给他缚在箭杆上，一箭射入城去。赵无妨接来看时，言简意赅，曰："明日锐王合兵至此，可决一战。"

赵无妨放下手中字条，手下人等面面相觑，都不敢发声。赵无妨低沉道："我们联系不上援军，若锐贼明日真的合兵而来，便是有死无生。今夜背水一战，成败在此可决！"

众将纷纷应诺，心里却多少有些打鼓。

木头令军士饱睡一日，夜幕才降时便伏在了城外，唤来莫大耳语一番。莫大应了，从各队传令下去。只等到三更时分，城门缓开，赵军小队而出，行出半里，木头将火一举，骑兵跃出厮杀。赵无妨城中人马也尽数奔出，大有拼命之势。

双方混战少时，只听莫大军中齐声欢呼："擒住赵无妨了！"赵军一乱，又听另一边祁军欢呼："擒住赵无妨了！"顿时呼声如雷，赵军本来慌乱，心中底气也不足，被这一叫又生怯意，十个倒有七个放下兵器，举手投降，剩下几个顽抗的，死的死，伤的伤。

赵无妨的马中了箭，人跌落下来，本挥剑抵挡，听得祁军这样喊叫，情知是对方诈称以乱军心，奈何压不过这许多人的声音。眼见众人不明所以，大有投降之意，他心下顿灰，暗道：罢了罢了，我今日兵败于此，有死而已。举剑便欲自刎，一枚袖箭射来，打下他手中长剑，凝神看时，凌青霜全身披挂各类暗器，正拿了一副短弓瞄向了他。

一箭当胸，赵无妨呼吸一窒。场上人马渐定，木头闻声而来，见赵无妨蜷缩在地，手足抽搐，脸色乌青，似万分痛苦，显然凌青霜的箭上染了剧毒。赵无妨死死地看着木头，几乎是咬着牙问："你……你是……谁？"

木头注视他半晌，手一扬，抽出背上长剑，一剑利落地切下了他的头颅。凌青霜纵身上前，大怒道："小子，我要杀他，你凭什么来横插一手！"

木头看她腰上挂着短弓，背上背着火药筒，肩上还挂了一串七星镖，忙恭敬道："前辈的暗器举世无双，我剁他脑袋时，赵贼已死在前辈手下了。"心中却想，我若不出手快些，这脸孔都没法认了，还怎么拿去招降。

凌青霜脸色稍霁，却仍是恨恨道："便宜他了。"见她转身要走，木头忙道："前辈且慢。"

凌青霜皱眉道："我很老吗，你要叫我前辈？"

"是，大姐。"木头换了称呼道，"凌大姐的手艺神出鬼没，实在是这些兵太笨了，用的箭弩简直没法使。我想请大姐指点他们一二，也叫他们知道山外有山，人外有人。"

他知道凌青霜暗器虽好，脾气却有些古怪，既不敢说留她效力，也不敢说要她帮忙。凌青霜被他一拍，也觉得有理，这些人既然愚笨，那就帮上一帮吧。她也不忙着走，一路往回，莫大与李师爷善后，分别差人去寻祁凤翔报信。

凌青霜过来遇见苏离离，对木头道："哼哼，要不是瞧在她帮我做过棺材，你们又从赵不折手下救过我，我才不给你制兵器呢。"

木头一揽苏离离的肩，点头道："是啊，她是我的福将。"

苏离离鄙视地看了他一眼。

这夜木头就地驻扎，等明日去会祁凤翔，再行计议。夜里三更时分，莫大来报，手下抓了一个从南来的奸细。木头到中军大帐一看，却是应文。

应文匆匆见礼道："我从益州回来。刚听说赵无妨本人已经死了？"

木头道："人头就在我帐下。"

应文略一沉吟，道："我此去益州结盟，益州州将陈兵七万在州郡边上，却按住不动。我看他的意思，是要等我们两家打到两败俱伤，他好从中渔利。现在赵无妨死了，梁州有兵有粮却无主，此时不取，便让益州军占了便宜。"

木头想了想："你说得是……这样，我现在手里约有四千人马，且前去探一探。你尽速北上寻见锐王，约他援我。"

应文道好，立即便要动身。二人出得帐来，木头边走边道："益州险塞，剑阁崔嵬，易守难攻。此次伐赵，我还寻见一位武林前辈，擅制机括器械，锐王若要平益州，她便很有用处。"

应文笑道："你想得倒长远。"

第二日，祁凤翔大帐。

祁凤翔拈着一页文书给应文："欧阳罩有加急快报在此，一月十三日，胡人前哨兵马离沧州不足百里，他虽有所布置，毕竟人马有限。我已令李铿分了一部分兵力东回。"

应文大是摇头："梁州南部才是重镇，似此回兵，岂不将全梁之境拱手让人？"

"正因为是重镇，天河府城墙坚固，赵无妨这两年经营得当，不是短时可下的。"祁凤翔点着桌面，"现在僧多粥少，我兵马有限，手下也没人，占不住雍梁，只能回兵自保。派快马过去，叫江秋镝撤回来。"

应文道："这样，胡人那边我去谈。我看他们没有南下之志，至多是要割占州郡，先让一让，回头再收拾。"

祁凤翔止道："不行，胡人不讲理，你不能去。"

当日祁凤翔便先派出快马调木头回兵。

第二天凌晨，祁凤翔尚未起床，昨日派出的令马便与木头派来的人并骑而回。祁凤翔披了衣裳，一头黑发墨一般松散夹在衣间，将人召入帐中询问。那人伏地拜道："我军兵临城下时，对方全无战备，城上只挂白旗。天河府守丞于治人投书，愿意举境投降。"

"哦？"祁凤翔大感意外，不由得坐正了又问，"江秋镝怎么说？"

"江将军人少，恐他有诈，只驻军在外，差小人速报殿下，请殿下大军南占天河府。"他摸出一封书信，信上是木头的字，确如此人所言，信角也有事前两人约定的标记。

祁凤翔只犹豫了一下，一召祁泰，果断道："传令下去，各路军马即刻拔营南下，不得迟误！"

天河府外城，旌旗招展。一名府官一脸讪笑，呈上名刺。莫大站在上首，接过来扫了一眼，念道："于抬人？"

旁边几个小吏憋不住笑了。那府官皱了皱眉，仍然讪笑道："下官名叫于治人。子曰：'劳心者治人，劳力者治于人。'"

莫大皱了眉看着那名刺，研究这个字和"抬"字哪里不一样时，木头纵马从西过来，苏离离一身亲兵装束，也跟在一旁。

莫大迎下阶来，把名刺递给他，木头扫了一眼，径直走到大堂上首。案上放着一个大木方匣子，旁边一摞书册，他便翻开那书册浏览。

那于治人毕恭毕敬地禀道："将军，楠木匣子里是梁州都督的大印，旁边是梁州兵马钱粮收支总册。"

木头翻着账册并不答话，翻了一阵，突然问："这账目是谁做的？"

于治人道："是下官。"

- 321 -

拾

请君同入瓮 月凉千里照

木头"啪"地合上账册，倾身上前问道："十万军马，钱粮足支一年，如此雄厚之力，为何不战而降？"

于治人神情激昂，拱手晃脑道："区区梁州兵马岂可抵抗将军威武之师。锐王殿下智谋无双，百战百胜，我等岂能螳臂当车，逆流而动。这……"

"好好。"木头摆手止住他，"这样子，锐王殿下驻军离此不过三十里，这颗梁州都督的大印就劳您前去献给他老人家，以彰功劳。"

于治人一愣，方大喜道："是，是，下官遵命。"

木头又道："莫大哥，你差五百人送他去。"

莫大一惊："五百？"

木头神色不改，点头："五百。"

半日后，祁凤翔踞椅而坐，应文站在一旁。于治人随着祁泰低头趋入，未抬头时便匍匐在地道："下官于治人，参见锐王殿下。"

祁凤翔在坐椅扶手上支颐浅笑道："是你献了天河府？"

于治人仍趴在地上，并不抬头，道："下官微末之力，不足为殿下垂询。"

祁凤翔也不叫他起来，只道："如此你也是我军的功臣了。"

于治人听得这句话，抬首时眼中一片诚恳，道："下官在梁州时，听闻锐王殿下扫荡北方，无人能及，心中万分仰慕。只望殿下早日来到，拂高天之云翳，展日月之光辉。我等梁州官民，盼殿下如大旱之盼甘霖，婴儿之盼父母，实是望眼欲穿。"

他说得毫不羞赧，应文直听得匪夷所思，祁凤翔反笑了笑，似听到什么有趣的话，坐直了身子，道："不想我如此深入人心。"

于治人奋力点头："正是！锐王殿下算无遗策，百战百胜。下官等在天河府，听闻殿下挥兵南向，周身的血都要沸了。那时便日思夜盼，只望殿下……"

"好了好了。"祁凤翔终于招架不住，抬手打断他，平静道，"你等占据州郡与朝廷为敌，经年械斗不息，我若不提兵到此，也仍不归服，似此还敢来献城池。祁泰，把他押出去，斩首辕门。"

他使一个眼色，祁泰会意，上前便去拉于治人。于治人瞠目结舌，片刻之后，甩掉了祁泰的手，正色道："我献城归降，殿下却要杀我，不怕天下义士寒心？"

祁凤翔轻笑道："量你区区腐儒，能有什么本事让天下义士都寒心。"他对着祁泰一抬下巴，祁泰便又上前拉于治人。

于治人甩开祁泰的手臂，想说什么，却只"哼"了一声，转身出去了。

应文叹道："此人辞色谄媚，虽献了城池，留之无用，杀之不义，放他下去便是。"

祁凤翔微微笑道："才无一定之规，这人拍马屁虽拍得露骨了点，却能不重样，也算是个人才。"

二人说话间，祁泰又带着于治人回来了。祁凤翔笑道："怎样？"

祁泰禀道："属下领于先生在辕门逛了一圈，先生辞色抗厉，浑然不惧。"

于治人脸上神色哭笑不得，祁凤翔微笑之中却有些凌厉，缓缓道："我明白了，你是不愿在我帐下效力，故意做出一副谄媚相，想脱身而去。"他随即笑一笑，"不想赵无妨手下却有这等忠心之人。"

于治人默然不语。

祁凤翔道："你既不愿仕进我军，为什么来此途中不跑呢？"

于治人苦笑道："那位攻占天河府的江将军，派了五百人押我。锐王殿下，下官智术浅短，不足为诸侯相争效力。赵将军是我旧交，才勉强就任，管理一州内政。但他……唉。"

祁凤翔静了静，站起来拱手道："在下有一言，相劝先生。"

见他说得谦逊，于治人恭敬一礼："不敢。"

"先生说服天河府守将举城而降，乃为了城中百姓不历兵戈战乱，足见忧国忧民之心。现下我有一个难题：北方胡人趁我南征，欲举兵而下。先生不愿事诸侯，盖因割据分战；胡人异族，觊觎中原，则是华夏同仇。我想请先生前往谈和，待我收定中原，再战胡虏。"

于治人容色不惊，却望了祁凤翔良久，方慢慢道："殿下……初见于我，便以如此重任相托，不怕所托非人？"

祁凤翔微微一笑，摇了摇头。

于治人又站了一会儿，方慨然抬手道："既蒙抬爱，在下愿去胡地谈和。"

"好。"祁凤翔道，"先生且去休息，午后我们细谈此事，明日便请成行。"

于治人点头道："好。"他施了一礼，也不待祁凤翔发话，先转身出帐去了。祁泰自领他去安顿。

应文叹道："你可真敢用人啊。"

祁凤翔微有自得："我看人一向不走眼，此人必能胜任，且终能为我所用。"

"那下一步如何行事？"

祁凤翔望向云淡长空，道："分兵安顿梁州，二月十五前，我要回京收拾那边的事。让李铿收兵到雍州以东，梁、益交给江秋镝，他爱怎么打怎么打！"

应文不由得喟叹道："殿下可真太敢用人了！"

祁凤翔望他一笑："他这一阵打得很好，可见也不是光说不练的。江秋镝过去在兵法上就深谙击虚避实之道，懂得保存实力，灵活应变，不需我来提点。他自有他的打法，让他放手去做吧。他最坏也不过是打不过人，我回头再麻烦点收拾罢了。"

应文摇头道："这不是最坏的。此人心思机敏，谋略长远，若是他打过了人，占住梁州、益州，拥兵自重。二地险峻，车楫难通，你又待如何？"

祁凤翔默默想了半日，也摇头道："疑则不用，用则不疑。若要谋事，又彼此猜疑，则事不可济。他脾气有时古怪，为人却有侠气。我以信义待他，他必不背我。再说，我费了老大的力气才拉他到手，难道杀了赵无妨就让他撂挑子走了？哼。"心中却另有一股不平。

应文道："那何时与他会兵？"

祁凤翔沉吟了一阵，道："不去了，我这里写手谕给他。只要大的纲条不变，具体事宜他自己临机决断好了。"

应文知他不想见着苏离离，却又不好点破，于是张了张嘴，想说什么又忍住了。

三日后，祁凤翔将手头兵马都交给木头，只身取道雍州回京。朝中表请登基称帝，以名正言顺，祁凤翔搁下不应，仍以锐王之名统领冀、豫、幽、雍各州兵马，整饬内政，厉兵秣马，以备南下。

江秋镝独占益州，以莫大为副将军，李师爷为参军，改编梁州人马，军势日盛。旬日后，苏记棺材铺的老雕工张师傅来到梁州任监军。木头心知祁凤翔还是不放心的意思，一笑而过，也不以为意，便令张师傅督军，日夕请教。

祁凤翔走后三日，莫愁领着剩下的岐山兄弟到了天河府。苏离离留下的行李衣物也一并带来了，除了《天子策》，还有一只光漆小盒子。苏离离想起那是祁凤翔给她的解药，看看月初将至，便拿了问木头道："这个有必要吃吗？"

木头蹙眉道："还是先吃着吧，等你回三字谷问了韩先生再说。"

苏离离也不高兴了："哼，打仗嘛，也没什么了不起。我跟着你又碍不了你的事儿。"

木头拉她近前，款款道："你是不碍事，可我要分心啊。"他顿一顿，道，"你我既生在乱世，又怎避得开兵戈。我助他早日平定天下，我们也好安居乐业。姐姐，你回三字谷等我。益州守将没用得很，最多两年，我一定回去。"

苏离离不情不愿道："好吧，我回去准备准备，等着你回来当棺材铺的老板娘。"

木头纠正道："是老板。"

苏离离冷笑一声："哼哼，我才是老板，你是老板娘。"

木头捉住她的双手，反剪在身后，柔声道："是吗？"

苏离离看着他来意不善的眼神，吞了下口水，道："是，当然是。你以前没听人家叫我苏老板吗？"

木头缓缓点头："我们来充分认识一下老板和老板娘的区别吧。"他用力箍住了她的身子，紧密贴在怀里，将一个炽热的吻印上她的唇，伸手便扯掉了她束外袍的带子。

苏离离怒道："木头，我跟你说过多少次了，不要用扯的，衣服带子也很贵的。啊！"

……

木头双臂枕在她的脑下，拢着她的头，抵额喘息。两人默默抱了一会儿，待得呼吸平顺，木头温柔道："明天回去了啊。"

苏离离心中恋恋，"嗯"了一声。

他压着她蹭了蹭，愈加温柔却掩不住狼牙森森，问："那谁是老板娘？"

苏离离余韵之中又被他蹭得心里一阵颤抖，忙低眉咬牙道："我！"

三月清风徐来，草木扬花秀穗。三字谷里正是猿鹤交鸣，松竹映翠。莫大与苏离离从冷水镇东行半日，沿谷而下。一路险障奇景不绝，苏离离心思不属，待落到转崖石边，骤然想起三字谷的规矩，忙叫了一声："陆伯好。"

说着一拉莫大，莫大尚未反应，陆伯身形如电，倏忽从岩后转来。莫大大惊，伸手一格，挡开一掌；再格，挡开一掌；三格，已退至岩边。陆伯轻轻一脚，将他踹出了岩边，回头对苏离离颔首和蔼道："回来啦。"

他身后，莫大手舞足蹈，仰天长啸，摔了下去。须臾，一声巨响，水花荡漾。

三字谷中诸人见苏离离回来都欢欣得很，嘘长问短，一一见过。韩蛰鸣三指搭在她尺、寸、关三脉，沉、浮、迟、数，细细辨来，沉吟良久道："你的脉象稍缓，应是这几日奔波劳累所致，别无病脉，更无中毒之象。"

苏离离迟疑道："祁凤翔说，这种毒你也治不来。"

韩蛰鸣眉毛一拧，矍铄有神，吐字如洪钟，道："我治不来？我治不来的毒还没生出来！"他哗啦拉开药柜，摸出一个布卷儿，让苏离离一见就苦脸了。韩蛰鸣铺开布卷，里面都是长短不一的银针，令苏离离挽起袖子来。苏离离勉强从命，被他一针扎在尺泽穴上。

苏离离"哎哟"一叫，哀哀道："木头还说要回来跟你学医，可别拿我来练扎针。"

韩蛰鸣两眼一亮："当真？"

苏离离点点头："我不想他学的，太难了。"

韩蛰鸣狠狠一针扎在曲池上，苏离离一声惨叫。

针灸了半天，又诊了半天，韩蛰鸣肯定地告诉苏离离："你没有中毒。"

苏离离打开包袱，取出药丸盒子，拿出一枚递给他，问："那这是什么？他说是解药，要我每月吃的！"

韩蛰鸣凑近闻了闻，又碾来药丸细看了看，最后用针挑起尝了一尝，斩钉截铁道："妇科再造丸！"

苏离离一怔，大怒，将手上的描金盒子一倾，药丸稀里哗啦倒了出来，滴溜溜地满桌满地跑，盒底却衬着一张纸，隐有墨迹。苏离离迟疑片刻，取出来展开，上面是祁凤翔龙飞凤舞的一行字："我仍旧是吓你一吓。"

苏离离气愤难平，"啪"地将纸拍在桌上，咬牙骂道："祁凤翔你个贱人，不骗老娘过不下去啊！"顿了顿，她又骂，"死木头，就想把我打发回来。"

其时祁凤翔始克江城，江秋镝才下陈仓，同时后背生寒，打了个冷战。

在三字谷中留了一日，莫大挂念手下弟兄，又念着莫愁，欲回程。他问苏离离："你既没有中毒，跟我回去不？"

苏离离踌躇了半日，心中放不下木头，却摇摇头道："你回去跟他说吧，我不去了，就在这里等他；让他时时记着，早点回来。"

莫大应了，当日便走。午后苏离离送他至谷上大道，说道："现在太阳正下山，你天黑前还能赶到前面镇上住宿。"

莫大笑道："我一个人还住什么宿啊，巴不得飞回去了。"

两人相对一笑。

莫大理一理包袱带子，道："我走了。"

苏离离说："嗯。"

他点点头去了，步履犹如从前，背影渐渐去远。苏离离想起才到京城，那些流离失所的日子里，是他帮着开店，做活，拉她去放风看哨。可苏离离不曾亲手掘过一次坟，每次分他一半赃。

莫大走得有些慢，太阳低了，仍让他觉得刺眼。当旁人都说他不务正业，游手好闲时，苏离离却说，我觉得你人好，心地正直又重义气，才不是别人说的那样。他说是吗，苏离离稚气未脱的脸上满是沉稳，点头道："是的，你肯定有出息。"

拾

请君同入瓮　月凉千里照

他渐渐走进夕阳的余晖里，苏离离大声道："莫大哥，今后空了，和莫愁姐来看我啊！"

莫大没有回头，隔了一会儿才反手挥了挥，高声道："知道啦。"

苏离离自此便住在木头当日住的小木屋里，从冷水镇买来锯子、刨子、凿子，从最普通的木料练起，改板、打磨、雕刻，无不细致从容。一日她与韩夫人到冷水镇外面赶大集，在地摊上发现了一本《椁棺椊栜考》，不想竟有人著这样的书，买了回去看，依样画了些图。闲来无事，她也跑去看了看从前在河谷发现的那块巨大的阴沉木，仍然用土掩好。

苏离离用大半年时间做好一口杉木大棺材，棱角分明而不失圆润，尺寸具足，严丝合缝，古朴却精细。韩真看了道："苏姐，照你这么细地做，一年也只能做出一具棺材来了。"苏离离笑道："你若要做嫁妆，我保证一月制好。"韩真脸一红，啐了一下，转身就走。

韩真年前照料一个年轻的帮主养伤，那人对她十分有意，伤愈之后每月快马千里，来回一趟，专为看她。韩蛰鸣开始不允，看那人坚持了一年，有些松动的意思了，故而韩真一提到这事就脸红。

第二天，苏离离请人将那具做好的棺材抬到碧波潭边，巧舌如簧，卖给了来找韩蛰鸣看病未遂的人，得了银子存在一只大瓮里，没事倒出来数数。

过年时，祁凤翔兵马已渡江，南下至冷水镇北七十里，快马一日可到。祁凤翔盘桓数日，知她爱诈小财，将南军中搜出的金银装满了一只樟木小箱子，令祁泰带人抬了送到三字谷。祁泰回报曰，苏离离眉开眼笑，问他好，欢迎他下次再来。

仿佛能看见她那种狡黠奸诈得到满足的得意，祁凤翔笑而无言，心里终究有些放不下，近在咫尺也不愿再见到她，停了两日，挥师西向。那一箱金银约有百斤，苏离离甚喜，将韩夫人厨房里的锅碗瓢盆改善一新，又添木工用具无数。她每天做午饭，韩夫人做晚饭。午后她便拾块木头练练线雕，再改改棺材图纸。

腊月二十八，三字谷下了雪。碧波潭边团团烂银般积雪，潭水却仍温热暖和。三十这天，苏离离在潭水流下处洗了一篓衣服，洗着却想不知木头的衣服是谁在洗。她抓了篓子往回走时，崖上"扑通"一声扔下一人，片刻后冒出脑袋。

苏离离认出是莫大手下一个得力的小兄弟，那小兄弟摸出一封油纸封了的信。苏离离取出来看，尺方的纸上只得木头四个饱满的大字，清隽不改，写着："安好，勿念。"苏离离恨恨道："谁念他了。"又低头看一眼，"还真简洁啊。"

那张纸被她拿回去好好收到了枕下。

木头沿西一路南下，恶战一年，竟打通了梁、益奇险绝地。战报呈到祁凤翔手中，激赏之余也不禁慨叹，一切事情到了江秋镝手中，都可删繁就简，迎刃破解。简洁，原是大智慧所在。

六月，荆州被围，祁凤翔剑指其东，木头兵临其西，左右打了一个月，尽得三分之二，只余四郡未下，两下里整兵，择日再战。祁凤翔一时兴起，令人请江秋镝到黄鹤楼小聚。

这天风急云低，木头一日轻骑百里，赶到武昌。黄鹤楼层层飞檐，矗立山间。拾级而上，空荡无人，顿觉古今倥偬。到得顶上，四面窗户大开，祁凤翔独自凭窗。山雨欲来风满楼，天外半是乌云，半接流水。他月白锦裳的袖子迎着风猎猎鼓动，似欲九天翱翔。

木头束发窄袖，黑衣劲装，缓缓上前，隔着数尺并肩而立，眺望四野。江汉平原千里，又有丘陵余脉起伏于平野湖沼之间，断续相连，犹如巨龙卧于浩渺烟波。木头望着楚天辽阔，不禁赞道："武昌确是气象非凡之地。"

祁凤翔也不转头，淡淡道："古时这里叫作盘龙城，正因其山川形盛而得。可惜山势聚而不散，水流支离不纯，虽有地气龙脉，立国亦不能长久。"

木头转头看了他一眼，"哧"地一笑："你什么时候学起风水堪舆来了。大凡勘测天机的人，都穷困潦倒，不学也罢。"他回身就桌边坐了，兀自用青瓷酒杯倒了一杯酒，却是山西汾酒，醇香清正。

祁凤翔微微一笑道："从前杂学旁收，风水之术倒也粗通皮毛。"

木头执杯一饮而尽，赞道："好酒。"

祁凤翔回身在他对面坐下："你就不怕我在里面下毒？"

木头再斟一杯："偏你这么多心思。不喝我喝光了。"

祁凤翔笑笑，接过酒壶来。风将窗边帷幕高高吹起，更增飘摇之慨。满天木叶飞舞，一派混沌乾坤。天边传来隆隆雷声，野雁颉颃低徊，都栖落在平沙江渚。

祁凤翔端了杯子迎上前，木头便将杯一碰，相对饮尽。豆大的雨点沙沙落下，二人坐看雨势，片刻之后，天地婆娑，大雨滂沱，遮天蔽日的气势令人畏惧而神往。

祁凤翔浅斟薄饮，捏着杯子道："你上次找我时跟我说了许多话，我想了这些时候，还是想不通。"

木头道："什么地方想不通？"

祁凤翔放下杯子，认真道："打个比方说，你和她遇险，二人之中必死一人，你会选谁去死？"

木头淡淡道："无论什么时候，我都要她活着。"隐约带着当初苏离离说木头一定会来找她时的坚定。

祁凤翔扶了桌边，沉吟道："那这有什么意义呢？一样是分别。你活着却比她活着有用得多。"

木头忍不住笑，摇头道："我早就说过，不要衡量比较。你一衡量，就不是那个意思了。"

祁凤翔兀自思索了半日，也摇头道："这未免太没出息了。"

"你现在这样想罢了，未必就做不出来。"

祁凤翔也叹道："但愿我做不出来。"他顿了顿，又问，"你今后有什么打算？"

木头微微一笑，目光都变得柔和了："这边的事办完就回家。"

回家，世间住所虽多，却很少有能称为家的。祁凤翔止不住有些泛酸，温和地煽风道："你父王本是忠臣，我还想着封你为临江王，制藩建政，重振一下家业呢。"

木头无力地看了他一眼，点着桌子道："你可真是……本性难移……"

两人一齐笑了。

一席酒饮至雨停，一句也没谈军政。但见碧空如洗，澄江似练，宾主尽兴而归。

两月后，兵会江陵。祁凤翔先一步入城，左右等了一日，方见张师傅独骑而来，见礼毕，言道："江秋镝说允你之事已了，他就此告辞。"

城门外驻军，只剩了副将军莫大领军，军师参将李秉鱼辅佐。

祁凤翔沉吟了半日，什么也没说，分扎人马毕，径回京城。百姓夹道迎庆，天下大统，终是站上了那至高无上的位置。京中早有安排，当月便改元登基，大赦天下，封赏百官。诏书之前列者，封江秋镝为临江王，特旨可以不履职、不理事、不朝参，虚衔遥领。

祁凤翔制政，以宽厚为纲，以民生息；以严峻为目，以彰公允。一二年间，已隐有太平盛世的气象。

三年正旦之日，百官大朝，藩王属国尽皆来贺。祁凤翔一派和煦，圆融贯通，虽笑意盎然，也令人又敬又畏。须臾忽有内侍报来，曰义威将军莫大要转呈临江王贺礼。祁凤翔微微一怔，意兴顿生，道："传上来。"

十八人前后左右一步一喝地抬上一个极其沉重的东西，渐渐近了，便见是一具极大的棺材，八寸厚板，三衽三束，乃天子葬仪的内棺规格。人人看见都要赞一声"好棺材"：非金非玉，却如金石般坚硬；非漆非画，却比漆画更加光亮；素色天然纹理，锃亮鉴人，伸指一叩，竟叮当作响；站近一尺，便有幽香袭来。

一时众人皆忘了棺木之不吉，纷纷咋舌称叹。祁凤翔起身自銮座到殿中，看了片刻，手上劲力一推，沉重的棺盖滑开小半，就见棺内衬着七星隔板，板上放着一个蓝布包裹。那年苏离离说要亲手做棺材送他，事过境迁，他忘怀已久，往事却在看见这七星隔板时，骤然撞入心怀。

祁凤翔说不上是喜是慨，伸手拿出那个包裹，布帛之下是一只乌金匣子。匣子一经拿出，殿上群臣有认识的，都发出一声低叹。祁凤翔自怀中摸出那把钥匙，辨明了方位，插进三棱孔，一拧，锁簧二十余年后竟"咔嗒"一响，开了。

人人屏息看着，祁凤翔缓缓揭开盖子，里面四四方方一块玉石，两边衬了水晶块，严密地嵌在匣中。祁凤翔就棺盖上倒出看时，方见那三寸见方的羊脂白玉是一枚印章，底下刻着阳文篆字。他握在掌中辨了片刻，印上四字，刻着"大胜在德"。

祁凤翔又看了看匣子里，别无他物，原来如此。他沉吟片刻，忍不住笑了起来，渐渐笑响，竟止不住。文武百官都不知他看见了什么，一时愣怔发呆。待他止了笑，方吩咐道："临江王的贺礼朕很喜欢，暂置立政殿偏厅之中，令能工巧匠照样制椁吧。"说罢，他将印携入袖中，散朝而去。

众人恭送，却始终不解那《天子策》乃何物。

祁凤翔午后礼祭天地，夜宴群臣，直到亥时末刻方还寝宫。除了正装，梳洗毕，换上织金五爪团龙服，月白底色，袍袖舒展，闲适之间不掩天子气象。头发散在肩背上，一把乌黑流溢，衬出他一种散淡而不羁的美。内侍入请是否召后宫侍寝，祁凤翔淡淡道："太晚了，免了吧。"

镏金铜灯下，看了半夜折子，农耕水患到修文偃武，或批复，或留中，一一整理。万事都在一个熟练，天子也并不难做。他停笔小憩时，望见砚中朱砂艳丽，心里一动，靠在椅背上静了静神，缓缓步出寝宫。月光如水般照在白玉栏杆下。

值寝的内侍正当瞌睡，不料他忽然出来，哗啦啦跪下一片。祁凤翔随手一指，道："掌灯，去立政殿。"他抬脚便走，两个大太监忙提了宫灯跟在身后。他借着月光来到立政殿偏厅敞轩里，那具阴沉木棺静静搁在殿中。

祁凤翔没有回身，只做了个手势，两个大太监知趣，搁下宫灯，躬身退下。他白天不及细看，此时却禁不住提了灯，每一个细致处的线雕花边儿都不放过。棺木寂静无声，盖帮底，四棱边角，无不精致，竟让他凭空对一具棺材生出喜爱之心。

苏离离卖他棺材叫价昂贵，做工却不尽如人意，送他的棺材却恰恰相反。想起往事，祁凤翔不禁微笑，说遗忘却已镌在某个不知名的地方。他渐渐收了笑，手指抚过每一道雕花、每一个线条，都无限留恋，像握着那个人微凉的指尖。岁月中有万种风情令人回想。

祁凤翔扶着棺沿望向槛外阶下，月光下白玉砌成的石阶延伸到殿外，远而静谧，步步行来，负重而艰险。人世间缤纷的情事，本就无畏无悔。

那一年，他站在苏记棺材铺的屋檐下，看她秀美的脚踝像开在雨里的小把茉莉，盈盈一笑，便扎在了心里。

爱如平野风起，不知何处来，不知何所终。

而山河高远，江湖杳渺，从此寂寞辉煌，从此云淡风轻。

十月的三字谷，初秋，木叶微黄，一片绚烂。

清晨，苏离离打开门，明丽的阳光中有一个颀长挺拔的身影，在门外静立。征尘未洗，风霜犹在。阳光映在苏离离的脸上，她微微眯了眼，照出一个恬淡的笑容，语调有些缱绻的滞涩和由衷的欢喜，她轻声道："木头。"

七年前他被她所救，五年前他默然离她而去，时至今日，江秋镝笑容纯净，眉目俊朗，终是笑道："我回来了。"

万叶秋声刹那都变作人世安稳，岁月静好。

七日后，正是韩真出嫁的日子。那位对她矢志不渝的少帮主终于在去年得到韩蛰鸣首肯，纳了聘。只有一条：婚礼必须要在三字谷办，办完才能将韩真接回去，每年二人必须回来一次。那少帮主都一一应允。

是日，韩夫人将韩真打扮好扶出房来拜了天地，送入洞房。入夜，苏离离和木头坐在屋外抬头看星星。许久不见，苏离离总是黏在他身边。因为帮着韩夫人打扮了韩真，于是她叹道："韩真今天可真漂亮。"

木头轻声道："是吗？"

苏离离看了他一眼，见他心思飘远："是啊。怎么，你酸了？"

木头大怒："你再这样无聊，看我怎么收拾你！"

苏离离看他真生气了，挽住他的手臂："嘻嘻，你猜他们现在在做什么？"

木头恨恨盯了她片刻，道："不知道！"

苏离离兀自感叹："那你猜他们第一次能不能成？"

木头左右四顾了一下，见了鬼一样看着她："你注意一下体统好不好？

这种话也好意思堂皇出口！"

苏离离瞪大了眼睛，无辜道："我怎么了？你前天给我看的那本书上就说了，男女初夜，十有八九不成。"

木头被她打败了，扶额良久叹道："有什么不成的，心黑手狠就成了。"

苏离离冷笑两声："看出来了，你就是这种人。"

木头抓头发，侧身一把抱住她，顾左右而言他道："我们要不要补一个婚礼？把你也打扮得漂漂亮亮的，捉在堂上拜天地。"

苏离离发现他做了两年大将军，为人越发有控制欲了，拜堂都要用捉的，遂懒懒答道："懒得折腾。"

木头凝视她半晌，迟疑道："我是怕你觉得我们的亲成得不太……"

苏离离抱着他的腰蹭了蹭，指点道："我觉得很好，我就喜欢在铺子里，那是我们的家。我们俩就成了，要别人来做什么，要那些俗礼做什么，都是做给别人看的。你看韩真他们今天应酬了一整天，这会儿肯定没精神了。"言罢，诡笑。

木头听她说得实在，忍不住大笑起来。

一个月后，木头正式拜了韩蛰鸣为师，韩蛰鸣一畅老怀。苏离离有些小风寒，咳了两天，韩蛰鸣给她诊脉，无意间说道，苏离离幼年遭遇离乱，风餐露宿没有好好调养，血气有些亏欠，不易致孕。

苏离离强辩道："我一般都不生病。木头受过外伤，又受过内伤，为何不是他有问题？"

韩蛰鸣拈须道："他受外伤，那都是筋骨皮肉之伤。他的内伤现在不仅好了，且内力充盈。习武之人，内力丰沛，则身体康泰。你才有内伤，现下早睡晚起，心情舒畅，好吃好喝，慢慢补起来吧。"

苏离离回到房里，扑进木头怀里，郁闷道："你只好停妻再娶了。"

木头大声道："说些什么呀！"

苏离离顿时从老虎变成小猫，弱弱地抬头："你另找个能生的吧。"

木头哭笑不得："韩先生不是说了，你就是身体底子弱了些，调理一下也未尝不可。咱们总要试试吧。"

苏离离道："一来二去太耽误你了。不如这样子，先试五十年吧，不行再说。"

木头顺着她点头："五十年未免太短了，怎么也得试个八九十年。"

不知是福至心灵，还是运气使然，三个月后，苏离离头晕作呕，韩蛰鸣一诊，有孕两月有余。苏离离很惊愕，木头看似很淡定。韩蛰鸣更加淡定，一招木头，道："你去切一切她的脉，告诉我是什么脉象。正愁这里没有来求治生产的人，怕你找不准脉。"

此后数日，木头不离她左右，也不准她爬上谷口去，什么都是他去办，且每天要把脉二十次以研究脉象。苏离离眉眼一眯，问道："你们这是让我生孩子还是坐牢？把我当教材了啊？"

木头宽慰她道："再过五个月我就不拘着你了。"

"五个月？"苏离离疑道。

木头点头微笑："五个月。"

五个月后，木头不制止她行动，她自己却不想动了，成天懒懒的，木头却又要拉着她到处转一转。有时候苏离离烦闷起来发一发脾气，木头也总让着她，哄小孩一样，说今后带她出去玩，天南地北都可以。

怀孕七个月的时候，木头细细地把了她的脉，笑道："女儿。"

苏离离犹疑了一下，问："你喜欢吗？"

"我喜欢啊。"木头轻轻抱着她。

苏离离沉吟片刻："我们打个商量好不？女儿跟我姓苏。"

木头温柔不改，却断然道："不行，第一个孩子要跟我姓。"

"那……那第二个跟我姓？"

"第二个孩子也跟我姓。"

苏离离无力道："那哪个可以跟我姓？"

木头握着她的手，诚挚点头道："哪个都不能跟你姓，你可以考虑跟我姓。"

……

这样又过了两个月，苏离离临产。得益于木头带着她闲逛活动，疼了一个时辰，女儿呱呱落地。正值仲夏，木头便给女儿起名为半夏。

苏离离正色道："木头，我们要是再生孩子，是不是要叫藿香、艾叶、天南星啊？"

木头那段日子正在制辰砂半夏丸，听了这话，深以为然，道："再生女儿可以叫辰砂，要是儿子叫南星也不错。"

苏离离晕倒在床："你这也太欠水准了。"

他坐在床沿，反问："那你能起什么好名吗？"

木头已不复青涩沉默的少年，更兼沙场历练，眉宇之间是成熟男子特有的气韵，常常让苏离离觉得自己仿佛是他的孩子，要他哄着拍着提点着才能过得安生。她情肠一转，娇态横生，凑过去亲了亲他的额头："我起过呀，木头就是好名儿。"

每当苏离离露骨地表达爱意，木头就万分受不了她，瞪了她一眼，讷讷半晌，道："好吧，只要你不起个十三圆、四块半什么的，今后再生就让你起名字。"

半夏七个月大时，莫大从江南调防回京。临走之前，木头携苏离离去会他和莫愁。四人相见开怀，共叙别情。苏离离和木头一走月余，韩夫人倒是乐意带着半夏，只是苏离离想女儿想得受不了，回到三字谷，抱着半夏，望着她圆圆的小脸想，这就是尘俗羁绊，如木头所说，虽束缚，也心甘情愿。

此后天下大定，百姓安居乐业。苏离离当初卖房子的钱，以及后来攒的银子，不下三千两，却始终藏着，不愿意挥霍。木头知道她是从前生计窘迫落下的毛病，循循善诱，教她当用则用。于是他们买来上好青砖，在三字谷空处，韩蛰鸣药庐约里余之地砌了一座大院子。

青瓦白墙仿若从前的铺子，房间左三右二，几围篱笆，都在脚下栽上藤蔓，周围种菜植药。木头的医术日益精进，韩蛰鸣时常挑出病人来让他治。苏离离收拾房屋，闲来便做一做棺材。因为不必以此谋生，她一年也做不出三具来，却具具精细上乘。

十余年后，江湖传言，若不能求得韩蛰鸣医治，可求得尽得他真传的徒弟医治；若求不得他的徒弟医治，则可求得世上最好的棺材盛敛。

总之，江南三字谷，伤病好去处，一朝治不得，买棺就入土。

　　女儿一岁时，两人再出谷游历。苏离离特意去了一趟母亲过去学艺的太微山，希望能找到时绎之，然而遍寻无踪。木头沿路找寻珍贵药材，二人流连良久，世间的风月奇景，所思所得都同分同享，宛然如一，再无缺憾。

　　入腊月时，两人回到三字谷。半夏已经能走会说，扑过来就叫爹爹。木头从冷水镇买了一些爆竹烟花来放，半夏吓得直往苏离离怀里缩。晚上女儿睡了，木头灯下托了腮，望着苏离离，双目闪闪道："你还记不记得那年我跟你说的碧波潭？"

　　"什么？"苏离离不记得了。

　　"我们可以在里面……"后面省略数字。

　　"啊？"苏离离惊诧了。

　　木头站起身来，微微笑道："今天除夕，正是岁末阴阳相交之时，不如我们去试试吧。"

　　"啊！"苏离离尚未从震惊中恢复过来。

　　"走嘛。"木头半哄半迫。苏离离脸色绯红，愣愣间被他拉了出去。

　　碧波潭边结了冰雪，潭水仍然冒着热气，汩汩流下那一路冰凌的小径。木头道："脱衣服。"黑夜中昏暗不清，苏离离有些怦然心动，用手握了脸，嬉笑道："你先脱。"木头"哼"了一声："脱就脱。"伸手便解下外面棉衣，再利落地脱下中衣，露出上半身结实流畅的肌理。

　　苏离离怎么看都看不够的，伸手想感受一下他身体特有的柔韧弹性，才触到木头的背，头顶风声一响，"嗖"的一人落入，或者说是钻入水中。但见木头站住一动不动，便知来人是友非敌。片刻之后，陆伯钻出水面道："咦？你们为何在此？你怎的脱成这样？"

　　木头板着一张棺材脸："洗衣服！你呢？"

　　陆伯"哦"了一声："过年了，趁着夜里没人，来洗个澡。"陆伯忽然兴致一起，"你要不要下来切磋两招？"

　　木头应了声"好啊"，转瞬一招击了过去，未尽全力，水花已激起三尺。陆伯本是数一数二的高手，连忙一跃而起，挡开他这招。木头后招连绵不断，已唰唰唰地攻了过去，痛下杀手，陆伯大惊逃走。

这次尝试以比武大会告终。

春眠不觉晓，处处闻啼鸟。这天木头早醒，天刚蒙蒙亮，空气清新，山色如洗。木头心情大好，趁着苏离离还没睡醒，把她抱到了碧波潭边。苏离离缩在他怀里："你又要干吗？"

木头用充满爱的纯洁眼光瞅着她，苏离离暗暗诅咒了一声，伸手就扒他的衣服。木头体贴地替她把头发绾了起来。正在这解衣缓带，柔情蜜意之时，池中水花一响，又掉下来一人。

苏离离与木头保持着解衣半搂的状态，眼睁睁看着水面冒出一个光头来。十方合掌欲言，突然又噎住了。木头飞快地把苏离离掩在身后，怒道："这么早你来做什么？"

十方莞尔一笑，如醉春风，侃侃道："下月十四是皇上三十寿诞，大宴百官，令我来问，临江王是否有意回京一叙？"

木头想也不想，咬牙道："没有！"

十方笑得愈发开怀，合掌行礼道："二位请参欢喜禅，贫僧少陪了。"言罢，运起卓绝轻功，逃也似的飞奔而去。

苏离离把脸埋在木头背上，简直要咬人了。木头抬头看了一眼谷口，拉起苏离离默默地回屋。这次尝试以禅定的思考而无妙悟告终。

连雨不知春去，一晴方觉夏深。时序递嬗，又属炎炎。傍晚太阳下去，余热散尽，苏离离开轩纳凉，隐约露着脖颈锁骨。木头是个意志坚定百折不挠的人，他若想做一件事，无论如何都要将它做成。

他轻轻吻了吻她的下巴，苏离离声音柔软道："不想动。"

木头拉开她的领口，吻到肩上，含混道："不用你动。"

苏离离既不推拒，也不迎合，还是恹恹道："怪热的，别弄得一身是汗。"

木头咬上她的耳垂："水里就没汗。"

几番劝诱推辞，苏离离给半夏盖好薄毯，二人潜至碧波潭。潭水澄清明净，夏日摸着微微温热。苏离离前后左右看了又看，木头道："陆伯今天去冷水镇了，韩先生他们都睡了，这时节没人来打扰。"

苏离离红着脸笑笑，皓月之下，百种风情。木头一把将她推在旁边石壁上，动作虽迅猛，却知道预先将手垫在她脑后，以防撞在石上。下一刻，木头已吻上她的唇，辗转缠绵，不愿放开。苏离离不觉情动，轻吟一声，微微睁眼时，眼角余光一瞥，忽然惊叫出声。

木头骤然停下，回身看去，半夏睡眼惺忪，却专注地看着他们。三人瞠视半晌，半夏奶声奶气道："爹爹，你们在做什么？"

木头握拳看着两岁的女儿，苏离离方才那缕情思半分也无了，忙整了整衣襟，上去牵了女儿道："刚刚还在屋里睡着，怎的跑出来了？"

半夏毫不客气地搂着苏离离的脖子任她抱起来，委屈道："我醒了没看见娘，我害怕，就出来找你了。"

苏离离默然片刻，满怀歉意又柔情万千地看了木头一眼，抱着女儿往回走了。木头过了半天才悻悻而归。这次尝试以家庭聚会告终。

第二天晚上，木头对睡熟的半夏轻轻一点。苏离离惊叫："你做什么呀？"

"放心，我有分寸。"

苏离离看他脸色不善，小心道："你还要去？"

木头冷冷撂下一句话："今晚再有人来，我遇神杀神，遇佛杀佛！"

此言一出，神佛皆畏，凡夫俗子更要靠边了。终于在几番尝试未果后，木头成功地达成了愿望。下半夜时，木头心满意足地抱着瘫软无力的苏离离回屋了。

这个夏天，苏离离又一次怀孕，抱着木头的脖子耍赖："这次生了我们就收手不生了吧。"

木头点头："依你，不生可以，但是不能不……哼哼。"

苏离离愁道："那要怎么办？"

木头轻描淡写道："这个好办得很，师傅有秘方。"

七夕当夜，苏离离与木头并肩坐在屋外檐下，仰观星河灿烂。她倚着木头的肩膀，有些模糊要睡的感觉，却有一句没一句地和他说着话。

苏离离道："我生在七夕，我爹说日子不好，就给我起名离离，是想用这个'离'字来破了这半生流离。"

　　木头揽着她的肩："他是要你野火烧不尽，春风吹又生。你看你多彪悍，当初我才见你那恶毒模样……"

　　苏离离轻笑着打断他："你怎么就忘不了呢？"

　　"我一辈子也忘不了。"

　　苏离离模糊呢喃道："我也忘不了，你的样子……温顺可怜，眼神……却沉默倔强……"她慢慢倚在他怀里睡着。

　　木头静静坐着，似被她话语之中平淡的尾音带回了曾经的过往。他默然良久，见苏离离已睡着，轻手轻脚把她抱起来。屋檐月光下，她的面容宛如初见，又宛如岁月中喜憎聚散的叠加。那一刻情感在沉淀中破空而来，击中了木头心底最柔软的地方。

　　他低下头，亲吻怀里她的脸。

　　当时相见早关情，蓦然回首，已是十年踪迹十年心。

番外

天涯各一方

此情可追忆

江湖上有位朋友曾说，京城友无至友，敌无死敌，可人们还是争相往那城中去，或峥嵘或蹉跎地度过此生。正因如此，京城的风土人物总是比别的地方要繁华出众。

　　正是八月高秋时节，这夜扶归楼坐了半楼酒客，好不热闹。人多的地方少不了嘈杂，嘈杂的地方也就少不了江湖传闻。能说的、不能说的，有机会要说，没有机会，创造机会也要说。只见临近楼梯的一位带刀客对同桌道："唉，我兄弟好好押趟镖，竟然病死了一个。可惜，这京城中没有价廉物美的苏记棺材铺！"

　　端酒水的跑堂小二点头赔笑："客官，有的，从前有一个，十年前不知怎的，关门了。"正说话间，一个六七岁的小男孩爬上楼来。他虽穿着布衣，那身衣服却整洁簇新。小孩的目光四面一掠，就一蹦一跳地朝着空桌去。

　　小二冲他身后看看，没人，忙赶上去要说话。那小孩已自己爬上凳子，坐了下来，袖中掏出一小块碎银在小二眼前晃了晃，嘻嘻笑道："我听说你们这儿的酥酪好吃，烦你给我端一碗来，再要一个枫糖脆藕，一个黄金蜜瓜。"他声音清脆响亮，引得旁边的人纷纷侧目。小二接过银子去了，那小孩却托着腮望天，全不看众人一眼。

　　大伙看了片刻，眼睛又收回自己桌上，就听那邻桌一人怪道："我倒是听说这苏记棺材铺各地都有分店，怎么这京城里反而没有呢？"

　　一人想当然插嘴道："莫非得罪了什么权贵？"

"哼哼，"一个糟老头子冷笑，"你一看就是不知道的，他家怎会得罪权贵？苏记棺材铺的匾额都是御笔亲题的。"

一沾到御笔，众人的耳朵都竖了起来。有些个自诩知情的，便嘿嘿笑了。那不知道的如何按捺得住，你勾我藏、欲说还留地把这原委道了出来。原来那苏记棺材铺的苏老板，本是前朝重臣的女儿，她曾说，她家以前有皇帝写的匾，当今皇上听说了，就自己写了一块给她。

此言一出，酒楼刹那间静了一静，只听见那小孩吃酥酪的刺溜声，一口咽下，他满意地抬头："真是好吃。"

座客里一人不知是明知故问还是不知而问："当今皇上怎会知道这个苏老板？"众人你望我，我望你，片刻之后终是有人忍不住了。

"这个嘛……一言难尽。江湖中历来有那《天子策》的传闻，据说当今圣上平定冀北时，也有种种奇遇……这奇遇那苏老板也沾边儿了。传说中，这个苏老板，和……"那糟老头一番语焉不详后，严肃地朝天拱了拱手，继道，"有一腿……"

四座又是一片默然，只因这传说很挠人心，却又不可在这大庭广众宣之于口。每一颗闷骚的心灵，都为这传说而激动了。那老头见无人应声，才知犯了闷骚之大忌，连忙圆场道："都是些江湖闲人胡说八道！今上圣明，怎会有这些莫名之事……"他心中却想：要没这事，你无端写那匾做什么？

多数人不知作何想，少数人嘿嘿而笑，活跃了气氛。众人知情识趣，便又各自谈论起不相干的事来。老头暗自擦了把汗，后悔今儿喝多了，只听旁边一个清脆响亮的声音问道："老伯，什么叫'有一腿'？"

老头看向那个摆着脆藕蜜瓜的桌子，小孩犹自用一双乌溜溜的眼睛天真无邪地看着他，满脸的求知欲。老头张嘴想说，克制了半天，扶额叹息道："幼小，太幼小了……"

小孩一脸无辜地跳下椅子，嬉笑着往小二身边凑去，自来熟地问："小二哥，我才喝了不少水，你家的茅厕在哪里？"小二指给他方向，他大方道了谢，便下了楼往后堂去了。少时，那小孩回到桌上，似乎心情大好，又叫了一碗酥酪，一点一点慢慢吃着。

半个时辰之后，扶归楼的茅厕人满为患，接踵擦肩。小孩坐在凳上笑得嘻哈不绝，跑堂小二着了慌。一番人仰马翻后，客人去了大半，只剩几个人和些零落的餐具与杯具摆在桌上。那小孩看够了戏，吃完了饭，拍拍手正要走人，只听身后有人唤他："阿楠。"

小孩回头看去，却见一个锦衣人，凭栏而坐，拈着一只酒杯向他举了举。他身后左右尚站着两人，身高体壮，各自面无表情。阿楠迟疑道："叔叔，你认得我？"

那人问他："你果真是叫阿楠吗？"

阿楠点点头："我爹爹、娘亲和姐姐叫我阿楠，楠木的楠。"

那人笑了一声，笑容浅淡地一现，却给他那种散淡态度添上了几分桀骜。他招手叫阿楠："你过来坐。"他的态度很温和，却不知为何，仿佛带着一种不可抗拒的力量。

阿楠走过去，仰头看着他的脸。他的神气越是桀骜，却越是温和地问："那么阿楠，你给他们吃了什么？"

阿楠兀自着了他半晌，才爬上他旁边的凳子坐了，悬着两腿晃悠："我太师傅说过，有些人装着一肚子龌龊，须给他们吃些巴豆大黄，上下通泻几天，就好了。"

那人莞尔："那你娘怎么说呢？"

"我娘说，她的名声生生是让……"阿楠也学着老头的样子，极有江湖气地向天拱了拱手，"那位给拖下水了。"

那人莞尔之中似乎带上了那么几分得意："那你爹怎么说呢？"

阿楠眨了眨眼，用满脸的纯真掩饰同情："我爹说弱者的抗争总是这样的，暗中使坏、造谣诽谤、放任流言之类，不足为惧。"

那人闻言顿了一顿，又问："那你姐姐呢？"

阿楠微微笑道："我姐姐说，有一段强大的绯闻，是成功人生的象征。我娘就很成功！"

其人望天无语。

阿楠清一清嗓子，问："叔叔，你想知道我怎么说吗？"

"……"

因为他不说话，阿楠便也不说话。少时，那人轻声道："说呀。"

阿楠道："我觉得你也很成功。"

他神色莫测，似笑非笑道："这是怎么说呢？"

阿楠一拍胸脯："小孩的直觉！"

那人"哧"地一笑。阿楠偏着头问："叔叔，你喜欢这个直觉吗？"

他点点头，目光浅浅地望着酒杯中澄清的酒，似乎想说点什么，半晌，却又止住了。阿楠低头，眼珠子转了两转，仰头笑道："叔叔，我爹娘还等着我呢，我得走了。"

那人淡淡笑道："你吃饭、下药，哪有半分着急的样子。"

阿楠想了想，道："我纵然不急，他们只怕也急了。也罢，等他们来寻我吧。"

那人沉吟道："他们在哪里？"

"哦，就在那边的祥云客栈。"

那个人眼神锐利地扫了阿楠一眼，阿楠还没来得及害怕时，他又浮上一个笑容，右手握了拳，虚抵在唇边，低声道："那你还不快去找他们？"

阿楠点点头："叔叔不一起去吗？"

他淡淡地说："不用。"

阿楠便一蹦一跳地下了楼，转过街角，正遇着一个小姑娘四处张望。阿楠跑过去叫道："姐姐，我在这里。"半夏很没好气，数落道："阿楠你就是不听话，我再不带你出来玩了。"她话未说完，被阿楠一把拉到墙角："姐，我刚刚见到那个人了！"

"哪个啊？"

阿楠重重点头："强大的绯闻！"

"啊啊啊……啊！"半夏激动得低声尖叫。

阿楠一把拉住半夏，淡定地说："别过去，我好不容易才摆脱他。"

"啊，让我看一眼，看一眼再说！"半夏不由分说拉了阿楠，从街角探出头来。那个人正站在楼上栏杆之后向外眺望。半卷的竹帘反出淡淡的灯火，映在他脸上，柔和而轻缓。他的神情很平静，然而风神气度淡化了身边所有背景。

半夏看了半晌，感叹："太……酷……了。"

阿楠在后小声道："是很酷，要是让他知道只有我们俩在这里，也许会更酷。"

半夏缩了头回来，也做贼似的问："他认出你了？你刚才怎么跑掉的？"

"我骗他说我爹娘在这边，他就不敢过来了。"

"啧啧，娘真是厉害！"

"他八成是怕爹爹……"

姐弟俩牵着手，一边说着，一边沿街走远了。

初秋凉爽，浓烈的意象消弭，却带来一种沉郁，像经过蒸酿的酒，独自醇美。

"呵，传说……"楼上的人轻声自语，手指无意识地击着雕花的栏杆。

迎面有风，日居月诸，照临下土。

不想见的人，尢所谓喜憎，也不是没有机会，然而就是不想见到。

暂时会忘记，偶尔会想起，想起时只记得她的好，这就是好的结局。

世上的感情，可以善始，大多没有善终。也许真的需要时间才会明白，没有善始，却彼此小心维护着一个善终，这是带着珍惜的心意。

祁凤翔站在楼上，望着远处城墙的轮廓，只是笑了一笑。

（全文完）

图书在版编目（CIP）数据

天子谋 / 青垚著. —— 成都：四川文艺出版社，
2022.5
ISBN 978-7-5411-6299-2

Ⅰ.①天… Ⅱ.①青… Ⅲ.①长篇小说–中国–当代
Ⅳ.①I247.5

中国版本图书馆CIP数据核字(2022)第041008号

TIAN ZI MOU
天子谋

青垚 著

出 品 人	张庆宁
出版统筹	刘运东
特约监制	王兰颖
责任编辑	茹志威　陈　纯
特约编辑	薛天舒
营销编辑	夏君仪
封面设计	小智设计
责任校对	段　敏

出版发行	四川文艺出版社（成都市槐树街2号）
网　　址	www.scwys.com
电　　话	010-85526620

印　　刷	天津鑫旭阳印刷有限公司			
成品尺寸	160mm×235mm	开　本	16开
印　　张	22	字　数	330千字
版　　次	2022年5月第一版	印　次	2022年5月第一次印刷
书　　号	ISBN 978-7-5411-6299-2			
定　　价	45.00元			

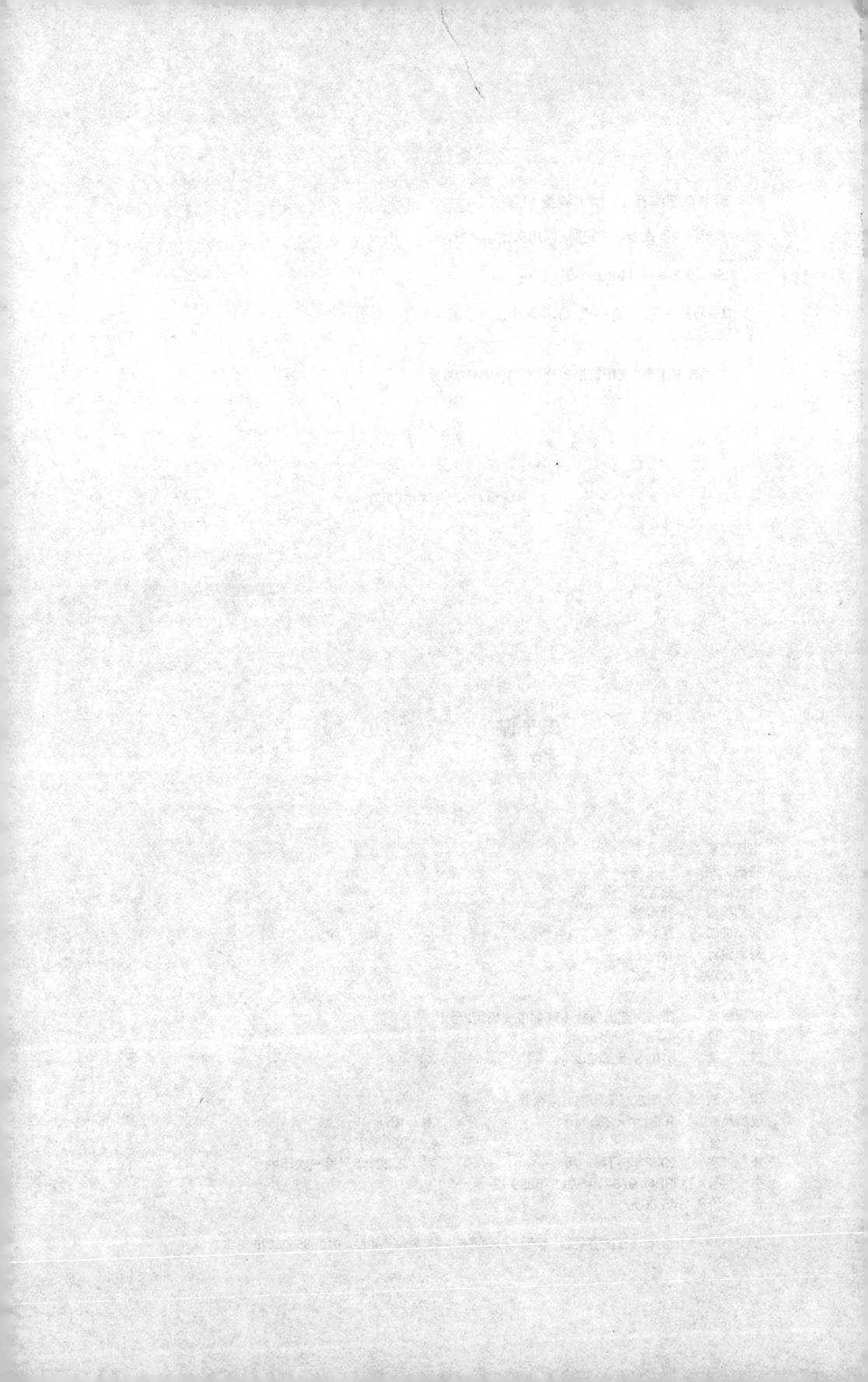